N&K

Rolf Lappert
Die Gesänge der Verlierer

Roman

Nagel & Kimche

Für meinen Bruder

Umschlag von Urs Stuber
Unter Verwendung eines Bildes von Simon Müller

ISBN 3-312-00202-8

East End

Meine immergleiche Klage war aber
längst eine Beschwörung geworden,
alles möge so bleiben wie es war.

Urs Widmer
Indianersommer

1

Als die Wand neben seinem linken Ohr endlich einstürzte, öffnete Nicholas Tyler die Augen. Seit dem frühen Nachmittag hatten die Bauarbeiter im Nebengebäude gewütet, jetzt setzten die Dieselmotoren der Maschinen mit hustenden, schleifenden Geräuschen aus. Tyler blieb liegen, sah zum Fenster und überlegte, wie spät es sein mochte. Im Haus nebenan, das der neue Besitzer vollständig aushöhlen ließ, kehrte fast so etwas wie Ruhe ein. Gelegentliches Scharren war zu hören, fernes Rumpeln, was Tyler nach dem Lärm als Stille empfand. Dumpf dröhnte ein Lastwagen im Hinterhof, karrte eine weitere Fuhre Bauschutt irgendwohin, Backsteine, zersplitterte Bodenbretter, Leitungsrohre, die gewunden und verkalkt waren wie die Arterien von etwas Krankem.

Die Uhr zeigte halb drei, nicht vier, wie Tyler geschätzt hatte. Im Winter blieb das Licht oft über Stunden hinweg beinahe unverändert, keine Sonne bot einen Anhaltspunkt, und die Helligkeit nahm so langsam ab, daß man es als Ereignis kaum wahrzunehmen vermochte. Jetzt wurde nebenan Eisen auf Eisen geschlagen, vermutlich mußten mit Hammer und Meißel letzte Mauerbrocken entfernt oder Wasserleitungen in Stücke zerlegt werden. Ein disharmonischer, sich überschneidender Takt entstand, und als hätte er den Einsatz abgewartet, drehte Wilkins im oberen Stockwerk die Musik auf.

Tyler rollte sich an den Rand des Bettes, tastete mit den Füßen nach den Gummischlappen und erhob sich. In der Küche tönte Wilkins' Radio stärker durch die Decke, und Tyler drückte die Play-Taste des Recorders, bevor er Wasser für Kaffee aufsetzte. Bestimmt zum hundertsten Mal hörte er das Gitarren-Intro, aus dem ein bodenlos dumpfer Baßlauf und ein rasselndes Snare-Drum auftauchten. Tyler ging ins Bad, wo er sich vor den Spiegel stellte und eingehend sein Gesicht betrachtete. Der grobe Stoff der Tagesdecke hatte feine Striemen in seine Wangen gedrückt, die Haut wirkte fahl, die Lippen waren blutleer und rissig. Er lehnte sich nahe ans Glas, blinzelte und suchte nach einem möglichst abstoßenden Vergleich für den Anblick, den seine halbgeöffneten, geröteten Augen boten. Verdorbene Muscheln, fiel ihm unerfreulich schnell ein. Er stöhnte und wusch sich mit eisigem Wasser, bis seine Finger vor Kälte schmerzten.

Inzwischen war die Stimme des Sängers dazugekommen, und als Tyler wieder in der Küche war, schlug er mit der Faust gegen das Gerät und schaltete es aus. Er suchte eine saubere Tasse, goß heißes Wasser über Pulverkaffee und wartete an die Wand gelehnt, bis er sich nicht mehr die Zunge verbrühen würde. Die Töne aus Wilkins' Radio drangen knisternd auf ihn herab, rauschende Wogen aus einem möblierten Kosmos, keine zwei Meter entfernt.

Barney Wilkins lebte im Lärm, er war ein großmäuliger Fisch mit zurückgebildeten Ohren, der auf Schallwellen dahinschwamm und sein Dreieinhalbzimmermeer nur verließ, um Dringliches zu erledigen oder zum Hunderennen zu gehen. Halb taub trieb er friedlich durch seinen Radau, drehte die Lautstärke an Radio und Fernseher bis zum Anschlag auf, schlug arglos Türen zu und hantierte täglich an Geräten, die seinen bald achtzigjährigen Körper davor bewahren sollten, schlapp und, wie er es nannte, wehrlos zu werden. Schon am frühen Morgen drückte er Hanteln gegen die Zimmerdecke, um sie nach mehrmaligem Stemmen jeweils mit einem gepreßten Schrei aufs Parkett knallen zu lassen. Selbst nachts verursachte sein Streben nach Muskelerhaltung Geräusche, die Tyler vom Bett in den Bauch eines Frachters versetzten, wo er dazu verdammt war, schlaflos auf das Pumpen und Gleiten im Maschinenraum zu horchen.

Der Kaffee war jetzt etwas abgekühlt, Tyler trank ihn rasch und ging zurück ins Schlafzimmer. Dort setzte er sich mit dem Telephonapparat auf das Bett und wählte eine Nummer, deren Zahlenfolge ihm allmählich vorkam wie der Code eines elektronischen Schlosses, das sich trotz korrekter Bedienung nicht öffnen ließ. Draußen fiel Regen, die Tropfen bildeten verästelte Bahnen auf den rußigen Fensterscheiben. Die Dunkelheit war wieder um einen feinen Grad vorgerückt, der Himmel ohne Weite. Sinclair Banks meldete sich auch jetzt nicht. Tyler legte den Hörer neben den Apparat, ließ es klingeln am andern Ende der Leitung und zog sich an, obwohl er nicht wußte, wo er noch hingehen und nach Banks suchen sollte. Wilkins quälte sich über seinem Kopf, die Dielen knarrten, und einer, der nicht Bescheid wußte, hätte das regelmäßige Ächzen wohl anders gedeutet.

Unwillkürlich strich Tyler sich über die Arme, deren Muskeln nicht über das Mittelmaß hinaus entwickelt waren. Er sah sich im Raum um, wo irgendwo die Hanteln lagen, die er vor Monaten gekauft hatte, billige, hohle Dinger aus Plastik, zum Füllen mit Wasser oder Sand. Eine Zeitlang hatte Tyler mit den Gewichten trainiert, vor dem Fernseher meist, gleichermaßen motiviert und entmutigt von den perfekten Körpern, die nirgendwo sonst als in diesem leuchtenden Kasten zu existieren schienen. Während zwei Wochen hatte er versucht, sich einen neuen Körper zu erarbeiten, wollte zur Probe mit den Armmuskeln beginnen und, nach meßbarem Erfolg, zusätzliche Geräte anschaffen. Die leichten Schmerzen der ersten Tage erfüllten ihn mit Genugtuung, denn nur wenn der Muskel brannte, wuchs er. Im vom auf- und abblendenden Licht des Fernsehers erhellten Wohnzimmer wiederholte er die festgelegten Übungen, bis das Ellbogengelenk glühte und der Bizeps loderte. Anfangs konnte er am nächsten Tag kaum die Arme heben, aber das hörte bald auf.

Oft zeigte der Fernseher während Tylers Anstrengungen Bilder von Kriegen und Dürrekatastrophen, Aufnahmen von verstümmelten Gliedmaßen, Menschen, deren Arme dünn waren wie Tylers Finger, Ölteppiche, groß wie Inseln, größer als jeder Fischschwarm. Tyler ließ die Gewichte dann jeweils sinken und kam sich vor wie ein verdammter Idiot. Später hatte er keine Zeit oder keine Lust, oder er war tagelang unterwegs und ließ die Hanteln zu Hause, obwohl sie auf dem beigelegten Zettel als praktische, mit Wasser zu füllende Reisebegleiter beschrieben wurden. Wilkins gegenüber hatte er nie etwas von seiner kurzen Leidenschaft erwähnt; der Alte hätte ihm Fachbücher und Geräte ausgeliehen, ihm die Ohren vollgebrüllt mit Ratschlägen und Anweisungen, hätte ihn möglicherweise gar aufgefordert, gemeinsam zu trainieren.

Die Hanteln lagen am Boden zwischen schmutziger Wäsche. Tyler hob sie auf, winkelte ein paarmal die Arme an und setzte die Gewichte dann ab, schob sie mit den Füßen unter das Bett. Er wählte Banks' Nummer wie in einem immer wiederkehrenden bösen Traum, legte den Hörer auf das Kopfkissen und ging aus dem Zimmer, um seine Schuhe zu suchen. Nach einer Weile fand er sie im Bad, zog sie an und setzte sich wieder auf das Bett, lauschte dem regelmäßigen Summen des Telephons und schloß die Augen, langsam bis zweihundert zählend. Schließlich erhob er sich, schaltete den Anrufbeantworter ein und verließ die Wohnung.

2

Der Regen fiel nicht in großen Tropfen, fein und dicht sprühte er die Häuser ein, die Stadt, und wusch aus allem die Farben. Tyler blieb vor dem billig dekorierten Schaufenster eines Friseursalons stehen und betrachtete die Styroporköpfe mit den Perücken, die ausgebleichten Photographien und den liegengebliebenen Weihnachtsschmuck. Eine überdimensionale Schere aus Blech klappte, von einem Motor betrieben, langsam auf und zu, daneben standen auf Pappe geleimte Bilder alter Filmdiven; Lana Turner erkannte Tyler, Grace Kelly. Die Wände des Schaufensters waren mit Aluminiumfolie tapeziert, Boden und Decke mit abgewetztem schwarzem Samt. Im Innern des Ladens sah Tyler einen alten Mann auf einem Hocker sitzen und etwas aus einer Schüssel löffeln, die er zwischen die Knie geklemmt hatte. Eine junge Frau ging durch den Raum, trug einen Stapel Illustrierte und Zeitungen irgendwohin. Tyler wandte sich ab und setzte seinen Weg zur U-Bahnstation fort.

Aus einem Laden, in welchem Tyler Zigaretten kaufen wollte, wurde durch ein Spalier von Schaulustigen eine Bahre gerollt. Klein und dick, in Mantel und Kopftuch gehüllt, lag eine Frau auf dem Gefährt, Mund und Augen halb geöffnet, eine Handtasche auf dem Hügel des Bauches. Einer der beiden Sanitäter nahm sich einen Schokoladeriegel vom Regal und legte dem Kassierer ein paar Münzen hin, dann luden die Männer die Bewußtlose in den Krankenwagen und fuhren weder schnell noch mit Sirene oder Blaulicht davon.

«Bricht einfach so zusammen, da hinten bei den Kühltruhen», sagte der Angestellte hinter der Kasse, ein Inder mit feinen Narbenkratern im Gesicht.

«Kälteschock», scherzte Tyler, das Geld für die Zigaretten in der Handfläche abzählend. Während der zwei Wochen Hanteltraining hatte er kaum geraucht, jetzt kam wieder eine Packung pro Tag zusammen.

Der Mann nickte ernst. «Vielleicht», meinte er, nahm die Münzen und verteilte sie in die Schubladenfächer der Registrierkasse.

Draußen standen noch immer ein paar Leute zusammen und sahen in die Richtung, in die der Rettungswagen davongefahren war. Vermutungen wurden geäußert, die Bandbreite medizinischer Möglichkeiten durchgegangen, von Kreislaufzusammenbruch über Herzanfall bis zu Hirnschlag. Tyler stand unter der Markise des Ladens und hörte sich das eine Weile an, rauchte die erste Zigarette und ging schließlich weiter.

Marktstände säumten den Gehsteig; Kleider, Schuhe, Küchengeräte, Ramsch und Plunder wurden angeboten, die Schleuderpreise prangten in dicken roten Zahlen auf Pappschildern. Von überall her dudelte Musik, alle fünf Meter betrat man eine andere Stilrichtung.

Ein Mann versuchte, eine Ladung Hunde loszuwerden, die mit Batterien im Bauch kläffen, vorwärts trotten, sich ducken und mit dem Schwanz wedeln. Er trug eine Wollmütze, die größer als sein Kopf war, und er trat ständig von einem Bein auf das andere, damit etwas Wärme in den Körper kam. Man konnte sehen, daß die Energie, die er aufbrachte, um Begeisterung für die Kunststücke seiner mechanischen Meute vorzutäuschen, allmählich erschöpft war.

Als eine Frau vor ihm stehenblieb, weil das Kind an ihrer Hand nicht weiterwollte, geriet er in einen Taumel hektischer Betriebsamkeit und pries seine Köter als die Krönung in der Schöpfungsgeschichte der Spielwarenindustrie an. Er hörte nicht mehr auf zu reden, setzte sämtliche unverpackten Tiere in Bewegung, bot einen Satz Batterien umsonst an, ging mit dem Preis weiter herunter und reichte dem kleinen Jungen die rote Plastikleine, die am Halsband des Hundes befestigt war. Der Junge betrachtete das Spielzeug ohne sonderliches Interesse.

Dann ging die Frau, die in ihrer Einkaufstasche gekramt und dem wirren Geschwätz des Verkäufers kaum Beachtung geschenkt hatte, einfach weiter, und das Kind ließ die Leine fallen. Der Mann rief seiner verlorenen Kundin noch eine Weile nach, als könnte sie von seinen Beschwörungen zur Rückkehr bewegt werden, doch die Frau und der Junge verschwanden zwischen den Leuten, worauf der Mann endlich verstummte. Er schaltete die Hunde bis auf einen aus und setzte sich wieder in seinen Klappstuhl.

Tyler merkte, daß er keine zwei Meter von dem glücklosen Verkäufer entfernt stand und ihn anstarrte. Die Traurigkeit und absurde Komik der vorangegangenen Szene hatten ihn völlig eingenommen, er stand da im Regen, die Leute mußten ihm ausweichen, und er konnte seinen Blick nicht losreißen.

«Wollen Sie einen?» fragte der Mann.

«Was?» Tyler machte einen winzigen Schritt rückwärts. Er sah sich um, war der einzige, der gemeint sein konnte.

«So einen Hund», sagte der Mann ohne Klang in der Stimme. «Wollen Sie einen kaufen?»

Tyler überlegte, ob er einfach davongehen sollte. «Wieviel kostet er?» fragte er dann, obwohl der Verkäufer den Preis innerhalb der letzten paar Minuten mindestens zwanzigmal genannt hatte.

«Neun Pfund», antwortete der Mann geduldig. Die Resignation hatte ihn gelassen gemacht. «Sie können ihn für sieben haben.»

Tyler hatte keine Ahnung, ob das ein guter Preis war. Er sah auf den Hund herab und versuchte das Geld in seinen Manteltaschen zu zählen, ohne es hervorzunehmen.

«Ich gebe Ihnen noch zwei Ersatzbatterien dazu», bot der Mann an, erhob sich, als durchfahre ihn ein letzter, schwacher Energieschub, und nahm eine Schachtel vom Stapel, den eine Plastikfolie vor dem Regen schützte. Er schob sich die Wollmütze aus der Stirn, hielt Tyler den Karton hin und setzte das beste Lächeln auf, das er nach einem erbärmlichen Tag zustande brachte.

Jetzt hätte Tyler noch den Kopf schütteln und einfach weggehen können. Statt dessen holte er ein paar gefaltete Geldscheine aus der Tasche, zählte sieben Pfund ab und gab sie dem Mann.

«Ist ein tolles Geschenk für ein Kind», meinte der Verkäufer, während er Tyler die Schachtel und die Batterien reichte. Es klang, als versuche er Tyler nachträglich eine Rechtfertigung für den Kauf zu liefern. «Er ist stubenrein, Sie brauchen nicht mit ihm rauszugehen, müssen kein Futter kaufen, und wenn Ihnen das Bellen auf den Wecker geht, schalten Sie ihn einfach aus.» Er grinste und schob die ewig rutschende Mütze nach hinten. Die Geldscheine hielt er noch immer in der Hand, so als könnte es sich Tyler jeden Augenblick anders überlegen und sie zurückverlangen.

Tyler nickte und schob die Schachtel unter den Mantel. «Wiedersehen», sagte er, von der ganzen Sache unangenehm berührt, wandte sich ab und ging hastig davon, tauchte ein in den Passantenstrom.

3

In der U-Bahn, die ihn aus dem East End brachte, saß Tyler mit dem Karton auf den Knien da und dachte, daß er statt dieses elenden Hundes ebenso gut Lammfellbezüge für die Sitze eines Autos, das er nicht besaß, Kunststoffrehe, zu denen ihm der Garten fehlte, oder irgendeinen anderen Plunder vom Straßenmarkt hätte kaufen können. Ein Anflug, eher schon ein Anfall von Mitleid hatte ihn zu dem Handel bewegt, und jetzt, da er die klägliche Figur des Verkäufers nicht mehr vor Augen hatte, fand er sich in einen Zustand stiller Wut und Beschämung versetzt. Das Schaukeln des Waggons ließ ihn den Schlafmangel der vergangenen Tage spüren. Er überfuhr die Haltestelle Temple, an der er eigentlich hatte aussteigen wollen, und blieb bis South Kensington sitzen.

Die Straße und das Haus fand er ohne Schwierigkeiten, sah sich aus einiger Entfernung die Fassade an und kehrte dann um. Er setzte sich in ein Lokal und spielte, während er auf die Bestellung wartete, mit dem Gedanken, die Schachtel auf dem Barhocker liegenzulassen und hinauszugehen. Später, nach dem zweiten Bier, stellte er sich vor, wie er das Stofftier auf die Fahrbahn legte, wo es von einem Wagen plattgewalzt wurde. Er verwünschte den Straßenhändler und sich selber, seine verdammte Barmherzigkeit, die letztlich nur Schwäche war.

Vor ein paar Monaten hatte er einem Nachbarn Geld geliehen. Der Mann hatte ihn im Treppenhaus angesprochen, erst ein wenig geplaudert und dann von seiner momentanen Notlage angefangen, von der fälligen Krankenversicherungsrate und einem Lohnscheck, dessen Auszahlung sich wegen eines Computerfehlers in der Bank verzögerte. Tyler hatte ihm vierzig Pfund gegeben und sich fast dafür entschuldigt, nicht den ganzen Betrag von fünfundsechzig Pfund aufbringen zu können. Zwei Wochen später war der Mann ausgezogen, ohne Tyler das Geld zurückgegeben zu haben. Nach mehreren Telephonaten mit der Hausverwaltung und der Post wußte Tyler dann zwar, daß der Kerl jetzt in Preston lebte, zweihundert Meilen nördlich von London, doch Tylers vorwiegend freundlich abgefaßter Brief blieb unbeantwortet, und drei Anrufe endeten damit, daß Harold Carney, so hieß der Ex-Nachbar, einfach den Hörer auflegte, wenn Tyler sich meldete.

Er hatte damals mit dem Gedanken gespielt, nach Preston zu fahren und die vierzig Pfund plus Zinsen aus Carney herauszuprügeln. Dabei war es weniger der Gedanke an das verlorene Geld, der ihn wütend machte, als die Tatsache, daß jemand seine Gutmütigkeit, für die er sich manchmal selber haßte, ausnützte und ihn um das betrog, was er glaubte beanspruchen zu dürfen, nämlich Respekt. Als Kind hatte er sein neues Fahrrad einem Jungen gegeben, der ihm versprach, einmal um den Block zu fahren, und der dann nie wiederkam. Seit jenem Tag hatte Tyler das Gefühl, man könne ihm seine Weichherzigkeit ansehen, als liefe er mit einem Schild herum, auf dem BESCHEISS MICH! stand.

Nach der Sache mit Harold Carney wachte Tyler bisweilen aus Tagträumen auf, in deren Verlauf er bei seinem Schuldner an der Haustür klingelte und ihm an die Kehle ging, ruhig, ohne Aufwand, nicht einmal zornig. Carney händigte ihm das Geld aus, röchelte eine Entschuldigung und glitt, von Tyler losgelassen, zu Boden. Vorstellungen dieser Art halfen jeweils ein wenig, und Tyler vergaß die Angelegenheit für eine Weile. Es war nicht so, daß er einer dieser kalten Bastarde werden wollte, die über Leichen gehen, aber er hätte sich bestimmt besser gefühlt, wenn er in gewissen Situationen zu mehr Härte fähig gewesen wäre. Netten Menschen wurde auf die Schulter geklopft, bis sie krumm daherkamen, aufrecht gingen die, die über andere hinwegsahen.

Tyler hatte das dritte Glas Bier getrunken und das Geld auf die Theke gelegt. Mit dem Paket unter dem Arm verließ er das Lokal und ging zurück zu dem Haus, das zu betreten er erst jetzt wagte, nach einer Stunde des Überlegens und Abwägens. Im gutbeleuchteten Flur suchte er auf den Briefkastenschildchen den Namen Carol Selby, fand ihn und stieg nach abermaligem Zögern die Treppe hoch. Minutenlang stand er dann vor Carols Wohnung und klingelte schließlich nur, weil eine ihrer Nachbarinnen mit dem Fahrstuhl ankam. Fast erleichtert stellte er fest, daß niemand zu Hause war, drehte sich um und eilte die Treppe hinunter.

Als er ins Freie trat, kam ihm Carol von der Straße her entgegen. Tyler blieb stehen, und Carol rief seinen Namen wie eine Frage. Ihr Gesicht drückte Erstaunen aus und eine Angst vor schlechten Neuigkeiten.

Tyler nickte, hob ein wenig die Hand. «Hallo, Carol», sagte er. «Wie geht es dir?»

Carol schüttelte das Regenwasser vom Schirm, ohne den Blick von Tyler zu nehmen oder ihren Gesichtsausdruck zu ändern. Sie hatte noch immer diesen feingliedrigen, fast mageren Körper. Ihre Augen waren groß und von einem dunklen Braun, in dem der schwarze Punkt der Iris fast verschwand. So lange war es nicht her, seit sie sich das letzte Mal gesehen hatten, ein halbes Jahr vielleicht. Seltsamerweise erinnerte Tyler sich daran, sie war ihm in einem Photoladen über den Weg gelaufen, wo sie ihre Filme entwickeln ließ und er erfolglos versuchte, seine Kamera zu verkaufen. Die Art, wie sie Tyler jetzt begrüßte, ließ keinen Zweifel darüber aufkommen, daß sie wissen wollte, weshalb er hergekommen war.

Tyler erzählte ihr, er hätte in der Nähe zu tun gehabt und sich an ihre Adresse erinnert. Er folgte ihr in den Hausflur, obwohl er am liebsten davongegangen wäre.

«Warst du oben?» Carol öffnete den Briefkasten, Faltprospekte und eine Zeitung kippten ihr entgegen.

«Ja», gab Tyler zurück. Er wollte Carol den Schirm abnehmen, aber sie bemerkte es nicht.

«War Sarah nicht da?»

Tyler schüttelte den Kopf. «Nein», sagte er dann, weil Carol sich leicht abgewandt hatte, um in der Handtasche nach irgend etwas zu suchen. «Sollte sie?»

Carol sah auf die Uhr. «Nein. Sie müßte aber bald da sein.»

«Schule?» Tyler glaubte in dem stillen Flur das Echo seiner Frage hören zu können und merkte, wie dumm sie war.

Carol nickte, das rasche Lächeln verzog ein wenig ihre Mundwinkel. Sie drückte den Knopf für den Fahrstuhl und sah Tyler dann so lange an, bis der einen kleinen Schritt zur Seite machte und zu einem Satz anhob, den er sich schon bereitgelegt hatte. «Was hast du denn da?» kam ihm Carol jedoch zuvor und hob vage den Schirm.

Tyler hatte sich schon mit einer Floskel verabschieden wollen und sah jetzt beinahe verwirrt auf die Schachtel, die, vom Regen etwas aufgeweicht, noch immer unter seinem angewinkelten Arm steckte. Zum ersten Mal, seit er diesen Spielzeughund gekauft hatte, war er froh, ihn zu sehen. «Ach ja, der!» rief er und nahm den Karton in beide Hände. «Den habe ich in einem Laden gesehen und dachte, er würde Sarah bestimmt gefallen.»

«Für Sarah?» Carols Gesicht nahm wieder diesen Ausdruck an, der irgendwo zwischen Überraschung und Skepsis lag.

«Ich weiß, sie hat nicht Geburtstag», beeilte sich Tyler. «Er war auch überhaupt nicht teuer.» Er drehte die Schachtel und hob sie etwas höher. «Ich sah ihn da in dem Laden und dachte, der wär was für Sarah.» Tyler wurde plötzlich bewußt, wie unsicher er sich in Gegenwart dieser Frau verhielt, einer Frau, mit der er so viel Zeit verbracht hatte, als sie und Sinclair Banks noch verheiratet gewesen waren. Jetzt fühlte er sich befangen, wußte nicht, ob sie ihn nach all der Zeit überhaupt sehen wollte, oder ob er inzwischen ein Stück der Vergangenheit geworden war, die sie lieber so gut es ging vergaß.

«Sie wollte schon immer einen Hund», meinte Carol und besah sich das Stofftier durch das an der Frontseite der Schachtel ausgestanzte Fenster. «Einen richtigen natürlich», fügte sie lächelnd hinzu. «Aber mit diesem könnte sie ja schon mal ein bißchen üben.»

«Er ist stubenrein, braucht weder Futter noch Auslauf, und wenn dich das Bellen stört, drehst du es einfach ab.» Als Tyler das sagte, mußte er an den kleinen Verkäufer in der lächerlichen Wollmütze denken und stellte irgendwie erleichtert fest, daß er den Mann nicht mehr zur Hölle wünschte. Er fuhr leicht zusammen, weil die Lampen an der Flurdecke mit einem Klicken erloschen, doch noch bevor er die Hand nach dem Schalter ausstrecken konnte, senkte sich der beleuchtete Fahrstuhl herab und warf einen Balken aus Licht zwischen ihn und Carol.

«Willst du mit nach oben kommen?» fragte Carol, ihre Nervosität mit dem Öffnen der Lifttür überspielend. «Sarah wird jeden Moment hier sein.»

Tyler reagierte nicht gleich, stand nur da mit einem verwischten Grinsen im Gesicht, nickte kaum sichtbar und hob und senkte den Karton in seinen Händen, als wolle er dessen Gewicht abschätzen.

«Ich kann uns einen Tee machen», sagte Carol. Gelbes Licht fiel seitlich aus dem Fahrstuhl auf ihr Gesicht, machte es fremd und weich.

«Halte ich dich auch von nichts ab? Ich meine, ich kann dir das Geschenk auch einfach geben, und du richtest Sarah liebe Grüße aus.» Noch während er redete, merkte Tyler, daß er die Sache unnötig komplizierte. Selbst wenn Carol tatsächlich keine Zeit für ihn gehabt hätte, wäre es jetzt wohl zu spät gewesen, ihm das zu sagen.

Carol kaschierte ihre Ungeduld, indem sie ein weiteres Lächeln aufbrachte. «Sie würde sich bestimmt sehr freuen», meinte sie und machte einen Schritt rückwärts in die Liftkabine. Jetzt floß das Licht an ihr herab, zeichnete ihr Gesicht neu mit feinen Schatten und leuchtenden Linien.

«Wenn du meinst.» Tyler stellte sich neben Carol und sah zu, wie sie den Knopf für ihr Stockwerk drückte. Die Fahrt dauerte nur ein paar Sekunden, aber Tyler war so verkrampft, als würde er zu Testzwecken ins All geschossen. Gerade als er mit einem belanglosen Satz die Stille durchbrechen wollte, stoppte der Lift.

In der Wohnung zog Tyler seinen Mantel aus und gab ihn Carol, als sie mit einem Kleiderbügel vor ihn trat. Die Schachtel mit dem Hund stellte er auf das Schuhregal im Schrank.

«Mach's dir bequem.» Carol schloß die Tür des Wandschranks und rieb sich verlegen die ringlosen Hände. Sie trug Jeans, ein Sweatshirt und einen schwarzen Pullover. Ohne die Stiefel war sie noch ein wenig kleiner geworden.

Tyler ging ins Wohnzimmer und sah sich mit diskreter Neugier um, betrachtete Bilder, berührte flüchtig eine Skulptur aus dunklem poliertem Holz und überflog, den Kopf schräggelegt, ein paar Buchtitel im Regal. Da er wußte, daß Carol seine Frage, ob er ihr in der Küche helfen könne, verneint hätte, machte er ihr ein Kompliment über die Wohnungseinrichtung, was Carol etwas ähnlich Abgedroschenes sagen ließ. Tyler rief, die Zimmer seien irgendwie größer geworden, dann schoß es ihm durch den Kopf, daß das so war, weil Banks nicht mehr hier lebte. Bevor er diese peinliche Bemerkung durch einen etwas überlegteren Satz neutralisieren konnte, kam Carol in den Raum und stellte ein Tablett mit Teegeschirr auf den Tisch, der zwischen einem Sofa und Polstersesseln stand.

«Du weißt ja, wieviel Kram Sinclair hortet», sagte Carol ruhig, entlud das Tablett und hielt es dann mit beiden Händen gegen ihren Bauch gepreßt. «Die Wohnung ist wirklich größer geworden ohne seine Möbel, die Kisten voller Schallplatten, die Bücher und Stapel von Magazinen und das ganze Zeug.» Sie sah sich im Raum um, nickte kaum wahrnehmbar. «Setz dich doch», forderte sie Tyler dann auf und berührte die Rückenlehne eines Sessels mit der Hand. «Der Tee ist gleich fertig.»

Eine Trennung ändert sogar Namen, zumindest Gewohnheiten, dachte Tyler. Carol nannte ihren Ex-Mann jetzt Sinclair, nicht mehr Sin, wie sie es früher getan hatte und wie es alle taten, die seine Freunde waren. Er hörte die Klospülung rauschen und fühlte sich so fremd in dieser Wohnung, wie er es nie für möglich gehalten hätte. Er war müde und leer, lehnte sich im Sessel zurück und schloß die Augen. Ein Gefühl, als würde er langsam versinken, machte sich in ihm breit, und er gab ihm nach.

Als er die Augen wieder öffnete, stand Sarah auf der anderen Seite des Raumes und blickte zu ihm herüber. Das Mädchen war nicht so feingliedrig wie seine Mutter, der Kopf runder, die Formen weniger eckig. Natürlich war sie größer geworden, und ihr Haar war kürzer, auch dunkler.

«Hallo», sagte sie, damit auch Tyler etwas sagen würde. Sie trat einen halben Schritt nach vorne.

Tyler erwiderte den Gruß, wußte aber nicht, ob er aufstehen sollte, um Sarah die Hand zu geben. Er fragte sich, ob er sie noch auf die Wange küssen durfte wie früher, und ob sie sich mit ihren sieben Jahren noch hochheben und herumwirbeln ließ. Möglicherweise war er ihr so fremd geworden wie ihrer Mutter, die er noch nicht einmal angefaßt hatte, als könnte eine Berührung etwas auslösen, ein Bild hervorholen, eine Erinnerung, im schlimmsten Fall eine Empfindung, die so konsequent weggeschafft schien wie Banks' Sachen.

«Du siehst schlecht aus, Tyler», sagte das Mädchen. Die Leute nannten ihn Tyler, nicht Nicholas und nicht Nick. Also nannte ihn auch Sarah so, nur klang es bei ihr anders, irgendwie bedeutungsvoll. Vielleicht war es ihre Stimme, der Klang ihrer Kinderstimme, der ihm bis ins Mark ging, wenn sie seinen Namen aussprach, als würde sie ihn seit hundert Jahren kennen. Sie war noch näher gekommen, stand jetzt beim Sofa. «Vielleicht bist du krank. Alle in der Schule sind krank.»

Tyler brachte halbwegs ein Lächeln zustande. Ihm fiel sonst niemand ein, der ihm gesagt hätte, er sehe schlecht aus, auch wenn es die Wahrheit war. «Ich habe kaum geschlafen letzte Nacht», gab er als Antwort. Er strich über die Bartstoppeln an seinen Wangen und kämmte sich mit den Fingern die Haare nach hinten.

«Bist du mit Sin rumgezogen?» Das Mädchen konnte wirklich Fragen stellen. Zumindest nannte sie ihren Vater nicht Sinclair, schien ihn also noch als Freund zu betrachten.

«Nein, ich habe ihn gesucht. Er … ich wollte ihn sehen, aber er ist nicht zu erreichen … momentan.» Tyler hütete sich davor, dem Mädchen zu erzählen, daß ihr Vater unauffindbar war. Seit er den halbherzigen Entschluß gefaßt hatte, hierher zu kommen, überlegte er, ob er Carol gegenüber etwas von Banks' Verschwinden erwähnen sollte, ohne sich bis jetzt dafür oder dagegen entschieden zu haben.

«Ist er denn nicht bei Naomi?» wollte Sarah wissen. Sie hatte sich auf das Sofa gesetzt, ihre Hände lagen auf den Knien. Sie trug blaue Strumpfhosen, einen dunkelgrauen Faltenrock, eine weiße Bluse und einen blauen, kurzärmeligen Pullover.

«Gestern jedenfalls nicht», antwortete Tyler mit der Geduld, die er Sarah irgendwie schuldig war, auch wenn das Mädchen die stoische Hartnäckigkeit eines Vernehmungsbeamten an den Tag legte. Die Erinnerung an die Begegnung mit Banks' Freundin Naomi in der vorangegangenen Nacht war auch nicht eben geeignet, Tylers Stimmung zu bessern. Naomi, ihre Schwester und eine Nachbarin hatten in der Küche gesessen und zu dritt Tischfußball gespielt, was an sich bereits merkwürdig war, und sie spielten es nicht mit diesem eckigen Ball, der dafür vorgesehen war, sondern mit Schokoladekugeln, von denen eine ganze Packung auf dem Tisch lag. Die drei Frauen waren betrunken, sie kreischten und kickten die Schokobälle in alle Richtungen, während Polanski, der Hund von Naomis Schwester, herumraste und alles fraß, was zu Boden fiel. Tyler hatte versucht herauszufinden, ob Naomi wußte, wo Banks steckte, doch die Frauen waren so von ihrem Spiel besessen, daß sie nicht einmal mitbekamen, was er wollte. Als Tyler den kleinen, auf dem Kühlschrank stehenden Fernseher ausschaltete, um wenigstens eine der Lärmquellen loszuwerden, machten die Schwestern ein Riesengeschrei, johlten den Titel des Films, von dem sie vermutlich keine einzige Szene mitbekommen hatten, beschimpften Tyler und drängten ihn aus der Küche. Die Nachbarin erbrach sich über das Spielfeld und fing an zu weinen, wofür Naomis Schwester Tyler verantwortlich machte und behauptete, er hätte ihnen den ganzen Abend verdorben. Tyler verließ wortlos das Haus, atmete im Freien zitternd die kalte Nachtluft ein und setzte sich auf die Stufen des Eingangs, bevor er eine Zigarette rauchte. Er sah den Himmel über sich und ein paar Sterne, und sein Kopf war ein zu schwer gewordener Planet, der allmählich aus der Bahn sackte.

«Und sie weiß nicht, wo er ist?» Sarah kopierte perfekt den Gesichtsausdruck ihrer Mutter.

«Wie?» Tyler merkte, daß er erneut wegzudämmern drohte. «Nein ... Sie war für ein paar Tage weg, geschäftlich.» Er setzte sich gerade und überlegte, ob er Carol jetzt noch bitten konnte, Kaffee statt Tee zu machen. Früher hätte er es einfach getan oder ihn sich selber aufgebrüht. Daß er in der Wohnung eines Menschen, mit dem er so viel Zeit verbracht, mit dem er sogar geschlafen hatte, daß er an einem solchen Ort auch nur einen einzigen Gedanken an etwas so Lächerliches verschwendete, ließ das Gefühl des Unbehagens in ihm noch stärker werden. Zum ersten Mal fühlte er sich alt, und die Vergangenheit erschien ihm als eine Anhäufung von Irrtümern und Ausflüchten, als ein endloser gestotterter Satz gegen Angst und Einsamkeit.

Sarah redete, der Tonfall ihrer Stimme war eine Melodie, die seinen Kopf durchzog wie ein dunkler Strom. Aber es gelang ihm nicht, wirklich hinzuhören, er fischte einzelne Wörter auf, die losgelöst keinen Sinn ergaben, und ließ sie versinken.

Als Sarah mit der Fingerspitze seinen Arm berührte, zuckte er zusammen. Ein grauer Fleck hinter seinen Augen wurde langsam heller und vergrößerte sich zu einem Raum mit schiefen Linien und verschwommenen Gegenständen, die erst allmählich Form annahmen. Sarah legte ihre kühle Hand auf Tylers Stirn und blickte mit ernstem Gesicht an ihm vorbei, als müsse sie sich auf etwas Wichtiges konzentrieren.

«Habe ich geschlafen?» Tyler drehte den Kopf, konnte Carol jedoch nirgendwo sehen. Sein Körper fühlte sich schwer an, sein Mund trocken.

«Du hast Fieber, Tyler», sagte Sarah und wischte sich die Hand am Pullover ab. Dann trat sie ein paar Schritte zurück, als befürchtete sie, sich anzustecken.

Tyler versuchte, ein unbekümmertes Lächeln zustande zu bringen. «Nein, nein, ich bin in Ordnung. Alles, was ich brauche, sind ein paar Stunden Schlaf.» Sarahs skeptischer Blick machte ihn verlegen und ein wenig ärgerlich.

Endlich brachte Carol den Tee und fragte, ob Tyler sich wohlfühle, und er antwortete mit einem überraschten Ja. In Wirklichkeit wurde ihm immer elender zumute, aber die Ursache dafür war nicht Fieber und nur bedingt der Schlafmangel.

«Faß seine Stirn an, Ma!» forderte Sarah ihre Mutter auf, die ebenso verwirrt und peinlich berührt reagierte wie Tyler.

«Geht es dir wirklich gut?» Carol verteilte die Tassen und Teller auf dem Tisch und ließ dabei einen kleinen Löffel fallen, der klirrend auf der Glasplatte landete.

«Nein, er ist krank», antwortete Sarah für Tyler. Sie

sagte das so, als sei die von ihr diagnostizierte Krankheit Tylers gerechte Strafe, wofür auch immer.

«Ich kann dir eine Tablette holen, wenn du möchtest.»

«Nein!» Tyler erschrak selber über den schroffen Ton. «Nein», wiederholte er betont sanft und lächelte. «Wirklich, vielen Dank. Eine Tasse Tee wird mir aber bestimmt guttun.»

Die nächste halbe Stunde tranken sie Tee und hörten Sarah zu, die von der Schule erzählte, von einem Besuch im Museum und einer Freundin, die sich beim Sturz vom Klettergerüst die Schneidezähne ausgeschlagen hatte.

Später holte Sarah ihre Schulhefte, um sie Tyler zu zeigen. Er mußte sich neben Sarah auf die Couch setzen, und sie blätterte die Seiten so schnell durch, daß vor Tylers Augen ein zerstückelter Film aus seiner eigenen Kindheit entstand, eine flirrende Abfolge von Bildern mit simplen, in unbeholfener, runder Schrift verfaßten Texten, mit den roten Zahlen und Zeichen der Lehrer, den Zeichnungen, auf denen der Himmel ein Balken am oberen Blattrand war und nie gesehene Blumen die Häuser überragten. Tyler warf ab und zu einen Blick auf Sarahs Profil und dachte daran, daß ihre Zeichnungen im Lauf der Jahre immer sachlicher werden, daß die seltsamen Tiere und Pflanzen daraus verschwinden würden, wie sie auch aus der wirklichen Welt verschwanden. Schon bald, wenn die Blätter in einem Schuhkarton im Schrank lagen oder an der Kühlschranktür der Großeltern ihre Farbe verloren, würde Sarah in einem Raum sitzen und unter den Augen ihres Prüfers abgemessene Linien und auf fünf Stellen hinter dem Komma genaue Zahlen zu Papier bringen, immer in der Angst, sich zu verrechnen.

«Sarah, es wird Zeit.» Carol machte diese Bemerkung, als das Kind ein neues Heft nahm und auf seinen Knien ausbreitete.

Während Sarah sich mit allen erdenklichen Begründungen wehrte, stand Tyler auf und sagte, auch für ihn sei es an der Zeit zu gehen. Er sah auf seine Uhr, es war halb sieben, die Bauarbeiter hatten Feierabend gemacht, Ruhe würde herrschen im Haus und nur Wilkins' verkalkte Maschinerie zu hören sein.

Carol erhob sich ebenfalls. Sie hatte ihr Haar anders gekämmt, fiel Tyler jetzt auf, sie trug nicht mehr dasselbe Kleid, und sogar ihre Lippen hatten die Farbe gewechselt.

«Besuchst du uns wieder?» Sarah stand neben dem Sofa, trug die Hefte als Stapel auf dem Kopf und hielt sie mit einer Hand fest.

«Ich habe eine Menge zu tun in nächster Zeit», beeilte Tyler sich, damit Carol nichts sagen mußte. «Aber ich werde anrufen.» Er warf einen kurzen Blick auf Carol, deren Gesicht weder Zustimmung noch Ablehnung verriet. «Wir könnten in den Zoo gehen, mit Nüssen nach den Bären schmeißen. Weißt du noch?»

Sarah nickte, lächelte sogar ganz kurz, aber Tyler konnte sehen, daß sie wußte, er würde sich sowenig melden wie in den letzten zwei Jahren. «Auf Wiedersehen, Tyler», sagte sie dann, kaum merklich die Hand hebend, und ging in ihr Zimmer.

«Soll ich?» Tyler lehnte sich mit dem Rücken gegen die Wand, während Carol an ihm vorbei zum Garderobenschrank ging. «Anrufen, meine ich.»

«Wenn du willst», gab Carol leise zurück. Sie stand vor dem Schrank, öffnete ihn jedoch nicht.

Tyler trat neben sie, nicht zu nahe, aber dicht genug, um die feine Narbe zu sehen, die sich seitlich des Kinns als helle Linie von der übrigen Haut abhob. «Nein, Carol», sagte er ruhig. «Wenn *du* willst.» Er dachte daran, ihren Arm zu berühren, ihre Hand, ließ es dann aber bleiben.

«Ich weiß nicht.» Carol strich sich eine Haarsträhne

aus der Stirn und sah Tyler an, wandte den Kopf jedoch gleich wieder ab. «Ich weiß es nicht, Tyler.» Jetzt sah sie ihn wirklich an, lange und mit ruhigem Gesicht.

Genau dieses Gesicht war es gewesen, in das Banks damals geschlagen hatte, dachte Tyler, genau diese Ruhe, in die er seine Hand mit dem Ring geschleudert hatte, um einen Schrei zu hören statt der Stille, hinter der Carol sich verbarg. Schweigend sah er zu, wie Carol den Schrank öffnete, wie sie seinen Mantel herausnahm und wie die Schachtel mit dem Spielzeughund aus dem Dunkel kippte und zu Boden fiel.

«Dein Geschenk», sagte Carol tonlos, bückte sich nach der Schachtel und hob sie auf. Sie lächelte ein wenig, als sie Tyler ansah. «Soll ich Sarah holen?»

Tyler schüttelte den Kopf. Er nahm einen Kugelschreiber aus der Manteltasche und nahm Carol den Karton ab. FÜR SARAH VON TYLER schrieb er auf den Deckel, daneben, in winzigen Zahlen, seine Telephonnummer. «Ich werde dich nicht anrufen», sagte er zu Carol, gab ihr die Schachtel zurück und verließ die Wohnung.

Es regnete nicht mehr, aber es war kälter geworden, und Tyler zündete sich im Gehen eine Zigarette an. In der U-Bahn blieb er stehen, um sich wach zu halten, legte die Schläfe ans Glas, das kühl war wie Sarahs Hand.

Irgendwo im Wagen redete ein Kind, doch Tyler konnte es nicht sehen und verstand nicht, was es sagte. Eine Kinderstimme vermochte Erwachsene zu beruhigen, zu besänftigen, hatte Tyler einmal gelesen. Vielleicht kam diese aus verborgenen Lautsprechern, wie in den Fahrstühlen die Musik, die den Leuten die Angst nehmen soll vor der Enge und dem Sturz in die Tiefe des Schachts.

Auf dem Nachhauseweg kaufte Tyler ein; Brot, Käse, Tomaten, eine Flasche Rotwein, Zigaretten. Während sich die Warteschlange auf die Kasse zuschob, aß er von dem Brot. Sein Kopf schmerzte, und ihm fiel ein, daß er keine Tabletten mehr hatte, aber er wollte den Platz in der Reihe nicht aufgeben, um welche zu holen. Ein schlafendes Kind hing über der Schulter der Frau vor ihm, und Tyler schloß die Augen, bis er von hinten leicht geschoben wurde.

Die Wohnung war schlecht geheizt, und so zog Tyler nur die Schuhe aus und legte sich mit den Einkäufen ins Bett. Rick Dalton, der Leadgitarrist der Band, hatte angerufen und auf das Band gesprochen, wollte wissen, ob Tyler endlich etwas über Banks' Verbleiben herausgefunden habe. Tyler aß, trank Wein und wartete darauf, daß die Kopfschmerzen abklangen. Eine Weile lag er dann mit offenen Augen da und rauchte eine Zigarette, begleitet vom dumpfen Lärm aus Wilkins' Fernseher. Die Dielen knarrten, wenn der Alte über seinem Kopf umherging, doch irgendwann schlief Tyler ein.

4

Tyler machte sich ein richtiges Frühstück, duschte danach und rasierte sich. Er nahm frische Kleider aus dem Schrank und stopfte die alten in den Seesack, mit dem er später zur Münz-Wäscherei gehen würde. Schon eher aus Gewohnheit wählte er Banks' Nummer, ließ es eine Weile klingeln und hängte schließlich auf. Er zog sich an, spülte das seit Tagen stehengebliebene Geschirr, räumte alte Zeitungen weg und suchte danach die restliche schmutzige Wäsche zusammen. Wilkins' Radio plärrte durch die Decke, und Tyler hörte, daß für den Nachmittag Regen erwartet wurde.

Später setzte Tyler sich im Arbeitszimmer an den Computer und rief den Text ab, den er ein paar Tage vor Banks' Verschwinden geschrieben hatte. Die Sätze, alles in allem viereinhalb Seiten, leuchteten aus dem Bildschirm wie etwas Bedeutendes, waren aber nur der Anfang eines Artikels über ein paar späte Entwürfe Robert Schumanns. Tyler las ihn durch, änderte einige Dinge und schrieb ihn dann innerhalb von zwei Stunden zu Ende. Während er den Text ausdrucken ließ, räumte er Bücher, Notizen und Schreibzeug vom Pult und steckte dann die fertigen Seiten in einen Umschlag.

Mit einer Zigarette zwischen den Lippen trat er ans Fenster und sah hinaus, merkte irgendwann, daß er auf das Einsetzen des angekündigten Regens wartete. Im Nachbarhaus rührte sich nichts, und erst nach einer Weile fiel Tyler ein, daß Samstag war und deshalb diese ungewöhnliche Ruhe herrschte. Die Arbeiter lagen bei ihren Frauen, saßen in ihren Küchen oder Autos, lasen die Zeitung mit abgenutztem Staunen und fuhren davon, nur um sich am Sonntagabend wieder einzuholen. Tyler stellte sich das alles vor, und er vermutete, daß ein paar der Männer den Montag herbeisehnten, ihre Welt aus einstürzenden Mauern, Staub und Bier und dreckigen Witzen. Er wandte sich vom Fenster ab, verstaute den Umschlag mit dem Artikel in eine Ledertasche, ging in die Küche und warf die Zigarettenkippe ins Spülbecken. Seine Haare waren jetzt trocken. Er holte den Seesack, zog den Mantel an und schloß die Wohnungstür hinter sich ab.

Der Waschsalon, nur ein paar Straßen entfernt, war rund um die Uhr geöffnet, auch an den Wochenenden. Der Laden wurde von drei alten Männern geführt, Griechen oder Zyprioten, deren einzige Aufgabe es zu sein schien, in einem angrenzenden Raum zu sitzen und fernzusehen. Nur ganz selten kam einer der Greise in die Halle mit den Waschautomaten und Trocknern, schlurfte zum Eingang und spähte durch die Glastür auf die Straße hinaus, um sich nach einer Weile bedächtig umzudrehen und zurück zu seinen Partnern zu gehen. Es schien Tyler jeweils so, als warteten die Alten auf etwas oder jemanden und als ertrügen sie dieses Warten mit einer für ihn rätselhaften Mischung aus Enttäuschung und Geduld.

Während seine Maschine die ersten Drehungen machte, setzte sich Tyler in einen der orangefarbenen Plastikstühle und blätterte in der Wochenendbeilage der *Times.* Außer Tyler saßen noch etwa zehn Leute herum, lasen ebenfalls oder schlugen sonstwie die Zeit tot. Ab und zu blickte Tyler von seiner Lektüre auf, um sich nach vertrauten Gesichtern von Stammkunden umzusehen und diskret die zu mustern, denen er zum ersten Mal hier begegnete.

McPherson war da, der Tyler eine Zeitlang mit seinen Weibergeschichten genervt hatte. Er stand bei den Bügelmaschinen und redete mit einem glatzköpfigen Mann, der am Tisch gegenüber Hemden faltete, und Tyler versuchte, die Zoten von McPhersons Lippen abzulesen. Die Frau war da, die immer ihre Katze in einem Korb bei sich hatte, und die kleine Dünne, die heimlich die anderen Kunden anstarrte und ihren Blicken dann auswich, als hätte sie in den Leuten zur Fahndung ausgeschriebene Verbrecher wiedererkannt. Manchmal war sogar jemand in der Wäscherei, mit dem man ein vernünftiges Gespräch führen oder eine Partie Dame spielen konnte. William Finn zum Beispiel, dessen Ramschladen in der gleichen Straße lag, oder Henry Kellerman, der Ex-Polizist, der manchmal seine blinde Tochter mitbrachte und sich mit ihr auf den Knien alles über klassische Musik erzählen ließ. Meistens jedoch saß Tyler auf seinem Stuhl und las, gab es zumindest vor und hielt sich so die aufdringlichsten Schwätzer vom Leib.

Nachdem Tyler seine Wäsche aus dem Trockner genommen und in den Seesack getan hatte, ging er die Straße hinunter zu einem Supermarkt, wo er für das Wochenende einkaufte und dabei an Wilkins dachte, dem er eine Packung Frühstücksflocken, Milch und ein paar Revolverblätter einpackte.

Auf dem Heimweg schaute er bei Finn rein, der gerade am Telephonieren war und ihm bedeutete, sich irgendwo hinzusetzen. Tyler stellte den Seesack und die Einkaufstüten auf den Boden und sah ein paar Kisten mit Büchern durch, Taschenbücher, die Finn pfundweise verkaufte. Die gebundenen Bände standen in den Regalen, nach Gebieten sortiert, Abenteuer, Liebe, Kunst und Krieg und was es sonst noch gab im Leben. Im hinteren Teil des Ladens waren die Möbel, die Bilder, Vasen, Lampen, die Geweihe, Felle und ausgestopfen Tiere, alles vervielfacht von den Spiegeln, die einen Großteil der Wände bedeckten. Speckige, aus den Nähten gegangene Golftaschen und abgewetzte Koffer standen herum, Angelruten, aufgerollte und verschnürte Teppiche, Musikinstrumente. Neben dem Tisch, hinter dem Finn seine Tage verbrachte, standen die Vitrinen mit dem Schmuck, den Uhren, den Photoapparaten, Ferngläsern, den Porzellanfiguren, Münzen und Halbedelsteinen.

Nichts in diesem Laden war wirklich kostbar, nichts wirklich antik und für einen Kenner von Wert. Finns Kundschaft bestand hauptsächlich aus Leuten, die herkamen, weil sie hier das billige Zeug fanden, das sie sich gerade noch leisten konnten. Frauen tauschten ihre Romane, Kinder ihre Comic-Hefte ein, Männer in schlechtsitzenden Anzügen kauften Uhren mit zerkratztem Glas, Ehepaare feilschten um den Preis einer Kommode für das Kinderzimmer. Dennoch liebte Finn sein Geschäft, machte das Beste aus dem unerfüllten Traum vom Handel mit wertvollen Antiquitäten und hoffte insgeheim auf den Fund seines Lebens, die seltene Marke in einem Bündel vergilbter Briefe, die Skizze eines alten Meisters zwischen billigen Drucken, die echte Ming-Vase unter Hunderten von falschen.

Tyler schmökerte in einem Lexikon über Tropenkrankheiten, als Finn das Telephongespräch beendete.

«Warst du bei den Sehern?» fragte Finn, auf den Seesack deutend. Er nannte die Besitzer des Waschsalons so, weil sie entweder fern- oder auf die Straße sahen. Er trug Hausschuhe, weite Hosen und über einem schwarzen Hemd eine braune Tweedjacke. Für einen Siebzigjährigen hatte er erstaunlich volles Haar, das er mit Frisierpomade nach hinten kämmte. An einer Kette um seinen faltigen Hals baumelten Schlüssel und eine Eidechse aus Silber.

Tyler nickte, klappte das Buch zu und stellte es zurück ins Regal. «McPherson war da und der Knochen. Samstag ist kein guter Tag.»

Finn lächelte und sah Tyler an, als hätte der eben etwas ganz Erstaunliches, gleichermaßen Weises und Unsinniges gesagt. Er schüttelte leicht den Kopf und ging dann zu einem Schrank, der neben seinem Pult stand. «Freitage sind besser, da hast du recht», sagte er, während er die Schranktüren öffnete, und ein belustigter Ton lag in seiner Stimme. «Besonders die im Sommer.»

Tyler bückte sich ein wenig, um die Musikbücher durchzusehen, fand aber nichts Neues und richtete sich auf, als Finn mit einer Schallplattenhülle auf ihn zukam.

«Mendelssohn», sagte er, Tyler die Platte reichend. «Violinkonzert, seltene Aufnahme, hat Larry gesagt.» Larry Cuttler war Finns Freund, ein ehemaliger Berufstaucher mit perforierten Trommelfellen, der einen Möbeltransporter fuhr und regelmäßig eine Ladung Ware vorbeibrachte. Tyler hatte vor Jahren, als er dringend Geld brauchte, ein paar Wochen mit ihm gearbeitet und wußte, daß Cuttler die Leute nicht immer fragte, wenn er ihre Keller und Dachstöcke räumte und dabei Sachen beiseite schaffte, um sie, wie er sagte, vor dem Sperrmüll zu bewahren. Larry Cuttler mochte ein gerissener Hund sein, was die Beschaffung von Trödel betraf, von Musik und davon, ob eine Aufnahme selten war oder nicht, hatte er aber gewiß keine Ahnung.

Tyler besah sich die Rückseite des Umschlages, las den Text und prüfte dann den Zustand der Platte, indem er sie ans Licht hielt und nach Kratzern absuchte. «Wieviel?» Erst jetzt bemerkte er zwei Jungen, die hinter einem Bücherregal am Boden hockten und in Comic-Heften lasen. Der eine der beiden hatte das Bein eingegipst, das weiß aus der düsteren Ecke leuchtete. Tyler fragte sich, ob Finn von ihrer Anwesenheit wußte, und wandte rasch den Blick ab.

«Vier Pfund, soviel hab ich Larry bezahlt.» Finn setzte sich hinter seinen Tisch in den Drehstuhl.

Ein Mann betrat den Laden, grüßte und verschwand zwischen den Bücherwänden, die bis an die Decke reichten und deren oberste Regale man nur mit einer Leiter erreichte.

Tyler holte ein Glas grüner Oliven aus einer der Einkaufstüten, stellte es vor Finn und legte das Geld daneben. «Die mit den Mandeln gab's nicht mehr.»

Finn steckte die Scheine ein und betrachtete dann grinsend das Olivenglas. «Zum Glück machen die verdammten Dinger nicht fett», sagte er, nahm das Glas und verstaute es in einer Schublade des Schreibtisches. «Wie geht es dir eigentlich?» wollte er plötzlich wissen, machte ein ernstes Gesicht und faltete die Hände vor dem Bauch. «Hast du endlich geheiratet?»

Der Kunde kam mit ein paar Büchern hinter einem Gestell hervor, blieb erst zögernd stehen, weil er glaubte, durch sein Erscheinen ein Gespräch zu unterbrechen, legte dann aber, von Finn mit einer Handbewegung dazu aufgefordert, die Bände vor ihn hin und klaubte eine Handvoll Geld aus der Hosentasche. Die beiden wechselten ein paar Worte; Finn erwähnte etwas von einer geschlossenen Leihbücherei, deren Bestände er teilweise aufkaufen wolle. Schließlich bedankte sich der Mann, hob andeutungsweise den Hut und verließ das Geschäft.

«Raymond», sagte Finn. «Kauft alles über den Ersten Weltkrieg und Insekten.»

Tyler hängte sich den Seesack um die Schulter, ging in die Hocke und hob die braunen Papiertüten hoch.

«He, Tyler, du hast meine Frage nicht beantwortet!»

«Du wirst mein Trauzeuge sein», gab Tyler zurück, machte das Spielchen mit, wie jede Woche. «Willst du's schriftlich?»

«Ich lebe nicht mehr lange.»

Tyler lächelte. «Meine Kinder werden hier drin aufwachsen, und du wirst ihnen bei jedem Zentimeter zusehen.» Er ging zur Tür, sah ins Freie. Es hatte inzwischen tatsächlich angefangen zu regnen. «Schönes Wochenende.»

«He, Tyler, warte!» Finn stemmte sich aus dem alten Bürostuhl und ging in den hinteren Teil des Raumes, um gleich darauf mit einem Plattenspieler in den Armen zurückzukommen. «Du mußt dir was anhören», sagte er, während er das Gerät auf den Tisch stellte. «Dauert nicht lange. Dreh das Schild um!» Er holte eine Schallplatte unter der ledernen Schreibunterlage hervor und löschte das Deckenlicht.

«Was hast du vor, eine Messe abzuhalten?»

«Hör einfach zu!» Finn legte den Tonarm auf die Platte und verharrte dann mit weitgeöffneten Augen, als könnte jede Bewegung die Schallwellen davon abhalten, aus den verbeulten Lautsprechern zu dringen.

Die Nadel kratzte in der Rille, ein Rauschen und Knistern war zu hören, dann ein Ton, aus einer Dumpfheit langsam aufsteigend, eine Art Heulen, wie das verlangsamte Jaulen einer Sirene.

«Du hast die falsche Geschwindigkeit eingestellt», sagte Tyler. Es war düster in dem Laden, von der Straße drang kaum Licht herein, und einzig die beleuchteten Vitrinen gaben etwas Helligkeit ab.

Finn kniff nur die Augen zusammen und hob die rechte Hand mit dem gestreckten Zeigefinger.

Tyler seufzte und lud die Einkaufstüten auf dem Tisch ab. Die langgezogenen Töne wurden lauter, begannen sich zu überschneiden und füllten, vom Prickeln und Scheuern der abgenutzten Nadel überlagert, den Raum. Jetzt endlich glaubte Tyler zu wissen, was sie da hörten, wartete aber noch eine Weile, um sicher zu sein.

«Wale», sagte er dann, sich an eine Sendung erinnernd, die er vor Jahren im Radio gehört hatte.

Finn starrte ins Halbdunkel, als könnte er die Tiere darin schwimmen sehen. «Die Rufe von Buckelwalen», raunte er. «Die Gesänge von Wesen, die es wohl schon bald nicht mehr gibt. Irgendwann bleiben nur noch diese Schallplatten, und in den Ozeanen ist es totenstill.» Er drehte den Ton am Plattenspieler langsam ab, schaltete das Gerät aus und machte Licht.

«Schön», sagte Tyler, weil er glaubte, irgend etwas sagen zu müssen. Immerhin war es die Wahrheit; er hatte damals das Radio in die leere Badewanne gestellt und war langsam von einem Zimmer zum andern gegangen. Sogar Wilkins schien während der Dauer der Gesänge seine Übungen unterbrochen zu haben.

«Voller Wehmut, nicht wahr?» Finn nickte. «Als kennten sie ihr Schicksal.»

Tyler blickte sich um, von den beiden Jungen war weder etwas zu sehen noch zu hören. Er klemmte die Papiertüten unter die Arme und ging zur Tür. «Vielleicht tun sie das wirklich», sagte er.

«Wir wissen überhaupt nichts, Tyler!» rief Finn, inmitten von Hunderten, eher schon Tausenden Büchern stehend. Er hob beide Hände zum Abschied und wie um zu zeigen, daß sie leer waren bis auf die Linien, von denen die eine die Länge des Lebens beschrieb.

«Ich schau nächste Woche wieder rein.» Tyler drehte das Schild um, zog die Tür auf und trat ins Freie, in Kälte und einen Regen, den der Wind zwischen die Häuser warf. Möwen trieben über den Dächern, kippten in Böen, ließen sich hochwerfen und sackten ab. Die hatten noch keinen Wal gesehen, dachte Tyler, manche wohl nicht einmal das Meer.

Er ging durch Seitenstraßen, vorbei an heruntergekommenen Häusern, vernagelten Schaufenstern, machte einen Bogen um Sturzbäche, die aus vom Rost zerfressenen Regenrinnen prasselten, und blieb von den Fassaden weg, vor denen auf dem Gehsteig zerbrochene Ziegel lagen. In einer Hofeinfahrt blieb er stehen, stellte die Einkaufstüten ab und zündete sich eine Zigarette an. Ein durchnäßter Hund trottete vorbei, ein Mann schob sein Fahrrad in den Innenhof. Tyler lehnte sich gegen die Mauer, sog zitternd den Rauch in die Lungen. Lose Fensterläden schlugen an die Fassaden, und von irgendwoher tönte Musik.

5

Im Treppenhaus traf Tyler auf den Sohn der Putzfrau, die zweimal pro Woche zu Wilkins kam. Der Junge ließ kleine Spielzeugautos über den Boden des Flurs schlittern und rutschte ihnen auf den Knien hinterher.

«Ist deine Mutter oben?» fragte Tyler, vorsichtig zwischen den kleinen Autos hindurch zur Treppe gehend. Er überlegte, ob er etwas eingekauft hatte, das er dem Jungen geben konnte, aber es fiel ihm nichts ein. Nicht einmal an den Namen des Kleinen konnte er sich erinnern.

«Bei Mister Wilkins», bestätigte der Junge, dessen Haare so hell und kurzgeschoren waren, daß sie im Schein der Flurlampe fast verschwanden.

«Alles klar.» Tyler stieg die Treppe hoch zu seiner

Wohnung. In der Küche schenkte er sich einen Scotch ein, trank ihn im Stehen, ging dann ins Schlafzimmer, um festzustellen, daß niemand angerufen hatte, verstaute die saubere Wäsche im Schrank und suchte schließlich die Sachen für Wilkins aus den Tüten. MANN ÜBERLEBTE MIT ZIEGELSTEIN IM HIRN, stand auf der Titelseite der einen Zeitung, und Tyler dachte, daß es vermutlich massenweise Leute gab, die so herumliefen.

Bei Wilkins oben legte er die Sachen vor die Tür. Die Putzfrau würde sie beim Gehen finden und sie Wilkins geben. Tyler war nicht in der Stimmung, sich mit seinem Nachbarn abzugeben, der ihm seine Dankbarkeit entgegenschreien und ihm zum ungezählten Mal den Frack anbieten würde, den er getragen hatte, als er noch Kellner in einem feinen Hotel an der Südküste war. Zurück in der Wohnung machte er sich ein belegtes Brot, aß es vor dem Fernseher und rief dann Dalton an, um ein Treffen zu vereinbaren. Dalton war mies gelaunt, versprach aber, den Schlagzeuger und den Keyboarder der Band anzurufen. Danach versuchte Tyler Chris Shepard, den Bassisten, zu erreichen, konnte jedoch nur eine Nachricht auf Band hinterlassen. Mit einem Glas Whisky in der Hand legte sich Tyler auf das Sofa, schaltete sich durch alle Programme und blieb bei einem Film mit Steve McQueen hängen. McQueen war ein Kopfgeldjäger, der miserabel Auto fuhr, eine schwangere Frau oder Freundin und das Haus voller Kerle hatte, die in seinem Wohnzimmer lebten und pokerten.

Nachdem der Film zu Ende war, wählte Tyler Banks' Nummer, legte den Hörer neben den Apparat und ging in die Küche, um den Kaffee vom Frühstück aufzuwärmen. Er aß ein Stück alten Kuchen und spülte ihn mit dem Kaffee hinunter. Dann nahm er den Mantel vom Haken und rief bei Naomi an, aber auch da meldete sich niemand, und so gab Tyler einmal mehr auf und ging leise fluchend aus der Wohnung.

Mit der U-Bahn fuhr er bis zur Station Liverpool Street, von wo es nur noch ein paar hundert Meter waren bis zu dem Haus, in dem Dalton wohnte. Regen setzte ein, als Tyler an den Eisenbahngeleisen entlang ging. Die leuchtenden Fenster eines Zuges rollten vorbei wie ein Filmstreifen mit lauter leeren, weißen Bildern. Für kurze Zeit sah Tyler den Mond, eine trübe Scheibe, die eine Seite wie abgenutzt, dann schoben sich die Wolken wieder zusammen.

Dan Mazers grüner Saab parkte vor dem Haus, auf dem Rücksitz lag eine Decke mit aufgedruckten Klaviertasten. Tyler betrat den Flur und stieg die Treppen hoch ins fünfte Stockwerk. Es roch nach Essen, die Zeituhr für die Beleuchtung tickte, hinter einer Tür bellte ein Hund. Tyler drückte den Klingelknopf und betrat den engen Flur, auf dem ihm Daltons Frau entgegenkam, flüchtig seine Hand berührte und sagte, sie müsse zur Arbeit. Gregory Norwood, der Schlagzeuger, stand in der Küche und rührte Beutelsuppe in eine Tasse mit heißem Wasser, Dalton und Mazer saßen um den Eßtisch und lasen Zeitung. Sie hoben den Kopf und murmelten eine Begrüßung, aber nur Mazer legte die Zeitung weg.

«Irgend etwas von Sin?» Tyler zog den feuchten Mantel aus und legte ihn über eine Stuhllehne. Er erwartete keine Antwort und bekam auch keine. Nachdem Tyler sich gesetzt hatte, faltete Dalton seine Zeitung ebenfalls zusammen und schob sie beiseite. Sie warteten schweigend auf Norwood, doch auch als der mit seiner Suppe endlich kam, redete keiner.

«Ich muß um neun weg», sagte Mazer schließlich. «Wie sieht die Sache aus, Tyler?» Er nestelte eine Zigarette aus der Packung, die in der Mitte des Tisches lag, und zündete sie mit einem klobigen Benzinfeuerzeug an. Er sah müde aus, kniff die geröteten Augen zusammen, als der Rauch an seinem Gesicht hochkroch.

Tyler lehnte sich zurück und vermied es, Mazer anzusehen. «Nicht anders als vor vier Tagen», sagte er. «Ich versuch's jeden Tag in seiner Absteige und bei Naomi. Nichts.» Er strich sich feuchte Haare aus der Stirn. «Und am Dienstag müssen wir ins Studio.»

«Was ist mit einer Terminverschiebung?» Mazer zog einen schmutzigen Teller zu sich heran, um ihn als Aschenbecher zu benutzen.

«Dienstag oder gar nicht.»

«Dieser gottverdammte Hurensohn.» Dalton preßte die Worte zwischen den Lippen hervor, ohne die Kiefer zu bewegen. Er hielt den Kopf gesenkt, knickte Streichhölzer, mit denen er Figuren auf der Tischplatte auslegte. «Ich habe euch immer gesagt, irgendwann läßt uns der Dreckskerl hängen, irgendwann sagt er, war nett mit euch, aber ich hab jetzt keine Lust mehr, hab einen neuen Zeitvertreib gefunden, bin jetzt Maler oder schreib einen Roman über die tollen Jahre, die wir zusammen hatten.»

Eine Weile sagte keiner der vier etwas. Dalton verschwand in der Küche und kam mit einer Flasche Bier zurück. Es klingelte an der Tür, ein betrunkenes Mädchen mit einem Hund kam herein, fragte nach Eve, Daltons Frau, und ging wieder.

«Können die nicht Aufnahmen nur von uns drehen und die von Sin später, meinetwegen auch woanders?» Mazer blieb ruhig, obwohl für ihn am meisten auf dem Spiel stand. Er war mit einundvierzig Jahren der älteste in der Band, und wenn sie den Durchbruch dieses Jahr nicht schafften, würde er die drei Jahre Aufbauarbeit abhaken und sich wieder eine Vollzeitstelle als Musiklehrer suchen müssen.

«Du hast den Vertrag gelesen», gab Tyler müde zurück. Er nahm Mazer die Kippe aus den Fingern, um seine Zigarette an die Glut zu halten. «Zwei Tage Innenaufnahmen, ein Tag draußen, mit euch allen. Die wollen den Clip in diesen drei Tagen abdrehen. Glaubst du, die ändern ihren Terminplan, bloß weil der Sänger irgendeiner Band nicht zum vereinbarten Termin erscheint?»

«Was ist mit Phil?» fragte Norwood. «Kann der nicht mit den Leuten reden und einen anderen Termin ausmachen?»

«Verdammt nochmal, diese Termine werden nicht vergeben wie Stehplätze fürs Fußballspiel. Es hat mich ein halbes Jahr gekostet, Phil davon zu überzeugen, daß ein Video die Lage verbessern kann, daß ihr reif seid dafür, und Phil hat nochmal so lange gebraucht, um die Firma zu bequatschen. Jetzt sind diese drei Tage Studio zu haben, weil die Typen von ‹Dreamcar Graveyard› ihr Album nicht fertigkriegen. Dieser Zufall wäre unsere Chance gewesen, aber wenn ihr am Dienstag morgen da nicht vollzählig aufkreuzt, ist die Sache erledigt.»

«Warum ist Phil eigentlich nicht hier?» wollte Norwood wissen.

«Er ist noch bis Montag in Frankreich. Ich habe am Donnerstag mit ihm telephoniert, er sagt, er könne da auch nichts machen. Er denkt übrigens immer noch, daß Sin rechtzeitig auftauchen wird.»

«Na toll. Wenn Philipp Whiteside das sagt ...» Dalton hob den Kopf, streifte Tyler mit einem spöttischen Blick und nahm einen Schluck aus der Flasche.

«Ich glaube auch, daß er kommt.» Norwood trommelte auf die Lehne des Sessels. «Und wenn's fünf Minuten vor Drehbeginn ist. Ihr kennt doch den Hundesohn. Vielleicht hat er eine Braut aufgetan und hockt seit einer Woche in einem Hotelzimmer, oder er fährt mit seiner Karre durch die Gegend und schreibt ein paar neue Songtexte.» Er nahm Dalton ein Streichholz aus der Hand und zündete seine Zigarette damit an. «Oder er ist runter nach Lyndhurst zu seinem Alten gefahren.»

«Dort ist er nicht», sagte Tyler gereizt. «Ich habe angerufen.» Norwoods Gerede ging ihm auf die Nerven.

«Und Naomi weiß soviel wie wir?» Mazer hatte eine

Flasche Wein aus der Küche geholt, füllte zwei Gläser und schob eines davon Tyler hin. «Er hat keine Andeutung gemacht, ruft nie an, gar nichts?»

Tyler schüttelte den Kopf. «Sie sagt, sie hätte keine Ahnung, wo er steckt.»

«Hast du die Polizei angerufen?» Dalton fixierte Tyler plötzlich, unterbrach sein Spielchen mit den Streichhölzern.

«Nein.»

«Warum nicht? Ich habe dir vor Tagen gesagt, ruf die Bullen an, mach Meldung, gib eine Vermißtenanzeige auf, irgend etwas.»

«Du weißt verdammt genau, daß das kein Fall für die Polizei ist, auch wenn ich hingehen und denen die Sache erklären würde. Denkst du vielleicht, die machen einen Aufruf in Radio und Fernsehen: Sinclair Banks, geh bitte nach Hause, deine Band braucht dich?»

«Hört auf, das bringt doch nichts!» sagte Mazer. «Mal im Ernst, Tyler, vielleicht sollten wir wirklich zur Polizei gehen. Kann ja sein, daß ihm was passiert ist. Bei dem Leben, das er führt.»

«Genau. Vielleicht hat Naomi ihn umgebracht, Mord aus Eifersucht. Oder irgendwer hat ihn abgestochen, beim Pokern, weil er beschissen hat.» Norwood ging zum Tisch und füllte seine Tasse mit Rotwein.

Tyler legte den Kopf in den Nacken und stieß Luft aus. Dann wandte er sich an Mazer; auf Norwoods Schwachsinn ging er gar nicht erst ein. «Muß ich dir wirklich sagen, was passiert, wenn ich denen erzähle, daß wir einen Typen vermissen, vierunddreißig, Musiker, Wohnsitz mal da, mal dort?»

«Aber vielleicht wissen sie was.» Es klang, als versuche Norwood sich selbst zu überzeugen. «Vielleicht haben sie ihn … gefunden.»

«Wenn ihm was zugestoßen wäre, hätten sie seinen Vater benachrichtigt.»

Mazer nickte, den Blick ins Glas gesenkt, und schwieg eine Weile wie die anderen. «Dann können wir also nichts tun außer warten», sagte er schließlich.

Tyler antwortete nicht, wozu auch. Wenn es etwas gegeben hätte, was er tun konnte, hätte er es getan.

«Erinnert ihr euch noch an diesen kleinen, mit Krepp-blumen ausgeschmückten Gemeindesaal oben in Wakefield oder Huddersfield?» fragte Dalton plötzlich. Er sah zu Norwood, dann zu Mazer. «Farbige Glühbirnen hingen rund um die Bühne, hat ausgesehen wie eine Schießbude. Die Frau vom Hausmeister hat uns Brote gebracht. Zwanzig Leute kamen, aber wir waren nicht nach ihrem Geschmack. Ein Mädchen hat Sin nach dem dritten Song einen Zettel zugesteckt. Wir dachten, es wäre eine heiße Botschaft oder ihre Telephonnummer, aber es war nur ein Musikwunsch.»

«Ein Haufen Idioten», murmelte Norwood.

«Wir haben unser Programm durchgezogen, und die meisten Leute sind nach Hause gegangen. Für die letzten paar haben wir dann drei, vier Nummern von Cocker gespielt, Sin hatte den gut drauf.»

Eine Weile waren nur das Summen des Kühlschranks, Geräusche aus der unteren Wohnung und dumpfer Lärm von der Straße zu hören.

«Ich muß gehen», sagte Mazer schließlich. «Muß Jeremy von einem Kindergeburtstag abholen.» Er stand auf und hängte sich den Ledermantel, der neben dem Stuhl am Boden gelegen hatte, über die Schulter.

«Kannst du mich ein Stück mitnehmen?» Norwood stemmte sich aus dem Sessel.

Mazer nickte. «Ruf an, wenn sich irgend etwas tut», sagte er dann zu Tyler.

«Klar», gab Tyler zurück, nickte ebenfalls. Obwohl jetzt eine gute Gelegenheit gewesen wäre, Daltons schlechter Stimmung zu entfliehen, blieb er sitzen und füllte den restlichen Wein in sein Glas. Der Burgunder hinterließ einen seltsamen und dennoch vertrauten Geschmack in seinem Mund, und Tyler überlegte, woran er ihn erinnerte.

6

Minuten später klingelte das Telephon und holte Tyler und Dalton aus ihrer dumpfen Lethargie. Jemand hatte sich verwählt, und Dalton stellte den Apparat auf Mithören, fragte den Anrufer, wo er die Nummer her habe, das hier sei die Kommandozentrale des Verteidigungsministeriums. Für kurze Zeit ließ sich der Mann am anderen Ende der Leitung verwirren, dann legte er auf.

«Was machst du, wenn Sin den Termin platzen läßt?» fragte Tyler, nachdem Dalton wieder auf dem Sofa lag. Er glaubte jetzt zu wissen, woran ihn der Nachgeschmack des Weines erinnerte: Als kleines Kind hatte er einen hartgewordenen, angeschimmelten Zimtstern gegessen und sich dabei in die Zunge gebissen, so daß Blut und Zimt und Schimmel sich vermischten. Aber vielleicht irrte er sich auch, vielleicht gefiel ihm nur die Idee, es könnte so gewesen sein.

Dalton schwieg erst, als male er sich die Situation aus. «Ich leg Sin um, werde Leadgitarrist in der Knastband, Eve besucht mich an den Wochenenden, du vermarktest meine Geschichte, und so kriegt jeder seinen Anteil.»

Tyler lachte, wie man in einer solchen Situation über einen Witz dieser Sorte lacht. Er wartete, daß Dalton etwas Ernsthafteres sagen würde, aber es kam nichts. Von den Geleisen drang das metallische Kreischen der Bremsklötze herüber, mit denen die Güterwaggons zum Stehen gebracht wurden. Tyler mußte an die Stimmen der Wale denken, an Finns Augen im Halbdunkel das Ladens und an die beiden Jungen, die sich wohl als blinde Passagiere im Unterdeck eines Kahns wähnten, der über eine Herde rufender Buckelwale glitt.

«Mach dir keine Sorgen um mich», sagte Dalton nach einer Weile. «Gute Gitarristen mit passabler Stimme werden immer gebraucht. Greg spielt da manchmal mit einer Band, ‹Bad News Postmen› nennen die sich, da könnte ich jederzeit einsteigen, und bei ‹Cockroach Cocktail› ist der Leadgitarrist ausgestiegen.»

«Das Ganze von vorne?»

«Jedes Konzert ist das Ganze von vorne, für jede Platte fängst du nochmal bei Null an, jeder Song ist der erste.» Dalton lachte, als wolle er dem eben Gesagten die Ernsthaftigkeit nehmen. «Denk nicht, daß es mir egal ist, wenn wegen dem Mistkerl alles den Bach runtergeht. Dan, Chris und ich strampeln uns seit mehr als zehn Jahren ab, und Greg und Sin sind auch schon eine ganze Weile dabei. Aber das weißt du ja selber.»

Tyler nickte. Er hatte Banks und die Band, die sich zu der Zeit noch *Liquid Library* nannte, zusammengebracht, und irgendwie hatte es sich dann so ergeben, daß er für sie Konzerte und Tourneen organisierte, Verträge aushandelte, Radiostationen und Plattenfirmen mit Demo-Tapes eindeckte und die tausend Dinge erledigte, die bei diesem Kleinunternehmen, das jetzt *The Reason* hieß, anfielen.

«Ich hatte immer das Gefühl, daß es mit dieser Formation endlich klappen könnte.» Dalton ging in die Küche, kam mit einem Bier zurück und setzte sich an den Tisch. «Und es lief dann ja auch gar nicht schlecht, wurde jedes Jahr besser. Ich sag dir, Tyler, wenn die bei ‹Raven› nur halb soviel in uns investiert hätten, wie sie für ‹The Tribe› oder für ‹Dreamcar Graveyard› rausgeschmissen haben, würde der Plattenverkauf anders laufen. Wir würden mitschwimmen auf diesem beschissenen Vergnügungsdampfer, ich schwör's dir!»

Tyler sagte nichts. Er war müde und ließ Dalton reden.

«Dann wären wir jetzt nicht auf diesen gottverdammten Clip angewiesen, diese Zweiminutenwerbung, die ein paarmal über die Mattscheibe flimmert und die Leute fragt: Mögt ihr diese Typen, oder sollen wir sie zurückschicken in die miesen Clubs, wo wir sie aufgelesen haben?»

Tyler nickte, versuchte ein Lächeln.

«Aber reden wir nicht mehr davon.» Als Dalton bemerkte, daß Tylers Glas leer war, holte er eine neue Flasche, diesmal einen billigen Spanier. «Habe ich dir mal die Geschichte von Robbie O'Neal erzählt?»

«Nein», gab Tyler zurück. Der Wein machte ihn müde, aber auch geduldig. Er verstärkte sein Lächeln, wollte die Geschichte wirklich hören.

Dalton lehnte sich zurück. «Ich war zweiundzwanzig damals, habe Rhythmusgitarre gespielt in einer Truppe, ‹Cereal Killers› nannten wir uns, Garagenrock der ganz schrägen Sorte. Wir sollten an einer Hochzeit spielen, die Schwester des Bassisten heiratete. Natürlich hatten wir jede Menge Covers drauf, von Stones bis Eagles, hart und weich, ein volles Programm. Robbie O'Neal war mein bester Freund, er arbeitete in einem Radioladen, reparierte Geräte und verdrahtete zu Hause im Keller Lautsprecher und Verstärker und weiß der Henker was alles. An den Wochenenden hing er meistens bei uns im Übungslokal herum, spielte ein paar Töne auf dem Saxophon und verschwand zwischendurch, um Bier zu holen.» Dalton trank einen Schluck und lächelte vor sich hin.

«Robbie war ein stiller Typ», fuhr er dann fort. «Er saß stundenlang einfach da und hörte zu. Nicht alle mochten ihn, fanden ihn seltsam, weil er nicht herumgeblödelt hat wie die andern. Als er erfuhr, daß Esther, so hieß die Schwester des Bassisten, heiraten wollte, wurde er noch seltsamer. Ein paar Tage hat ihn keiner gesehen, dann hat er eines Nachts Steine an mein Fenster geworfen. Ich ging runter, und er war völlig aufgelöst, sah fix und fertig aus. Ich habe erst mal eine Flasche Wein aus dem Haus geholt, dann sind wir in einen Park und haben uns auf eine Bank gesetzt. Robbie hat mich gefragt, ob ich für den nächsten Abend einen Wagen besorgen könne. Er hatte kein Auto, nicht mal den Führerschein. Er sagte nicht, wohin er mit dem Wagen wollte, nur, daß es die wichtigste Sache seines Lebens sei. Stell dir vor, der Spinner war ein Jahr jünger als ich und redete von der wichtigsten Sache seines Lebens!» Dalton lachte auf und schüttelte den Kopf.

«Ich hatte natürlich auch keinen Wagen, woher auch, keiner aus der Band hatte einen, aber ich versprach Robbie, mir etwas einfallen zu lassen. Wir haben dann eine Zeit und einen Ort ausgemacht, ich sollte ihn an der Küstenstraße treffen, in der Nähe eines Hotels. Das war in Cardiff, da habe ich gelebt, bis ich vierundzwanzig war. Also, Robbie ist dann nach Hause, und ich bin zurück ins Bett und habe mir überlegt, wo ich einen Wagen auftreiben konnte in so kurzer Zeit.

Am nächsten Tag wollte ich bei einem Kumpel vorbeigehen, der arbeitete in einer Garage, hatte zwei Wagen und lieh den älteren ab und zu aus, gegen Bezahlung, versteht sich. Aber der Kerl war nicht da, in den Ferien, es war Sommer, August. Mein Onkel fiel mir ein, Onkel Vincent, der um die sechzig war und einen alten Simca hatte, den er kaum noch benutzte und den ich gelegentlich haben konnte, um meinen Bruder in Birmingham zu besuchen. Also rief ich in Newport an, und der Onkel freute sich über den Anruf seines Neffen, doch der Wagen war weg, ein paar Monate zuvor für ein paar Pfund verkauft worden.

Es war Mittag geworden, und ich hatte keinen Wagen

aufgetrieben. Wegen der Hitze saß ich im Garten und trank ein Bier. Ich sah über den Bretterzaun zum Nachbarhaus rüber, die Stille war ungewohnt, und nach einer Weile fiel mir ein, daß der Nachbar in die Ferien gefahren war, ich hatte sogar gesehen, wie er mit seinen Koffern in ein Taxi gestiegen war. Taxi, überlegte ich, also stand sein Wagen in der Garage. Ich erinnerte mich, daß ich als Kind oft in seinen Keller eingestiegen war, um irgend etwas zu klauen, Äpfel, eine Dose Pfirsiche, Nägel für eine Baumhütte. Es würde kein Problem sein, vom Keller in die Garage zu gelangen, und das Garagentor ließe sich bestimmt öffnen. Der Wagen war das Problem. Ich hatte in Filmen zwar gesehen, wie die Gauner da ein paar Drähte aus den Armaturen herausreißen und den Kontakt herstellen, du kennst das, aber das ist Kino, ich hatte keine Ahnung, wie das ging. Das einzige, das ich bisher geklaut hatte, war ein Fahrrad gewesen. Außerdem durfte ich ja nichts beschädigen an dem Wagen. Also, ich dachte an Robbie und daran, wie verzweifelt er um meine Hilfe gefleht hatte, und beschloß, die Sache zumindest zu versuchen.

Das Gitter vor dem Kellerfenster ließ sich noch so leicht entfernen wie vor zehn Jahren, und die Türen zwischen Keller, Waschküche und Garage waren nicht abgeschlossen. Der Wagen auch nicht. Ich habe mich vorsichtig reingesetzt und dann nach dem Zündschlüssel gesucht, im Handschuhfach, hinter den hochgeklappten Sonnenblenden, unter den Sitzen, unter den Fußmatten, in allen Winkeln und Ecken. Nichts. Keine Schlüssel. Hinter den Stoßstangen, hinter den Nummernschildern, unter den Schutzblechen habe ich nachgesehen, aber die verdammten Schlüssel waren nicht da. Der Typ hat die Ersatzschlüssel gar nicht im oder am Wagen versteckt, dachte ich nach der ganzen Plackerei, und kurzschließen konnte und wollte ich die Karre nicht. Dann fiel mein Blick auf die verchromten Radkappen, groß wie Fußballtrophäen, und in der ersten war der Schlüssel, Fahrerseite vorne, mit Isolierband an die Innenwand des Deckels geklebt. Mir haben die Hände gezittert, Tyler, das war ein Gefühl, eine Mischung aus Heidenangst, Stolz und Macht, völlig verrückt.

Ich habe gewartet, bis es draußen dunkel wurde, und dann im Zeitlupentempo das Garagentor hochgeschoben. Was ich vorhatte, war Diebstahl, aber ich wollte den Wagen ja zurückbringen, und wenn ich es geschickt anstellte, würde Tabbott, der Nachbar, nichts merken. Es war etwa halb neun, als ich den Motor startete. Ich nahm die erste Straße, die aus der Stadt hinaus zur Küste führte, und war eine halbe Stunde zu früh am Treffpunkt. In der Nähe des Hotels wollte ich den Wagen nicht parken, also fuhr ich ein Stück weiter als vereinbart und stellte den Schlitten in die dunkelste Ecke. Zu Fuß bin ich zurück zum Hotel gegangen. Ein paar Autos standen da, Leute kamen und gingen, aber von Robbie war nichts zu sehen.

Eine halbe Stunde später kommt er angerannt, fragt, ob ich den Wagen hätte, und ich sag, ja, klar, jetzt will ich aber endlich wissen, was das Ganze soll. Komm erst mal mit, sagt er, ich erkläre dir alles. Wir gehen in das Hotel, er hat da ein Zimmer mit Meerblick, und auf dem Bett liegt Esther, Esther Simmons, die Schwester des Bassisten! Robbie schenkt uns einen Whisky ein, da steht eine ganze Flasche, auch ein Kübel voll Eis. Auch Rosen sind da, ein Riesenstrauß in einer Vase. Wir trinken, und Robbie erzählt von seiner großen Liebe Esther Simmons, daß sie sich bis vor Monaten heimlich getroffen haben, daß sie dann diesen Kerl kennenlernte, den sie jetzt heiraten wolle, Lewis Torrance, zehn Jahre älter, Inhaber eines Reisebüros.

Ich werfe verstohlene Blicke auf das Mädchen und bin dann einigermaßen beruhigt, als ich sehe, daß sie atmet.

Wie kommt sie hierher, will ich wissen, und Robbie sagt, Torrance sei heute nacht in einer Kneipe, um mit seinen Kumpels Abschied vom Junggesellendasein zu feiern, Schwachköpfe wie Torrance machten sowas. Esther sei zu Hause gewesen, sie wohne seit ein paar Wochen bei Torrance, und er, Robbie, habe so lange geklingelt und gegen die Tür gehämmert, bis Esther ihn hereingelassen habe. Irgendwie hat er sie dann überredet, in ein Taxi zu steigen und mit ihm ins Hotel zu fahren. Dort muß er ihr gesagt haben, sie solle diesen Kerl nicht heiraten, Torrance sei ein Idiot, der sie nicht liebe, nicht so, wie Robbie sie liebe. Aber Esther war wohl nicht zu überzeugen, sie wird ganz konfus, weint, will gehen, doch Robbie überredet sie zu einem Glas Champagner, zum Abschied. Er bettelt richtig, sie weint wieder und bleibt, trinkt den Champagner mit dem Schlafmittel, das Robbie reingeschüttet hat.

Ich frage, was er jetzt vorhabe, und der verrückte Kerl erklärt mir, er müsse mit Esther weg, nach Stockport in der Nähe von Manchester. Seine Mutter lebe dort, sagt er, sie würden eine Weile bleiben, er und Esther, sie liebe ihn und müsse diesen Torrance nur vergessen. Stell dir vor, Tyler, der will die Kleine tatsächlich entführen, um sie vom Heiraten abzuhalten! Und ich soll ihm dabei helfen, ich soll den Wagen hinter das Hotel fahren, soll das Mädchen am Balkon entgegennehmen und ins Auto tragen und dann die Nacht durchfahren, mehr als hundertfünfzig Meilen. Ich erkläre ihm, das Auto sei gestohlen, will ihm Angst machen, damit er sich die Sache noch einmal überlegt, aber er ist nur gerührt, heult fast und meint, ich sei der beste Freund. Verdammt! Was soll ich da tun, Tyler? Soll ich verschwinden und ihn alleine lassen? Soll ich die Bullen rufen? Torrance? Esthers Bruder? Wie nannte man das, worauf ich mich einlassen würde? Menschenraub? Nötigung? Wieviele Jahre bekam man dafür?

Ich habe mich gegen die Vernunft und für Robbie entschieden, bin zurück zu dem verdammten Wagen gegangen und habe ihn unter den Balkon gestellt. Wir mußten höllisch aufpassen, gleich um die Ecke war die große Terrasse des Restaurants, Meerblick, Leute saßen da, alles war hell erleuchtet. Mindestens eine halbe Stunde dauerte es, bis der richtige Moment da war. Robbie hatte die Kleine in ein Laken gewickelt, es sah aus, als würden wir eine Leiche beseitigen. Als wir endlich im Auto saßen und losfuhren, zitterten mir die Hände, und wir haben bis Chepstow kein Wort geredet. Esther lag auf dem Rücksitz und schlief, der Tank war voll, und im Radio lief das Wunschkonzert, Roy Orbison, Sam Cooke, Percy Sledge, die alten Meister. Wir fuhren ohne anzuhalten und kamen gegen zwei Uhr morgens in Stockport an. Gottseidank lag das Haus von Robbies Mutter außerhalb der Stadt, die Nachbarn schliefen alle, wir konnten also einfach vorfahren und Esther, die schon fähig war, sich halbwegs auf den Beinen zu halten, ins Haus bringen.

Robbies Mutter war noch wach, sie wartete in der Küche und sagte, das sei aber ein hübsches Mädchen, das sich Robbie da ausgesucht habe. Wir legten Esther im Wohnzimmer auf das Sofa, sie begann bereits zu stammeln, wollte wissen, wo sie war und döste wieder für Momente ein. Dann gab es zu essen, Pfannkuchen und Apfelkompott, das weiß ich noch genau. Robbies Mutter schien die Entführung für das Normalste der Welt zu halten. Sie fragte noch dies und das, aber Sorgen oder Bedenken hatte sie offensichtlich keine, und plötzlich fühlte ich mich irgendwie wohl. Diese Küche konnte nicht der Schauplatz eines Verbrechens sein, bestimmt würde alles gut ausgehen.

Esther wurde dann richtig wach, trank einen Kaffee und glaubte nichts von dem, was Robbie ihr erzählte. Er mußte ihr beweisen, daß sie tatsächlich in Stockport war, zeigte ihr das Lokalblatt, und ich mußte schwören, daß ich sie wirklich hergefahren hatte. Dann brüllte sie los. Sie schrie und tobte, warf eine Tasse nach Robbie und stürzte aus dem Haus. Robbie rannte ihr nach. Ich ging zum Wagen, setzte mich rein, kurbelte das Fenster runter und rauchte eine Zigarette. In der Dunkelheit saß ich da und sah Robbies Mutter nach, die hinter dem Haus verschwand, und ich hörte, wie Robbie nach Esther rief.

Eine Ewigkeit später kamen Robbies Mutter und Esther über die Wiese, Hand in Hand, stell dir das Bild vor, Tyler, als kehrten sie von einem Spaziergang zurück. Esther setzte sich zu mir in den Wagen, und Robbies Mutter fragte, ob sie uns Brote mitgeben solle und Kaffee. Ich verstand überhaupt nichts mehr. Wo Robbie stecke, fragte ich, aber seine Mutter versicherte mir, es sei alles in Ordnung, ich solle vorsichtig fahren. Ich bin dann ausgestiegen und habe Robbie gesucht. Das Gelände hinter dem Haus war riesig, Gerümpel lag herum, alte Reifen, Autoteile, ein Kühlschrank. Neben einem Holzschuppen leuchtete weiß ein Boot im Dunkeln, ein verlotterter Kahn, und da saß Robbie, als wartete er auf die Flut, die ihn hinaustragen würde aufs Meer. Ich fragte, was passiert sei, und er lächelte und sagte, es habe nicht geklappt, ich solle Esther nach Hause bringen, vielen Dank und alles Gute, er werde noch ein paar Tage bei seiner Mutter bleiben.

Ich wartete eine Weile, vielleicht würde er sich's noch anders überlegen. Dann ging ich zum Wagen, drehte mich nochmals um, und da stand er vorne am Bug und winkte wie vor einer großen Fahrt.» Dalton schwenkte die Bierflasche, trank einen Schluck und lehnte sich zurück.

«Ich habe Esther nach Cardiff gebracht, habe den Wagen vollgetankt und in Tabbotts Garage gestellt. Es war schon hell, jetzt kam die Müdigkeit wie ein Hammer. Ich kippte in mein Bett und schlief bis zum Abend, dann rief ich bei Robbies Mutter an, aber keiner ging ans Telephon. Am nächsten Tag war Probe, und Mitch, der Bassist, teilte uns mit, die Hochzeit seiner Schwester falle aus, kein Fest, kein Auftritt.

Ein paar Tage danach bin ich in den Uhrenladen, wo Esther arbeitete, aber sie hatte keine Zeit, und so trafen wir uns in ihrer Mittagspause. Sie fragte mich gleich, ob ich wüßte, wo Robbie sei. Keine Ahnung, sagte ich, dort gehe niemand ans Telephon ran. Dann erzählte sie, daß Torrance in jener Nacht auf sie gewartet habe, stockbesoffen. Er habe getobt und wissen wollen, woher sie um diese Zeit komme. Sie habe nichts gesagt, sei müde gewesen, wie erschlagen. Am nächsten Tag habe Torrance sie nochmals gefragt, nüchtern jetzt, aber sie erzählte ihm nichts, es war ihr plötzlich egal, was er dachte. Sie packte ihre Sachen und zog zu ihrer Schwester.

Tags darauf habe ich dann endlich Robbies Mutter erreicht, und die erzählte mir, Robbie hätte seine Ersparnisse von der Bank geholt und wäre weg, auf einem Frachter nach Amerika.

Monate später kam ein Brief aus Boston, Robbie schrieb, es ginge ihm gut, er hätte Arbeit gefunden, schwarz natürlich, und wohnte in einem alten Hotel mit lauter Indern und Armeniern. Ich schrieb zurück, gab Esther die Adresse, aber ich glaube nicht, daß sie ihm je einen Brief geschickt hat.»

«Weißt du, wo er jetzt ist, was er macht?» Tyler trank den letzten Schluck Wein. Er freute sich auf die kalte Nachtluft, den Gang zur U-Bahnstation.

«Der letzte Brief kam aus Portsmouth, aber dem in Ohio. Das war etwa ein Jahr später, danach habe ich nichts mehr von ihm gehört.» Dalton lächelte, schüttelte den Kopf. «Ich wüßte gern, was aus ihm geworden ist.» Er stellte die Bierflasche mit einem Knall auf den Tisch und erhob sich. «Aber noch viel mehr interessiert mich, wo dieser verfluchte Hurensohn namens Sinclair Banks sich rumtreibt!»

«Da bist du nicht der einzige.»

«Wollen wir noch irgendwo hin? Warren und die Jungs spielen im ‹Roadhouse›.»

«Ich bin hundemüde.» Tyler stand auf und nahm den Mantel von der Lehne. «Und ich bin auch nicht gerade in der Stimmung, um eine Band zu sehen, die einen Sänger hat.»

Dalton lachte, ließ sich auf das Sofa fallen. «Ja, verdammt. Ich eigentlich auch nicht», sagte er und schloß die Augen.

Tyler wartete. «Nacht dann», sagte er schließlich. «Ich ruf dich an.»

«Hol mich aus dem Schlaf mit einem Traum, der aus ist!» rief Dalton ihm hinterher.

7

Die Luft war wirklich kalt, und Tyler füllte seine Lungen mit ihr. Windstöße trieben den Sprühregen vor sich her. Tyler zog die Schultern hoch, folgte der Fahrbahn neben den Geleisen. Autos preschten durch die Wasserlachen, es war Samstag, und jeder wollte von der Nacht haben, soviel er kriegen konnte.

In seiner Wohnung zog sich Tyler aus, setzte sich in Unterhosen vor den Fernseher und trank ein Glas Wasser. Die alten Streifen hatten eine beruhigende Wirkung auf ihn; mit ihren schwarzweißen Bildern gaukelten sie ihm vor, die Welt habe Bestand, alles bleibe bewahrt, auch wenn es nur in seinem engen Wohnzimmer war. Draußen fielen die ersten Tropfen der Sintflut, die Leute brachten sich um, aber Gene Kelly sang noch immer ohne Schirm, und James Cagney war jedesmal nur tot bis zum nächsten Film. Es war wie das Blättern in einem Familienalbum, das Betrachten zerknitterter Photographien. Es war der Wunsch, alles möge zurückkehren in diesen Zustand, den Tyler ‹richtig› nannte, ohne sagen zu können, was genau an seinem Leben falsch war.

Später lag Tyler im Bett und wünschte sich den Schlaf so sehr, daß es ihn wachhielt. Er lag da, und die Gedanken zogen durch seinen Kopf wie zuvor die Fernsehbilder. Er dachte an Carol und daran, daß sie ihn nie anrufen würde. Er bereute, bei ihr gewesen zu sein, fand plötzlich, er hätte das Wiedersehen besser vorbereiten müssen, statt aus einer dummen Laune heraus mit diesem idiotischen Spielzeughund bei ihr aufzukreuzen. Als ihm bewußt wurde, wie er ausgesehen haben mußte, übernächtigt, unrasiert und in zu lange getragener Kleidung, verstand er auch, warum Carol sich so zurückhaltend, beinahe feindselig verhalten hatte.

Aber er hatte sich ihr gegenüber schon immer in einer nicht sonderlich vorteilhaften Position befunden, auch vor acht Jahren, als Banks sie nach ein paar Monaten verlassen hatte und er, Tyler, da war, wie er seit ewig dagewesen war, um Carol abzulenken und zu trösten. Tyler kannte Banks von der Universität, wo er Musikwissenschaft, Banks Literatur und Philosophie studiert hatte. Carol Selby lernten sie gemeinsam an einer Party kennen, und Tyler verliebte sich in sie, sagte ihr das jedoch nicht, weil er sah, daß sie sich zu Banks hingezogen fühlte. Banks war ein fieser Schuft, was sein Verhalten Frauen gegenüber betraf, und nachträglich fand Tyler, es wäre besser gewesen, Carol vor ihm zu warnen. Aber wer verleumdete schon seinen besten Freund? Und welche Frau, der man Schlechtes erzählte über den Mann, den sie liebte, warf einem nicht vor, selber ein mieser Kerl zu sein? Tyler jedenfalls schwieg und sah mit Besorgnis zu, wie

Carol immer mehr Gefühle investierte, während Banks der Beziehung nicht größere Bedeutung beizumessen schien als einer seiner früheren Affären.

Carol war Illustratorin und hatte damals eine kleine Wohnung in Soho, die sie auch als Atelier benutzte, Tyler und Banks hausten in einer billigen Pension, die dem Onkel eines Freundes gehörte. Nach ein paar Wochen war Banks fast nur noch bei Carol, benutzte aber nach wie vor gelegentlich sein Zimmer in der Pension, wenn er irgendwo eine Frau für eine Nacht kennengelernt hatte. Tyler war angewidert, forderte Banks mehrmals auf, entweder seine dreckigen Spielchen oder das Verhältnis mit Carol zu beenden, doch der ließ sich von niemandem etwas vorschreiben und riet Tyler, sich um seine eigenen Angelegenheiten zu kümmern.

Ganze drei Monate dauerte es, bis Carol von einer guten Freundin aufgeklärt wurde. Carol stellte Banks zur Rede, und der bestritt alles, sah sich aber überführt, als der Portier der Pension die Vorwürfe der Freundin bestätigte. Carol, arglos und deshalb besonders verletzlich, wurde fast verrückt vor Wut und Enttäuschung, schloß sich in ihrer Wohnung ein und wollte tagelang niemanden sehen, mit niemandem reden. Tyler verbrachte jeden Tag Stunden vor ihrer Tür, hartnäckig, fürsorglich, und schließlich öffnete sie ihm. Er kümmerte sich um sie, kaufte ein, kochte für sie, brachte ihr seine Lieblingsplatten mit und Blumen, las ihr aus Büchern vor und erzählte Geschichten, die er von Finn gehört hatte und die sie irgendwann zum Lachen brachten. Ab und zu klopfte jemand an die Tür, oder das Telephon schellte. Dann rührten sich Carol und Tyler nicht, bis wieder alles still war in ihrer abgeschotteten Welt, in ihrem Tempel aus Dämmerlicht, wo Trauer und Trost zelebriert wurden wie eine geheime Religion.

Nach fünf Tagen schliefen sie miteinander. Aus einer Berührung war mehr als bloßes Handauflegen geworden, aus einer Umarmung ein haltloses, stummes Fallen voller Zweifel und zaghafter Lust. Tyler hielt das für Glück, Carol war vorsichtiger und legte sich nicht fest, zögerte, wo Tyler drängte. Dann kamen plötzlich Briefe von Banks, manchmal zwei oder drei am Tag. Carol weinte wieder und wies Tyler ab, verwirrt, als wüßte sie bereits, was kommen sollte.

Zwei Wochen später war Tyler Banks' Trauzeuge und vermied eine Berührung mit der Braut, indem er seine Kamera wie ein abweisendes Amulett um den Hals trug. Banks und Carol zogen in die große Wohnung nach South Kensington, wo für Tyler ein Gästezimmer eingerichtet wurde. Die Sache mit der Band begann sich zu entwickeln, Banks schrieb Songtexte, Carols erstes Kinderbuch erschien, und Tyler besorgte Auftritte für die Gruppe, deren Sänger Banks inzwischen geworden war. Am Ende des Sommers wurde Sarah geboren und gleich zum Mittelpunkt der Welt für Carol, Banks und Tyler. Sarah, von der Tyler manchmal dachte, sie sei aus einer anderen Welt gekommen, um die abgebrühten Menschen in Erstaunen zu versetzen.

Drei Jahre vergingen, die Band arbeitete sich hoch, gab eine erste Platte in Eigenproduktion heraus und erhielt ein paar wohlwollende Kritiken. Banks konnte nach einem Konzert jedes Mädchen aus der vordersten Reihe haben und machte von dieser Möglichkeit immer öfter Gebrauch. Dieses Mal bedurfte es keiner guten Freundin, die Carol die Augen öffnete, und als selbst Sarah für Banks kein Grund mehr war, seine Lebensweise zu ändern, stellte Carol seine Sachen vor die Tür und ließ ein neues Schloß einbauen. Banks wehrte sich nicht, schrieb keine Briefe und zog in eine eigene Wohnung außerhalb Londons. Tyler mischte sich diesmal nicht ein, er zog es vor, abzuwarten und den Dingen ihren Lauf zu lassen. Das Management für die Band beanspruchte mittlerweile viel Zeit, er hatte bei *Raven Records* einen Vertrag ausgehandelt, eine Tournee durch England und Schottland mußte vorbereitet werden. Auf Carols Drängen hin wurde die Scheidung rasch vollzogen. Sie behielt die Wohnung und natürlich Sarah, an der Banks zu Tylers Entsetzen kaum noch interessiert schien.

Etwa einen Monat nach der Scheidung rief Carol Tyler an. Sie wollte ihn sehen, mit ihm reden, aber Tyler sagte, er habe keine Zeit. Das stimmte sogar; die erste Platte bei *Raven Records* stand bevor, und im Tourneeplan waren noch einige offene Daten, für die es Auftritte zu buchen galt. Außerdem zog er von der Pension, wo er Banks' ehemaliges Zimmer als Büro dazugemietet hatte, ins East End. Jetzt brach der Kontakt zu Carol endgültig ab, die Tournee dauerte fast zwei Monate, und als Tyler zurück in London war, kümmerte er sich um die Werbung für das eben fertiggestellte Album. *Raven Records* war eine kleine Firma, die erst seit drei Jahren in der Musikindustrie Fuß zu fassen versuchte, und die beiden Inhaber hatten nichts gegen einen freien Mitarbeiter wie Tyler, der für unsichere Tantiemenprozente statt für ein festes Gehalt arbeitete.

Dann kam Sarahs fünfter Geburtstag, und Tyler fuhr wie aus einem Traum hoch, erinnerte sich plötzlich daran, daß es zwei Menschen gab, die einmal wichtige Rollen in seinem Leben gespielt hatten und die ihm auch jetzt noch sehr viel bedeuteten. Er kaufte Geschenke und einen Blumenstrauß, für Carol besorgte er eine von der Band signierte Platte und ließ sich am späteren Nachmittag mit dem Taxi nach South Kensington bringen. Am Ziel der Fahrt war aus Tylers Nervosität Angst geworden, er saß im Fond des Wagens; Erinnerungen, Zweifel und eine fast schmerzhaft heftige Sehnsucht stiegen in ihm auf. Mit den Geschenken beladen stand er eine Weile auf dem Gehsteig, sah zu den Fenstern von Carols Wohnung hoch und überlegte, ob er eine Telephonzelle suchen und anrufen sollte, statt einfach hinzugehen und möglicherweise nicht willkommen zu sein. Schließlich überquerte er doch die Straße und nahm die paar Stufen zum Eingangsportal, um zu klingeln. Er wartete, klingelte erneut und blieb minutenlang mit dem Rücken gegen die Tür gelehnt stehen, bevor er wegging und sich in einiger Entfernung auf eine Mauer setzte.

Stunden später, die Sonne berührte schon die Dachfirste, parkte beim Haus ein Wagen, dem ein Mann, Carol und zuletzt Sarah entstiegen. Tyler wandte sich ab, ging in die Hocke und tat, als schnüre er seine Schuhe. Nachdem die drei im Haus verschwunden waren, nahm er die Pakete und Blumen, ging zur U-Bahnstation und fuhr zurück ins Eastend. Der Mann, so erfuhr Tyler später von Banks, arbeitete in dem Verlag, der Carols Buch herausgebracht hatte. Was zwischen den beiden lief, wußte Banks nicht, und es schien ihn auch nicht zu interessieren. Etwa anderthalb Jahre später sah Tyler Carol in einer Galerie, und er ging hinaus und in ein Lokal, wo er trank, bis er dieses bleierne Gefühl loswurde, das ihm die Brust zudrückte. Mit Banks redete er nie über Carol, eher schon erfuhr er etwas über Sarah, die sich das Bein brach, die Klavier spielen lernte, deren Zahnspange viel Geld kostete. Lange hörte Tyler sich das nie an, wechselte das Thema und wollte neue Songtexte sehen oder die nächsten Konzertdaten durchgehen. So verging die Zeit, und nichts schien einfacher zu sein, als einander abhanden zu kommen, nichts leichter, als sich zu verlieren.

Tyler konnte nicht liegenbleiben. Er stand auf und ging in die Küche, trank ein Glas Ginger Ale, goß beim zweiten etwas Wodka dazu und zündete sich eine Zigarette an. Er betrachtete die leere Kühlschranktür und stellte sich vor, wie sie mit Sarahs Zeichnungen beklebt aussehen würde. Er hätte sie bitten sollen, ihm ein paar zu schenken. Er hätte gar nicht hingehen sollen, dachte er dann, vermutlich war nun alles verdorben, endgültig. Ein zweiter Wodka linderte die Wut ein wenig, Tyler fand sich jetzt nur noch lächerlich.

Er hätte gerne Finn angerufen, sich eine Geschichte erzählen lassen, irgendeine. Finn schlief nicht viel, wie alle alten Leute kaum noch schliefen, als würden sie von einer Unruhe erfaßt, einer Ahnung, über die sie nie redeten. Vielleicht saß er in diesem Moment an seinem Pult im Laden, vor sich ein Buch, dessen Seiten im Schein der Lampe leuchteten, oder er lag ein Stockwerk höher auf dem Sofa und wartete, von Musik durch die Schlaflosigkeit gewiegt, bis das Chamäleon in seinem Glaskäfig nach der Grille schnappte. Tyler ging ins dunkle Wohnzimmer, stand eine Weile einfach da und schaltete dann den Fernseher ein, aber nichts, was er sah, war weit genug weg von der Wirklichkeit.

Im Bett las Tyler zum zweiten Mal die Witzseite einer Zeitung und löschte schließlich das Licht. Er überlegte, wie einfach es wäre, mit dem Trinken anzufangen und wieviele Witze es darüber gab.

Wilkins' Angst vor dem körperlichen Zerfall und sein ledrig zähes Aufbegehren dagegen kamen als Keuchen durch die Decke. Jeden Tag, jede Nacht schwitzte der Alte diese Angst aus, und Tyler konnte sie riechen.

8

Sonntage waren riesige Frachter, die langsam und leer über die spiegelglatte See fuhren. Tyler ging durch die Wohnung, blieb immer wieder stehen, las in einer Illustrierten, schaltete den Fernseher ein, für kurze Zeit das Radio, hängte ein Hemd auf einen Bügel oder sah abwesend aus dem Fenster, das ein Stück Seitenstraße, geparkte Wagen, die Hälfte eines Plakats zeigte. Mauerbrocken und feiner Schutt lagen auf der Straße, der Regen spülte alles bedächtig in den Rinnstein. Ein kleiner Junge hob eine Holzlatte auf, schwang sie wie ein Schwert und ließ sie wieder fallen, rannte davon, als nahe ein übermächtiger Feind.

Tyler hatte sich Toast und Rühreier gemacht, hatte Käse und Marmelade auf den Tisch gestellt und dann kaum davon gegessen. Die Sache mit Banks spürte er seit Tagen wie das Nachklingen eines Fausthiebes in den Magen. Weil er es gewesen war, der Banks als Sänger vorgeschlagen hatte, glaubte er dafür sorgen zu müssen, daß dieser keine Schwierigkeiten machte. Vorher war Dalton Leadsänger gewesen, aber der konnte sich die Texte nicht merken und besaß keine Ausstrahlung auf der Bühne. Banks dagegen hatte eine starke, unverwechselbare Stimme, schrieb die Songtexte und machte sich mit seiner überheblichen, fast schon parodistisch selbstgefälligen Art ausgezeichnet als Frontman. Daß er unzuverlässig und launisch war, wußte Tyler seit der gemeinsamen Studienzeit, doch er hatte gehofft, Banks würde sich ändern, der sich abzeichnende Erfolg würde ihn bei der Stange halten. Das war wohl ein Irrtum gewesen. Was Tyler daran am meisten ärgerte, war der Zeitpunkt, den Banks für sein Aussteigen gewählt hatte, den Augenblick, an dem endlich, wenn auch durch Zufall, ein paar Sprossen der Leiter freigeworden waren, die aus den Kellerclubs auf die Bühnen der großen Hallen freigeworden waren.

Tyler tunkte den kalten Toast in die Marmelade. Der Kaffee war noch warm, er trank ihn, bevor er Mantel, Ledertasche und Schirm nahm und aus der Wohnung ging.

Die winzigen Redaktionsräume von *Mo's Mag,* eigentlich *Mozart's Magazine,* lagen in der Noel Road, nahe am von Bäumen gesäumten Regent's Canal. Die Zeitschrift für klassische Musik, zu deren freien Mitarbeitern Tyler gehörte, erschien monatlich und behandelte so unterschiedliche Themen wie die Auswirkung der Entdeckung von Tropenhölzern auf den Instrumentenbau im sechzehnten Jahrhundert, die technischen Neuerungen bei der Aufnahme von Freiluftkonzerten, oder die Frage, ob es schicklich sei, statt des Opernglases einen Armeefeldstecher zu benutzen. Daneben veröffentlichte das Blatt hochwissenschaftliche Aufsätze, die mit Titeln wie «Thematische Verknüpfungstechniken in den Sinfonien Brahms» nur Fachleute ansprachen, aber auch Kritiken, Konzerthinweise und Reisetips für Musikliebhaber. Immerhin fast achteinhalbtausend Abonnenten wollten so etwas lesen, der Rest der Zehntausender-Auflage wurde an Universitäten und in Musikgeschäften verkauft. Tyler verfaßte einen bis zwei Artikel pro Ausgabe, zeichnete regelmäßig als Co-Autor umfangreicher Berichte verantwortlich und half beim Redigieren. Viel Geld brachte das nicht ein, aber es war eine regelmäßige Einkommensquelle und momentan die einzige, sah man von dem Sonntagabendjob bei den Crawfords ab.

Im Vorzimmer, einem engen Raum mit Pult, Drehstuhl, Aktenschrank und ein paar billigen, vor einer Wand aufgereihten Sesseln, war niemand. Eine Taste der Telephonanlage blinkte, und die Blätter einer Pflanze bewegten sich im Luftzug, der durch die offene Tür drang. Tyler stellte den nassen Schirm in eine Ecke, knöpfte den Mantel auf und zündete sich eine Zigarette an. Er hörte die Stimme von Ben Ellroy, dem Herausgeber der Zeitschrift, eine Stimme, die immer so klang, als würde sie irgendwelchen Hinterbliebenen Trost zusprechen. Auch wenn er seinen Lunch bestellte oder mit dem Drucker einen Termin ausmachte, hielt sich sein Ton in dieser gedämpft sonoren Lage, wodurch dem beiläufigsten Gespräch ein Ernst und eine Eindringlichkeit anhafteten, die dazu geeignet waren, die Leute zu verunsichern.

Tyler betrat das Redaktionszimmer, nachdem er die Zigarette geraucht und Ellroy das Telephongespräch beendet hatte.

«Hallo, Tyler!» rief Ellroy und legte Notizpapier und Bleistift auf das Pult. «Ich wollte dich eben anrufen. Hast du den Artikel?»

Tyler zog den Umschlag aus der Ledertasche und reichte ihn Ellroy.

«Bestens», meinte Ellroy, nachdem er die Zeilen hastig überflogen hatte. Dann klappte er eine Agenda auf. «Edwin hat mich gestern abend angerufen.» Sechs Worte nur, aber der Tonfall hätte jeden, der Ellroy zum ersten Mal hörte, das Schlimmste befürchten lassen. «Er will wissen, ob du die Sache mit den Komponisten und den Krankheiten übernimmst, oder ob er den Artikel schreiben soll.» Er schürzte die Lippen und klopfte mit dem Bleistift gegen die Metallringe der Agenda.

«Er soll's machen», antwortete Tyler. «Ich werde wohl endlich mal den zweiten Teil über die Russen angehen. Wird langsam Zeit.»

Ellroy überlegte, dann schien er sich zu erinnern. «Ah ja, die Russen, genau. Wunderbar.» Er kritzelte etwas hin und legte den Bleistift dann weg. «Hat sich dein Freund, der Sänger, endlich gemeldet?» Kein Fernseh-Seelsorger hätte größeres Mitgefühl in diese Frage legen können, und auch seine Mimik paßte sich vollständig der Akkustik an.

«Nein, ich denke aber, daß er bis Dienstag wieder da ist.» Tyler hatte Mühe, beim Stichwort Banks nicht loszubrüllen vor Wut. Bestimmt aber hatte er keine Lust, den Fall mit Ellroy zu besprechen.

Ellroy nickte abwesend, den Blick auf die Agenda gerichtet. «Gut», meinte er schließlich und schob in plötzlicher Geschäftigkeit ein paar Manuskripte auf der Pultfläche hin und her. «Kann ich dich anrufen, falls ich Hilfe beim Redigieren brauche?»

«Klar.» Tyler knöpfte den Mantel zu. Er sah zum Fenster, konnte jedoch nicht erkennen, ob es draußen noch regnete. Er klemmte sich die Ledertasche unter den Arm und verabschiedete sich von Ellroy.

Im Schaufenster eines Zoogeschäfts hockten ein paar Vögel, im Sägemehl schliefen Mäuse, Schlangenfutter wohl. Ein kleines Mädchen trommelte mit den Fingerspitzen gegen die Glasscheibe, genau unterhalb eines Pappschildes, auf dem BITTE NICHT AN DIE SCHEIBE KLOPFEN stand. Die Vögel, ein Kakadu, zwei farblose Papageien und ein paar Sittiche, ignorierten das Geräusch, hielten die Augen nur spaltweit geöffnet. Tyler stellte sich vor, wie in einer Zelle ihres winzigen Hirns die Erinnerung an einen Regenwald dämmerte, den sie vielleicht gar nie gesehen hatten. Der Kot des Kakadus war weiß wie sein Gefieder, hatte beinahe etwas Makelloses. Von ihren Sitzstangen schissen die Vögel auf die Mäuse unter sich, aber eingesperrt waren auch sie. Eine miese Parabel auf das Leben war dieser von einer Infrarotlampe in unwirkliches Licht getauchte Schaukasten, dachte Tyler und merkte, daß er schon seit Minuten dastand und hineinstarrte.

Auf halbem Weg zur U-Bahnstation setzte sich Tyler in ein Lokal, trank Kaffee und las mit wenig Interesse die Zeitungen, die herumlagen. Seit einigen Tagen schenkte er der Seite mit den Unglücksfällen und Verbrechen besonderes Augenmerk, aber auch heute war keine Meldung dabei, die er mit Banks' Verschwinden in Verbindung hätte bringen können. Der Rest war eine elende Litanei aus Krieg und Korruption, dazwischen die Visagen der Politiker, Werbung, der bunte Teil mit den Cartoons.

Eine Stunde später war er wieder zu Hause, nahm ein Bier aus dem Kühlschrank und setzte sich mit dem Telephonapparat auf das Bett. Als erstes rief er Naomi an, die wie immer schlechtgelaunt war und kein Lebenszeichen von Banks erhalten hatte, dann versuchte er es in Debden, wo Banks in einem Hochhaus aus den sechziger Jahren ein winziges Loch gemietet hatte, und schließlich bei Banks' Vater in Lyndhurst, was ebenso erfolglos war.

Eine Weile lag Tyler dann auf dem Rücken, trank das Bier und versuchte, Sätze aus Wilkins' Fernseher oder Radio zu dechiffrieren. Schließlich erhob er sich, legte ein frisches Hemd bereit und ging ins Badezimmer, wo er sich wusch und kämmte. Weil keine Eile geboten war, setzte er sich in Hosen und Unterhemd vor den Fernseher und trank ein weiteres Bier. Um das Lärmchaos zu harmonisieren, sah er sich denselben Mist an wie Wilkins, eine Sendung über ein internationales Treffen von Taubenzüchtern in Wales. Es gab Tauben, lernte Tyler, die rückwärts fliegen und Loopings vollführen konnten. Ganz unerschrockene Vögel ließen sich wie Steine aus dem Himmel fallen, fingen sich erst kurz über der Erde auf und gewannen mit dieser Nummer eine Menge Punkte bei den Kampfrichtern. Als es Zeit wurde, sich auf den Weg zu machen, schaltete Tyler das Gerät aus, zog sich fertig an und setzte den Anrufbeantworter in Gang.

Tyler nahm die Abkürzung zwischen den häßlichen Blocks an der Whitechapel Road, um zu dem Apartmenthaus zu gelangen, in welchem die Crawfords wohnten. Sitzbänke aus Beton rahmten den Spielplatz ein, von dem Tyler den Sand für seine Hanteln geholt hatte. Die Holzpfähle mit den Seilen und das Klettergerüst sahen in der Dunkelheit wie Richtstätten aus. Noch vor ein paar Wochen hatten an der Stelle, wo früher der Sandkasten gewesen war, Blumen und Spielzeug gelegen. Jetzt hatte man alles weggeschafft und die Kuhle mit Erde aufgefüllt, später würde die Hausverwaltung Rasen ansäen. Anwohner, so hatte Tyler in der Zeitung gelesen, ließen eine Gedenktafel anfertigen, die an den vierjährigen Jungen erinnern sollte, dessen in Plastik gewickelte und im

Sand vergrabene Leiche von einem Hund freigescharrt worden war. Den Täter hatte man bislang nicht gefaßt, überall hingen noch die Anschläge der Polizei, die um Mithilfe bei der Aufklärung des Verbrechens bat.

9

Das schmale Mietshaus, dessen Erdgeschoß Oliver und Kate Crawford bewohnten, stand in einem Viertel, wo man weder gefährlicher noch sicherer lebte als in irgendeiner Gegend Londons. Dennoch bezahlte das Ehepaar Tyler jeden Sonntag einen großzügigen Betrag dafür, daß er die Zeit, während der die beiden ein Konzert oder eine Theateraufführung besuchten, in ihrer Wohnung verbrachte. Tylers wichtigste Aufgabe bestand darin, ans Telephon zu gehen, wenn es klingelte, denn die Crawfords hatten sich informiert und wußten, daß Ganoven vorher durch Anrufe abklärten, wo niemand zu Hause und das Risiko bei einem Einbruch gering war.

Im Stadtteil Holborn führten die beiden ein Schreibwarengeschäft, das unmittelbar neben der Pension lag, in welcher Tyler und Banks früher gehaust hatten. Tyler war ein guter Kunde gewesen und hatte gelegentlich im Laden ausgeholfen, wenn Oliver Crawford zur Nachtherapie in die Klinik mußte, wo die Folgen einer im Falkland-Krieg erlittenen Verletzung behandelt wurden. Eine Granate hatte Crawfords rechte Schulter zerfetzt, jetzt verhinderte die Therapie, daß der Arm völlig versteifte. Den Laden hatten er und seine Frau mit einem Kredit der Armee gekauft.

Kaum hatte Tyler geklingelt, vernahm er die vertrauten Geräusche, die beim Entriegeln der fünf Türschlösser entstanden. Kurz darauf öffnete ihm Oliver Crawford und bat ihn herein. Während Crawford zur Bar ging, um zwei Scotch einzuschenken, hängte Tyler den Mantel an die Garderobe und tätschelte Merlin, den alten Terrier.

«Wir gehen heute abend etwas früher», sagte Crawford, als Tyler neben ihm stand und das Glas entgegennahm. «Wird wahrscheinlich ein Riesengedränge geben.»

«Bestimmt», antwortete Tyler und prostete Crawford vor dem ersten Schluck zu.

Crawford hob ebenfalls das Glas, trank und ging dann zur Schlafzimmertür, die einen Spalt weit offen stand. «Kate», rief er, mit dem schwerfälligen rechten Arm die Tür ein wenig weiter aufstoßend, «Tyler ist hier, wir können fahren!»

Kate Crawford war eine großgewachsene, schlanke Frau mit einem Gesicht, dem man ansah, daß es einmal wunderschön gewesen sein mußte. Das sorgfältig aufgetragene Make-up ließ die Falten verschwinden, ihr schulterlanges brünettes Haar war zu einer festlichen Frisur hochgesteckt, und das schwarze, paillettenbesetzte Abendkleid verlieh ihr auch jetzt noch eine Sinnlichkeit, die Crawford stolz lächeln ließ und Tyler in nervöse Verlegenheit brachte.

Vor Jahren hätte Tyler beinahe ein Verhältnis mit Kate Crawford begonnen. Das war damals gewesen, als ihr Mann wegen akuter Beschwerden jeden dritten Tag in die Klinik mußte. Den letzten Schritt hatte Tyler dann nicht gemacht, und Kate schien ihm das, was sie für Feigheit hielt, bei jeder Begegnung wieder vorzuwerfen.

«Guten Abend, Tyler.» Kate lächelte Tyler zu, während sie sich von ihrem Mann den Reißverschluß am Rücken des Kleides zumachen ließ.

«Hallo, Kate.» Tyler hob sein leeres Glas.

«Ist der Trubel um die Othello-Inszenierung gerechtfertigt, was meinst du, Tyler?» Kate nahm eine Zigarette aus ihrer Handtasche und ging zur Bar, wo ein Feuerzeug lag.

«Ich weiß nicht, ich habe sie nicht gesehen.»

«Aber du bist doch Experte, du kannst das bestimmt auch so beurteilen.»

Tyler stellte das Glas auf den Salontisch. Er kannte Kates spöttischen Ton und ignorierte ihn so gut es ging. Dennoch genügten ein Blick oder eben dieser Tonfall, um das schlechte Gewissen erneut aufkommen zu lassen. Ihm war bewußt, daß er Kate enttäuscht und verletzt hatte. Als sie damals eine Erklärung für seinen plötzlichen Rückzug verlangt hatte, schob Tyler Oliver Crawford vor, sagte, er könne keinen Mann hintergehen, der sich unter Qualen geweigert habe, seinen Arm und damit möglicherweise die Liebe seiner Frau zu verlieren. In Wahrheit glaubte Tyler erkannt zu haben, worauf alles hinauslaufen würde, und er hatte sich zurückgezogen wie aus einem Spiel, das ihm zu entgleiten drohte. Daß es nicht die Freundschaft zu Oliver Crawford gewesen war, die ihn davon abgehalten hatte, mit Kate zu schlafen, beschämte ihn zusätzlich, und einmal mehr fragte er sich, warum er seine Sonntagabende nicht einfach anderswo verbrachte.

«Es ist sicherlich ein Ereignis», sagte er schließlich. «Ob von der Qualität oder vom Aufwand her wird sich zeigen.»

Kate lachte auf, als hätte Tyler einen Scherz gemacht.

«Wir werden's ja sehen», meinte Crawford bemüht fröhlich und ging zur Garderobe, um Kates Mantel vom Bügel zu nehmen. «Bist du soweit, Liebling?» Die Innenseite des leichten Wintermantels schimmerte wie Perlmutt.

Kate drückte die Zigarette aus, strich das Kleid glatt und ging zu ihrem Mann, der ihr in den Mantel half.

«Wir sind spätestens um halb eins zurück», ließ Crawford Tyler wissen. Obwohl er seinen rechten Arm kaum noch anwinkeln konnte, schlüpfte er mühelos in seinen weißen Trenchcoat.

Tyler nickte. «Laßt euch Zeit», sagte er.

«Du mußt hierbleiben, zusammen mit Tyler das Haus bewachen.» Kate kauerte vor Merlin und tätschelte dessen Kopf.

«Bis später dann!» rief Crawford, der schon draußen unter dem Vordach stand. Die Scheinwerfer eines Autos wischten über seine Gestalt, der Regen hinter ihm leuchtete.

Tyler trat zu Kate und ging ebenfalls in die Hocke, um den Hund am Halsband festzuhalten. Merlin winselte und wollte zur Tür.

«Laß keine Einbrecher rein, hörst du?» flüsterte Kate dicht vor Tylers Gesicht. Ihr Atem roch nach Alkohol, und sie schwankte ein wenig, als sie sich erhob.

Nachdem auch Kate die Wohnung verlassen hatte, schloß Tyler die Tür und verriegelte sie. Merlin winselte noch eine Weile, dann legte er sich vor die Schuhkommode auf den Teppich. Tyler holte ein Bier aus der Küche, schaltete den Fernseher ein und setzte sich in einen der Polstersessel. Weil er keine Lust hatte, irgendeiner Filmhandlung zu folgen, schaltete er auf den Musikkanal. Der Anblick des dösenden Hundes machte ihn schläfrig, er legte den Kopf zurück und schloß die Augen.

Er würde mit diesem elenden Sonntagsjob aufhören. Er konnte Oliver und Kate ja sagen, er hätte wieder viel zu tun; es würde ihnen nicht schwerfallen, einen anderen zu finden, der für gutes Geld gelegentliche Anrufe beantwortete und einen alten Hund vom Jaulen abhielt. Tyler übernahm den Job sowieso fast nur noch aus Gefälligkeit, und er hatte den Verdacht, daß Crawford seinerseits meinte, Tyler einen Dienst zu erweisen. Eine unhaltbare Situation, befand Tyler, zumal er auf das Geld nicht wirklich angewiesen war.

Zwei Stunden später schaltete Tyler den Fernseher aus. Merlin hob den Kopf und stellte die Ohren in die plötzliche Stille. Als Tyler in die Küche ging, um ein neues Bier zu holen, folgte ihm der Hund, und Tyler füllte ihm etwas Futter in den Napf. Dann stand Tyler eine Weile da und sah durch das kleine Fenster hinaus auf den leeren Hof, wo sich das Licht der Wohnungen in den Pfützen spiegelte.

Durch dieses inzwischen mit Eisenstäben gesicherte Küchenfenster waren vor ein paar Monaten die Diebe eingedrungen, fiel Tyler ein, und er stellte sich die körperlichen Verrenkungen vor, die dazu nötig waren. Die Crawfords hatten ein Wochenende bei Freunden verbracht; und vielleicht waren sie bei der Abfahrt beobachtet worden, vielleicht war auch die Masche mit dem Telephonanruf zum Einsatz gekommen. Oder es war purer Zufall gewesen, die Einbrecher plumpe Amateure, die wahllos in irgendwelche Wohnungen einstiegen. Eine vom Lärm des zersplitternden Glases aufgeweckte Nachbarin hatte Alarm geschlagen, indem sie aus ihrem im zweiten Stockwerk gelegenen Fenster nach Ruhe schrie. Dadurch hatten die Männer nur gerade so viel Zeit gehabt, um hastig einige im Wohnzimmer herumstehende Wertsachen mitgehen zu lassen, eine vergoldete Pendule, ein teures Schachspiel, mehrere Kerzenständer.

Tyler ging zurück ins Wohnzimmer und legte eine Grieg-Platte auf. Beim Anblick der Bilder an den Wänden, der auf Kommoden, Tischen und Regalen verteilten Gegenstände und der im Lauf der Jahre festgelegten und beibehaltenen Platzordnung aller Dinge erinnerte er sich an Ernest Kersh. Der Sonderling Kersh, Student der Musikwissenschaft und Fahrer einer vernachlässigten Norton *Commando,* deren Fehlzündungen wie Gewehrsalven über den Campus hallten, war bei seinen Kommilitonen nicht übermäßig beliebt, was Tyler dazu bewog, sich dann und wann mit ihm abzugeben. Nach einer Semester-Party, die fast alle Teilnehmer als Bierleichen zurückließ, offenbarte Kersh Tyler seine obskure Leidenschaft.

Ernest Kersh brach, ohne Schaden anzurichten, in fremde Wohnungen ein, um deren Besitzern für den Rest des Lebens Rätsel aufzugeben: er veränderte Details in der Einrichtung, hängte Gemälde um, reihte Porzellanfiguren anders in die Vitrine, hob die alphabetische Anordnung im Bücherregal auf, sortierte das Besteck in den Küchenschubladen neu, verschob die Möbel und Teppiche. Suchte er dieselbe Wohnung zweimal auf, brachte er Sachen mit, wechselte eine normale gegen eine blaugetönte Glühbirne aus, steckte eine Tube Zahnpaste ein und stellte eine andere, vorzugsweise ägyptische Marke ins Glas, hängte eine schrille Krawatte in den Kleiderschrank oder tauschte den *Observer* gegen den *Bombay Samachar* aus, eine Zigarre gegen einen Schokoladeriegel, herumliegendes Kleingeld gegen indonesische Münzen im gleichen Wert.

Wenn er wußte, daß ihm genügend Zeit blieb, stellte er sämtliche Kanäle des Fernsehers neu ein, faltete Kleider in den Schrankfächern auf unkonventionelle Art oder bereitete in der Küche einen Pudding zu und stellte ihn in den Kühlschrank. Glanzstücke seiner skurrilen Tätigkeit waren das Dekorieren einer Tanne mit bereitliegendem Weihnachtsschmuck, das Füllen sämtlicher Schuhe mit Reiskörnern und das Einsetzen eines teuren Zierfisches in ein Aquarium.

Irgendwann wurde Kersh erwischt, und natürlich glaubte niemand, daß er kein Einbrecher aus Habgier, sondern nur ein Spinner mit einer ungewöhnlichen Obsession war. Er ging, wegen eines Rauschgiftvergehens vorbestraft, für ein Jahr ins Gefängnis. Tyler besuchte ihn einige Male, aber nach Kershs Entlassung verloren sie sich aus den Augen.

Gegen Mitternacht kamen die Crawfords nach Hause. Kate war jetzt um eine Spur betrunkener, und Tyler sah zu, daß er sein Geld bekam und gehen konnte. Er nahm seinen Mantel vom Bügel, verabschiedete sich und verließ die Wohnung. Es regnete nicht mehr, und der Mond stand plötzlich so opulent und glühend im von Wolken geräumten Himmel, daß Tyler sich in einem anderen Land, in einer anderen Zeit wähnte.

In einer Bar in der Whitechapel Road trank er einen Cognac, aß ein Stück Pizza und ärgerte sich über die stupiden Songs aus der Musikbox. Eine Frau, die er kannte, sagte hallo, und er lud sie zu einem Drink ein. Sie wollte von ihm das Übliche wissen, er antwortete und fragte sie dann das gleiche, obwohl es ihn nicht interessierte. Die ganze Zeit überlegte er, wie sie hieß, aber es fiel ihm nicht ein. Sie trank ihren Weißwein schnell, dann mußte sie gehen, Freunde warteten.

Nach dem zweiten Cognac bezahlte Tyler und ging. Vor der Bar prügelten sich zwei Männer. Zu betrunken, um richtig zuzuschlagen, klammerten sie sich keuchend aneinander, drehten sich schwankend im Kreis und stürzten immer wieder zu Boden. Leute standen abseits und sahen zu. Tyler blieb ebenfalls stehen, lehnte sich gegen eine Hauswand und rauchte eine Zigarette. Harold Carney fiel ihm ein, den er hatte verprügeln wollen, und natürlich Banks.

Ein Mann mit Fellmütze und dreckigem Mantel stand plötzlich neben Tyler und hielt ihm die Hand hin, die in fingerlosen Wollhandschuhen steckte. Kleingeld, sagte er und bewegte die Hand auf und ab, als wäge er einen unsichtbaren Gegenstand. Eine zerschlissene Adidas-Tasche hing an einem Strick um seine Schultern, in der freien Hand hielt er ein geschnürtes Bündel. Tyler holte ein paar Münzen aus der Jackentasche und gab sie dem Mann. Die Leute, die um die Kämpfenden herumstanden, johlten und lachten, und Tyler kam es vor, als habe er gerade Eintritt bezahlt für etwas, das er gar nicht sehen wollte. Er warf die halbgerauchte Zigarette in den Rinnstein und überquerte die Straße.

10

Naomi hatte angerufen, wütend und wirr etwas von Banks aufs Band gesprochen, bis sie vom Piepton der Maschine unterbrochen worden war. Tyler rief gleich zurück. Er saß auf dem Bett, hatte sich vorsorglich einen Whisky eingeschenkt.

«Tyler?» Naomis Stimme klang müde, rauh. «Endlich, wo warst du denn die ganze Zeit? Er hat sich gemeldet.»

Es fühlte sich an, als fließe Strom durch den Telephonhörer in Tylers Körper. «Wo steckt er?» Er leerte das Glas, behielt es jedoch in der Hand.

«In L. A.!» schrie Naomi. «Der elende Mistkerl ist in Los Angeles!»

«Was?» Wäre das Glas dünner gewesen, Tyler hätte es in seiner Hand zerdrückt.

«Seit einer Woche ist er schon dort!» Naomis Stimme überschlug sich.

Tyler hielt den Hörer etwas von seinem Ohr weg und schüttelte eine Zigarette aus der Packung, die neben dem Telephonapparat lag, fand aber kein Feuerzeug. «Was macht er in L. A., verdammt nochmal? Wann kommt er zurück?»

Jetzt begann Naomi zu weinen. «Gar nicht!» schrie sie. «Er sagt, er komme gar nicht zurück!»

Tyler wartete. In seinem Kopf wirbelten die Gedanken wie Papierfetzen in einem Luftstrudel, er fixierte eine Photographie an der Wand, damit das Schwindelgefühl nachließ. «Erzähl mal der Reihe nach», forderte er Naomi auf. «Was hat er genau gesagt?»

Naomi hustete, das Klicken eines Feuerzeugs war zu hören. «Daß er in L. A. ist», antwortete sie, weinerlich und trotzig wie ein Kind, das etwas Schlimmes beichtet.

«Er ruft an, sagt hallo, ich bin in L. A. Das war alles?»

«Er wollte, daß ich es niemandem erzähle.» Naomi

weinte wieder. Ihre Schwester rief etwas aus dem Hintergrund, aber Tyler verstand es nicht.

«Ist der Kerl noch zu retten? Hat er dir eine Adresse angegeben?»

Naomi schwieg.

«Hör zu, Naomi!» rief Tyler. «Ich komme zu euch, dann erzählst du mir alles, was du weißt. In Ordnung?»

Endlich antwortete Naomi. «Ja», sagte sie mit heiserer Stimme und legte auf.

Eine Weile stand Tyler dann einfach da und starrte auf eine leere Stelle am Boden. Über ihm war Ruhe. Er sah auf die Uhr; kurz vor eins. Irgendwann mußte der Alte ja schließlich schlafen, dachte er, holte den Mantel und ging aus der Wohnung.

An der Hauptstraße dauerte es nicht lange, bis ein Taxi neben Tyler hielt, das ihn raus nach Sevenoaks brachte. Er drehte das Seitenfenster herunter, kalte Luft drang durch den Spalt und wehte über sein Gesicht. Vielleicht war es nur ein übler Scherz von Banks, überlegte er, vielleicht hatte Banks aus England angerufen, möglicherweise sogar aus London. Banks drehte ab und zu durch, verschwand für Tage oder Wochen im Zimmer eines teuren Hotels, hauste darin wie ein Barbar und schrieb ein paar Songtexte. Manchmal hatte er Frauen dabei, naive Mädchen meist, die am Schluß die Hotelrechnung bezahlen mußten. Oder er war in Barcelona, wo Freunde von ihm wohnten. Dann fiel Tyler ein, daß die zweite der beiden Ex-Frauen von Banks' Vater, also Banks' ehemalige Stiefmutter, irgendwo in Kalifornien lebte, in Santa Monica oder Santa Barbara. Banks hatte sie einmal besucht und Tyler davon erzählt.

Sie fuhren jetzt etwas langsamer.

«Ist das gut hier?» fragte der pakistanische Fahrer in gebrochenem Englisch. Schrebergärten wurden von einem Industriegebiet abgelöst, von Fabrikanlagen und Lagerhallen, alten Backsteinbauten und modernen Komplexen aus Stahl und Glas. Die meisten Gebäude waren beleuchtet, vor einer in weißes Licht getauchten Rampe stand ein Lastwagen, und Tyler sah Männer, die das Fahrzeug leerten oder beluden. In weiter Ferne rollte ein Güterzug mit Tankwagen vorüber.

«Da vorne rechts.» Tyler lehnte sich etwas vor, um besser sehen zu können, während der Fahrer vorsichtig in den schmalen Weg einbog. In unregelmäßigen Abständen gepflanzte Bäume bildeten eine Art Allee, weiter vorne stand, inmitten vergammelter Autoteile und Reifen, ein halbfertiger Wellblechbau. Tyler ließ den Fahrer anhalten, bezahlte ihn und stieg aus. Neben einem mit Unfallautos vollgestellten Kiesplatz führte ein Fußweg an einer schulterhohen Mauer entlang zum Haus.

Das zweistöckige Haus war groß und alt, der Verputz brüchig und die Ziegel auf dem Dach so schadhaft wie die Fensterläden, die schief in den Angeln hingen. Naomi und ihre Schwester Leslie hatten es von ihren Eltern geerbt, die jetzt in einer kleinen Wohnung lebten. Auf einer überwucherten Wiese neben dem Haus stand ein Schuppen, der im Winter als Garage diente und im Sommer als Übungsraum für die Band. Innen war der Schuppen mit Isolierplatten verkleidet, Ventilatoren hingen an der Decke, und mehrere Rollen Teppichboden warteten darauf, Ende Mai wieder verlegt zu werden.

Tyler stieg die Stufen zur Eingangstür hinauf, klingelte, obwohl er wußte, daß das überflüssig war, und betrat den Flur. Lärm und Wärme schlugen ihm entgegen, und Polanski sprang kläffend an ihm hoch, während Tyler seinen Mantel auszog und ihn über einen Heizkörper legte. Tyler schüttelte den Hund ungewollt heftig ab, bevor er die nur angelehnte Tür zum Wohnzimmer am Ende des Flurs öffnete. Naomis Schwester Leslie, die Nachbarin und zwei Frauen, die Tyler nicht kannte, saßen auf

Stühlen, Sesseln und einem Sofa in dem von mehreren Lampen hell erleuchteten Raum. Sie hielten alle Illustrierte in den Händen und sahen aus wie Patientinnen im Wartezimmer eines heruntergekommenen Arztes.

«Wo ist Naomi?» Tyler mußte laut reden, um von der Stereoanlage nicht übertönt zu werden.

Leslie zeigte mit dem Daumen nach oben. Sie mochte Tyler nicht, Abneigung auf den ersten Blick, so etwas gab es. Obwohl sie die Größe, die Haare, Augen und sogar die langen Beine ihrer Schwester hatte, war sie nicht schön, nicht einmal hübsch. Sie hatte diesen Ausdruck im Gesicht, den Leute aufsetzen, die sich übergangen fühlen: beleidigt und zugleich angriffig arrogant. Wer mit Leslie zusammentraf, wurde von ihr ignoriert oder mit offener Feindseligkeit behandelt. Ausnahmen machte sie nur bei Frauen, die, Tylers Theorie zufolge, unattraktiver waren als sie selbst. Tyler unterstellte ihr, daß sie mit ihren vierundzwanzig Jahren noch Jungfrau war oder lesbisch, aber vermutlich tat er das nur, weil Leslie überall verbreitete, er sei schwul.

Tyler zog die Tür zu und ging die Holztreppe hoch ins obere Stockwerk. Er brauchte nur der Musik zu folgen und fand Naomi im Schlafzimmer, einem Raum mit einem riesigen unordentlichen Bett, offenen Schränken und Kommoden, deren Schubladen herausgezogen und durchwühlt waren. Der CD-Player stand auf dem mit Kleidern, Schuhen und Magazinen übersäten Parkettboden, und er war so laut eingestellt, damit er gegen den Lärm von unten ankam. Tyler ging in die Hocke und drehte ihn leiser.

Naomi saß auf dem Bett und rauchte, ein leerer Joghurtbecher, den sie zwischen die Knie geklemmt hatte, diente ihr als Aschenbecher.

Tyler richtete sich auf und schnippte die Asche seiner Zigarette ebenfalls in den Becher. «Wie geht's?» Die Frage rutschte ihm heraus, er merkte, wie dumm sie war. Andererseits wollte er nicht gleich mit einem Schwall von Fragen nach Banks über Naomi herfallen.

Was Naomi ausstieß, hatte kaum etwas mit einem Lacher zu tun. Sie warf ihre Kippe in den Plastikbecher, füllte sich am Tisch ein Glas mit Wein, wandte sich nach Tyler um und hielt die Flasche hoch, schwenkte sie ein wenig.

Tyler schüttelte den Kopf. «Im Moment nicht, danke», sagte er und bereute, von unten keinen Scotch mitgenommen zu haben. Er setzte sich in einen Korbsessel, und wartete, bis Naomi ihren Platz auf dem Bett wieder eingenommen hatte. «Wann hat er angerufen?» fragte er dann möglichst ruhig.

Naomi trank einen Schluck und zerknüllte mit der anderen Hand das Papiertaschentuch. «Neun, zehn, irgendwann.»

«Und du bist sicher, daß er aus Los Angeles angerufen hat?»

Naomi winkelte die Beine zum Schneidersitz an. Sie trug rote Wollsocken, eine hellgraue Trainingshose und ein übergroßes blaues Sweatshirt mit Kapuze. Trotz ihrer schlechten Verfassung, der unfrisierten Haare und der verweinten Augen sah sie sehr schön aus. «Ja», gab sie zurück und räusperte sich, um gleich darauf eine Zigarette hervorzuholen. Sie ließ sich von Tyler, der aufgestanden war, Feuer geben und inhalierte den ersten Zug heftig und tief, mit vorgeneigtem Kopf. «Es war ein R-Gespräch», fuhr sie dann müde und noch immer heiser fort. «Du weißt schon, wo die Frau von der Vermittlung fragt, ob du den Anruf entgegennehmen willst.»

«Ob du ihn bezahlen willst», warf Tyler mit einer Verächtlichkeit ein, die Banks galt.

«Die Verbindung war auch ziemlich schlecht. Er ist bestimmt in L. A.»

Tyler wartete eine Weile, bevor er die nächste Frage stellte. Er sah, daß Naomi kurz davor war, wieder zu weinen. «Hat er gesagt, wo er wohnt?»

Erst schien Naomi nicht zu reagieren, doch dann griff sie nach einem auf dem zerwühlten Bett liegenden Notizblock. Sie betrachtete ihn lange, ehe sie vorlas: «251 Spoleto Drive, Santa Monica.»

«Der verfluchte Schweinehund!» schrie Tyler. Bis zu diesem Zeitpunkt hatte sein Verstand sich noch geweigert, zu akzeptieren, daß Banks in Los Angeles war. Die Zimmertür stand halb offen, und Tyler schlug sie mit voller Wucht zu. «Er ist bei seiner Ex-Stiefmutter. Das ist doch ihre Adresse, Santa Monica.»

Naomi nickte nur.

«Dieser elende, verfluchte Bastard!» Tyler war es egal, ob Naomi wieder in Tränen ausbrechen würde oder nicht. Er lehnte sich gegen eine Wand, schloß die Augen und atmete ein paarmal heftig ein und aus, bis der Druck auf Lunge und Magen nachgelassen hatte. Als er sich umdrehte und die Augen öffnete, ging die Tür auf, und Leslie betrat den Raum. Naomi wimmerte noch immer, preßte ein Kleenex gegen das Gesicht.

«Was ist denn bei euch los?» wollte Leslie wissen, und ihr Blick ging von Naomi zu Tyler. Dann setzte sie sich auf das Bett und griff nach der Hand ihrer Schwester. «Mußt du hier so rumtoben, du Idiot?» zischte sie in Tylers Richtung. «Die Sache hat sie schon genug mitgenommen. Warum läßt du sie nicht in Ruhe? Geh nach Hause, Tyler!» Leslie wandte sich ihrer Schwester zu, sah Naomi an, als versuche sie zu ergründen, weshalb eine Frau wegen eines Mannes wie Banks so aus der Fassung geraten konnte.

Tyler setzte sich hin. «Würde ich verdammt gerne tun, das kannst du mir glauben. Ich bin nämlich hundemüde. Aber Naomi hat mich angerufen, und ich bin hergekommen. Ich will noch ein paar Dinge wissen, dann verschwinde ich. Je eher du uns also alleine läßt ...» Er machte eine Kopfbewegung in Richtung Tür.

«Der Mistkerl ist abgehauen!» stieß Leslie hervor. «Was willst du da noch wissen?»

Tyler seufzte.

«Ist schon gut, Les», mischte sich Naomi ein. Sie zog ihre Hand behutsam aus der ihrer Schwester. «Machst du Kaffee? Ich komme in ein paar Minuten hinunter.» Sie lächelte und setzte sich so hin, daß ihre Füße den Boden berührten.

Bevor Leslie sich wortlos erhob, streifte sie Tyler mit diesem haßerfüllten Blick, den er kannte und der ihm dennoch jedesmal einen Stich versetzte. Er hätte es vorgezogen, zu den Leuten zu gehören, die von ihr wie Luft statt wie Dreck behandelt wurden. Nicht gemocht zu werden, bereitete ihm keine Mühe, doch die aggressiven Gefühle dieser Frau erschreckten ihn. Er suchte nach einem versöhnlichen Satz, blieb dann aber stumm.

Leslie verließ das Zimmer und warf die Tür hinter sich zu.

Eine Weile sprach keiner der beiden. Draußen vor dem Haus waren Schritte im Kies zu hören, Frauenstimmen und das Bellen eines Hundes. Kurze Zeit später wurde unten die Musik abgedreht.

«Es tut mir leid, daß sie so ist», sagte Naomi schließlich zögernd. Sie saß jetzt ruhig da, beide Hände auf die Bettkante gestützt, und blickte für einen kurzen Moment auf. Augen und Gesicht waren verdeckt von dichten Strähnen ihres braunen Haars.

Tyler lächelte, machte eine wegwerfende Handbewegung. «Ist nicht schlimm», log er unbeholfen. Er wäre gerne aufgestanden und hinuntergegangen. Aber er blieb sitzen, wollte Naomi noch ein paar Fragen stellen und sie dann in Ruhe lassen. Dachte er an Schlaf, wurden Kopf und Körper schwer wie eine Last, die man nicht loswird.

«Es ist … abscheulich, wie sie manche Leute behandelt. Aber es hat nichts mit dir zu tun.» Naomi legte den Kopf zurück und strich sich mit beiden Händen die Haare nach hinten. Sie war die schönste Frau, die Tyler kannte. Banks hatte sie zum ersten Mal in einer Galerie in der Regent Street gesehen, wo sie arbeitete. Die Stelle hatte sie mittlerweile verloren, studierte jetzt Ägyptologie und Ethnologie und jobbte zwischendurch als Reisebegleiterin bei Stadtrundfahrten für Touristen. Trotz all dieser Aktivitäten, die Zielstrebigkeit vermuten ließen, hatte Naomi auf Tyler stets den Eindruck eines haltlos umhertreibenden Menschen gemacht. Sie interessierte sich für alles, aber nichts packte sie wirklich. Die anfängliche Begeisterung für die Studienfächer klang bereits ab, nach nur einem Semester, und auch die Stelle als Fremdenführerin setzte sie, bewußt oder aus Nachlässigkeit, aufs Spiel, indem sie immer wieder und unter zunehmend fadenscheiniger werdenden Vorwänden der Arbeit fernblieb.

Banks, gerade mal wieder ohne Wohnung, zog ein paar Tage nach der ersten Begegnung in das Haus ein, das Naomi und Leslie zu gleichen Teilen gehörte. Zufrieden erzählte er Tyler von der günstigen Wohngelegenheit und dem Holzschuppen, den man zum Übungsraum ausbauen könne. Naomi schien dabei eher zweitrangig zu sein. Kaum hatte Banks die Einzimmerwohnung in Debden gefunden, zog er mit dem größten Teil seiner Sachen dorthin; um in Ruhe arbeiten zu können, wie er sagte. Tyler wußte es besser, aber er hatte es satt, anderen die dunklen Seiten von Sinclair Banks vorzuführen. Zudem erweckte Naomi den Eindruck, als würde sie Banks' Verhalten dulden, wie betäubt von einer Mischung aus Apathie und Fatalismus.

«Ich könnte dir eine widerliche kleine Geschichte erzählen», begann Naomi nach einer Weile, leise und mit zur geschlossenen Tür gewandtem Gesicht. «Eine dreckige und blutige Geschichte von einem vierzehnjährigen Mädchen und dem Sohn eines Hausmeisters. Von einem dunklen, abgesperrten Fahrradkeller, wo eine Stunde zum

Jahr wuchs, zu zehn Jahren, einem ganzen Leben, oder was davon übrig blieb.» Sie blickte vage in Tylers Richtung, setzte die Füße aufs Bett und schlang die Arme um die angewinkelten Beine. «Diese eine gottvergessene Stunde ist in ihrem Kopf gewuchert, ist zu einem Geschwür gewachsen aus Wut und Haß und Angst. Manchmal scheint sie es für eine Weile ... nicht vergessen ... verdrängt zu haben, dann ist sie anders. Aber die meiste Zeit ...» Naomi zog den Rauch ein, behielt ihn lange in der Lunge und blies ihn dann aus, die dunklen, fast schwarzen Augen auf die Glut der Zigarette gerichtet. Schließlich hob sie den Kopf. «Aber ich erzähle dir diese Geschichte nicht. Ich will nur, daß du Les ein wenig verstehst», sagte sie und sah Tyler eindringlich an. «Sie wäre nicht so, wie sie ist. Sie wäre ganz anders, in einem anderen Leben, bestimmt.»

Tyler nickte, wich Naomis Blick nach einer Weile aus. Jetzt hatte er eine Erklärung, immerhin. Den Umgang mit Leslie würde sein Wissen jedoch kaum einfacher machen. Vermutlich würde er sich in ihrer Gegenwart noch befangener, noch unwohler fühlen, denn nun hatte er seinen brüchigen Panzer aus erwiderter Abneigung verloren.

«Ich denke, Sin kommt nicht zurück», sagte Naomi plötzlich. «Ich denke, er bleibt dort. Hat mal wieder etwas Neues gefunden. Er will, daß ich ihm ein paar Sachen rüberschicke.» Naomi erhob sich träge und ging mit kleinen, vorsichtigen Schritten zwischen den auf dem Fußboden verstreuten Gegenständen umher, als suche sie die Dinge, nach denen Banks verlangte.

Tyler las langsam und angestrengt konzentriert die großgedruckten Sätze auf einer Zeitungsseite, die halbzerknüllt vor ihm lag. Ein verschwommenes Bild zeigte die Trümmer eines Autos. Irgendwie beruhigte ihn zwar die Tatsache, daß Banks wenigstens wieder aufgetaucht war, doch wenn er an die Band und den Termin mit der Plattenfirma dachte, befielen ihn Panik und schiere

Mordlust. Jahre der Arbeit spulten durch seinen Kopf wie ein Film über vertane Zeit, wie der Streifen einer Registrierkasse, die nur Verluste rechnet.

Die Tür ging auf, und Leslie steckte den Kopf herein. «Der Kaffee ist längst fertig», sagte sie zu ihrer Schwester, ohne Tyler zu beachten. «Kommst du?» Ihr Ton war sanft und zugleich bestimmt und fordernd.

Naomi sah aus, als versuche sie sich an etwas zu erinnern, dann ging eine Bewegung durch ihr Gesicht, eine winzige Welle über einen glatten, trüben Teich. «Ja, natürlich, danke. Ich komme gleich.» Sie lächelte und blickte zu Tyler, während Leslie die Tür zuzog und nach unten ging.

«Hör zu, schick ihm überhaupt nichts von seinen Sachen. Ich fliege morgen zu ihm.»

«Was?»

«Ich versuche, einen Flug nach L. A. zu kriegen. Ich hole den Kerl zurück.»

«Wie willst du das anstellen?»

«Ich hole den Kerl zurück», sagte Tyler noch einmal, erstaunt, wie simpel der Satz klang. «Er schuldet mir noch etwas. Sinclair Banks schuldet noch einer Menge Leuten etwas.»

«Er wird nicht mitkommen.» Naomi folgte Tyler ins Erdgeschoß. Kaffeeduft zog durch das Haus.

«Dann wird er es mir erklären müssen.» Es überraschte Tyler, wie ruhig er plötzlich war. Im dunklen, leeren Wohnzimmer setzte er sich vor das Telephon und rief einen Taxidienst an.

«Möchtest du einen Kaffee?» fragte Naomi, die eine kleine Tischlampe angeknipst hatte. «Ich kann dir eine Tasse aus der Küche holen.»

«Nein, vielen Dank. Ich muß gleich los.» Endlich meldete sich am anderen Ende jemand, und Tyler gab die Adresse an, wo er abgeholt werden wollte. Nachdem er aufgelegt hatte, ging er in den Flur, nahm den Mantel von der Heizung und zog ihn an.

«Melde dich bitte. Ja?» Naomi lehnte an der Wand, deren Blumentapete vergilbt und rissig war. Sie hielt mit der einen Hand eine Haarsträhne fest, mit den unlackierten Fingernägeln der anderen Hand zupfte sie an den Spitzen.

«Sicher», versprach Tyler. Sie umarmten sich kurz, dann trat Tyler aus dem Haus, überquerte den Kiesplatz, ging den morastigen Fußweg entlang und ein Stück die Hauptstraße hinauf bis zu der Kreuzung, wo das Taxi ihn abholen würde.

11

Als erstes rief Tyler Philipp Whiteside in dessen Hotel in Paris an. Der Nachtportier gab zu bedenken, daß es vier Uhr früh sei, stellte aber durch, als Tyler sagte, der Anruf sei wichtig und Mr. Whiteside erwarte ihn.

Es dauerte allerdings eine Weile, bis Whiteside den Hörer abhob und sich verschlafen meldete. Tyler erklärte ihm die Lage und daß er die Absicht habe, nach Los Angeles zu fliegen.

«Wann?»

«Heute.»

«Hast du ein Ticket?»

«Nein.»

«Geld?» Whiteside klang wie jemand, der trocken und mechanisch die Punkte aufzählt, an denen ein überhastet geplantes Unternehmen scheitern kann.

«Ich habe noch etwas auf der Bank. Müßte reichen.»

Am anderen Ende der Leitung war es ruhig, nur ein entferntes Summen und gelegentliches Klicken waren zu hören.

«Geh morgen früh zu Raven», sagte Whiteside schließlich. «Lester wird einen Scheck für dich bereithalten.»

«Hör zu, Phil, vielleicht ist der ganze Aufwand umsonst. Ich kann dir nicht garantieren, daß ich Sin zurückbringe.»

«Dann schlag ihm wenigstens ein paar Zähne ein. Für mich», sagte Whiteside und gab Tyler noch ein paar Ratschläge. «Ruf mich an, so oder so.»

«Mach ich.» Jetzt vernahm Tyler das Klopfen.

Als hörte Whiteside es ebenfalls, schwieg er einen Moment lang.

«He, Tyler!» rief er dann.

«Ja?» Dumpfes Pochen kam von irgendwoher, ein Ton wie ein unregelmäßig schlagendes Herz.

«Eine verdammt gute Band hattest du da.»

Tyler stieß Luft durch die Nase, merkte, daß er schon seit einer ganzen Weile die Augen geschlossen hatte. Vielleicht mußte man von der Band wirklich bereits in der Vergangenheitsform reden. Whiteside war kein Anfänger, bestimmt hatte er im Lauf der Jahre Dutzende von Bands gesehen, die, aus welchen Gründen auch immer, auf der Strecke blieben.

«Kann schon sein», antwortete Tyler schließlich und legte auf.

Das Geräusch kam von oben, aus Wilkins' Wohnung. Tyler stellte sich aufs Bett, horchte und hielt den Atem an dabei. Dieses matte Klopfen ohne jeden Rhythmus klang nicht wie eine von Wilkins' Hantel-Lektionen.

Tyler fand die Wohnungstür verschlossen vor, wußte aber, wo der Schlüssel lag, den die Putzfrau jeweils benutzte. Er zog ihn an der Schnur aus einer Ritze zwischen Wand und Fußboden, sperrte auf und betrat zögernd die Wohnung. Das Radio lief auf Zimmerlautstärke, ein Störgeräusch, Ätherrauschen, in das immer wieder ein Sender drang und Fetzen von Musik anspielte.

Das Klopfgeräusch hatte aufgehört. Tyler ging den im Halbdunkel liegenden Flur entlang, rief nach Wilkins, machte überall Licht und spähte in die Räume. Am Ende des Gangs befand sich das Wohnzimmer, vielmehr Wilkins' Exerzierplatz, wo alle Möbel an die Wände gerückt waren, um in der Mitte, auf einem durchgescheuerten Perserteppich-Imitat, Platz zu machen für die Hantelbank, die Gewichte, das ausgeleierte Rudergerät, den Medizinball und all die anderen Werkzeuge, mit denen der Alte sich abmühte.

Als Tyler die Tür ganz aufschob, sah er Wilkins auf dem Boden liegen. In roten Trainingshosen und gelbem T-Shirt, das Gesicht abgewandt, den einen Arm flach ausgestreckt, den andern um den Medizinball gelegt, sah er aus wie ein im Meer treibender Schiffbrüchiger.

«Barney!» rief Tyler, war mit wenigen Schritten bei Wilkins und kniete sich nieder. «Was ist passiert, um Himmels willen?» Er berührte den alten Mann an der Schulter, zaghaft und unsicher.

Wilkins blickte ihn aus trübblauen Augen an und bewegte die Lippen. «Gut», brachte er schließlich hervor, und das Lächeln kostete ihn soviel Kraft wie sonst zwanzig Wiederholungen mit der Langhantel.

Tyler sprang auf und rannte in die angrenzende Küche, um ein Glas Wasser zu holen. Ein Metallsieb mit welk gewordenem Salat und eine Handvoll Karotten lagen auf dem Spültisch, daneben, in einem Abtropfgestell aus rotem Kunststoff, sauberes Geschirr und Besteck. Das Kalenderblatt an der Wand zeigte einen durch blauen Himmel segelnden Adler. Tyler nahm ein Glas aus dem Schrank, füllte es mit kaltem Wasser und eilte zurück ins Wohnzimmer, wo er in die Hocke ging und Wilkins das Glas an die spröden Lippen hielt.

Der Alte nippte, seine Augen schlossen sich, die Lider mit den feinen blauen Äderchen zitterten. «Gut», wiederholte er und auch das Lächeln.

«Was ist passiert?» fragte Tyler noch einmal und besah sich Wilkins von Kopf bis Fuß. «Bist du hingefallen?» Blut war nirgendwo zu sehen.

Wilkins schien zu überlegen und nickte dann.

«Wie lange liegst du schon hier?» Tyler wurde plötzlich klar, wie traurig und verrückt es war, daß ein bald achtzigjähriger Mensch so alleine lebte. Auch machte er sich jetzt Vorwürfe, weil er in den letzten Wochen kaum einmal nach seinem Nachbarn gesehen hatte. Zwanzig Stufen trennten sie.

Wieder sah es aus, als müsse Wilkins erst nachdenken. Seine nackten, weißen Füße steckten in blauen Segeltuchschuhen, auf der Vorderseite des T-Shirts stand VISIT JERSEY. Wilkins Blick versank im Wasserglas, das Tyler ihm noch immer hinhielt. «Abend», flüsterte er endlich und versuchte sich aufzurichten.

«Warte.» Tyler stellte das Wasserglas beiseite und half Wilkins hoch. Als beide standen, blickte sich Tyler um, sah aber nur einen wackligen Stuhl und einen Polstersessel, auf dem eine Kiste mit leeren Limonadeflaschen abgestellt war. «Ich bring dich ins Schlafzimmer. Da kannst du dich hinlegen.»

Wilkins murmelte etwas. Er roch nach Schweiß und Seife, und wenn er ausatmete, entwich ihm eine Art Wimmern, leise wie von einem schlafenden Kind.

Erst als Tyler sich vorsichtig in Bewegung setzen wollte, merkte er, daß Wilkins nur auf einem Bein stand, daß der alte Mann von ihm wegkippte und offenbar keinen Schritt gehen konnte. Ein Schrecken durchfuhr Tyler, und er hatte plötzlich das Gefühl, alles falsch gemacht zu haben. Er hätte nach den in einer Ecke seines Hirns verblassenden Samariter-Regeln handeln und Wilkins auf dem Teppich liegenlassen sollen, hätte ihn zudecken und gleich einen Arzt rufen müssen. Sie drehten sich wie ein absurdes Tanzpaar, Wilkins hing in Tylers Armen, und als sie schwankend neben dem Polstersessel standen, griff Tyler mit einer Hand nach der Getränkekiste und stellte sie auf den Boden. Dann manövrierte er den Alten so vor das Möbel, daß er ihn nur noch behutsam hineingleiten lassen mußte.

«Ich rufe einen Krankenwagen», erklärte er Wilkins, nachdem er ihm die mit einem Kissen gepolsterte Kiste unter die Füße geschoben hatte. Er war dicht am Ohr des Alten und rief hinein wie in den Telephonhörer bei einem Überseegespräch. «Es ist das Beste, wenn sie dich im Spital untersuchen.» Er wollte zum Telephon, das auf einer Konsole neben der Küchentür stand, aber Wilkins hielt ihn mit der Hand fest.

«Jetzt ... ist es ... gut», brachte der Alte stückweise hervor. «Schlafen», wisperte er. «Nur Schlafen.»

Tyler wollte sich nicht gleich losmachen und blieb stehen. Er sah auf Wilkins' Kopf hinab, auf diesen breiten, kantigen Schädel mit dem strähnigen Haar und der gelblichen, von Altersflecken übersäten Haut, unter der dicke Adern wuchsen wie Wurzeln. «Jemand muß aber herkommen und nachsehen, was dir fehlt, Barney», sagte er mit sanftem Nachdruck und versuchte, den Arm aus Wilkins' Hand zu ziehen.

«Kein Spital», flüsterte der alte Mann, und seine Finger schlossen sich wieder fester zusammen.

Tyler ertrug Wilkins' entsetzten, flehenden Blick nicht länger. Zudem hielt er es für unausweichlich, daß der Alte noch in dieser Nacht von einem Arzt behandelt wurde. Auch ohne medizinisches Wissen sah er, wie schlecht es Wilkins ging. Vielleicht hatte er eine Herzattacke gehabt, möglicherweise einen Schlaganfall, was auch die Bewegungsunfähigkeit des linken Armes und Beines erklärt hätte. «Es muß sein, glaub mir!» Er drehte sich abrupt um, ging zum Telephonapparat und wählte die Notrufnummer.

Wilkins saß im Polstersessel, eingefallen und schräg. Er hatte die Augen geöffnet, aber er schien nirgendwohin zu sehen. Die Geräte lagen um ihn herum, nutzlos gewordenes Werkzeug in einem veralteten Laden, der dichtmachte.

Tyler hängte auf, kniete sich auf den Boden neben

Wilkins und hielt dessen große, sehnige Hand, bis die Männer klingelten.

12

Es war halb sieben, als Tyler vom St. Bartholomew's Hospital zurück ins East End fuhr. Der Regen nahm eben seine Arbeit auf, mißmutig und routiniert wie die Menschen, die ihn ertrugen. In seiner Wohnung duschte Tyler, kochte Kaffee und aß eine Scheibe Toast. Er war unendlich müde und niedergeschlagen, aber der Plan, nach Los Angeles zu fliegen, kreiste durch seinen Körper wie ein Aufputschmittel, das ihn wach hielt. Mit Bleistift und Notizblock setzte er sich auf sein Bett und legte eine Liste der Dinge an, die zu erledigen waren. Das Schreiben würde ihn ruhiger machen, würde seine Gedanken ordnen, hoffte er.

Dalton anrufen, kritzelte er als erstes hin, radierte Dalton aus und ersetzte es durch Mazer. Dann überlegte er, daß es dringender sei, am Flughafen anzufragen, ob überhaupt in irgendeiner Maschine noch ein Platz zu haben war. An dritter Stelle folgte *Raven Records,* wo ein Scheck bereitlag, an vierter die Bank, Geld abheben und Dollars einwechseln, an fünfter Naomi. Als Tyler sich bückte, um eine Packung Streichhölzer vom Boden aufzuheben, fiel sein Blick auf die Plastikhanteln, die unter dem Bett lagen. Er überlegte, ob er den Sand wegschütten und die leeren Hanteln Wilkins ins Krankenhaus bringen sollte. Wilkins hätte die mit Wasser füllen und seinen gesunden Arm trainieren können, später vielleicht sogar den, der jetzt noch gelähmt war.

Im Spital war Tyler neben der Rollbahre, auf die man Wilkins gelegt hatte, hergegangen, und der Alte hatte seine Hand nicht losgelassen, bis er durch eine Tür geschoben wurde, die Tyler nicht passieren durfte. Er hatte Wilkins etwas nachgerufen, konnte sich aber nicht mehr erinnern, was es gewesen war. Bestimmt eine Floskel, ein falsches Versprechen. Im Halbdunkel des Zimmers dachte er eine Weile nach, aber auch jetzt fiel ihm nichts ein, das er dem alten Mann hätte zurufen können, ohne lächerlich zu klingen oder zu lügen.

Tyler trank den restlichen Kaffee, suchte im Telephonbuch und wählte die Nummer einer Fluggesellschaft. Nach langem Warten meldete sich eine Frau, und Tyler trug ihr seine Frage vor. Noch während er redete, wußte er, daß er ein paar Stunden später in einem Flugzeug sitzen würde. Er legte sich auf den Rücken und spürte, wie er flog. Ein Song der Band ging ihm durch den Kopf. Die Frauenstimme bat ihn, zu warten, dann hörte Tyler das feine Klacken einer Computertastatur. Schlafen, hatte Wilkins geflüstert und wahrscheinlich gehofft, beim Aufwachen wäre alles wieder gut. Tyler öffnete die Augen und sah gegen die Decke. Was hatte er vergessen, auf die Liste zu schreiben?

Die Frau meldete sich wieder, vielleicht war es auch eine andere. «Sie haben Glück», sagte sie.

Tyler hörte ihr zu. Glück, dachte er, dann mußte er seinen Namen buchstabieren, und es klang wie eine fremde Sprache.

Los Angeles

Verpack dein Leben mit der
Effizienz eines Supermarkts,
vermenge das Herz nicht
mit der Leber.

Jeanette Winterson
Written on the body

1

Das Hotel lag in Inglewood, keine zehn Autominuten vom Flughafen entfernt. Tyler hatte sich einen Mietwagen genommen und war losgefahren, ohne einen Blick auf die Karte zu werfen, die man ihm mitgegeben hatte. Er hatte geduscht, stand jetzt mit einem Handtuch um die Hüften am Fenster und rauchte. Von der Diele her hörte er Stimmen, feines Schlüsselklirren und dumpfes Türenschlagen; Geräusche eines Hotels, die ihm aus der Zeit in der Londoner Pension vertraut waren und dennoch ein seltsames Gefühl von Verlorenheit in ihm auslösten. Wilkins fiel ihm ein, der jetzt in einem Spitalzimmer lag und dessen Verlorenheit vergleichsweise unermeßlich sein mußte. Nach dem letzten Zug ging er ins Bad und warf die Kippe in die Kloschüssel. Sein Kopf fühlte sich dumpf an, das Summen der Turbinen hatte sich irgendwo darin festgesetzt, und die Haut war weich und farblos. Er ließ das kalte Wasser eine Weile laufen und benetzte sich dann das Gesicht.

Nachdem er Hosen, Schuhe und ein Hemd angezogen hatte, ging er hinunter in die Lobby, um eine Dose Cola aus dem Automaten zu holen. Der Portier, ein Mexikaner oder Puertorikaner, blickte von seiner Zeitung auf und grüßte. Er saß auf einem Hocker hinter der Empfangstheke, die überladen war mit einem tragbaren Fernsehgerät, einer Lampe, einem Drehgestell für Postkarten und mehreren Aschenbechern. Ein Stapel Anmeldeformulare und Schichten von Stadtführern und Werbebroschüren lagen zusätzlich herum.

Tyler warf Quarters in den Geldschlitz des schrankgroßen Automaten, drückte eine der leuchtenden Tasten und nahm dann die kalte Dose aus der Öffnung.

«Wenn Sie noch etwas essen wollen, es gibt da ein gutes Lokal ganz in der Nähe», sagte der Portier. Er war von dem Hocker gestiegen und faltete die Zeitung zusammen.

Tyler drehte sich um; außer ihm befanden sich keine Gäste in der Eingangshalle. Er lächelte, tat, als hätte er die Bemerkung nicht verstanden.

«Geben Sie das hier einem der Kellner», sagte der Portier und streckte Tyler etwas entgegen, das aussah wie eine Visitenkarte. «Damit bekommen Sie einen guten Tisch und werden rasch bedient.» Er verzog keine Miene, wodurch seine Hilfsbereitschaft eher den Charakter eines freundlich gemeinten Befehls erhielt. Stehend war der Mann einen Kopf kürzer. Er trug ein kariertes, in bleichen Farben gehaltenes Hemd, dessen Brusttasche vollgestopft war mit Kugelschreibern und gefalteten Zetteln. Bewegungslos hielt er die Hand ausgestreckt.

Tyler nahm die Karte entgegen, noch immer lächelnd. «Vielen Dank», sagte er und betrachtete das Papier, als sei eine wichtige Botschaft darauf festgehalten. «Aber ich glaube kaum, daß ich heute noch ausgehen werde. Ich bin ziemlich müde.» Er steckte die Karte, auf deren Rückseite ein Name oder eine flüchtige Notiz gekritzelt war, in die Hemdtasche.

«Sie können sich auch etwas bringen lassen», ließ ihn der Mann mit hartnäckiger Zuvorkommenheit wissen. «Ich habe die Speisekarte hier.»

«Nein, wirklich, vielen Dank. Vielleicht geh ich morgen hin, zum Frühstück.»

Der Portier hatte die Karte schon hervorgeholt, ein Blatt Papier in einer Klarsichtfolie. «Die machen erst am Nachmittag auf», sagte er, und in seiner Stimme lag leise Ungeduld. Er überflog die Speisen, obwohl er sie bestimmt längst auswendig hätte aufzählen können. Das braune, mit Haaren besetzte Muttermal an seinem Hals sah aus wie ein Insekt, das die schützende Dunkelheit des

Hemdkragens verlassen hatte und jetzt regungslos im Licht hockte.

Tyler nahm den Wisch widerwillig in die Hand und gab vor, das Angebot an Gerichten zu studieren. Müdigkeit stieg an seinen Beinen hoch, lauwarmes Wasser, eine Strömung, die ihn schwanken ließ.

«Ich kann für Sie anrufen», bot der Portier an. Vermutlich erhielt er vom Besitzer des Lokals eine Provision, wenn er Hotelgäste vorbeischickte.

Tyler gab ihm die Karte rasch zurück, als würde er sich zu einer Bestellung verpflichten, wenn er sie noch länger behielte. «Vielen Dank», wiederholte er und wußte nicht, ob das, was sein Gesicht verzog, viel mit einem Lächeln gemein hatte. «Ich werde mich erst mal hinlegen.»

Der Portier sah die Vergeblichkeit seiner Bemühungen ein. Mit einem abschätzigen Blick stieg er zurück auf den Hocker und faltete die Zeitung auseinander, um weiterzulesen. In seinem Rücken, hinter einem Vorhang aus bunten Plastikperlen, bewegte sich ein Mann, dunkelhäutig wie der Portier, in schwarzen Hosen und weißem Unterhemd. Er sah Tyler sekundenlang ausdruckslos an, schob sich etwas in den Mund und verschwand.

Tyler hatte eigentlich nach Zigaretten fragen wollen, ließ es jetzt aber bleiben und ging zum Fahrstuhl. In seinem Zimmer rauchte er die letzte Zigarette, trank die Cola und schaltete den Fernseher ein. Nachdem er alle Kanäle durchlaufen hatte, sprang er zu einer Sportsendung zurück und griff sich das Telephonbuch, in welchem der Stadtteil Santa Monica verzeichnet war. Mühelos fand er den Namen und die Adresse und trug die Nummer des Anschlusses in seine Taschenagenda ein. Eine Weile spielte er mit dem Gedanken, bei Banks' ehemaliger Stiefmutter, die jetzt Lilian Spalding hieß, anzurufen, nur so, ohne sich zu melden. Stattdessen wählte er die Nummer des *Lutetia* in Paris, doch Philipp Whiteside war ausgegangen. Tyler hinterließ die Nachricht, daß er in Los Angeles angekommen sei. Danach legte er sich auf das Bett und schloß die Augen. Draußen heulte eine Polizeisirene, genauso wie Tyler es aus dem Fernsehen kannte.

2

Es war kurz nach neun, als Tyler vom Parkplatz des Hotels rollte und sich in den morgendlichen Verkehr auf der Manchester Avenue einreihte. Er fuhr Richtung Westen, bog auf den Lincoln Boulevard ab, der durch Marina Del Rey und den Venice District bis nach Santa Monica verlief. Weil er die Begegnung mit Banks noch etwas hinausschieben wollte, beschloß er, in einem der Lokale am Ocean Front Walk von Venice Beach zu frühstücken. Er hatte in London hastig einen Reiseführer für Kalifornien gekauft und im Flugzeug ein wenig darin geblättert. Die Restaurants an der Strandpromenade wurden empfohlen, außerdem wollte Tyler den Pazifik sehen.

Er parkte den Wagen in einer Seitenstraße und ging den Rest zu Fuß. Schon außerhalb des Strandgürtels waren Stände und Buden aufgestellt, wo T-Shirts, Mützen, Sonnenbrillen und anderer Touristenkram angeboten wurden. In einem winzigen, mit bunten Textilien vollgepferchten Laden hockte ein alter, teilnahmslos dreinblickender Asiate auf einem Klappstuhl, eine erloschene Zigarette zwischen den Lippen. Er trug Sandalen, weiße Hosen und ein in schreienden Farben gemustertes Hemd.

Konfuzius im Tollhaus, dachte Tyler und empfand irgendwie Mitleid für den Alten, der sowenig an diesen Ort zu gehören schien wie der Navajo-Indianer, der ein paar Meter weiter vorne seinen handgearbeiteten Schmuck verkaufte. Der Mann hatte ein gefaltetes schwarzes Laken auf den Boden gelegt und darauf die Ohranhänger, Ringe, Armbänder, Halsketten und Gürtelschnallen ausgebreitet. Aus einem Kassettenrecorder klangen rituelle Stammesgesänge, ein von dumpfen Trommeln begleiteter monotoner Singsang. Ein Hund schlief eingerollt neben einem Handkarren, und seine Ohren zuckten, als würden sie von den Geräuschen bewegt wie Blätter vom Wind.

Tyler erreichte die Promenade und folgte ihr ein paar hundert Meter in Richtung der Pier, die wie der Anfang einer nie fertiggestellten Brücke ins Meer hinausragte. Tyler lief durch einen Film, und trotz des beklemmenden Gefühls, das ihm das bevorstehende Zusammentreffen mit Banks verursachte, grinste er beim Anblick der Rollschuhmädchen, Radler und Jogger, die lederhäutig und neonfarben ihrer Bestform nachjagten. Die Luft war noch morgendlich kühl, und dennoch trug hier fast jeder Sommerkleidung. Nur die Obdachlosen, die neben ihren zusammengeschnürten Habseligkeiten auf dem Rasenstreifen lagen, schienen zu frieren. Sie trugen Wollmützen, schliefen gekrümmt in ihre Decken eingewickelt und gaben ein Bild ab wie aus dem Speck gefallene Maden. Die ersten Straßenmusiker hatten sich eingerichtet, eine Frau saß unter einem Sonnenschirm und wartete mit ihren Tarock-Karten auf Kundschaft, ein junger Schwarzer in engen Trikothosen zerschlug Flaschen und verkündete lauthals, er werde gleich in dem wachsenden Scherbenhaufen sein Morgenbad nehmen. Hinter ihm stand auf einer Holzkiste ein mit Klebeband umwickelter Kassettenrecorder, aus dessen Lautsprechern pompöse klassische Musik dröhnte. Tyler ließ sich treiben und blieb nur einmal stehen, um sich eine Sonnenbrille mit verspiegelten Gläsern zu kaufen, wie sie die Polizisten trugen, die in ihren Wagen im Schrittempo den Ocean Walk abfuhren und aus deren Funkgeräten endlose Litaneien kodierter Verbrechen quäkten.

Kurz vor Mittag saß Tyler an einem der hinteren Tische eines Lokals, das nur noch wenige Gehminuten von der Straße entfernt lag, wo der Mietwagen stand. Tyler war bis zur Pier gegangen, hatte eine Weile am Geländer neben den andern Spaziergängern gestanden und sich dann auf den Rückweg gemacht. Sein Kellner, ein junger Bursche in weißem Overall, an dessen Brusttasche ein Schild mit der Aufschrift KENNY befestigt war, brachte die Karte und sagte seinen Spruch auf, lächelnd, die Arme hinter dem Rücken verschränkt. Tyler bestellte hastig, ohne das gesamte Angebot der Küche zu studieren, und der Kellner schrieb alles auf einen Block, sagte «großartig» und ging weg. Obwohl Tyler im Schatten saß, behielt er die Sonnenbrille auf. Seine Augen waren an das schwache, farblose Licht Londons gewöhnt; hier empfand er die Helligkeit als bedrängend, als wollte sie auch jetzt, mitten im Winter, die Illusion ewigen Sommers erzwingen. Am Nebentisch unterhielten sich zwei Frauen so leise, daß Tyler nur ihre Lippenbewegungen sah. Auch die Art, wie sie ihr Essen zu sich nahmen, erinnerte an Tätigkeiten, die möglichst unbemerkt vollzogen werden mußten, verstohlene, sparsame Bewegungen, geräuscharm wie das Gespräch.

Als das Essen kam, verzehrte Tyler es so nervös und ungeduldig, wie er es bestellt hatte. Er hätte aufstehen, nach Santa Monica fahren und die Sache hinter sich bringen sollen, entschied aber, bis zum Nachmittag zu warten. Noch war er zu unruhig und hoffte, später in besserer Verfassung zu sein.

Den Stadtstreicher, der mit einer Pappkiste im Arm neben dem Menschenstrom über die Strandpromenade schlurfte, sah Tyler schon von weitem. Der Mann blieb vor dem brusthohen Eisenzaun, der das Lokal umgab, stehen und streckte den beiden Frauen die Hand hin. Verdreckt, verschorft und schwankend sah er aus, als habe er die Nacht in einem Betonmischer zugebracht, der am Morgen eingeschaltet worden war. Nachdem er etwas Unverständliches gemurmelt hatte, wischte er sich mit dem Ärmel über den Mund. Die Frauen reagierten kaum sichtbar; sie schienen noch ein wenig schmaler zu werden und unterbrachen die Konversation nun ganz. Es sah aus, als stellten sie sich tot, zumindest taub und blind. Erst nachdem der Penner weitergegangen war, löste sich ihre Starre, hinter der Tyler weniger Angst als Routine vermutete.

Gegen halb zwei bezahlte Tyler und verließ das Lokal. Beim Wagen nahm er den Stadtplan aus dem Handschuhfach und breitete ihn auf dem Dach aus. Er hatte den Zielort markiert und fuhr jetzt die Strecke mit dem Finger ab, merkte sich Straßennamen und Abzweigungen. Die Sonne stand genau über der Stadt, und hier zwischen den Häusern, weg vom Meer und vom Wind, war es stickig und warm. Ein Mann ging in seinem Garten umher und hielt einen Wasserschlauch über Büsche und Sträucher. Irgendwo bellten Hunde, aus einer offenen Garage plärrte ein Radio. Tyler faltete die Karte zusammen, setzte sich hinter das Steuer und fuhr los.

Er war auf der Ocean Avenue geblieben und hatte dann die erste Abzweigung genommen, die in die Hügel von Santa Monica führte. Im Schrittempo rollte er jetzt die gewundenen Straßen hoch, vorbei an Häusern, die hinter Hecken, Ziegelmauern und Holzzäunen im Schatten alter Bäume lagen. Er machte das Radio aus und drehte das Seitenfenster herunter. Ein paar Kinder radelten auf dem Gehweg, der, durch eine Baumreihe und einen Rasenstreifen von der Straße getrennt, entlang der Vorgärten verlief.

Als er zum zweiten Mal in einer Sackgasse landete und die zu haardünnen Linien gewordenen Straßen auf der Karte immer verschlungener wurden, parkte Tyler den

Wagen und stieg aus. Er wußte, daß er in der Nähe des Spoleto Drive war und beschloß, den restlichen Weg zu Fuß zurückzulegen. Ein Mann, der Getränkekisten aus einem Lieferwagen lud, beschrieb ihm die Richtung, in die er gehen mußte.

Die Nummer 251 war in Zahlen aus Messing an einer weißverputzten Mauer angebracht, deren Höhe keinen Blick auf das Grundstück zuließ. Tyler ging zur Einfahrt, spähte durch die Ritze des doppelflügeligen Metalltors und las dann den Namen auf dem Schild der Gegensprechanlage: DAVID C. SPALDING. Eine Weile stand er einfach da und betrachtete die gelochte Abdeckung des Lautsprechers. Dann lehnte er seine Schultern gegen die Mauer und lauschte, hoffte unsinnigerweise, Banks' Stimme zu hören. Verglichen mit der Stadt herrschte hier oben Stille, unterbrochen nur von den gelegentlich vorbeifahrenden Autos und dem dumpfen Summen eines Rasenmähers oder einer elektrischen Heckenschere. Obwohl er im Schatten stand und die Sonnenbrille trug, schloß Tyler die Augen. Wenn er sich bewußt machte, wie nahe er Banks gekommen war, zog sich sein Magen zusammen. Weit entfernt wurden Wagentüren zugeworfen, ein Hund schlug an, und jäh aufgedrehte Musik, von einer penetrant heiteren Stimme überlagert, klang herüber.

Minuten später stieß Tyler sich von der Mauer ab und folgte der Straße bis hinauf zum letzten Haus, das der Hügel, ein flacher Ausläufer der Santa Monica Mountains, hatte aufnehmen können. Während des Gehens zog Tyler sein Jackett aus, öffnete die obersten Knöpfe des Hemdes. Schließlich stand er auf einem der Betonsockel, die einen Parkplatz von dem in Richtung des Canyons abfallenden Hang trennten. Die Aussicht war imposant; man blickte hinunter auf die Küstenstraße und die Bucht, Tanker konnte man ausmachen und sogar Segelboote, weiße Schnipsel, die sich nicht zu bewegen schienen. Aber die Bäume und Mauern der meisten Grundstücke waren zu hoch, um viel von einem der dahinter verborgenen Häuser zu sehen. Auch hatte Tyler kein Fernglas bei sich, durch das er die vereinzelt in den Gärten sitzenden oder umhergehenden Leute hätte erkennen können.

Nach einer Weile stand Tyler wieder vor dem Tor. Er hatte das Jackett angezogen und knöpfte das Hemd zu. Wenn Dalton hier gewesen wäre, hätten sie Banks schon längst aus dem Haus geschleppt, ins Auto geworfen und zum Flughafen gefahren. Auch Philipp Whiteside wäre eine Hilfe gewesen; er wußte, wie man mit Leuten umging, und er war nie Banks' Freund gewesen, was die Sache bestimmt erleichtert hätte. Tyler drückte die Klingel und beugte sich etwas vor. Kurz darauf ertönte ein Klicken.

«Wer ist da?» Die Frauenstimme wurde begleitet von einem leisen Brummen.

Tyler gab sich Mühe, laut und deutlich zu sprechen. «Nicholas Tyler», rief er. «Ich komme aus London, um Sinclair Banks zu sehen.»

Eine Pause entstand, während der das Störgeräusch aussetzte.

«Der ist nicht hier», sagte die Stimme dann.

«Wann kommt er wieder?»

Erneut dauerte es eine Weile, bis die Frau antwortete. «Er ist nicht da. Er wohnt nicht mehr hier.»

«Hören Sie, kann ich Sie kurz sprechen? Ich bin gestern von London hergeflogen. Es ist sehr wichtig, daß ich ihn treffe.»

Nach einer Weile, als Tyler schon versucht war, abermals zu klingeln, meldete sich die Frau endlich. «Er ist abgereist. Ich habe noch keine neue Adresse.»

«Kann ich trotzdem mit Ihnen reden?» Tyler schrie fast

in die Löcher, die eine Kreisform bildeten wie die Austrittsöffnungen bei einem Fleischwolf. «Es ist sehr wichtig, wirklich», fügte er etwas leiser hinzu. Er trat einen Schritt von der Einfahrt zurück, wartete, daß jemand den Kiesweg entlang kommen und das Tor öffnen würde, aber nichts geschah.

Minuten verstrichen, bis Tyler ein zweites Mal den Klingelknopf drückte. Er stellte sich vor das Tor und überlegte, ob er es schaffen würde, daran hochzuklettern. Banks hielt sich bestimmt im Haus auf; Tyler konnte *sehen,* wie er neben seiner Stiefmutter gestanden und ihr zugeflüstert hatte, was sie sagen sollte. Tyler trat mit dem Fuß gegen das weißlackierte Tor und setzte sich dann auf den Boden neben die Säule, in der die Gegensprechanlage untergebracht war.

Ein Junge mit einem Hund an der Leine ging vorüber. Der Hund, ein alter Rottweiler mit angegrautem Schädel, schien den Spaziergang als lästig zu empfinden, und auch der Junge, der während des Gehens in einem Comic las, machte keinen sonderlich begeisterten Eindruck. Ein paar Meter weiter vorne blieb das Tier einfach stehen und senkte den Kopf, wie es Esel taten, wenn sie keinen Schritt weiter wollten. Der Junge, von der plötzlich gestrafften Leine gebremst, machte kehrt, ohne den Blick von der Lektüre zu heben, und die beiden trotteten zurück, jeder in seine Welt versunken.

3

Fast eine Stunde saß Tyler gegen die Mauer gelehnt da. Ein Streifen Schatten bewegte sich über seinen Körper, kroch die angewinkelten Beine hinab auf die Füße zu. Tyler, müde vom Zeitunterschied und von der Wärme, warf mit Kieselsteinen nach einem Strommast, hielt bei jedem Geräusch inne und zuckte zusammen, wenn sich ein Auto näherte. Bei jedem Wurf schloß er die Augen; wenn er traf, hörte er den kurzen, hellen Ton des Steins, der gegen das Holz prallte. Kinder gingen vorbei, sahen ihn neugierig an, und er war froh, die Sonnenbrille gekauft zu haben. Die beiden alten Frauen, die unendlich langsam die Steigung hochkamen, schienen zu überlegen, ob sie ihm eine Münze hinwerfen sollten, wechselten dann aber einfach die Straßenseite. Tyler legte die Stirn auf die verschränkten Arme und atmete ein paarmal durch, aber die Wut, die das Gefühl von Ohnmacht und Resignation verdrängte, wurde stärker statt schwächer. Er nahm sich vor abzuwarten, bis der Schatten seine Schuhspitzen erreicht hätte, dann würde er gegen dieses verdammte Tor hämmern und es, falls ihm niemand öffnen sollte, mit dem Mietwagen eindrücken.

Plötzlich schreckte Tyler aus seinem Dämmerzustand auf; ein Wagen kam über den Kiesweg zum Tor. Wenig später ertönte ein dumpfes Summen, und die Flügeltüren öffneten sich. Als die Kühlerhaube zwischen den Säulen erschien, sprang Tyler auf und preßte sich mit dem Rücken gegen die Wand. Eine Frau saß am Steuer des Lincoln, der zur Straße rollte, kurz anhielt und dann nach rechts, bergab, davonfuhr. Tyler sah dem Wagen nach, bis er hinter einer Kurve verschwunden war. Bevor die Torflügel sich wieder schlossen, schlüpfte er auf das Grundstück, blieb im Schatten der Säule stehen und wartete.

Minutenlang verharrte er neben dem Kiesweg, dann ging er langsam über die Rasenfläche auf das Haus zu. Ziersträucher und Palmen wuchsen im Garten, kniehohe Mauern aus Natursteinen verliefen darin, überall waren Blumenbeete angelegt. Vor einer Zeder stand eine Skulptur aus Metall; ein seltsam unförmiges Wesen, kauernd, mit über den Kopf gelegten Händen.

In der Nähe des Swimming Pools blieb Tyler erneut

stehen. Aus dem Haus, dessen Verandatüren offenstanden, drang kein Geräusch, weder Stimmen noch Musik. Ein aufblasbarer Plastiksessel trieb im Wasser, über den Lehnen der Liegestühle hingen Badetücher. Der Sonnenschirm warf seinen Schatten auf einen kleinen Tisch, dessen Fläche vollgestellt war mit Flaschen, Gläsern und Aschenbechern. Tyler zögerte und ging schließlich am Beckenrand entlang zur Veranda. Das einstöckige Haus war aus grauem Stein, Holz und viel Glas gebaut. Eine Außentreppe führte auf das flache, von einem Geländer eingefaßte Dach.

Tyler war überrascht, wie ruhig er blieb, als er Banks sah. Er stand reglos da und beobachtete den Mann, der seine Gedanken während der letzten Tage besetzt, dessen Abwesenheit seinen Kopf bis zum Bersten ausgefüllt hatte. Es kam ihm vor, als habe er nach einer gewaltigen Anstrengung eine Art Ziel erreicht, einen toten Punkt, wo alles bedeutungslos wurde.

Banks durchquerte das Wohnzimmer im Erdgeschoß, trug einen Stapel Wäsche irgendwohin. Er schaltete den Fernseher ein, blieb eine Weile davor stehen, wechselte die Sender und ging dann in die Küche. Tyler nahm er erst wahr, als er auf die Veranda trat.

Eine Weile standen sie einander gegenüber; Tyler ruhig, erschöpft von dem, was war und was noch kommen würde, Banks kaum erstaunt, wie erlöst.

«Hallo, Tyler», sagte Banks schließlich. Er blieb im Haus, als wäre da eine Grenze, die er nur nach einem Zeichen, einer Aufforderung von Tyler überschreiten durfte.

Tyler schloß für einen Moment die Augen, wartete darauf, daß die Wut zurückkam, aber da war nur eine matte Gleichgültigkeit, eine nicht unangenehme Leere. Er öffnete die Augen, drehte sich um und ging zu den Stühlen, die im Schatten standen.

Nachdem Tyler saß, rührte sich Banks endlich vom Fleck, holte Gläser und eine Flasche Bourbon und setzte sich ebenfalls. «Naomi zu sagen, wo ich bin, war wohl ein Fehler.» Er lächelte, prostete Tyler unsicher zu. Seine Haut war leicht gebräunt, an der Nase schuppte sie ab. «Wie geht es ihr? Was machen die Jungs?»

Tyler erhob sich, blieb mit einem Fuß zwischen den Stuhlbeinen hängen und trat so heftig gegen die Sitzfläche, daß der Stuhl nach hinten umkippte. «Herrgott, Sinclair, hör auf herumzuquatschen, als wärst du hier bloß im Urlaub! Du weißt verdammt genau, daß ich dir am liebsten in die Fresse schlagen möchte!» Tyler bückte sich nach dem Stuhl, hob ihn aber nur auf, um ihn erneut umzustoßen. Er ging ein paar Schritte zum Pool, schob die Hände in die Taschen und starrte auf die helle Wasserfläche, bis seine Augen schmerzten. «Wie's den Jungs geht?» Er drehte sich um und breitete die Arme aus. «Großartig! Sie lassen dich alle grüßen. Du sollst ihnen mal eine Ansichtskarte schicken.»

Banks erhob sich ebenfalls, blieb jedoch, wo er war. Er trank sein Glas leer, drehte es dann lange zwischen den Fingern. «Ich weiß, daß ihr sauer seid», sagte er zögernd. «Ich versteh's ja auch.»

Tyler lachte leise auf, als erinnerte er sich an einen alten Witz. Ein Vogel mit blauschwarzem Gefieder hockte auf dem Rasen, flog, von einem Geräusch aus einem Nachbargrundstück aufgeschreckt, davon. Die Farbe des Himmels veränderte sich; aus dem trüben Blau wurde ein blasses, mit hellen Striemen durchsetztes Grau, das zusehends abdunkelte. Sanfter Wind bewegte die Blätter in den Baumkronen.

«Tut mir leid, wenn ihr meinetwegen Probleme hattet.» Banks machte ein paar Schritte auf Tyler zu. «Wirklich.»

«Am Dienstag sollen wir einen Clip drehen.»

«Was?»

«Erst wollten sie einen mit ‹Dreamcar Graveyard› machen, aber die sind mit dem Album noch nicht soweit. Phil hatte den Termin bei Nash, zwei Tage Studio und einen Tag Außenaufnahmen, und da haben sie uns reingeschoben.» Tyler redete ruhig, es klang wie ein Nachruf.

«Seit wann weißt du das?»

Tyler holte sein Glas und trank einen Schluck. «Als ich die Bestätigung bekam, warst du wahrscheinlich über dem Atlantik.»

Banks schwieg eine Weile, rieb sich mit den Händen über das Gesicht. «Ich mußte weg», sagte er dann tonlos.

«War wohl ein ziemlich überstürzter Aufbruch. Hast nämlich vergessen, uns eine Nachricht zu hinterlassen.»

Banks lehnte sich zurück. Er stieß Luft aus, schüttelte träge den Kopf. Sein Gesicht wirkte aufgedunsen, die Augen waren eng, die Ringe unter der schwachen Bräunung dunkel.

Minutenlang sprach keiner der beiden. Das Telephon klingelte, aber Banks blieb sitzen. Der Wind, der vom Meer hochkam, wurde stärker, ließ die Palmwedel rauschen.

«Wer macht die Regie?» fragte Banks unvermittelt. Seine Stimme war belegt, er räusperte sich, nervös und verlegen.

«Fliegst du mit mir nach London?» fragte Tyler zurück.

Banks gab keine Antwort. Er füllte sein Glas und schob Tyler die Flasche hin.

«Was spielt es dann für eine Rolle, wer die verdammte Regie führt?» Tyler blieb ruhig, setzte sich hin. Jetzt, wo er Banks vor sich hatte, wurde ihm bewußt, daß er nichts tun konnte, daß alles schon lange feststand, vor Tagen oder Wochen entschieden worden war, in Banks' Kopf, irgendwo. Tyler spürte, wie der Wunsch, Banks zu schlagen, einem Gefühl von Müdigkeit und Resignation wich. Er setzte sich hin. Ein finsteres Grau sickerte in den

Himmel, vielleicht kam Regen, es war egal. Während Banks Zigaretten vom Wohnzimmertisch holte, stand Tyler auf. Ihm war leicht übel; der Whisky war einer der Gründe dafür, die Begegnung mit Banks ein anderer. Als Banks ihm eine Zigarette anbot, reagierte er nicht.

«Wo wohnst du eigentlich?»

Tyler kramte in seinen Taschen, zog ein Kärtchen hervor und gab es Banks. «Zimmer achtunddreißig.»

Banks betrachtete das Papier eine Ewigkeit, bevor er es einsteckte. «Wie lange bleibst du?»

Ein Rest an schwacher Wut hatte sich in Tyler gehalten und ließ ihn schweigen.

«Hast du einen Rückflug?»

«Ich fliege Stand-by», antwortete Tyler. Er hätte sich gerne in den Pool fallen lassen, dessen Wasser die Färbung des Himmels angenommen hatte.

«Morgen?»

«Morgen, in ein paar Tagen, irgendwann.»

Vom Tor her näherte sich ein Wagen, und Augenblicke später betrat eine Frau das Haus. Banks ging ihr entgegen, sprach in der Küche mit ihr. Die Frau sah in Tylers Richtung, Banks legte eine Hand auf ihre Schulter. Sie war blond, trug ein weißes Kleid, weiße Schuhe. Aus der Entfernung wirkte sie jung und schlank. Tyler kannte ihr Alter, zweiundsechzig, Banks hatte es irgendwann erwähnt. Die beiden standen lange in der Küche, und Banks redete auf seine Stiefmutter ein, die sich abgewandt hatte und Einkäufe aus Papiertüten in die Schränke verteilte.

Als Tyler beim Pool war, warf er sein Glas hinein und ging dann über den Kiesweg zum Tor. An einer der Säulen befand sich ein Knopf, Tyler drückte ihn, und die Türflügel schoben sich surrend auseinander.

4

Natürlich blieb der Regen aus. Auch der Wind flaute ab, und der graue Himmel stand jetzt reglos über der Stadt. Irgendwie war Tyler auf den San Vicente Boulevard geraten und fuhr auf gut Glück in nordwestlicher Richtung, hoffte, bald den San Diego Freeway zu erreichen. Er hatte das Radio ausgeschaltet und ließ kühle Luft durch das offene Seitenfenster über sein Gesicht wehen. Wenn er an die Unterhaltung mit Banks dachte, kam das Gefühl von Übelkeit zurück, und er stieß eine endlose Litanei von Flüchen aus, schlug gegen das Lenkrad und hörte erst auf, als er merkte, daß an den roten Ampeln die Leute zu ihm hersahen. Endlich kam eine Möglichkeit, auf den Freeway abzubiegen, und als er mit übersetzter Geschwindigkeit in Richtung Inglewood raste, schrie er sich die Lungen aus dem Leib.

Es dauerte eine Weile, bis er das Hotel fand, und als er davor stand, hatte er keine Lust mehr hineinzugehen. Er zündete sich eine Zigarette an, überflog den Stadtplan und fuhr dann weiter. Jetzt drehte er das Radio auf; Musik, Gerede, Werbung, Verkehrsmeldungen vermischten sich zu einem Brei aus Lärm, der Tylers Kopf füllte. Es war dumm gewesen, von Banks Reue und Einsicht zu erwarten, dieser Mann ließ sich nicht in sein Leben hineinreden, von keinem, auch nicht von einem Freund.

Auf dem Sepulveda Boulevard gelangte Tyler nach Culver City, fuhr eine Weile die Overland Avenue entlang und hielt schließlich vor einer mexikanischen Imbißbude. Er zählte ein paar Dollar ab und schloß den Rest ins Handschuhfach. Daß er hungrig war, überraschte ihn; in London hatte er nach Banks' Verschwinden tagelang kaum gegessen. Jetzt schien sich zumindest der Magen zu beruhigen, vielleicht würde der Kopf bald folgen.

Ein paar alte Männer standen vor dem Lokal, rauchten und redeten, tranken Bier aus Dosen. Zwei von ihnen saßen auf Klappstühlen, einer hatte ein Radio dabei, an dem er herumdrehte. Über ihnen summte der Stromkasten eines Neonschildes, das flackerndes gelbes Licht auf sie warf.

Tyler setzte sich ans Fenster, von wo aus er den Parkplatz sehen konnte. Es waren kaum Gäste da, nur im hinteren Teil des Raumes saßen drei Jugendliche um einen mit Papptellern und Bechern vollgestellten Tisch. Musik tönte aus Lautsprechern, fade Tanzmusik, wie man sie in Warenhäusern und Fahrstühlen zu hören bekam. Die Kellnerin bemerkte, daß Tyler nach einer Karte suchte, und wies zur Wand hinter der Theke, wo auf beleuchteten Photos die Speisen abgebildet waren. Tyler machte seine Bestellung und ärgerte sich, daß auch hier kein Alkohol ausgeschenkt wurde. Während er auf das Essen wartete, sah er auf die stark befahrene Straße und versuchte, nicht an Banks zu denken und nicht daran, was in London sein würde. Wilkins fiel ihm ein, der jetzt im Krankenhaus lag, und Naomi, die er anrufen mußte, heute noch, bestimmt aber morgen.

Das Essen kam, Tacos und Salat, und Tyler aß mit weniger Appetit, als er erwartet hatte. Er trank eine Cola und dachte an Bier dabei, an die zarte Betäubung, die ein paar Gläser davon bewirkten, an das sanfte Weggleiten, bis man das gute Gefühl hatte, einen Schritt neben sich zu stehen. Als er sich vorstellte, was für ein Bild er abgab, bezahlte er und ging hinaus. Es war kühl geworden, dunkel, nur die Neonzeichen, die angestrahlten Plakate, die Straßenlampen und die beleuchteten Fenster der Gebäude glühten aus dem schmutzigen Blau, dazwischen, wie Irrlichter, das Hin und Her der Scheinwerfer, Rücklichter und Verkehrsampeln. Die alten Männer waren weg, nur noch einer saß auf seinem Campingstuhl und hielt sich das Radiogerät ans Ohr. Er grüßte Tyler, und Tyler nickte.

Ein Junge saß auf der Mauer des Parkplatzes, hielt eine Radkappe wie einen Schild vor der Brust. Er rief Tyler etwas zu, aber Tyler verstand es nicht. Als Tyler beim Wagen war, sprang der Junge von der Mauer und kam zu ihm her. Tyler tastete nach den Schlüsseln, hielt es aber für besser, die Wagentür nicht zu öffnen.

«Haben Sie Feuer?» Der Junge blieb vor Tyler stehen und steckte sich eine Zigarette in den Mund. Er trug Plastiksandalen, zu große, ausgebeulte Hosen und ein schmutziges TEXACO-T-Shirt. Auf seiner Stirn war ein dünner Riß, kaum verschorft.

Tyler holte das Feuerzeug aus der Hosentasche. Er sah sich um, aber der Parkplatz war leer. Den Jungen schätzte er auf zehn, höchstens zwölf, schwarzer Flaum stand über seinen Lippen, kaum mehr als ein Schatten. Tyler hielt ihm das Feuerzeug hin, und der Junge schob die Zigarettenspitze in die Flamme.

«Graçias, Mister», sagte der Junge nach dem ersten Zug. Die Radkappe klemmte unter seinem linken Arm, Licht schimmerte auf ihr.

Tyler nickte, zündete sich ebenfalls eine Zigarette an. Dann gab er dem Jungen das Feuerzeug, ein billiges Ding mit dem Werbeaufdruck einer Londoner Druckerei. Der Junge nahm es, ohne zu zögern, und las die Aufschrift, tat zumindest so. Die Zigarette zwischen seinen Lippen sah grotesk aus. Tyler wartete noch einen Augenblick, dann schloß er den Wagen auf und setzte sich hinein. Der Junge legte das Feuerzeug in die Radkappe und ging zur Beifahrertür. Als Tyler den Motor startete, klopfte der Junge gegen die Scheibe, und Tyler setzte zurück, hielt an und dachte an das Wechselgeld in seiner Tasche, ließ den Jungen dann aber stehen und fuhr vom Parkplatz.

Die Overland Avenue mündete nach ein paar Meilen in den Pico Boulevard. Tyler folgte ihm eine Weile Richtung Süden, dachte daran, irgendwo anzuhalten, in eine

Bar zu gehen und sich vollaufen zu lassen. Den Kopf ausschalten, wenigstens für eine Weile. Aber schon nüchtern fand er sich in der Stadt kaum zurecht, nahm trotz Karte immer wieder die falsche Abzweigung und landete jeweils eher zufällig in der Gegend, in die er wollte. Er war kein geübter Fahrer, saß alle paar Monate am Steuer eines fremden Autos und war froh, wenn er wieder aussteigen konnte. Zudem hatte er keine Lust, von einer Streife angehalten zu werden. Wenn er sich betrinken wollte, mußte er den Wagen stehenlassen, mit einem Taxi zurück ins Hotel und den Mietwagen am nächsten Tag holen; das war ihm zu aufwendig. Er hielt in der Nähe eines Schnapsladens, nahm Geld aus dem Handschuhfach und stieg aus.

Der Laden war eine flache Bude, hinter den vergitterten Fenstern flirrten die Neonzeichen der Bierfirmen, Werbetafeln bedeckten die Fassade, und auf dem Dach hockte, von Scheinwerfern angestrahlt, der riesige Bud Light-Hund. Auf der Ladefläche eines Lasters saßen Mexikaner, ein Plastikkanister mit Rotwein machte die Runde. Zwei von ihnen lagen auf Jutesäcken, die Baseballmützen über die Gesichter gelegt. Aus dem Seitenfenster des Führerhauses baumelte ein Beinpaar, Musik kam in Fetzen gegen den Verkehrslärm an.

Tyler brachte den Kauf einer Flasche Bourbon rasch hinter sich und ging dann zum Wagen. Einen Schluck trank er gleich, der Rest war für die bevorstehende Nacht. Er schaute auf der Karte nach, wie er fahren mußte, entschloß sich, wieder die Overland Avenue zu nehmen und fand sie sogar ohne Schwierigkeiten.

5

In der Lobby des Hotels wartete Banks auf ihn. Er saß auf einem der Plastikstühle und las in einer Illustrierten, erhob sich, als Tyler hereinkam. Tyler holte den Schlüssel am Empfang und ging zum Lift.

«Kann ich mit dir reden?» Banks blieb in einiger Entfernung stehen, tätschelte sich mit der gerollten Illustrierten das Bein. Er trug jetzt einen dunkelgrauen Anzug, darunter ein rotes Hemd.

«Bringt es was?» fragte Tyler zurück. Er spielte mit dem Schlüssel, ließ ihn gegen die Whiskyflasche klimpern.

«Wir werden sehen.»

Die Lifttür öffnete sich, und sie fuhren schweigend nach oben. Im Zimmer warf Tyler sein Jackett über einen Sessel und ging ins Bad, um sich Gesicht und Hände zu waschen. Er sah müde aus, krank, der fleckige Spiegel und das gelbliche Licht verstärkten diesen Eindruck noch. Mit den beiden Zahnputzgläsern ging er zurück ins Zimmer und setzte sich auf das Bett. Banks stand am Fenster und sah hinaus. Das Gebläse einer Klimaanlage war zu hören, und schwach drangen Stimmen vom Flur und aus anderen Zimmern durch die Wände; über allem lagen dumpf die Geräusche der Straße. Tyler entfernte die Folien von den Gläsern, schraubte die Flasche auf und füllte beide Becher zur Hälfte. Den einen stellte er auf den Tisch, mit dem anderen lehnte er sich zurück. Er hatte die Absicht, schnell betrunken zu werden, um sich das, was Banks ihm erzählen würde, gelassener anhören zu können.

«Du denkst bestimmt, ich sei aus einer meiner Launen heraus hierhergeflogen, nicht wahr?» begann Banks; er versuchte ein Lächeln, zuckte mit den Schultern, als es nicht gelang.

«Wundert dich das etwa?»

Banks nahm sein Glas vom Tisch. Er war groß und schmal, fast mager; der weite Anzug mit den Schulterpolstern kaschierte das ein wenig. Er war einer dieser Typen, von denen sich manche Leute faszinieren ließen, auch wenn sie den Grund dafür nicht zu nennen vermochten. In Tylers Augen war er ein Blender, ein Großmaul, ein gutaussehender Kerl mit einer passablen Stimme und der Fähigkeit, Songtexte zu schreiben, die ankamen. Das machte ihn wertvoll für die Band. Banks gewann das Publikum mit etwas, das es für Charisma hielt. «Ich kann verstehen, wenn ihr wütend auf mich seid.»

Tyler stieß einen Lacher aus. «Dalton will dich umbringen, und die andern hätten kaum etwas dagegen.»

«Rick», murmelte Banks und trank das Glas leer. «Der kann doch bei jeder Band einsteigen.»

«Arschloch», sagte Tyler. «Du blödes, selbstgefälliges Arschloch.» Der Alkohol drehte ihn auf Zimmerlautstärke, machte seine Stimme ruhig, beinahe gelassen. «Wir hatten zu Hause eine Sache am Laufen, die für alle mehr war als nur eine spaßige Episode. Frag mal Dan! Das war seine letzte Chance. Und der hat keine Stiefmutter mit Swimming Pool, wo er Bademeister spielen kann. Du hast uns das vermasselt, was wir unter dem verdammten Wort Zukunft verstanden haben.»

Banks strich sich die Haare aus der Stirn und lehnte sich zurück. Sein Glas war leer, er hatte es auf den Boden gestellt und warf die Kippe hinein. «Ach, Tyler, was weißt denn du schon?» murmelte er, die Augen geschlossen.

«Erzähl's mir!» forderte Tyler ihn auf. «Dann muß ich den Jungs nicht sagen, daß du sie hängen läßt, weil dir gerade danach war und hier fast immer die Sonne scheint.»

Banks erhob sich, ging zum Fenster und legte die Handflächen und die Stirn ans Glas. Für Sekunden war das Jaulen einer Sirene zu hören. «Ich war bei meinem

Vater», fing er stockend an. «Vor drei Wochen etwa. Er wollte mich sehen, rief mich dauernd an, bis ich nachgab und hinfuhr. Er ist sechsundsiebzig, er denkt, er stirbt bald, liegt in seinem Zimmer im Bett und liest ein Buch über Weltreligionen, will sich wahrscheinlich die aussuchen, bei der man einigermaßen gut wegkommt, wenn man abtritt. Das Zimmer war dunkel, nur die beiden Leselampen brannten, und überall stand Geschirr herum, Zeitungen und halbfertige Briefe lagen auf der Bettdecke, der Boden war übersät mit Büchern, leeren Kekspackungen und zerknülltem Papier. Der Fernseher lief, ohne Ton, und mein Vater wollte nicht, daß ich ihn ausschaltete. Auf seinem Schreibtisch waren Videokassetten, Tage in Tibet, Reinkarnation und Realität, Interviews im Reich der Toten. Und mitten dazwischen ein Porno, mein Vater sagte, er hätte nie einen gesehen, wolle noch wissen, wie die sind.» Banks atmete heftig aus und drehte sich um. Er schob die Hände in die Hosentaschen und lehnte sich gegen die Wand.

«Eigentlich fehlt ihm nichts, seine Ohren tun's nicht mehr richtig, und er hat Altersdiabetes. Natürlich sein Hirn, da hat einiges ausgesetzt, auch wenn er behauptet, er sei klarer im Kopf als je zuvor in seinem Leben. Das mit dem Sterben hat er sich ausgedacht, wie ein Hobby, aus Langeweile. Vorher hat er alles über die englische Marine gesammelt, und davor waren es Anstecknadeln von Kricketclubs.

Früher war ein paarmal die Woche eine Haushälterin gekommen, die hat er rausgeschmissen. Jetzt läßt er sich das Essen aus dem Lokal gegenüber bringen, und die Frau meines Bruders, meines Stiefbruders, sieht ab und zu nach dem Rechten. Ich glaube aber, es gefällt ihm, sein Zimmer mit all dem gehorteten Kram zu füllen. Grabkammer nennt er es, im Ernst.»

Tyler fragte sich, was das, was Banks erzählte, mit seiner überstürzten Reise nach Los Angeles zu tun hatte.

Aber er unterbrach ihn nicht, der Whisky machte ihn träge, und er hatte die ganze Nacht Zeit.

«Also, ich saß da an seinem Bett und hörte mir seine Theorien über Erdbestattung und Einäscherung an, die Risiken, die beide Möglichkeiten bargen, und im Fernseher lief ein Dokumentarfilm über Waschbären. Ich ertrug das eine Weile, bis mir schlagartig bewußt wurde, daß der Mann, der da neben mir lag und absurdes Zeug redete, mein Vater war. Mein Vater, nicht irgendein Schwachkopf aus einem Film. Ich stand auf, wischte die Bücher, Zeitungen und Notizzettel vom Bett, riß das Fenster auf, damit endlich wieder Luft in die Bude kam, und schaltete den verfluchten Fernseher aus. Dann fing ich an zu schreien. Ich erinnere mich nicht, was ich alles gesagt habe, aber Nettigkeiten waren es nicht.

Bevor ich aus dem Zimmer rannte, nahm ich die Pornokassette vom Tisch und warf sie draußen in eine Mülltonne. Ein paar Minuten später saß ich in einer Bar. Dort blieb ich den ganzen Nachmittag, und am Abend war ich so dicht, daß ich auf dem Weg zum Klo die Treppe hinunterfiel. Ich kotzte, wusch mir das Gesicht mit kaltem Wasser, danach ging's wieder besser. Später setzte sich eine Frau an meinen Tisch, sie lud sich irgendwie selber ein, und es war mir egal. Wir tranken eine Weile, ich bezahlte, klar. Erst wollte sie wissen, wer ich sei und so weiter, aber ich war nicht in Stimmung, also redete sie, und sie hörte nicht auf, bis ich aufstand und rausging. Die kühle Luft tat gut, es regnete leicht, und ich ging ein paar Schritte, um mein Auto zu suchen.

Na ja, die Frau kam mir nachgelaufen, wollte wissen, wohin ich ginge. Ich sagte ihr, nirgendwohin, und sie schlug vor, zu ihr zu fahren, sie wohne in der Nähe, ihr Wagen stünde gleich um die Ecke. Mir war alles recht, ich stieg zu ihr ein, und sie fuhr los.» Banks stieß sich von der Wand ab, nahm Tyler die Flasche aus der Hand und trank. Bevor er sich in den Sessel setzte, ließ er sich von Tyler eine Zigarette und Feuer geben.

«Sie fuhr aus der Stadt, da waren plötzlich Industrieanlagen, riesige Halden mit Kohle oder Kies, Lagerschuppen, Türme, Kamine. Ich fragte, wo sie denn nun wohne, aber sie fuhr weiter, hielt irgendwann auf einem riesigen Platz. Container und Lastwagen standen da, weit weg sah ich Hallen, alles dunkel, nur auf den Kränen leuchteten Lichter. Sie ließ den Motor laufen, wegen der Heizung, und lehnte sich zu mir herüber und fing an, mir den Mantel auszuziehen und das Jackett. Ich wußte nicht, ob ich mitmachen oder mich wehren sollte, ich hatte sie mir nicht richtig angesehen. Keine Ahnung, ob sie häßlich war oder hübsch. Jedenfalls fummelte sie an mir herum, Mantel und Jackett warf sie auf den Rücksitz, dann zog sie mir die Hose herunter. Sie lag inzwischen halb über mir, und plötzlich öffnete sie die Tür auf meiner Seite, stieß mich aus dem Wagen und half mit den Füßen nach. Ich lag schon halb draußen, die Überraschung und die plötzliche Kälte machten mich einigermaßen nüchtern. Ich fragte, was, zum Teufel, in sie gefahren sei, aber sie rutschte auf den Beifahrersitz und trat mit den Füßen nach mir, versuchte die Tür zuzuziehen, obwohl meine Beine noch zur Hälfte im Wagen waren. Die Tür knallte gegen meine Schienbeine, und jetzt wurde ich wirklich nüchtern, rappelte mich auf und krallte mich an der verdammten Tür fest. Sie setzte sich ans Steuer, trat das Gaspedal durch, dachte wohl, ich würde loslassen, aber das tat ich nicht. Irgendwie schaffte ich es, auf den Sitz zu kriechen, ich zerrte an ihrem Bein, griff ihr ins Lenkrad, und sie schlug auf mich ein mit einer Hand, riß an meinen Haaren und kratzte mir den Kopf blutig.» Banks fuhr sich mit der Hand über den Schädel. Er redete leiser, ohne Tyler anzusehen.

«Endlich konnte ich den verfluchten Schlüssel aus

dem Zündschloß ziehen, und der Wagen stand. Jetzt ging es erst richtig los, sie drosch auf mich ein wie eine Irre, und nachdem ich eine Weile nur versucht hatte, ihre Fäuste abzuwehren, schlug ich zurück. Eher zufällig traf ich sie am Kinn, und sie sackte zusammen. Eine Weile lag ich dann da, die Sitzlehne hatte ich zurückgeklappt, ich keuchte wie nach einem Zehntausendmeterlauf, wischte mir das Blut aus dem Gesicht und sah mir das Miststück an. Sie war vielleicht dreißig, gar nicht häßlich, obwohl sie eine schlechte Haut hatte und Tränensäcke unter der Schminke. Erst dachte ich, die ist nicht ganz dicht, die hat einen Haß auf Männer, schleppt sie hier raus und läßt sie halbnackt stehen. Vielleicht wurde sie mal vergewaltigt, oder sie hat gerade ‹Thelma and Louise› im Kino gesehen, wer kennt sich schon aus mit Weibern, die in solchen Bars verkehren. Aber als ich mich anzog, fiel Geld aus meiner Jacke, ich habe immer ein paar große Scheine bei mir, das weißt du ja, und da war mir klar, was sie von mir wollte. Ich legte sie auf den Beifahrersitz, sie war völlig weggetreten von dem Schlag, und dann fuhr ich los, in irgendeine Richtung, hatte ja keine Ahnung, wo wir waren.

Nach einer Weile fing es wieder an zu regnen. Meine Augen brannten, das Aas hatte sie mir fast ausgekratzt, und ich konnte kaum schalten, weil die Hand, mit der ich sie k. o. geschlagen hatte, angeschwollen war und höllisch weh tat. Irgendwann wurde die Straße breiter, der Regen ließ ein wenig nach, und ich fuhr etwas schneller, wollte in irgendeine Stadt, ein Dorf, ein verdammtes Kaff, wo ich den Wagen samt Besitzerin hinstellen und mir ein Taxi nach Lyndhurst nehmen konnte.

Ich wischte mir gerade Blut von der Stirn, als die Verrückte hochschnellte und an meinem Arm riß. Ich trat auf die Bremse, der Wagen schleuderte, drehte sich auf der nassen Straße. Sie schrie, ließ mich plötzlich los. Dann war da ein Abhang, und es gab einen Knall und einen Schlag. Ich hörte Glas splittern, prallte gegen die Scheibe, und mit einemmal war alles still.

Als ich zu mir kam, sah ich kaum etwas, mein Schädel tat weh, wenn ich einatmete, japste ich vor Schmerzen. Die Beifahrertür war offen, und ich dachte, das Miststück ist abgehauen. Vielleicht war ich bewußtlos gewesen, und sie hatte mich doch noch ausgenommen. Aber das Geld war noch da, kein Schein fehlte. Ich bin ausgestiegen und um den Wagen herumgegangen, aber da hing nur ein Fetzen Stoff an der zertrümmerten Tür. Ich bin dann ein Stück die Böschung hochgeklettert, es war dunkel, weit unten hörte ich einen Bach oder Fluß. Dann fand ich sie. Völlig verdreht lag sie da, das Gesicht in der Erde, ein Bein so zerschmettert, daß der Fuß nach hinten schaute. Ich hab mich auf den Boden neben sie gesetzt, ich mußte sie nicht umdrehen, wußte auch so, daß sie tot war.

Keine Ahnung, wie lange ich im Nieselregen neben der Leiche sitzengeblieben bin. Irgendwann bin ich zur Straße hinaufgestiegen, bin ihr gefolgt, bis irgendwann ein Dorf kam. Ich fand eine Telephonzelle, rief mir ein Taxi. In Lyndhurst habe ich mich in meinen Wagen gesetzt und bin in mein Hotel gefahren. Ich habe ein Bad genommen, mir das Blut abgewaschen, dann habe ich mich hingelegt und geschlafen, mindestens zehn Stunden.» Banks erhob sich, rieb sich mit den Händen das Gesicht und nahm die Flasche, die Tyler ihm hinhielt.

«Warum hast du nicht die Polizei geholt?»

«Bist du verrückt? Kannst du dir nicht denken, wie die Geschichte aussieht, die sie sich zurechtbasteln? Glaubst du vielleicht, mir würde jemand abnehmen, daß *ich* das Opfer war und nicht sie? Und daß es ein Unfall war?»

«Und jetzt? Ist das hier die bessere Lösung?»

«Ich laß ein wenig Gras über die Sache wachsen.» Banks ging ins Bad, um sich das Gesicht zu waschen.

«Aber man hat dich bestimmt in der Bar gesehen. Und der Taxifahrer wird sich auch erinnern.» Tyler dachte an

Gras, das über die Band wuchs wie über ein frisches Grab. Er ließ die Zigarettenkippe in den Becher fallen und trank aus der Flasche.

«In der Bar waren alle besoffen», sagte Banks, als er aus dem Badezimmer trat.

«Auch der Barkeeper?»

«Warum sollte mich die Polizei überhaupt suchen?»

«Die Frau ist zur Beifahrertür herausgeschleudert worden. Und bestimmt ist alles voll mit deinen Fingerabdrücken, überall liegen Haare von dir, und dein Blut finden sie vermutlich auch an den Polstern. Wenn es so war, wie du sagst, werden sie auf jeden Fall einen Fahrer suchen, denn daß das kein Selbstunfall war, merkt sogar der einfältigste Dorfpolizist.»

Banks zog die Manschetten unter dem Jackett nach vorne und zupfte am Hemdkragen. «Was soll das, Tyler, willst du mir Angst machen?»

«Stell dich, Sinclair, erzähl ihnen, wie es war!» Tyler staunte, wie schnell er sich von Sin auf Sinclair umgestellt hatte. «Wenn sie dich suchen und finden, bist du um einiges schlechter dran.»

«Ich bin vorbestraft, hast du das vergessen? Die buchten mich ein, sobald ich mich stelle! Denen ist es scheißegal, wie die Sache gelaufen ist, Hauptsache, sie haben den Fall abgeschlossen!»

Tyler drückte das Kreuz durch und rieb sich die Augen. Seine Uhr zeigte halb eins, draußen auf dem Flur war es ruhig, nur ab und zu hörte er dumpf eine Tür schlagen oder entfernte Stimmen, gelegentlich das hohe Summen des Fahrstuhls. «Ach, komm schon, du hast eine Vorstrafe wegen Einbruchs, und die liegt zehn Jahre zurück.» Er spürte den Alkohol jetzt als große Müdigkeit; jede Bewegung strengte an, der Kopf kippte immer wieder weg, streifte für Sekundenbruchteile den Schlaf, der wartete wie ein Tunnel ohne Licht, ein Kokon aus gedankenloser Stille.

«Aber ich *bin* vorbestraft! Die kümmert es doch nicht, wie lange das her ist! Du hast keinen Schimmer, Tyler! Hattest nie was mit Bullen, Anwälten und Richtern zu tun! Warst nie im Gefängnis, auch nicht in U-Haft.» Banks stand wieder beim Fenster, als wäre da mehr zu sehen gewesen als der lichtlose Hinterhof. «Vermutlich warst du noch nicht mal besuchsweise im Knast.»

Tyler streckte sich auf dem Bett aus und schloß die Augen. Er dachte an die Besuche bei Ernest Kersh, dem verrückten Einbrecher, aber er hielt es für unnötig, Banks davon zu erzählen. «Und was hast du jetzt vor? Bleibst du hier für den Rest deines Lebens?» Das war die letzte Frage, die er Banks zu stellen beabsichtigte. Er war müde und hatte das Reden satt, wollte nur noch schlafen, aufwachen und fort.

«Ich weiß es nicht», sagte Banks.

Eine Weile hatten beide geschwiegen. Tyler hatte sich aufgerichtet und nestelte an den Schnürsenkeln herum, die heillos verknotet waren, Banks lehnte noch immer an der Wand und drehte die Zigarettenpackung in den Händen.

«Was wirst du tun?» fragte Banks dann.

Tyler streifte die Schuhe ab und begann das Hemd aufzuknöpfen. Irgend etwas würde sich ergeben, vielleicht würde er wieder für Larry Cuttler arbeiten, Möbel schleppen und Dachstöcke ausräumen, für ein paar Wochen zumindest. Wahrscheinlich würde er sich bald eine neue Bleibe suchen müssen; das Haus war verkauft worden, bestimmt würden die neuen Eigentümer es irgendwann auskernen lassen. *Raven Records* hatte möglicherweise einen Job für ihn, und wenn das alles nicht klappte, konnte er noch immer zu seiner Schwester Margaret nach Carlisle gehen. Ihr Mann hatte eine Autolackiererei und würde ihn einstellen. Margaret erwähnte das bei jedem ihrer Telephongespräche, sie drängte Tyler fast dazu, fand, er bringe es in London sowieso zu nichts und ende noch als Sozialfall. Daß seine Mutter diese Ansicht teilte, verstand sich von selbst, nur Tylers Vater schwieg zum Thema Beruf. Er hatte zwanzig Jahre seines Lebens mit dem Versuch zugebracht, sich als Opernsänger einen Namen zu schaffen, war aber nie über kleine Rollen und die Grenzen Englands hinausgekommen. Jetzt arbeitete er drei Tage die Woche an der Rezeption eines Hotels, und keiner in der Familie nahm je das Wort Oper in den Mund.

«Fliegst du morgen?» hakte Banks nach.

Tyler zog das Hemd aus und warf es auf einen Sessel. «Ja», antwortete er, erhob sich und ging ins Bad.

Banks fühlte sich offensichtlich unwohl. Er nickte gedankenverloren und atmete heftig aus. «Also, dann werde ich mal gehen», sagte er schließlich, die Arme in einer fahrigen Geste hebend und wieder fallen lassend.

Tyler erwiderte nichts. Er putzte sich flüchtig die Zähne und spuckte aus.

«Ich melde mich, bei dir oder Naomi.»

«Da wird sie sich aber freuen.»

«Verdammt nochmal, Tyler, versuch doch wenigstens, mich zu verstehen! Ich kann nicht zurückkommen! Es geht nicht, kapier das endlich!» Banks trat zur Seite, um Tyler vorbeizulassen.

«Hau ab, Sinclair, geh zum Teufel!» schrie Tyler. «Laß dir noch ein paar Anzüge kaufen und werd glücklich hier! Aber erzähl mir nicht, daß du wegen dieses Unfalls nicht zurück kannst! Du bist doch Profi, wenn es darum geht, dich aus Schwierigkeiten herauszureden, also hör auf ...» Tyler verstummte, als er sah, wie Banks, die Hände vor dem Gesicht, in die Hocke ging. Er verharrte, wütend und unsicher, plötzlich auf eine unangenehme Weise wach. Schließlich berührte er Banks' Arm.

Banks zitterte, krümmte sich noch mehr zusammen.

«He, was ist denn?» fragte Tyler vorsichtig.

«Ich habe sie getötet, Tyler.» Banks legte die Arme über den Kopf, als erwarte er den Einsturz der Decke. «Ich habe die Frau umgebracht.»

Es dauerte einige Minuten, bis Banks reden konnte.

«Begonnen hat es so, wie ich es dir erzählt habe. Später fuhren wir zu diesem Fabrikgelände. Ich hatte ein bißchen Koks bei mir, wir nahmen davon, dann klappte sie die Rückenlehnen herunter und machte sich an mich ran. Als ich mehr wollte, fragte sie, ob ich Geld hätte, und ich sagte, ob sie bescheuert sei, ich würde nicht dafür bezahlen, außerdem hätte sie ja guten Stoff bekommen, und die Drinks in der Bar seien auch auf meine Rechnung gegangen. Sie wurde wütend, stieß mich weg, beschimpfte mich und verlangte, daß ich ausstieg. Und dann, ich weiß nicht, der Alkohol und das Kokain brachten mich auf zweihundert, etwas setzte aus bei mir. Ich knallte ihr ein paar, und sie fing an zu kreischen wie eine Verrückte, ich schlug ihr ins Gesicht, und sie schlug zurück, kratzte meine Arme blutig. Da drückte ich ihr den Hals zu, sie verdrehte die Augen, es sah fast ...» Banks lächelte, betrachtete seine Fäuste, und etwas wie Verwunderung lag in seinem Blick.

«Sie war schon ganz blau, als ich sie losließ», fuhr er fort. «Sie hustete, schnappte nach Luft. Ich lehnte mich gegen die Tür, drehte die Scheibe runter und ließ mir die kalte Luft übers Gesicht wehen. Weit weg sah ich ein paar Gebäude, in einem brannte Licht, Autos standen davor. Ich kriegte gar nicht mit, wie sie ausstieg. Dann hörte ich sie, sie torkelte auf die Gebäude zu und schrie sich die Lungen aus dem Leib. Immer wieder fiel sie hin, rappelte sich auf und schwankte weiter. Nach jedem Sturz schrie sie lauter, schien völlig übergeschnappt zu sein. Ich rannte ihr nach, es regnete, und es war stockfinster. Mir war kotzübel vom Rennen und vor Wut, das Koks sprengte mir fast den Kopf.

Als ich sie zu fassen kriegte, fielen wir beide hin. Der Boden war aufgeweicht und tief, ein einziger Sumpf. Sie schrie jetzt wie am Spieß, trat nach mir und rappelte sich irgendwie auf und rannte weiter. Ich holte sie ein und schlug zu, mit der Faust, nur einmal, und sie kippte weg, war plötzlich verschwunden, wie vom Erdboden verschluckt. Es war so dunkel, daß ich auf alle viere ging und vorwärtskroch. Und dann sah ich sie. Sie lag in einem Graben, zwei Meter unter mir, eher mehr, Wände und Boden waren aus Beton. Sie lag da, völlig verrenkt, und die Brühe spülte über sie hinweg, und ich wußte, sie war tot. Ich stand eine Weile da, ich weiß nicht, wie lange, dann sah ich die Scheinwerfer von den Gebäuden herüberleuchten und bekam Angst. Ich ließ mich in den verdammten Kanal hinab und kauerte im knöchelhohen Wasser, bis ich vor Kälte so wach war, daß ich die Leiche herausstemmen konnte. Ich schleppte sie zum Wagen, ließ sie auf den Beifahrersitz fallen und fuhr los, fuhr eine Stunde oder länger. In einem Waldstück hielt ich an. Ich war völlig fertig, legte mich hin und schlief.

Als ich aufwachte, tat mir alles weh, meine Kleider waren noch immer feucht. Irgendwann fuhr ich weiter. Es ging einen Berg hinauf und wieder herunter. In einer engen Kurve hielt ich an und stieg aus. Der Abhang war steil, keine Leitplanke, weit unten standen ein paar Bäume. Ich zerrte die Leiche auf den Fahrersitz, nahm den Gang heraus …» Banks legte den Kopf an die Wand, sah eine Weile an Tyler vorbei ins Halbdunkel des Zimmers.

«Bist du sicher, daß sie tot war?» fragte Tyler. «Vom Sturz in den Schacht, meine ich.»

Banks reagierte nicht. Er erhob sich langsam und ging zur Tür. Nachdem er sie geöffnet hatte, drehte er sich um. «Erzähl den anderen nichts davon, Tyler. Sag ihnen, ich sei hier, weil das Wetter toll ist. Das ist es, was sie von mir erwarten.» Er zögerte, dann trat er auf den Flur hinaus. «Mach's gut, Tyler», sagte er, zog die Tür zu und ging.

Tyler blieb auf dem Bett sitzen und starrte vor sich hin. Draußen war es so ruhig, wie es nachts in einer Großstadt werden kann. Aus einem der anderen Zimmer drangen Stimmen; ein Mann redete laut und endlos, dazwischen lachte eine Frau. Tyler legte sich hin und bedeckte seinen Kopf mit dem Kissen. Irgendwann, viel später in dieser Nacht, schlief er ein.

6

Am nächsten Tag packte Tyler seine Sachen. In der Empfangshalle reichte ihm der Hotelangestellte einen Umschlag. «Das hat Ihr Freund gestern für Sie hiergelassen.» Der Mann war größer als sein Kollege von der Nachtschicht, seine Kleidung wirkte weniger schlampig. An der Brusttasche seines dunkelblauen Jacketts steckte sogar ein Namensschild.

Tyler nahm den Umschlag und öffnete ihn im Wagen. Ein Scheck über fünfhundert Dollar und ein Zettel lagen darin. ICH SCHWIMME AUF EINEM BOOT AUS LÜGEN, MEIN SEGEL IST EURE ARGLOSIGKEIT. WEINT MIR EIN MEER, DUNKEL UND KALT WIE MEIN BLUT. WEINT MIR EIN MEER, TIEF UND WEIT, DASS MEINE REISE EWIG DAUERE. Tyler kannte die Zeilen, es war der Refrain zu einem Lied, das Banks ein Paar Wochen vor seinem Verschwinden geschrieben hatte. Sogar die Melodie fiel ihm ein, Dan Mazer hatte sie ihm am Telephon vorgespielt. Unter dem Text stand, in kleinerer Schrift: OHNE MICH SEID IHR BESSER DRAN! DAS GELD IST FÜR DEN FLUG. MACH'S GUT! Unterschrieben waren die Zeilen nicht mit Sin, sondern Sinclair, was wohl bedeutete, daß auch er sich nicht mehr als Tylers Freund betrachtete.

Tyler steckte den Scheck und den Zettel ein, warf den

leeren Umschlag weg und fuhr los. Sein Kopf fühlte sich an, als läge das Kissen noch darauf. Er trug die Sonnenbrille, obwohl der Himmel verhangen war. Langsam, Stück für Stück, erinnerte er sich an die zurückliegende Nacht und an Banks' Geschichte. Er überflog den Zettel ein zweites Mal und fragte sich, ob die Sache mit der toten Frau stimmte, und falls ja, welche Version der Wahrheit entsprach. Vielleicht hatte Banks die Geschichte erfunden und nur deshalb so dick aufgetragen, damit Tyler es aufgeben würde, ihn zur Rückkehr zu bewegen. Banks verfügte über eine wilde Phantasie, seine Songtexte waren oft zynisch, und er hatte gewalttätige, bösartige Kurzgeschichten geschrieben, die er Tyler einmal zum Lesen gegeben hatte. Vielleicht hatte er tatsächlich nur dem englischen Regen entkommen wollen, als er nach Kalifornien flog.

Wenn es Banks' Ziel gewesen war, ihn in einen Zustand von Verwirrung und ohnmächtigem Zorn zu versetzen, war ihm das gelungen. Tyler nahm sich vor, sich in London als erstes sämtliche verfügbaren Informationen über den Unfall zu beschaffen, falls es ihn überhaupt gegeben hatte. Seltsamerweise interessierte Tyler dabei weniger Banks' Schuld oder Unschuld, als vielmehr die Frage, ob Banks ihn belogen, ob er diese grauenhafte Begebenheit nur erfunden hatte, um nicht mehr behelligt zu werden. Daß er den Refrain des Songs auf den Zettel geschrieben hatte, sprach für diese Überlegung.

Als Tyler an einer Kreuzung anhalten mußte und die Sirene eines Feuerwehrwagens mitten durch seinen Kopf raste, wurde ihm bewußt, daß er seit einer Stunde planlos herumgefahren war und jetzt keine Ahnung hatte, wo er sich befand. Bei der nächsten Gelegenheit hielt er an, kaufte in einem Drugstore eine Packung Kopfschmerztabletten und setzte sich in ein Imbißlokal, wo er Kaffee trank und eine Scheibe Toast aß. Ein einarmiger Mann ging zwischen den Tischen umher und füllte Papierservietten in die Spender. Er trug eine Uniform und eine lächerliche Mütze mit dem aufgedruckten Logo der Imbiß-Kette. Tyler mußte an Oliver Crawford denken, und als der Mann in die Nähe seines Tisches kam, stand er auf, um an der Theke Zucker zu holen.

Bevor er bezahlte und ging, spülte er zwei Tabletten mit einem Glas Wasser hinunter. Draußen hielt er nach einem Straßenschild Ausschau; Hawthorne Boulevard, also war er im Stadtteil Lennox gelandet, mußte einfach in nördlicher Richtung fahren und dann dem Weg folgen, den die Autovermietung idiotensicher aufgezeichnet hatte.

Eine halbe Stunde später rollte Tyler auf den Parkplatz, ließ sich ans Ende einer Kolonne winken und hielt an. Er nahm seine persönlichen Sachen aus dem Wagen, gab den Schlüssel einem Angestellten und wartete auf das Formular, das ihm nach ein paar Minuten ausgehändigt wurde. Als er beobachtete, wie ein Wagen im Leerlauf in eine Werkstatt geschoben wurde, sah er den leblosen Körper der Frau auf dem Fahrersitz, und der Mann im Overall war Banks. Tyler sah alles ganz klar, ein Film legte sich über die Realität. Er betrachtete ihn ruhig und ohne Erstaunen, beinahe befreit.

Jemand hupte hinter ihm. Tyler hob seine Tasche vom Boden auf und ging in das Büro. Nachdem er die Formalitäten erledigt hatte, bestieg er einen der Shuttle-Busse, die zum Flughafen fuhren. Statt sich ein Ticket nach London zu besorgen, informierte er sich über Inlandflüge und entschied sich für New Orleans. Er war froh, daß alles so einfach und schnell ging und ihm gar keine Zeit blieb, sich die Sache anders zu überlegen. In der Abflughalle rief er bei *Raven Records* an; Philipp Whiteside war nicht da, und Tyler erklärte einem seiner Mitarbeiter, daß Sinclair Banks nicht zurückkommen werde und der Termin für die Dreharbeiten geplatzt sei. Als er einhängte, fühlte sich Tyler zum ersten Mal seit Wochen wohl. In einem Souvenirladen kaufte er Luftpostbriefe und Ansichtskarten, setzte sich irgendwo hin und schrieb ein paar Zeilen an Naomi, danach eine Karte an Wilkins und eine an Finn. Die dritte adressierte er an Sarah, aber dann fiel ihm nichts ein, kein Satz, der nicht dumm und hilflos geklungen hätte.

Erst auf dem Weg zum Gate fragte sich Tyler, was er in New Orleans wollte. Vielleicht würde er einen Artikel für *Mo's Mag* verfassen, über den Stellenwert klassischer Musik in dieser Stadt des Jazz und des Blues, vielleicht würde er auch nur ein paar Tage durch die Clubs streifen, den Mississippi sehen und das Meer. Eigentlich war es ihm egal, wohin er flog, solange es nicht London war, wo Naomi, Dalton und Whiteside warteten und wo sich ein Besuch bei Wilkins im Spital nicht würde vermeiden lassen. Genausogut hätte er nach New York, Chicago oder Dallas fliegen können, dachte Tyler, als er vor dem Werbeplakat einer Fluggesellschaft stand. Die Punkte der Großstädte waren mit gekrümmten Linien verbunden, was aussah wie die Sprungbahnen von Heuschrecken und das Land klein werden ließ.

Ein Mann mit Eimer und Besen kam singend den Gang entlang; LEAVE YOUR LIFE! stand auf dem Rücken seines T-Shirts, und Tyler folgte ihm.

Biloxi

Man läuft nicht ständig
jemandem in die Arme,
mit dem man ein Stück
gemeinsame Vergangenheit hat.
Wenn man sich Mühe gibt,
kann man ihm fast immer
aus dem Weg gehen.

Alice Hoffman
Turtle Moon

1

Weil die Hotels in New Orleans ausgebucht oder zu teuer waren, fuhr Tyler raus in die Vororte, geriet eher zufällig in die Nähe des Lake Pontchartrain Causeway und überquerte den See. Der Himmel war grau und tief, die schweren Wolken wurden ständig genährt vom Nebel, der aus dem Wasser hochstieg und die Sicht auf das Festland verwehrte. Tyler hatte das Seitenfenster heruntergedreht, die Luft war feucht und lau, fast zum Greifen dick. Die Sonne konnte man halbwegs erahnen, auf ihrer sinkenden Bahn stand sie irgendwo eine Handbreit über dem Horizont. Die Straße schien endlos, eine Gerade durch eine Fläche aus Nichts, und erst an ihrem Ende las Tyler auf der Karte, daß er die längste Brücke der Welt befahren hatte, neunundzwanzig Meilen. Er hielt auf dem Parkplatz neben der Zahlstation, stieg aus und rauchte eine Zigarette. Das Horn eines Kahns blökte von weit her, vielleicht war es auch nur ein Truck, der einen ängstlich durch den Nebel kriechenden Autofahrer aufscheuchte. Tyler photographierte den toten Pelikan, der ein paar Meter unter ihm zwischen Steinblöcken und Abfall lag, warf die Kippe weg und ging zurück zum Wagen.

Es war dunkel, als er in Slidell ein Motel fand, dessen Neonzeichen freie Zimmer signalisierte. Tyler duschte, legte sich mit ein paar Büchsen Bier auf das Bett und sah fern. Die Wetterkarte zeigte ihm, wo er war, und es kam ihm dermaßen absurd vor, daß er laut lachte. Er war müde und gleichzeitig auf eine seltsame Weise unruhig, aber der Gedanke, so weit weg von England zu sein, gefiel ihm nach wie vor.

New Orleans mit seinen schäbigen Vororten und dem hingeprotzten Zentrum empfand er als häßlich und das French Quarter als Freilichtmuseum, amüsant wohl nur für die, die auf dem Weg nach Disneyland einen kurzen Halt in Louisiana machten. Tyler hatte den Mietwagen in der Esplanade Avenue geparkt und war als erstes in die Preservation Hall gegangen, wo er sich zwischen die vielen Leute drängte und eine Weile der Band zuhörte, die gerade spielte. Danach sah er sich das Jazz Museum an, blieb, wie alle, gebührend lange vor Louis Armstrongs erster Trompete stehen, kaufte ein paar Postkarten und verließ das Gebäude wieder. In einem Restaurant aß er kreolisch, kritzelte Muster in den Notizblock und verwarf endgültig den Gedanken, einen Artikel zu schreiben. Im Stadtführer hatte er keinen Hinweis auf die Existenz eines Opernhauses oder einer Konzerthalle für klassische Musik gefunden. Vielleicht gab es so etwas, vielleicht auch nicht; er hätte es herausfinden können, aber es interessierte ihn nicht mehr. Die Enttäuschung über die Stadt wich einer Genugtuung, die sich auf seinen wenigen Reisen immer wieder eingestellt hatte; kein Ort schien geeigneter zu sein, um glücklich oder unglücklich zu leben als der, an dem man, ob zufällig oder gewollt, seine Tage und Jahre verbrachte. Daß London in seinen Augen so trist und verwahrlost war wie Paris, Warschau, Rom oder eben New Orleans, empfand er als tröstlich.

Zwischen den Kritzeleien rechnete Tyler aus, wieviel Geld er noch besaß, und war erstaunt, als eine ordentliche Summe dabei herauskam. Banks' Scheck zählte er nicht mit, das Geld würde er Naomi geben oder es mit den Jungs aus der Band versaufen. Während des Fluges von L. A. nach New Orleans hatte er lange darüber nachgedacht, ob er die fünfhundert Dollar den Hinterbliebenen der von Banks getöteten Frau zukommen lassen, ob er das Geld in einem Umschlag oder einem Päckchen schicken sollte, und ob man für diese Summe schon einen Sarg oder einen Grabstein bekam. Aber dann redete er sich lieber ein, daß Banks' Geschichte nur erfunden war. Und selbst wenn sie nicht erfunden war, erschien ihm die Idee mit der anonymen Geldspende unsinnig und pietätlos.

Am frühen Nachmittag verließ er das Lokal und ging auf Umwegen zurück zur Esplanade Avenue. Im Wagen merkte er, daß er seine Kamera irgendwo verloren hatte, aber es war ihm plötzlich egal. Er sah sich die Karte an und fand Biloxi, fünfundachtzig Meilen entfernt im Bundesstaat Mississippi gelegen. Der Name gefiel ihm, und er beschloß hinzufahren.

2

Das Motel war nur durch den Parkplatz, den Highway und den breiten Strandgürtel vom Meer getrennt. Bäume wuchsen in den Rasenflächen, die, durchschnitten von Wegen, zwischen den eingeschoßigen Gästehäusern lagen. Den Swimming Pool bedeckte eine graue Plane, an den Seiten beschwert mit den Zementsockeln der Sonnenschirme. Die Metallgerüste auf dem Kinderspielplatz waren leer, die Ketten mit den Schaukeln abgehängt.

Tyler saß auf der Veranda vor seinem Zimmer und löffelte ein Joghurt. Er hatte die Füße auf das Geländer gelegt und sah dem Mann zu, der in der Nähe Laub rechte. Der Mann trug eigenartigerweise einen dunkelblauen Anzug und weiße Tennisschuhe, und die Art, wie er die wenigen Blätter zusammenkehrte, erschien Tyler umständlich und zeitraubend. Bei jedem Gang zu der weit entfernt stehenden Schubkarre ließ er eine Spur aus Blättern hinter sich, und Tyler mußte sich zwingen, woanders hinzusehen. Vor sich hatte er ein Stück Rasen mit sprödem, kurzgeschnittenem Gras und einen der Wege, die die Anlage durchzogen. Ein Nadelbaum warf seinen Schatten bis zur Hälfte der Verandatreppe, deren weißgestrichenes Holz verzogen und ausgetreten war. Auf der anderen Seite des Weges standen vier einzelne Bungalows, einfache Hütten aus Holz ohne Veranda. Zwei der vier Unterkünfte schienen bewohnt, Klappstühle und ein Grill standen herum, an einer Wand lehnte ein Fahrrad. Vom Gebäude, in dem die Rezeption untergebracht war, sah Tyler nur ein Stück Dach und die Schüssel für den Satellitenempfang, der Parkplatz lag außerhalb seines Blickfeldes.

Als der Mann nur noch wenige Meter von der Veranda entfernt war, stand Tyler auf und ging in sein Zimmer. Er hatte seine wenigen Kleider ausgepackt und im Wandschrank verstaut. Der Fernseher lief ohne Ton, Kanal achtunddreißig, irgendeine Familienserie. Tyler duschte und stopfte die schmutzige Wäsche in eine Tragtasche. Nachdem er angezogen war, stellte er sich ans Fenster und sah hinaus. Der Mann im blauen Anzug verschwand gerade mit der Schubkarre hinter dem ersten der vier Bungalows, bei jeder Unebenheit des Bodens eine Ladung Blätter verlierend. Tyler nahm den Schlüssel vom Tisch und ging hinaus und den Weg entlang zum Empfangsgebäude. Der Himmel dunkelte allmählich ein, es wurde kühler, der leere Strand wechselte seine Farbe von Schmutzigweiß zu einem strukturlosen Grau, und nur das Meer spiegelte das letzte Licht wider und rollte es auf flachen, fahl leuchtenden Wellen vor sich her. Ein Wald von Bootsmasten säumte die Mole, zwischen den schwankenden Stämmen stand ein Wassertank auf Stelzen. Weit draußen, am Ende des aufgeschütteten Walls, blinkte schwach ein gelbes Licht. Die anhaltende Brise bewegte die Kronen der Bäume, ließ die bunten Wimpel, die an Leinen über der Einfahrt hingen, träge schaukeln.

Der Mann am Empfang telephonierte und schrieb etwas in die Agenda, die vor ihm auf dem Tresen lag. Seine Stimme war tief, und er sprach leise, als würde er seinen Worten mißtrauen und sie am liebsten zurücknehmen und verschlucken. Er trug eine Brille mit dünnem Metallgestell, die Augen hinter den Gläsern wirkten klein, der Blick fahrig. Völlig unerwartet legte er den Hörer auf und klappte die Agenda zu.

Tyler schob den Schlüssel vor ihn hin und erkundigte sich nach einer Münzwäscherei, woraufhin der Mann umständlich einen billig gedruckten Stadtplan auseinanderfaltete und mit dem Stift ein Kreuz für das Motel machte. Tyler folgte interesselos der roten Linie, die der Mann stockend durch die Straßen Biloxis zog, und er bereute es, sich erkundigt zu haben. Er versuchte, diese Stimme auszublenden, indem er eine Melodie durch seinen Kopf toben ließ; als er zwischendurch aus dem Fenster blickte, sah er, wie eine junge Frau in Richtung der Bungalows ging. Sie trug einen weißen Hut mit breiter Krempe und klobige, hochhackige Schuhe. Weil sie zwei große Einkaufstüten umarmte, bewegte sie sich nur sehr langsam. Tyler sah gerade noch, wie der Mann im blauen Anzug vor ihr stehenblieb und die Tüten in die Schubkarre stellte, dann verschwanden beide aus seinem Blickfeld.

«Hier.» Der Mann machte einen Punkt ans Ende der Linie.

Tyler beugte sich vor. «Ah ja», sagte er und nickte. «Vielen Dank.»

Nachdem der Mann den Plan zusammengefaltet hatte, gab er ihn Tyler.

«Drei Minuten.» Er machte ein Gesicht, als wolle er Tyler bedeuten, daß es ihn drei Minuten gekostet habe, ihm den Weg zur Wäscherei zu erklären. Seine dunkle, ungemusterte Krawatte war mit einer goldenen Spange am Hemd befestigt, aus der Brusttasche ragten ein Kugelschreiber und ein Kamm.

Tyler nickte erneut, nahm die Karte und lächelte.

«Links runter, an der fünften Ampel wieder nach links.» Der Mann wies mit dem Arm zum Fenster, malte mit dem Kugelschreiber ein paar Kurven in die Luft.

«Kein Problem.»

«Dann folgen Sie der Linie.»

«In Ordnung.» Tyler fühlte sich, als stünde ihm ein militärischer Einsatz bevor. «Nochmals danke.» Er drehte sich um und ging hinaus. Die Luft war herrlich kühl und ein wenig feucht, legte sich wie ein angenehmer Film auf die Haut. Als Fremder konnte man das Meer riechen oder glaubte zumindest, das Salz auf der Zunge zu schmecken. Tyler hatte keine Lust, in die Stadt zu fahren, außerdem lag die Tasche mit der Schmutzwäsche noch im Zimmer. Dennoch ging er zum Parkplatz und setzte sich in den Wagen. Das Neonschild des Motels leuchtete über ihm, und jetzt bemerkte Tyler, daß auch die Laternen entlang der Wege brannten. Eine Weile drehte er am Skalenknopf des Radios und rauchte eine Zigarette, dann startete er den Motor und fuhr los, bog links ab, wie es ihm der Mann beschrieben hatte.

Nach nur einer Meile hielt er an und ging zum Strand, der breit und fast leer war und matt im Licht der Straßenlampen leuchtete. Ein altes Paar kam ihm entgegen, die Schuhe in den Händen. Weiter vorne, bei einem der Holzstege, rannten Kinder einem Ball hinterher. Das Meer war ruhig, rollte dunkle Wellen gegen das Ufer und legte Treibgut hin, eine Linie aus Unrat, durchsetzt mit Tang und Holz. Ein Hund scharrte im Sand, rannte weg, als Tyler näherkam.

Der Steg, massiv gebaut und breit, führte etwa zwanzig Meter hinaus. Tyler ging bis zum Ende und lehnte sich gegen das Geländer. Die Nacht setzte jetzt so rasch ein, daß man zusehen konnte, wie die Linie des Horizonts verschwand und mit ihr die Trennung zwischen

Himmel und Meer. Weit draußen zogen schaukelnd Bootslichter vorüber, Sterne wurden sichtbar. Während Tyler die letzte Zigarette rauchte, versuchte er den kommenden Tag zu planen, aber es gelang ihm nicht. Eine Weile hatte er das Gefühl, bald eine Entscheidung treffen zu müssen, doch irgendwann sah er die Notwendigkeit nicht mehr ein. Er fühlte sich auf wohltuende Weise leer und verantwortungslos, und er wollte dieses Gefühl nicht vertreiben. Als eine Gruppe Jugendlicher mit Taschenlampen und einem Kassettenrecorder auf den Steg kam, ging Tyler zurück zum Wagen. Mittlerweile war der ganze Küstenstreifen beleuchtet.

Tyler fuhr zu einem Supermarkt, um Lebensmittel und Zigaretten einzukaufen; unnötige Ausgaben in Restaurants wollte er künftig vermeiden. Vor dem Unterstand mit den Einkaufswagen saß ein Schwarzer am Boden. WILL WORK FOR FOOD stand auf einem Pappschild, das an einer Schnur um seinen Hals hing. Beim Eingang verteilte ein Mann, der ein Kostüm in Form einer Zündkerze trug, Gutscheine und Schlüsselanhänger. Tyler suchte im Labyrinth der Gänge, was er brauchte, bezahlte es an einer der Kassen und ging über den in gelbes Flutlicht getauchten Parkplatz zum Wagen. Bis auf eine Packung Brot und eine Büchse Corned beef verstaute er alles auf dem Rücksitz und schob den Einkaufswagen zurück zur Sammelstelle.

Der Schwarze hockte noch immer dort, die Beine ausgestreckt und das Kinn auf der Brust. Er trug braune Hosen und einen rot und grün gestreiften Pullover, an den Füßen kurze Gummistiefel. Er schlief, das Schild vor seinem Bauch hob und senkte sich mit den Atemzügen, die Finger seiner Hände zuckten, als versuchten sie im Traum nach etwas zu greifen. Tyler ließ den Einkaufswagen ein paar Meter neben ihm stehen und wartete dann im Auto darauf, daß der Mann aufwachen, das Brot und die Büchse mit dem Rindfleisch sehen und sie sich holen würde.

Während Tyler wartete, aß er einen Schokoladeriegel, danach drehte er das Seitenfenster herunter und rauchte eine Zigarette. Die wandelnde Zündkerze verteilte unermüdlich ihre Gaben, ein Drehlicht an der Spitze des Kostüms streute blaues Licht. Allmählich wurde Tyler wütend auf den Schlafenden, denn ständig kamen Leute in die Nähe des Einkaufswagens, jeden Moment konnte sich jemand die Sachen nehmen.

Nach zehn Minuten drückte Tyler vorsichtig auf die Hupe, aber der Mann rührte sich mit keiner Faser. Vielleicht war er betrunken, überlegte Tyler, vielleicht auch so geschwächt, daß er nichts mehr wahrnahm. Eine weitere Zigarettenlänge später fuhr Tyler etwas näher an den Einkaufswagen heran, war jetzt ungefähr fünfzehn Meter davon entfernt und hupte noch einmal. Ein paar Kunden drehten die Köpfe, das war alles. Stattdessen hatte eine alte Frau den abseits stehenden Wagen entdeckt, schlurfte darauf zu und nahm, nach ein paar Seitenblicken und kurzem Zögern, die Sachen an sich. Tyler fluchte durch die Zähne, stieg aus und rannte der Alten nach, die über den Parkplatz in Richtung Straße ging. Er hielt sie auf und erklärte ihr, er hätte die Sachen in dem Wagen vergessen, aber entweder war die Frau leicht debil, oder sie stellte sich blöd, um die Lebensmittel nicht herausrücken zu müssen. Während Tyler auf sie einredete, machte sie kleine Schritte, sah ihn trotzig an und klemmte die Sachen noch fester unter die Arme. Sie trug einen abgewetzten karierten, von oben bis unten zugeknöpften Mantel und schwarze Schuhe mit riesigen Schleifen. Ihre Gesichtshaut war braun und fleckig, an den Wangen erstaunlich glatt und straff und erst am Hals in unzählige Falten geworfen. Ein penetranter Geruch ging von ihr aus, nach Mottenpulver oder Desinfektionsmitteln.

Allmählich verlor Tyler die Geduld; nur die Wut darüber, in diese lächerliche Situation geraten zu sein, gab ihm einen winzigen Rest an Energie. Als die Alte auch nach langem Zureden nicht dazu bereit war, ihm die Lebensmittel zu geben, riß er ihr die Sachen entnervt aus den Armen. Jetzt schrie die Frau und krallte sich an seinem Hemd fest, und es dauerte nicht lange, bis die ersten Leute zu ihnen hersahen. Weil Tyler Brot und Büchse festhalten mußte, blieb ihm nur eine Hand, um sich die Alte vom Leib zu halten. Der Stoß, den er ihr gegen die Schulter versetzte, fiel so heftig aus, daß die Frau taumelte und stürzte. Tyler war schon versucht, ihr auf die Beine zu helfen, als er die beiden Männer sah, die von der nahen Straße her angerannt kamen. Jetzt erfaßte ihn leichte Panik, denn der Weg zum Auto war von Leuten versperrt, die stehengeblieben waren, um den Vorfall zu beobachten. Er dachte daran, die Lebensmittel fallenzulassen, aber das hätte die Männer wohl kaum davon abgehalten, ihn zusammenzuschlagen. Also rannte er los, an der Tankstelle vorbei zur Rückseite des Supermarktes, wo Trucks bei den Rampen auf ihre Entladung warteten, über einen fast leeren, schlecht beleuchteten Parkplatz und durch eine enge Seitenstraße zu einem unbebauten Feld, wo er sich in das kniehohe, spröde Gras warf.

Etwa eine Stunde später erhob sich Tyler. Seine Lungen taten noch weh, und der linke Fuß schien ein wenig verstaucht zu sein. Er zog das Hemd aus und wickelte das Brot und die Büchse darin ein, dann ging er langsam zur Hauptstraße. In einem Laden kaufte er eine Baseballmütze und eine Sonnenbrille und setzte beides auf. Beim Zurückgehen ließ er sich Zeit, nicht nur des schmerzenden Fußes wegen, und als er in der Nähe des Supermarktes war, beobachtete er eine Weile den Parkplatz; nichts deutete darauf hin, daß man ihn suchte oder erwartete, Leute kamen und gingen, und beim Eingang blinkte noch immer das blaue Licht des Zündkerzenmannes. Ob der Arbeitslose nach wie vor an seinem Platz saß, konnte Tyler aus der Entfernung nicht erkennen.

Als er sicher war, daß die Lage sich beruhigt hatte, ging er zu seinem Wagen. Er nahm die Zigaretten aus dem Handschuhfach, zündete eine an und lehnte den Kopf gegen die Nackenstütze. Einen Moment lang schloß er die Augen, öffnete sie dann und stellte sich vor, er erwache aus einem üblen Traum, aber es funktionierte nicht. Die Packung Weißbrot und das Dosenfleisch lagen auf dem Beifahrersitz; Tyler starrte sie an, als wären sie mit einem Fluch belegt, der ihm Unglück brachte. Ein Lacher steckte als Klumpen in seinem Hals, doch Tyler behielt ihn unten aus Angst, sich zu übergeben.

Auf dem Weg zum Motel hielt er vor einem Seafood-Lokal an und warf das Brot und die Konserve in einen Abfallcontainer. Dann stellte er sich an den Maschendrahtzaun, der den Parkplatz vom Strand trennte, und sah aufs Meer hinaus. Die Luft war kalt und roch nach Fisch, ein paar Wolkenbäusche polierten den Mond, und als Tyler eine Sternschnuppe sah, war er überzeugt, den Absturz eines Flugzeuges zu beobachten.

In seinem Zimmer legte er sich auf das Bett und schaltete den Fernseher ein. Er hatte Eis aus dem Automaten geholt, kühlte das Bier damit und seinen Fuß. Essen konnte er nichts, so elend war ihm. Das Bier half ein wenig, auch das ständige Wechseln der Kanäle. Die willkürlich zerhackte Abfolge von Bildern zog an seinen Augen vorbei und bildete aus sekundenlangen Szenen einen Film, dessen Absurdität nur noch von den Nachrichten übertroffen wurde.

Mit dem letzten Bier setzte sich Tyler auf die Veranda. Er war ein wenig betrunken und spürte die Kälte nicht mehr. Die Laternen belegten die Wege mit dämmrigen Lichtkreisen, das Haus vorne beim Parkplatz war beleuchtet, auch der vierte Bungalow, an dessen Wand das Fahrrad lehnte. Von irgendwoher klang Musik, so leise, daß Tyler sie nur schwach zwischen dem Summen des

Verkehrs hörte. Ein Tier huschte über den Rasen und verschwand zwischen den Hecken. Tyler ging humpelnd die Verandastufen hinunter und den Weg entlang zum rückwärtigen Teil des Geländes, wo ein halbfertiger Doppelbungalow und ein Geräteschuppen standen. Baumaterial lag herum, ein Zementmischer rostete unter einer löchrigen Plane. Ein modriger Geruch wehte von dem Haufen mit Gartenabfällen herüber, weiter hinten sah Tyler eine zur Hälfte mit Brettern abgedeckte Müllgrube. Tyler folgte dem Weg, der an einer schludrig gebauten Backsteinmauer endete. Aus der Mauer ragte eine Lampe, offenbar die letzte Lichtquelle des Grundstücks. Auf der rechten Seite verlor sich der Pfad zwischen Bäumen und Dickicht, links führte er weiter bis zu einem Bau, der so groß war wie der unfertige Doppelbungalow. Auch hier fehlte der Verputz an den Wänden, und die Veranda, unter der sich Bauschutt häufte, war ohne Geländer.

Hinter dem Haus parkte ein Nissan. Von seiner Kühlerhaube sprang eine weiße Katze und duckte sich ins Gras, das nur auf einer kleinen Fläche gemäht war. Eine Kunststoffbadewanne für Kinder stand herum, an einer Leine hingen Putzlappen. Alle Fensterläden waren geschlossen, aber als Tyler nahe genug war, glaubte er Stimmen zu hören. Er fragte sich, ob das Haus noch zum Motel gehörte, und wenn ja, ob hier tatsächlich Gäste untergebracht wurden. Vielleicht Dauermieter, überlegte er, oder Angestellte.

Statt den Weg zu nehmen, ging Tyler diesmal zwischen den Bäumen hindurch. Ihm war ein wenig übel, was daran lag, daß er seit Stunden nichts gegessen hatte. Als er bei der Bauruine war, hörte er hinter sich den Motor eines Wagens anspringen und Türen schlagen. Er blieb stehen und lehnte sich gegen die Hausmauer. Wenig später rollte der blaue Nissan an ihm vorbei, langsam und mit ausgeschalteten Scheinwerfern. Beim Geräteschuppen hielt der Wagen an, die Beifahrertür ging auf, und ein Mann stieg aus. Jetzt brannte das Innenlicht, und Tyler sah den Fahrer und auf dem Rücksitz eine Frau und zwei Kinder. Der Mann, der ausgestiegen war, trug zwei Plastiksäcke zu der Abfallgrube, warf sie hinein und ging zurück zum Wagen. Tyler wartete, bis das Fahrzeug außer Sichtweite war, und folgte dann dem immer gepflegter werdenden Weg zurück zu seinem Zimmer.

Er hatte vergessen, den Fernseher auszuschalten; ein Film mit bekannten Schauspielern lief, aber Tyler fielen ihre Namen nicht ein. Eine Weile saß er da und versuchte sich zu erinnern, drehte schließlich den Ton ab und zog sich aus. Das Eis in den Behältern war geschmolzen. Tyler füllte ein Glas mit dem Wasser und trank es. In Unterhosen und Socken wusch er sich das Gesicht, putzte flüchtig die Zähne und legte sich hin. Keiner der beiden Männer im Auto war der im blauen Anzug gewesen. Das Gesicht der Frau auf dem Rücksitz hatte er kaum sehen können. Vielleicht war es die mit den Einkaufstüten und den hochhackigen Schuhen gewesen, die ihm am Nachmittag aufgefallen war. Tyler schloß die Augen und rief sich das Haus am Ende des Weges in Erinnerung; alleine die Vorstellung, als Familie in einer solchen Bude zu leben, bereitete ihm Unbehagen.

3

In einem Schnellimbiß-Lokal hatte Tyler sich einen Becher Kaffee und zwei Doughnuts geholt, jetzt saß er damit auf einer der Bänke, die entlang der Pier standen. Es war noch früh, ein Wind kam von der See her, und die Boote bewegten sich an den Anlegeplätzen wie unruhige Pferde in den Boxen. Das Klatschen des Wassers gegen die Schiffswände war zu hören, das feine Klirren der Metallteile in den Takelagen, ab und zu das ächzende Geräusch, wenn sich ein Bootsleib an den Autoreifen rieb. Der wolkenlose Himmel hatte eine seltsame Farbe, wie Perlmutt, an den hellsten Stellen fast silbrig leuchtend. Mit dem ausgebreiteten Stadtplan auf dem Beifahrersitz suchte Tyler später die Münzwäscherei, und obwohl die Wegbeschreibung sehr genau war, verfuhr er sich. Schließlich fand er den Laden doch noch, steckte seine Wäsche in eine der Maschinen und setzte sich hin. Er mußte an die drei alten Männer in London denken, die Seher, und an die Frau mit der Katze, an Kellerman und natürlich an Finn. Daß er eine Art Heimweh nach seiner Stadt verspürte, kam Tyler seltsam vor, aber irgendwie beruhigte es ihn auch.

Im Motel bezahlte Tyler für eine weitere Nacht. Die Aussicht, weitere vierundzwanzig Stunden mit tatenlosem Warten zu verbringen, erschien ihm merkwürdig verheißungsvoll.

Der Mann nahm sein Geld und machte einen Eintrag in die Agenda. Heute trug er schwarze Hosen und einen häßlichen gelben Pullover über einem weißen Hemd. Glücklicherweise war er sehr wortkarg, so daß Tyler seine Stimme nicht lange ertragen mußte. Tyler nahm einen Faltprospekt mit Informationen über die Golfküste und den Werbezettel eines Pizza-Lieferdienstes aus einem Regal und sah sich, bevor er den Raum verließ, die Photos an, die beim Ausgang in einem Glaskasten hingen. Es waren Bilder der Verwüstung: zerstörte Häuser, auf dem Dach liegende Autos, geknickte Bäume und Leitungsmasten. Auf Luftaufnahmen sah man den Küstenstreifen, das Land wie eingeebnet und übersät mit Trümmern. *Donna, 1960,* stand unter einem Schwarzweißbild, *Andrew, August 24,* unter einem farbigen.

Als Tyler den Weg entlangging, kam der Mann im blauen Anzug aus dem Zimmer, das neben dem von Tyler lag. Hinter ihm trat ein Schwarzer in einem Overall auf die Veranda, ein Fernsehgerät an die Brust gedrückt.

«Gut, daß Sie kommen!» rief der Mann Tyler zu und wartete lächelnd, bis Tyler die Treppe erreicht hatte. «Wir wechseln in allen Zimmern die Fernseher aus. Die alten Kisten gegen neue, moderne Modelle.» Er strahlte, sichtlich stolz auf dieses Unternehmen. Unter dem Anzug trug er ein graues Hemd, und die Füße steckten diesmal in schwarzen Lackschuhen.

Tyler schloß die Zimmertür auf. Er spürte den leichten Schmerz in seinem Fuß wieder, und ihm fiel ein, daß er vergessen hatte, eine Salbe aus der Apotheke zu holen.

«Dauert nur ein paar Minuten.» Der Mann ging zu der Kommode, auf der das alte Gerät stand, kniete sich hin und zerrte an den Kabeln.

Während Tyler die saubere Wäsche in den Schrank legte, kam der Schwarze mit einem Karton ins Zimmer. JESSE'S TV SERVICE war in blauer Schrift auf seinen weißen Overall gestickt, darunter ein Schraubenzieher mit Flügeln und eine Telephonnummer. Er nickte Tyler zu und setzte den Karton ab.

«Ed? Du kannst das Ding hier rausschaffen.» Der Mann im Anzug richtete sich auf und machte ein Knäuel aus den Kabeln. Neben Tyler wirkte er lediglich etwas kleingeraten, aber wenn er neben Ed stand war er ein Zwerg. Er machte sich über die Kiste her, befreite den Apparat aus der Styrophorschalung, entfernte die Schutzfolie vom Bildschirm und zog die neuen Kabel straff.

«Sehen Sie oft fern?» fragte er, während er offenbar auf Ed wartete. Er hatte ein Taschentuch aus dem Jackett gezogen und wischte sich damit über die Stirnglatze.

«Wie?» Tyler fiel auf, wie abgewetzt und fleckig der Anzug des Mannes war, außerdem eine Nummer zu klein.

«Fernsehen. Schauen Sie oft?»

Tyler zögerte, als handle es sich um eine Fangfrage. «Es geht», antwortete er schließlich. «Eher selten.»

Der Mann nickte, faltete das Taschentuch zusammen und steckte es wieder in die Jackentasche.

«Meistens nachts», fügte Tyler hinzu, weil er das Gefühl hatte, der Mann erwarte genauere Auskunft. «Wenn ich nicht schlafen kann. Oder wenn es regnet.»

«Ist das englische Fernsehen gut? Sie sind doch Engländer, nicht?»

Tyler lächelte verlegen. «Ja, ich ...»

«Oh, entschuldigen Sie!» rief der Mann. Er legte die Kabel neben den Fernseher und ging auf Tyler zu. «Ich bin Emerson, Emerson Brown. Daß Sie Engländer sind, weiß ich von meinem Bruder.» Er streckte Tyler die Hand entgegen.

«Von Ihrem Bruder?» Tyler ergriff die kleine Hand und schüttelte sie verhalten.

«Vorne beim Eingang, das ist mein älterer Bruder.» Brown nickte grinsend. «Schwer zu glauben, was? Unsere Mutter hat vermutlich die ganze Milch für Lawrence gebraucht, und als ich kam, war nichts mehr da.»

Tyler lächelte noch immer. Er sah sich Brown an: der Mann hatte ein rundliches Gesicht, breite Wangenknochen und kaum ein Kinn, eine kurze, knollige Nase und dunkle Augen mit schweren Lidern. Ein bleistiftdünner Schnurrbart verlief, sauber gestutzt, schräg nach unten und endete an den Mundwinkeln. Seine Haare waren schwarz, und weil sie ihm vorne ausgingen, ließ er sie sich hinten über den Kragen wachsen. Sein Bruder war schlaksig, das Gesicht langgezogen wie der ganze Körper, Tyler erinnerte sich an stumpfes braunes Haar und helle Augen, grau oder blau.

«Dann sind Sie beide die Besitzer des Motels?» Tyler war froh, daß ihm eine Frage eingefallen war.

«Genau», bestätigte Brown. «Mein Bruder erledigt den Papierkram, und ich mache den Rest.»

Endlich kam Ed zurück und trug den Fernseher zur Kommode. Brown kroch wieder auf dem Boden herum;

nachdem das Gerät angeschlossen war, stellten die beiden die Kanäle ein. Bei jedem Sender unterhielten sie sich eine Weile über das Programm, argumentierten für und gegen die Talkmaster und Moderatorinnen, verspotteten die Gäste der unzähligen Vormittagsshows, diskutierten die Qualität der Waren aus den Werbespots, erzählten sich in Sekundenschnelle die Handlung eines Films. Ab und zu wandten sie sich an Tyler, wollten seine Meinung hören und wissen, ob in England alles ganz anders sei.

Eine halbe Stunde später gingen die beiden. Ed hatte eine schwenkbare Konsole mit der Fernbedienung auf den Nachttisch zwischen den beiden Betten montiert, und Brown hatte Tyler die Funktion der Tasten erklärt. Aber Tyler hatte keine Lust mehr, das Gerät einzuschalten. Er zog die Schuhe aus, massierte den Fuß und dehnte die Bänder ein paarmal, was nur noch leichte Schmerzen verursachte. Dann zog er die Vorhänge zu und legte sich auf das Bett. Daß er in der vergangenen Nacht schlecht geschlafen hatte und früh aufgestanden war, spürte er nun als eine den ganzen Körper befallende Schwere.

Es war später Nachmittag, als Tyler von einem Klopfen geweckt wurde.

«Entschuldigen Sie die Störung, Mister Tyler, aber ich habe noch etwas für Sie!» rief Brown durch die Tür.

«Moment!» Tyler zog die Vorhänge auseinander und fuhr sich vor dem Badezimmerspiegel mit den Fingern durch die Haare. Sein Mund war trocken, aber von den Getränken aus dem Supermarkt schien nichts übriggeblieben zu sein, sogar die leeren Flaschen und Büchsen hatte das Zimmermädchen weggeräumt.

«Ich kann's auch einfach hier hinlegen!»

Tyler stopfte das T-Shirt in die Hose und öffnete die Tür. «Hallo», begrüßte er Brown, der mit einer Tragtasche auf der Veranda stand.

«Tut mir leid, wenn ich Sie störe, aber ich wollte Ihnen

noch die Fernsehzeitschrift bringen.» Er reichte Tyler ein Heft, von dessen Titelblatt irgendein Schauspieler grinste.

«Vielen Dank.»

Brown strahlte. «Tolles Bild, was?»

Es dauerte ein paar Sekunden, ehe Tyler begriff. «Oh, ja», sagte er dann und warf einen Blick über die Schulter auf den Fernseher. «Ja, wirklich, großartige Farben.»

«Und die Schärfe. Hochauflösender Bildschirm.»

«Genau, das sieht man.»

Brown lächelte zufrieden. «Also, dann will ich Sie nicht länger stören. Was haben sie sich denn gerade angeschaut?»

«Oh, nichts Besonderes, eine Musiksendung.» Tyler wollte den Mann nicht enttäuschen, indem er ihm sagte, daß er geschlafen hatte statt fernzusehen.

«Sind Sie selber Musiker?»

«Ich schreibe nur über Musik.»

«Journalist also.» Brown schürzte die Lippen und nickte anerkennend. Dann endlich ging ein Ruck durch ihn. «So, ich muß weiter. Wir sehen uns.» Er drehte sich um, kramte in der Tasche und verschwand im Raum nebenan.

Tyler machte die Tür zu, zog die Schuhe an und nahm ein paar Dollarscheine aus der Brieftasche, die er zwischen seiner Wäsche versteckt hatte. Mit dem Jackett über der Schulter verließ er das Zimmer und ging rasch zum Parkplatz. Die Dämmerung setzte ein, vereinzelt brannten Lichter, und nach jedem Lidschlag kam ein neues dazu. Eine Frau war bei Lawrence Brown im Büro. Sie lehnte an der Wand und rauchte, während der Mann einen Stapel Papiere durchblätterte. Tyler setzte sich in den Wagen und wartete, bis sie herauskam. Obwohl sie den Hut nicht aufhatte, erkannte Tyler in ihr die Frau, die er am Vortag gesehen hatte. Sie überquerte die Straße und stieg auf der Beifahrerseite in den blauen Nissan, der kurze Zeit später losfuhr und in Richtung Gulfport verschwand.

In einem kleinen Laden am Rand der Stadt kaufte Tyler Brot und Käse, ein paar Früchte und Getränke. Nachdem er die Sachen im Auto verstaut hatte, ging er zum Strand, der an dieser Stelle belebter war als in der Nähe des Motels. Jogger waren unterwegs und Spaziergänger, auf einem eingezäunten Platz spielten junge Männer Basketball, und weiter vorne, an der Rückseite eines Lokals, befand sich ein großer Kinderspielplatz. Tyler hatte eine Papiertüte voller Trauben mitgenommen und setzte sich in der Nähe des Basketballfelds auf eine Bank. Er fragte sich, wie es wohl war, wenn man hier lebte, und er stellte sich vor, einer der Burschen zu sein, die auf der anderen Seite des Zauns Basketball spielten.

Dachte er an seine Jugend, so fielen ihm nur die Wochenenden in den billigen Clubs und den engen Partykellern ein, wo *Pink Floyd* und *Procol Harum* aus den Lautsprechern dröhnten und er alle fünfzehn Minuten nach draußen ging, um einen Schluck aus der Flasche zu nehmen, die auf dem Dach des Fahrradschuppens versteckt lag. Die endlosen Abende zu Hause fielen ihm ein, wenn er schon am Donnerstag kein Geld mehr hatte und das Radio kaputt war, mit dem er sich sonst unter die Bettdecke verkroch. Er erinnerte sich an den Dachboden, wo er mit dem Fernglas vor den Augen saß und über die Straßen, Gärten und Hinterhöfe flog, an das Wohnzimmer, wo Patricia Reynolds für Sekunden seinen Schwanz in den Mund genommen hatte, an den Lagerraum der Eisenwarenhandlung, wo er während der Ferien arbeitete, an den schrottreifen hellblauen Vauxhall, den er sich von seinem ersten Geld gekauft hatte, an den Tag, an dem er seine Schwester die zweihundert Kilometer von Manchester nach Durham zu einem Abtreibungsarzt fuhr, an seine Freunde, von denen er bei einem Klassentreffen fünfzehn Jahre später kaum einen wiedererkannte, an den einzigen Auftritt seines Vaters, bei dem die ganze Familie im Zuschauerraum saß.

Möglich, daß man hier glücklicher lebte, dachte Tyler. Vielleicht fühlte man sich wohler unter diesem Himmel, dessen Farben anders waren als die über Manchester oder London. Das Klima spielte eine Rolle, bestimmt, und das Meer. Gulf of Mexico, alleine der Klang wärmte. Vielleicht mußte man wirklich fortgehen, den Schauplatz seiner Lebensinszenierung wechseln, vielleicht sogar sich selber austauschen gegen eine neue Person, mit der man nur noch den alten Namen gemein hatte. Was man brauchte, ergab sich irgendwie und irgendwann, einen Job fand man leichter als Freunde, und wer Angst hatte vor dem Alleinsein, blieb sowieso, wo er war.

Tyler aß die Trauben und sah dem Spiel zu, bis es dunkel wurde und die Burschen aufhörten und nach Hause gingen. Als alle weg waren, kam ein kleiner Junge auf den Platz und begann, mit dem Ball nach dem Korb zu werfen. Während Tyler ihn beobachtete, dachte er daran, zu ihm hinzugehen und mit ihm zu üben. Er konnte ihm auch nur den Ball zuwerfen oder einen Abwehrspieler simulieren, den der Kleine umdribbeln mußte. In Los Angeles hatte sich Tyler fast ein ganzes Spiel im Fernsehen angeschaut, die Regeln schienen äußerst simpel zu sein. Der Junge traf nur bei jedem fünften Wurf, obwohl er beinahe unter dem Korb stand. Aber Tyler blieb sitzen; er war ein miserabler Sportler, und außerdem übte der Junge bestimmt lieber alleine. Tyler zerknüllte die leere Papiertüte, warf sie in Richtung Abfalleimer und verfehlte ihn um einen ganzen Meter. Er drehte sich rasch um und war erleichtert, als er sah, daß der Junge ihn nicht beachtete.

Über einen schmalen asphaltierten Weg ging er dann zur Pier, die beleuchtet war und an deren Ende man über ein paar Stufen zu einer Plattform hochstieg. Ein alter

Mann stand am Geländer und warf Brotstücke, die er aus den Taschen seiner Jacke klaubte, ins Meer. Möwen sah Tyler keine, auch nicht im Wasser, das unter ihnen gegen die Pfeiler schwappte. Es sah aus, als würde der Himmel ein letztes Mal aufleuchten, während sich die Erde wegdrehte. Ein Schiff zog die Linie des Horizonts nach, schnurgerade und unendlich langsam.

4

Emerson Brown war damit beschäftigt, Kartonstücke und Fetzen von Plastikfolie vom Weg aufzusammeln, als Tyler kam. Er schleppte einen Blecheimer hinter sich her, von dem er jedesmal, bevor er etwas hineintun konnte, den Deckel abheben mußte. Der Deckel war verbeult und klemmte, aber Brown schien das nicht zu stören.

«Hallo!» begüßte er Tyler und wischte sich mit dem Ärmel über die Stirn, als könne man bei diesen Temperaturen und dieser Arbeit ins Schwitzen geraten. «Ed hat das Zeug in der ganzen Gegend rumliegen lassen.»

Tyler sah sich um und nickte.

«Eingekauft?» Brown deutete auf die Papiertüten in Tylers Armen.

«Ja, ein bißchen was. Fernsehfutter.»

Brown stellte den Eimer hin und setzte sich darauf. «Was werden Sie sich denn ansehen heute abend?» fragte er.

«Ich weiß nicht. Nachrichten.»

«Nachrichten», wiederholte Brown tonlos. «Und dann? Ich meine, nachher?»

Tyler preßte die Tüten, die wegzurutschen drohten, fester gegen den Oberkörper. «Ich weiß noch nicht. Einen Film?»

«Haben Sie das Programmheft gelesen?»

Tyler verneinte und ärgerte sich über das schlechte Gewissen, das er dabei hatte.

«Sie zappen einfach ein bißchen rum, was? Springen zwischen den Kanälen hin und her und werfen mal da, mal dort einen Blick rein.» Brown lächelte, wie ein reifer Mann über die Unbekümmertheit der Jugend lächelt. Dann griff er sich den Eimer und zerrte am Deckel, der sich endgültig verklemmt hatte.

«Na ja.» Tyler erwiderte das Lächeln und trat auf die Wiese, um Brown Platz zu machen.

«Ich räume hier noch auf, dann mach ich's mir auch gemütlich in meiner Bude.»

«Wohnen Sie hier? Auf dem Grundstück, meine ich.»

«Na, gleich da vorne, schräg gegenüber von Ihnen.» Brown zeigte auf die vier Einzelbungalows. «Die hinterste Hütte, die mit dem Fahrrad, das ist meine.»

«Aha.» Tyler zögerte mit der nächsten Frage. «Bin ich eigentlich der einzige Gast, den sie zurzeit haben?»

«Nein, vorne an der Straße wohnen zwei Dauergäste und ein Vertreter, der gestern gekommen ist. Verkauft Duschköpfe und Seifenschalen, der arme Kerl.»

Tylers Arme begannen zu schmerzen, seine Schultern waren verkrampft. «Und sonst wohnt niemand hier. Auch keine Angestellten?»

«Annie wohnt in D'Iberville, Lawrence über dem Büro.»

«Annie?»

«Unser Zimmermädchen. Sie haben sie vermutlich nicht gesehen. Sie hat bei Ihnen aufgeräumt, heute morgen, als Sie weg waren.»

Tyler wurde schlagartig bewußt, daß seine Fragerei allmählich wie ein Verhör klingen mußte. Trotzdem wollte er noch eines wissen: «Sind weiter hinten auch noch Zimmer, die sie vermieten?» Er zeigte mit dem Kinn in die Richtung, wo die Wegbeleuchtung aufhörte und die Bäume dichter standen.

«Ach, da hinten, da wollten wir mal bauen, haben aber mittendrin aufgehört. Ist alles schon groß genug, fünfzehn Zimmer, das reicht. Lawrence und ich werden nicht jünger.»

«Es wohnt niemand in dem Haus bei der Mauer?» Eigentlich hatte Tyler nicht mehr weiterbohren wollen; die Frage war ihm einfach herausgerutscht, er wäre nicht überrascht gewesen, hätte Brown wissen wollen, was er in diesem Teil des Grundstücks zu suchen habe.

Doch Brown blieb völlig ungerührt. «Lawrence hat dort einen Teil seiner Möbel untergestellt. Die Wohnung über dem Büro ist klein, da paßte nicht alles rein.» Er entdeckte wieder ein Stück Pappe und hob es auf. Inzwischen war es dunkel, und die Schnipsel schimmerten im Licht der Laternen.

Tyler hob ein Knie an und schob damit eine der Tüten hoch. «Also, ich will Sie nicht länger von der Arbeit abhalten.»

Brown winkte ab. «Ach, das mache ich doch nur, um ein bißchen an der frischen Luft zu sein. Einen schönen Abend wünsche ich.»

«Ihnen auch», erwiderte Tyler und ging über den Rasen zu seinem Zimmer. Nachdem er die Tüten abgestellt und die Tür aufgesperrt hatte, drehte er sich um; Brown stand noch an derselben Stelle und sah zu ihm her, dann winkte er, packte den Eimer und suchte weiter nach dem Abfall, den Ed wie eine Spur bis zum Parkplatz gezogen hatte.

Mit einem Root Beer in der Hand und einer Packung Kekse neben sich lag Tyler auf dem Bett und sah sich einen Film über Eskimos an. Ein Jäger schoß auf eine Robbe, man konnte sehen, daß die Kugel traf, wie sie eindrang in den unförmigen Körper und ihm einen Schlag versetzte. Das Tier hob träge den Kopf, in seinem Blick lag Verwunderung, so als habe es nur den Knall des Gewehres gehört und sei nun zu erstaunt, um den Schmerz zu spüren. Der Eskimo lud nach und feuerte ein zweites Mal, und wieder zuckte der weiche, massige Leib unter dem Aufprall des Projektils zusammen. Jetzt sprang der Eskimo auf und rannte los, in der einen Hand das Gewehr, in der anderen eine Harpune mit aufgerolltem Seil. Aber er war weit weg von seiner Beute, und während er rannte, zeigte die Kamera die Robbe, die in ihr Eisloch glitt, in die dunkle Öffnung inmitten der endlosen weißen Fläche, zeigte, wie das sterbende Tier darin versank, als würde es hinabgezogen in einen Schlund. Dann stand der Eskimo dort, wo die Robbe gelegen hatte. Klein und selbst schon fast zur Robbe geworden in seiner Kleidung, stand er da und starrte in dieses Loch, wie Tyler in diesen leuchtenden Kasten starrte. Sie ist weg, sagte der Mann nach einer Weile. Er redete in seiner Sprache, und die Übersetzung wurde eingeblendet, mit einem grauen Balken als Hintergrund, damit die weiße Schrift vor dem Eis sichtbar blieb. Mein zweiter Schuß war nicht gut genug, sagte der Eskimo, ohne den Kopf zu heben. Jetzt stirbt sie da unten, und ich bekomme ihr Fleisch und ihr Fell nicht. Das ist ungerecht, aber meine Augen und Hände machten Fehler. Er sprach langsam, und seine Stimme war ruhig und ernst, hatte beinahe den andächtigen Klang einer Grabrede. Ich habe sie umsonst getötet, nun muß ich von vorne beginnen. Die Kamera entfernte sich, fuhr immer weiter weg von ihm, bis er winzig klein zurückblieb in der unermeßlich weiten Fläche aus schneebedecktem Eis.

Dann kam Werbung, und Tyler schaltete das Gerät aus. Mittlerweile war es kurz vor zehn Uhr. Auf dem Tisch lagen noch immer Papier und Bleistift; eine Stunde lang hatte Tyler versucht, einen Brief an Carol zu schreiben, hatte die Seiten nach ein paar Zeilen zerknüllt und weggeworfen und das Vorhaben schließlich aufgegeben. Wie Schneebälle, die nicht schmolzen, lagen die Papierknäuel auf dem grauen Teppichboden. Tyler sammelte sie ein und warf sie in den Abfallkorb. Er brauchte Luft, zog Schuhe und Jackett an und verließ das Zimmer.

5

Er ging erst zum Parkplatz und dann zurück, den Weg entlang zur Mauer. Es war dunkler als in der Nacht zuvor, wo der Mond stand, sah man Wolken über den Himmel treiben wie schmutzigen Schaum über einen See. In Browns Unterkunft brannte Licht, aber auch als Tyler näher heranging, vernahm er keine Geräusche. Das Fahrrad war kaputt, Schlauch und Reifen hingen am Lenker. Eine Reihe Blumentöpfe mit verdorrten Pflanzen stand entlang des Holzzauns, Bretter lehnten an der Wand, und über der Tür hing ein Windspiel aus bunten Metallfischen.

Tyler folgte dem Weg, ging am Geräteschuppen und am Rohbau vorbei, machte einen Bogen und kam von der Rückseite her zu dem Haus. Kein Licht drang durch die Ritzen der massiven Fensterläden, die von innen festgemacht waren, keine Stimmen und keine Musik waren zu hören. Eine Weile saß Tyler abseits des Hauses an einen Baum gelehnt im Gras und rauchte, dann machte er sich auf den Rückweg. Als er beim Geräteschuppen war, erinnerte er sich an den Mann, der ausgestiegen war und die Abfallsäcke weggeworfen hatte. Die Grube war zur Hälfte mit Planken abgedeckt und der Abfall darin teilweise verkohlt; nur was zuoberst lag, war nicht verbrannt. Mit einem Ast fischte er vier Säcke, die nicht angesengt waren, aus dem Loch und breitete den Inhalt, ohne ihn zu berühren, auf der Erde vor der Mauer aus. Er hatte keine Ahnung, wonach er im Schein der Lampe suchte, aber leere Getränkedosen, Zigarettenkippen und Kekspackungen waren es bestimmt nicht. Aus dem zweiten Sack quollen Papiertaschentücher, aus dem dritten eine Windel, Zeitungen, ein zerrissenes Kinder-T-Shirt und schmutzige Pappteller. Im vierten waren wieder Bier- und Coladosen, eine leere Flasche Hautöl, Schokoladepapier, Chipstüten und Verpackungen von Spielzeug. Tyler zündete sich eine Zigarette an und stocherte eine Weile in den Sachen herum. Falter umkreisten die Lampe, und feiner Staub rieselte von ihren Flügeln, wenn sie gegen die Glühbirne stießen.

Tyler zerbrach den Ast und benutzte die beiden Teile, um den Abfall auf die ausgebreiteten Zeitungen zu schieben. Das Polaroidphoto fand er, als er die zusammengeklebten Pappteller mit den Aststücken aufhob und sie ihm entglitten. Das Bild lag auf einem der Teller, verschmiert von etwas Eingetrocknetem, und Tyler löste es vorsichtig von den Seiten her, bevor er es abhob. Viel konnte er nicht darauf erkennen, er würde Wasser brauchen, um die Kruste zu entfernen. Tyler fand noch eine weitere Aufnahme, warf den Rest wieder in die Grube und ging zurück.

Er sah Brown schon von weitem und steckte die Photos in die Brusttasche des Jacketts. Brown kam vom Empfangsgebäude her, einen Eisbehälter und eine Zeitung in den Händen.

«Auch noch unterwegs?» rief Tyler, und je näher sie einander kamen, desto mehr lächelte er.

«Hab mir Eis geholt und die Zeitung.» Brown trug jetzt Gummischlappen, weite braune Hosen und ein Sweatshirt mit dem Aufdruck BILOXI BLUE PELIKAN MOTEL.

«Ich mußte ein paar Schritte gehen. Hab mich heute nicht viel bewegt.»

Brown hob die Hand mit dem Eiskübel. «Kommen Sie doch auf einen Drink rein. Ich mache ganz akzeptable Martinis.»

Tyler hatte vergeblich versucht, die Einladung höflich abzulehnen. Jetzt saß er mit einem Glas in der Hand auf dem Sofa, ein Gürteltier, das Bob hieß, lief durch den Raum, und der Kassettenrecorder spielte Gershwin. An den Wänden des Wohnzimmers hingen ein paar schlechte Ölbilder, eine gerahmte Luftaufnahme des Motels, Photos von Brown und irgendwelchen Leuten, ein Kalender und mehrere mit Blumenmotiven bemalte Teller. Eine präparierte Forelle und zwei Pokale standen in einem Regal, darunter Modelle von Feuerwehrautos, ein paar Bücher und Bildbände. Einen Fernseher suchte Tyler vergeblich.

«Zu trocken?» Brown kam aus der winzigen Küche und stellte eine Schale mit Salzgebäck auf den Tisch. Ein Geschirrtuch hing über seiner Schulter.

Tyler trank nie Martinis und wußte erst gar nicht, was Brown meinte. «Nein, nein, alles wunderbar», sagte er hastig, nippte am Glas und hob den Daumen der freien Hand. «Gerade richtig.»

Brown schien zufrieden. Er setzte sich in den einzigen Polstersessel und ließ die Arme auf die Lehnen fallen. Die nächsten fünf Minuten stellte er Tyler ein paar Fragen zu England, zu seiner Reise, seinen weiteren Plänen, und Tyler bemühte sich, hinreichend Auskunft zu geben. Um nicht völlig ziellos zu wirken, erfand er sogar eine Rundreise durch die Südstaaten, Recherchen für einen Artikel über Zydeco und Cajun, die Musik des südlichsten Louisiana.

Später erzählte Brown von sich. Er und sein Bruder Lawrence stammten aus Mayville, Wisconsin. Sie hatten dort beide für die Stadtverwaltung gearbeitet und vor vier Jahren in der Lotterie eine halbe Million gewonnen. Während einer Reise durch das Land blieben sie in Biloxi hängen und kauften das *Blue Pelikan* Motel von einem alten Inder, renovierten und bauten es ein wenig aus.

«Seine Frau war gestorben, und er wollte zu seiner Tochter nach Kanada. Als er losfuhr in seinem neuen Buick *Park Avenue,* den er sich von unserem Geld gekauft hatte, trug er seinen Turban, und er mußte das Schiebedach öffnen, damit er Platz im Wagen hatte.» Brown lächelte versonnen. «Sind Sie verheiratet?» fragte er unvermittelt.

«Nein», antwortete Tyler. Die beiden Martinis zeigten bereits Wirkung; der Ärger über Browns aufdringliche Freundlichkeit wich einer gelassenen Apathie, und er nahm sich vor, das Gerede des Mannes zu ertragen wie eine Fernsehsendung, die er nicht selber eingeschaltet hatte.

«Ich war's mal.» Brown rührte verlegen mit der aufgespießten Olive im Glas. Er warf einen raschen Blick auf Tyler, bevor er fortfuhr. «Evelyn hieß sie. Sieben Jahre jünger als ich. Arbeitete in dem Lederwarenladen gleich gegenüber vom Stadthaus. Ich habe bei ihr alle Geschenke für Lawrence gekauft, zum Geburtstag, zu Weihnachten, sogar zum Namenstag, nur um sie zu sehen. Ein Vermögen habe ich ausgegeben, und das war *vor* dem Lotteriegewinn. Also, wir heirateten und zogen in ein eigenes Haus. Davor hatte ich mit Lawrence in einer Mietwohnung gelebt. Evelyn hatte einen Hund, Tiberius, einen Mastino Napolitano, italienische Dogge. Kennen Sie sich mit Hunden aus?»

Tyler verneinte. Er mochte Hunde nicht besonders. Seine Schwester hatte einen Dackel gehabt, der Tyler bei dessen wenigen Besuchen pausenlos anknurrte und sogar nach ihm schnappte. Das Tier war vor ein paar Jahren von einem Auto überfahren worden, und zwar in Liverpool, wohin Margaret ihren Liebling mitgenommen hatte, als sie eine Freundin besuchte. Am Steuer des Wagens saß Mitch Henley, der Schauspieler, der als sprechender Hund «Bernie» eine Kindersendung moderierte. Die Geschichte kam ordentlich aufgepeppt in die Zeitung, Henley verlor seinen Job, und der Hundefutter-Hersteller, der mit Henley warb, mußte einen neuen TV-Spot drehen.

«Ein häßliches Vieh, hatte einen Schädel wie ein Bär und wog mindestens hundert Pfund. Vor meiner Zeit durfte er immer bei Evelyn schlafen, und ich hatte Mühe, ihm das abzugewöhnen. Wenn ich mal später nach Hause kam, lag er auf meiner Seite im Bett und war kaum rauszukriegen. Am Anfang markierte er alles, was fremd roch, also alle meine Sachen. Und dann waren da überall seine Haare. Sogar Evelyn war immer voll davon, weil der Hund ständig halb auf ihr lag, wenn sie las oder fernsah. Sie roch manchmal schon wie der verdammte Hund.»

Das Gürteltier kam aus der Küche und trippelte unter den Couchtisch, wo es sich einrollte. Brown beugte sich vor und tätschelte den Panzer des Tieres. «Da lobe ich mir Bob. Der ist klein, bellt nicht und verliert keine Haare. Und wenn er mal muß, verschwindet er durch die Türklappe und macht sein Geschäft draußen.» Brown lehnte sich wieder zurück und trank einen Schluck. «Tiberius war unser Scheidungsgrund. Eines Nachts dachte ich, er wolle zu uns ins Bett steigen. Ich war im Halbschlaf, aber ich konnte ihn riechen, sein Fell hatte die Ausdünstung von geräucherter Wurst und alten, feuchten Stiefeln. Ich versetzte ihm einen Fußtritt, daß er auf den Bettvorleger knallte, aber statt eines Winselns ertönte ein Schrei, und als ich Licht machte, lag da meine Frau am Boden. Ich hatte ihr zwei Rippen gebrochen. Ein paar Tage später waren wir geschieden.» Brown grinste und schenkte sein Glas und das von Tyler voll. «Ich zog dann wieder zu Lawrence.»

Tyler fischte die Olive aus seinem Drink und legte sie auf den Tisch. Er überlegte, ob er irgendeine ähnliche Geschichte zu bieten hatte, aber es fiel ihm keine ein. Er betrachtete das schlafende Gürteltier und fragte sich, ob er eines für Sarah mitnehmen könne; es war, wie Brown gesagt hatte, klein und stubenrein, und es bellte nicht, genau wie der Spielzeughund vom Straßenmarkt.

«Sind Sie hungrig? Ich könnte uns eine Pizza in die Microwelle stecken. Und in, warten Sie, zehn Minuten läuft ‹Red River›. Mögen Sie Western?»

Tyler hob den Kopf und sah Brown verwirrt an. «Wie? Entschuldigen Sie ...»

«Haben Sie Lust auf ein Stück Pizza und einen Film mit John Wayne?» wiederholte Brown freundlich. Er stützte die Hände auf die Knie und erhob sich.

«Oh ... Nein, vielen Dank. Ich denke, ich werde mich hinlegen. Bin ziemlich müde.» Tyler stand ebenfalls auf, froh, daß sich die Gelegenheit zum Gehen bot.

«Ja, natürlich. Ich habe Sie lange genug aufgehalten.» Brown wurde vor Verlegenheit ganz geschäftig, hob die Schale mit dem Salzgebäck hoch und stellte sie wieder hin, zupfte das Kissen auf seinem Sessel zurecht und ging dann zur Tür.

«Sie haben also einen Fernseher?» fragte Tyler, um den Aufbruch nicht allzu hastig geraten zu lassen.

Brown stieß einen Lacher aus. «Haben Sie noch zwei Minuten Zeit?»

«Sicher.» Tyler folgte Brown, der die Tür zu einem Nebenraum öffnete und dann zur Seite trat.

Jetzt war es Tyler, der auflachte. Er betrat mit kleinen, zögernden Schritten das Zimmer, den Mund offen vor Verblüffung. Eine Wand des Raumes war bedeckt von tonlos laufenden Fernsehgeräten, fünfzehn Apparate verteilt auf drei Reihen, fünfzehn verschiedene Sender. Ihr wechselndes Licht überzog alles mit einem farbigen Leuchten, und ein feines Summen und Knistern erfüllte die Luft, als wäre sie elektrisch geladen.

«Gütiger Gott», murmelte Tyler, und in seiner Stimme schwangen Heiterkeit und Erschrecken; genauso hätte er wohl beim Betreten der mit Gebeinen gefüllten römischen Katakomben reagiert. Er blieb in der Mitte des

Raumes stehen und ließ den Blick über das wilde Flackern der Bildschirme gleiten. Schon nach Sekunden verschmolzen die Monitore vor seinen Augen zu einem einzigen zuckenden Gebilde, und Tyler wandte sich ab.

Brown stand da und grinste verlegen. «Mein Aufzeichnungsraum», sagte er und hob wie entschuldigend die Schultern.

Jetzt erst bemerkte Tyler, daß zu jedem Fernsehgerät ein Videorecorder gehörte. Dann sah er die Regale mit den Kassetten und den Aktenordnern. Ein Schreibtisch und ein Stuhl standen vor einer Wand, ein Bett vor einer anderen. «Hier drin schlafen Sie?» fragte er, weil ihm vor Staunen nichts Besseres einfiel.

Brown nickte. «Bevor ich zu Bett gehe, drehe ich bei allen Geräten die Helligkeit weg. Einige schalte ich auch aus.»

«Was nehmen Sie denn alles auf?» wollte Tyler wissen. «Und wozu?» Ungewollt entfuhr ihm ein erneuter Lacher, aber die Sache befremdete ihn dermaßen, daß es ihm egal war, ob er Brown damit kränkte oder nicht.

«Fehler», antwortete Brown.

«Was?»

«Fehler.» Browns Stimme klang ernst. «In fast jedem Film sind Fehler. Ich sammle sie.»

Tyler war wieder versucht zu lachen, aber er hielt sich zurück; Brown schien nicht zu scherzen.

«Ich zeige Ihnen einen solchen Fehler, dann sehen Sie, was ich meine.» Brown ging zu der Regalwand, nahm eine der zahllosen Kassetten heraus und schob sie in den Videorecorder, der, zusammen mit einem Fernsehgerät, neben dem Pult auf einer Konsole stand. Nachdem er eine Weile herumgespult hatte, trat er einen Schritt zurück und verschränkte die Arme.

Eine Szene aus einem Spielfilm erschien auf dem Bildschirm, Musik ertönte. Leute tanzten in einem großen Festsaal, Paare wirbelten durcheinander, von der Decke rieselte Konfetti, Ballons schwebten herunter. Über der Bühne hing ein riesiges Transparent mit dem Aufdruck A HAPPY NEW YEAR 1946, darunter spielte eine Big Band Swing. Ein Tusch erklang, die Leute jubelten und fielen sich in die Arme, Matrosenmützen wurden hochgeworfen. Dann brach die Szene ab, der Bildschirm flimmerte. Brown spulte zurück und ließ die Sequenz noch einmal laufen.

«Und?» fragte er wenig später. Den Videorecorder hatte er ausgeschaltet.

«Ich soll den Fehler finden, ja?»

Brown nickte. Er sah Tyler erwartungsvoll an, als sollte sich gleich herausstellen, ob sie beide zur selben Bruderschaft gehörten.

«Es gab noch keine bedruckten Luftballons damals.» Tyler lachte nervös. «Nein, ehrlich, keine Ahnung. Ich habe den Fehler nicht entdeckt, tut mir leid.»

Brown drückte erneut die PLAY-Taste. «Achten Sie auf den Schlagzeuger oben rechts.» Er zeigte mit dem Finger auf den Bildschirm. «Jetzt!»

Tyler sah angestrengt hin, aber die Bühne mit den Musikern war im Hintergrund, der Mann an den Trommeln groß wie ein Daumennagel.

«Er bewegt sich nicht!» rief Brown plötzlich und ließ den Film in Zeitlupe ablaufen. «Der Kerl rührt sich mit keiner Faser. Sehen Sie doch hin!» Er tippte mit der Fingerkuppe gegen das Glas, als versuche er den erstarrten Schlagzeuger zu wecken. «Ein Riesentusch mit Trommelwirbel, aber der Kerl hockt da und tut rein gar nichts!»

«Jetzt sehe ich es auch», sagte Tyler und beugte sich etwas vor. «Ja, ja, jetzt erkennt man es ganz deutlich. Der Typ sitzt stocksteif da.» Er hoffte, Brown würde sich beruhigen.

«Die halten uns doch für Idioten!» Brown wandte sich zornig vom Bildschirm ab. «Glauben wahrscheinlich, wir können nicht gleichzeitig hören und sehen!» Als er Tylers verwirrten Gesichtsausdruck bemerkte, verstummte er und senkte den Blick. Das Gürteltier war inzwischen aus dem Wohnzimmer herübergekommen und schnüffelte an Tylers Hosenbeinen.

«Ich habe wirklich nicht darauf geachtet», gestand Tyler. Das Lichtgewitter aus den Fernsehern begann in seinen Augen zu schmerzen.

«Na ja, man entwickelt mit der Zeit so eine Art siebten Sinn dafür. Ein gewisses Gespür, wissen Sie?»

Tyler nickte.

«Ich habe Ihnen absichtlich was mit Musik vorgespielt, dachte, Sie bemerken den Fehler gleich.»

«Ich erwartete etwas ganz anderes, einen verpfuschten Schnitt, einen heftigen Kamerawackler, sowas in der Art.»

«Davon archiviere ich auch einiges.» Brown wies auf die Wand mit den Kassetten. «Alles aufgeteilt in Kategorien.»

Tyler besah sich die Sammlung, dreißig oder vierzig Kassetten, mit Rücken in verschiedenen Farben.

Auf dem Bildschirm lief noch immer die Neujahrs-Szene in Zeitlupe. Brown schaltete beide Geräte aus und stellte die Kassette an ihren Platz im Regal zurück. «Hier, die blau markierten, das sind die, wo der Ton nicht mit dem Bild übereinstimmt. Also sowas, wie die Szene von vorhin. Da sind nur Spielfilme dabei. Und nichts Ausländisches, das synchronisiert wurde, denn dabei entstehen immer Fehler. Und auch keine Dokumentarfilme. Bei Tierfilmen muß oft eine Tonspur hinterlegt werden, Wassergeplätscher, Hufgetrampel und so weiter. Das zählt nicht. Nur die Schlampereien in den Spielfilmen zählen.» Er wandte sich nach Tyler um und lächelte.

«Ich verstehe», sagte Tyler, auch wenn das nicht ganz der Wahrheit entsprach. Er schwankte zwischen Sympathie für diesen Spinner und dem Wunsch, sich so schnell wie möglich zu verabschieden. Sein inzwischen verstorbener Onkel Gilbert hatte fremder Leute Einkaufszettel gesammelt, die er in und vor Supermärkten fand, zu Hause unter dicken Büchern glättete und in Alben aufbewahrte.

«Braun bedeutet Zeitirrtümer. Da ist zum Beispiel ein 63er Mustang in einem Streifen, der 1959 spielt, oder ein Ganove ballert während der Prohibition mit einer Maschinenpistole rum, die erst im Zweiten Weltkrieg gebaut wird. Aber das ist schwierig herauszufinden, da müßte man Experte sein auf allen Gebieten. Die Gelben hier sind die Kleinigkeiten. Eine Zigarette, die innerhalb von Sekunden herunterbrennt, ein schmutziger Mantel, der von einer Szene auf die andere sauber ist, ein Krawattenknoten, mal fest gebunden, in der nächsten Einstellung locker, ein Glas, dessen Inhalt ständig schwankt, obwohl niemand daraus trinkt oder etwas reingießt, eine Wanduhr, die nicht mit der Szenenfolge mitläuft. Lauter solche Dinge. Ist Ihnen bestimmt auch schon aufgefallen, so ein Fehler.»

«Frisuren, die eben noch völlig zerzaust waren und im nächsten Moment perfekt frisiert sind.» Tyler bückte sich und berührte flüchtig den Panzer des Gürteltiers; vielleicht würde er nie mehr im Leben Gelegenheit dazu haben.

«Grün», fuhr Brown fort. «Grün bedeutet Fremdeinflüsse. Unbeteiligte Passanten oder Statisten, die in die Kamera glotzen. Dafür kann der Regisseur eigentlich nichts. Das einzige Mittel gegen Peinlichkeiten dieser Art ist rausschneiden und wegschmeissen. Aber kaum jemand leistet sich das und dreht alles nochmal. Veränderungen am Schauplatz während des Drehens sind auch dabei, zum Beispiel Wolken am Himmel, obwohl vor einer Sekunde der Himmel noch blau war. Eher unspektakulär, aber es gehört dazu.»

Tyler hatte das Gefühl, Brown erwarte eine Stellungnahme von ihm. «Wenn Leute in die Kamera starren, das ertrage ich auch nicht. Das raubt einem die Illusion, daß man statt eines Films die Wirklichkeit betrachtet, daß keine Kamera alles sieht, sondern man selber. Was nützt es dann noch, ins Kino zu gehen oder sich zu Hause vor den Fernseher zu setzen?»

Brown dachte eine Weile über Tylers Bemerkungen nach, schien aber nicht viel damit anfangen zu können. Dann verfiel er in die alte Geschäftigkeit. «Schwarz sind die mißlungenen Einkopierungen. Haben Sie ‹Der alte Mann und das Meer› gesehen?»

Tyler nickte.

«Erinnern Sie sich an die Aufnahmen von dem Schwertfisch?»

«Den er am Haken hat und der aus dem Wasser springt?»

«Ist Ihnen die unterschiedliche Bildqualität aufgefallen? Wenn Spencer Tracy in seinem Boot hockt, ist das Bild hell und scharf und sanft schaukelnd, aber die Szenen mit dem Fisch sind dunkler, verschwommener, die See ist wilder und alles viel verwackelter. Ein anderer Film eben, dazwischengeschnipselt von Leuten, die uns für blinde Schwachköpfe halten. Und dann das Wasser, das über Spencer Tracy schwappt. Da *sieht* man ja richtig die Kerle in dem verdammten Studio, die das Wasser aus Eimern über ihn kippen! Warum haben die den Streifen nicht gleich in Spencer Tracys Badewanne gedreht? Oder meinetwegen in seinem Swimming Pool? Mit einem ausgestopften Marlin!»

Tyler lachte und sah flüchtig auf die Uhr. Das Gürteltier verschwand unter dem Bett, der einzigen dunklen Stelle im ganzen Raum.

«Rot ist meine Lieblingskategorie», verkündete Brown und strich mit den Fingern über die Rücken der Kassettenhüllen. «Mikrophone.» Er sah Tyler durchdringend an. «Mikrophone, die ins Bild hängen. Auf Mikrophone habe ich mich spezialisiert.»

Tyler nickte. Sein Onkel Gilbert hatte gegen fünfzig

Alben mit diesen Einkaufszetteln gefüllt. Über manchen brütete er tage- und nächtelang, um die Kritzeleien zu entziffern. In einigen Fällen beanspruchte er sogar die Dienste eines teuren Graphologen.

«Mit einem Mikrophon hat alles begonnen. Das war vor acht Jahren, in einem Kino in Mayville. Mitten in der Szene, wo der Mann seiner Frau sagt, daß er ihre Schwester liebt, kommt so ein Mikrophon ins Bild und hängt da mindestens zehn oder fünfzehn Sekunden rum. Ich bin ganz kribblig geworden in meinem Sessel, der Schweiß ist mir ausgebrochen, ehrlich. Und als in der nächsten Einstellung das verdammte Ding wieder reinbaumelt, bin ich aufgestanden und rausgegangen, was sage ich, rausgerannt!» Brown lehnte sich gegen den Schreibtisch und breitete die Arme aus. «Ich konnte diese Pfuscherei einfach nicht länger mitansehen. Verstehen Sie das? Ich meine, mir ist der Schweiß ausgebrochen wegen diesem elenden Mistding, können Sie das begreifen?»

Tyler schürzte die Lippen, und das Nicken seines Kopfes wurde heftiger, als würde in seinem Genick ein Motor warmlaufen. «Schlamperei nervt», sagte er schließlich, um Brown zu zeigen, daß er den springenden Punkt erkannt hatte. Irgendwann hatte Onkel Gilbert damit begonnen, für jeden Einkaufszettel die dazugehörende Person zu erfinden, aufgrund der Schrift und der aufgelisteten Dinge ein Phantombild des Menschen hinter dem Fetzen Papier zu konstruieren. Natürlich war das Unsinn, aber Onkel Gilbert, wegen einer bei einem Zugsunglück erlittenen Beckenverschiebung Invalide und vorzeitig pensioniert, betrieb seine Studien mit dem Eifer eines Wissenschaftlers und beharrte auf der Richtigkeit seiner Erkenntnisse. Als Zwölfjähriger hatte Tyler seinen Onkel manchmal in einen der Supermärkte begleitet, weil Tante Mildred sich weigerte mitanzusehen, wie ihr Mann ständig Papier vom Boden klaubte. Während Tyler die Einkäufe erledigte, fuhr Onkel Gilbert in seinem Rollstuhl die Gänge zwischen den Regalen auf und ab und spähte nach weggeworfenen Zetteln, die er mit einem selbstgebastelten Greifer einsammelte. Der Grund für Tylers Hilfe war weder reine Herzensgüte noch die Zuneigung zu seinem Onkel, sondern die Tatsache, daß er Geld dafür bekam; von Tante Mildred fürs Einkaufen, von Onkel Gilbert für jeden gefundenen Zettel.

«Ich habe Szenen hier, auf denen ist nicht nur das Mikrophon zu sehen, da ragt die ganze Verlängerung ins Bild, das Gestell, an dem das Mikrophon befestigt ist. Sieht aus wie ein Zweig mit einer Karotte daran, die man dem Esel vors Maul hält, damit er vorwärts geht. Mir krampft sich jedesmal der Magen zusammen, wenn ich's mir anschaue.»

Tyler lächelte. Besessen von den elenden Einkaufszetteln, hatte Onkel Gilbert sich schließlich auf den Kern der Dokumente konzentriert, nämlich die Artikel. Erst ordnete er sie dem Alphabet nach, dann erstellte er eine Häufigkeitsliste und fand heraus, daß Milch, Brot und Eier öfter auf Einkaufszetteln auftauchten als zum Beispiel Schuhsohlenreflektoren, Zahnpulver oder Gummiringe für Einmachgläser. Als ihm sonst nichts mehr einfiel, suchte er nach Reimen und setzte Nylonsocken neben Haferflocken, Vorzugsbutter neben Katzenfutter. Dann starb er, vierundsechzig Jahre alt, und Tante Mildred ließ die Alben zu der Leiche in den Sarg legen und mitverbrennen. Sie hatte immer behauptet, ihr Mann sei seit dem Eisenbahnunglück geistig angeschlagen, weil sie sich für sein Tun schämte. Tyler war fünfzehn, als Onkel Gilberts Urne beigesetzt wurde. Er stand in der Sommerhitze auf diesem häßlichen Friedhof und war wütend, weil er der einzige zu sein schien, der um den Toten trauerte. Seine Verwandten machten diese Es-ist-wohl-besser-so-für-ihn-Gesichter und redeten beim anschließenden Essen über die Sommerferien, über Fußball und den mickrigen Nachtisch. Einkaufszettel schrieb seit Jahren keiner mehr von ihnen; lieber vergaß man etwas und lief zweimal zum Supermarkt. Eine Zeitlang hatte Tyler, sozusagen im Gedenken an Onkel Gilbert, das familiäre Tabu des Einkaufszettelschreibens gebrochen. In krakeliger Handschrift – der Finder sollte mit dem Entziffern eine Weile beschäftigt werden –, notierte er das Benötigte und ließ das zerknüllte Papier jeweils vor den Kassen zu Boden fallen. Noch heute kam es gelegentlich vor, daß er sich in einem Supermarkt gedankenverloren nach einem Stück Papier bückte und erst im letzten Moment die Hand zurückzog und so tat, als müsse er einen lockeren Schnürsenkel festziehen.

«Sie werden sehen, wenn Sie aufpassen, finden Sie in fast jedem Film einen Fehler, vielleicht nur eine Nachlässigkeit, möglicherweise einen riesigen Patzer.» Brown strahlte, als hätte er Tyler gerade eine wundervolle Zukunft versprochen.

«Kriegen Sie eigentlich noch die Geschichte des Films mit, wenn Sie sich nur auf die Fehler konzentrieren?» Tyler bewegte sich fast unmerklich in Richtung Tür. Bobs spitzer Schwanz ragte unter dem Bett hervor wie das Ende einer Angelrute.

«Ach, Geschichten», wehrte Brown ab. «Geschichten gibt's genug im Leben, dafür brauche ich keine Filme!»

«Und was machen Sie mit den Ausschnitten?»

«Vorerst nur sammeln und archivieren. Irgendwann montiere ich daraus einen Film. Den Film der Fehler.» Er ließ seinen Blick über die Regalwand schweifen und fixierte dann Tyler. «Wollen Sie noch einen Martini?» fragte er unvermittelt und stieß sich vom Schreibtisch ab.

«Nein, danke, ich muß gehen.» Tyler folgte Brown ins Wohnzimmer. Seine Pupillen waren noch leicht irritiert von den Bildschirmen, und er spürte, wie sich die Müdigkeit an die Augenlider hängte. Er hatte das seltsame Gefühl, gerade einen Lebensabschnitt hinter sich gebracht zu haben, denn er ahnte, daß er nie wieder einen

Film so sehen würde wie in der Zeit vor der Begegnung mit Emerson Brown.

«Bis morgen also.» Brown öffnete die Tür, die nach innen aufging, und versetzte dem Rahmen mit dem Fliegengitter, der nach außen schwang, einen leichten Stoß. «Gute Nacht.»

Tyler trat hinaus in die kühle, modrig riechende Nachtluft. Weil Brown ihm nachsah, blieb er bis zu seinem Zimmer auf dem Weg, statt die Abkürzung quer über den Rasen zu nehmen. Auf der Veranda drehte er sich um, aber Browns Tür war schon zu und das Licht hinter dem Fenster aus.

Als Tyler das Jackett auszog und über eine Stuhllehne warf, fielen die Photos aus der Tasche. Tyler hob sie auf und rieb sie im Badezimmer mit feuchtem Toilettenpapier vorsichtig sauber. Das eine war dunkel, auf der einen Bildhälfte fast schwarz und von der Entwicklerflüssigkeit wie verätzt, das andere zu hell und fleckig, als hätte ein chemischer Pilz das Papier befallen. Tyler legte die beiden Polaroidphotos auf den Tisch und schaltete das Deckenlicht aus, so daß nur noch die beiden Lampen neben dem Bett brannten. Jetzt hoben sich aus der gelblich weißen Fläche des einen Bildes die Umrisse eines Mannes hervor, daneben erschien die Gestalt eines Kindes. Der Mann war nackt und deshalb einigermaßen klar zu erkennen, weil sein Brust- und Schamhaar dunkel hervorstachen. Je länger Tyler die Aufnahme betrachtete, desto mehr Linien und Einzelheiten lösten sich aus dem überbelichteten Quadrat und formten Flächen, Möbelstücke und Körperteile.

Was Tyler nach Minuten schließlich zu sehen glaubte, waren ein nackter Mann, der neben einem Sessel stand, sowie ein Kind, das, ebenfalls nackt, auf dem Boden saß und in die Kamera blickte. Das zweite Bild war zu dunkel, als daß Tyler hätte sagen können, ob die Arme und der Bauch, die grau aus dem zerfressenen Schwarz schimmerten, zu einem Kind oder einer Puppe gehörten.

Später, als er im Bett lag, leuchteten die Bilder hinter den geschlossenen Augenlidern nach, als hätten sie sich in die Netzhaut eingebrannt. Tyler machte Licht und starrte an die weiße Decke, bis die Augen tränten, dann zog er sich das Laken über das Gesicht. Irgendwann fiel er in flachen, von Träumen durchzogenen Schlaf.

6

Im Morgenlicht, das durch die Fenster fiel, betrachtete Tyler die Bilder ein zweites Mal und sah das gleiche wie ein paar Stunden zuvor. Er war unausgeschlafen, sein Kopf schmerzte, und ein Gefühl von Übelkeit hockte in seinem Magen.

Nachdem er sich gewaschen und angezogen hatte, lief er zu Fuß zum Strand. Obwohl die Dämmerung erst langsam in eine blaßgraue Helligkeit überging, trug er die Sonnenbrille. Am Rand eines Parkplatzes setzte er sich auf eine Mauer und sah zu, wie der Himmel klar wurde. Ein Hund rannte einem Stock nach, den eine Frau geworfen hatte, am Ende des Stegs standen Leute, sonst war niemand zu sehen. Das Meer war still, in Tylers Rücken rauschte der Verkehr. Ein paar Möwen trudelten aus großer Höhe herab, als wären sie gerade von der sich auflösenden Dunkelheit freigegeben worden.

Nach einer Weile erhob sich Tyler und ging am Straßenrand entlang zu einem Lokal, das schon geöffnet hatte. Als ihm beim Betreten die Küchengerüche entgegenwaberten, wollte er umkehren, setzte sich dann aber doch an einen der Tische und bestellte Tee und Toast. Er überflog die Schlagzeilen einer Zeitung, die ein Gast neben ihm las, sah aus dem Fenster auf den Parkplatz, betrachtete die Bilder an den Wänden und hatte doch immer nur die beiden Polaroidphotos vor Augen. Er ahnte, worauf er da zufällig gestoßen war. Die Erklärung, es handle sich um Familienphotos, war lächerlich, ein feiges Ausweichen, das dem Vorstellungsvermögen einiges ersparte. Ging Tyler jedoch in Gedanken weiter und ließ das abgelichtete Kind lebendig werden, mußte er eine Wut bekämpfen, die gegen seine Schläfen tobte wie ein eingesperrtes, nie gesehenes Tier.

Als die Kellnerin das Bestellte brachte, trank Tyler nur den Tee und ließ das Brot liegen. In einer Ecke des Lokals saß ein kleines Mädchen auf dem Boden neben dem Tisch seiner Eltern. Es spielte mit einem Stoffbären, redete mit ihm und fütterte ihn, und es erfand diese Welt nicht, in der Bären aus Tassen tranken und sprechen konnten, es lebte in ihr. Erst als die Gläser vom Dampf beschlugen, wurde Tyler bewußt, daß er die Sonnenbrille nicht abgenommen hatte. Er legte sie auf den Tisch und rieb sich die Augen. Das Mädchen sah zu ihm herüber, und Tyler wußte nicht, ob ihm das Lächeln gelang, wich dem Blick des Kindes schließlich aus. Wenig später stand er auf, bezahlte an der Kasse und ging zurück zum Motel.

Seine Zimmertür war angelehnt, davor lag ein Bündel aus Bettwäsche und Handtüchern. Drinnen lief das Radio, das Zimmermädchen summte die Melodie mit. Tyler setzte sich auf die Verandastufen und wartete. Als er Brown mit einer Schaufel über der Schulter den Weg entlangkommen sah, ging er zu ihm hin.

«Sie sind früh wach», stellte Brown lakonisch fest. Mit der Schaufel hob er Erde aus einem Graben, der zwischen den Bungalows verlief. Er trug wieder den blauen, abgewetzten Anzug, dazu einen albernen braunen Hut und schwere Schnürstiefel.

«In dem Haus da hinten werden nicht nur Möbel aufbewahrt.» Tyler nahm die Sonnenbrille ab und schob sie in die Jackentasche. Es war ihm egal, welche Reaktion er mit seiner Behauptung auslösen würde; im schlimmsten Fall konnte Brown ihn auffordern, sich ein anderes Motel zu suchen.

Brown richtete sich auf und sah Tyler an. Eine Weile schien er zu zögern. «Sie haben Saunders und Alison gesehen?» fragte er dann ruhig.

«Keine Ahnung, wie sie heißen. Aber ich weiß, daß das Haus nicht nur als Abstellraum für Möbel benutzt wird. Und wenn es stimmt, was ich vermute, passieren dort scheußliche Dinge.» Erst als Tyler sich reden hörte, wurde ihm bewußt, daß er im Begriff war, Vorwürfe zu erheben, für die er noch keine ausreichenden Beweise hatte. Es kam ihm plötzlich dumm und sinnlos vor, sich einzumischen.

Brown lehnte die Schaufel an den Zaun und ging zu seiner Unterkunft. «Kommen Sie!» forderte er Tyler auf. Seine Stimme war noch immer gelassen und freundlich.

Im Wohnzimmer blieb Tyler stehen, obwohl Brown ihm den Platz auf dem Sofa angeboten hatte. Er sah sich nach dem Gürteltier um, konnte es aber nirgendwo entdecken.

«Als wir das Motel übernahmen, waren mein Bruder und ich recht unerfahren,» begann Brown nach einer Weile, während der er hastig ein paar Zeitungen von den Möbeln genommen und in die Küche getragen hatte. «Wer für ein Zimmer bezahlte, bekam auch eins. Natürlich gab es Ausnahmen, Betrunkene, Leute, die nach Ärger aussahen. Sie wissen schon. Wir brauchen das Geld nicht unbedingt, warum also etwas riskieren?»

Tyler stand nur da und wartete ab. Aus einem der Zimmer auf der anderen Wegseite drang Musik, er glaubte sogar, die Stimme des Zimmermädchens zu hören.

«Trotzdem war es nicht zu vermeiden, daß ab und zu Leute hier aufkreuzten, die nicht ganz koscher waren.

Frauen mit Männern, immer dieselben Frauen, immer andere Männer, Sie verstehen. Ich wollte das nicht. Lawrence tolerierte es, ich nicht. Also schlossen wir eine Art Kompromiß: sein Freund Greg durfte hinten in Nummer fünfundzwanzig seine Freundin treffen, Alison. Greg Saunders hat ein Malergeschäft, er hat hier alles gestrichen und renoviert. Ich mag ihn nicht besonders, aber Lawrence nennt ihn seinen Freund, na ja. Dieser Greg war mal verheiratet, seine Frau ist vor ein paar Jahren gestorben, Krebs, was sonst. Jetzt hat er das Haus voller Kinder, und wenn er mal ...» Brown fuchtelte hilflos mit den Händen. «Jedenfalls darf er sich da hinten mit dieser Alison treffen. Die wohnt noch bei den Eltern, also geht es da auch nicht.»

Tyler drehte sich nach einem Geräusch um und sah gerade noch, wie Bob durch eine Klappe in der Hintertür schlüpfte und unter dem Sofa verschwand.

«Ich sehe die beiden eigentlich nie, und ich habe seit Jahren keinen Fuß mehr in die Bude gesetzt. Also stört es mich auch nicht, was dort hinten vor sich geht.»

Tyler lehnte sich gegen die Wand. «Diese Alison, trägt die hochhackige Schuhe und komische Hüte?»

«Schon möglich. Ist ein junges Ding, zwanzig, einundzwanzig.»

«Nimmt Saunders manchmal seine Kinder mit zu diesen Treffen?»

Brown lachte auf. «Was? Wohl kaum! Deshalb kommen sie ja her, um ungestört zu sein.» Er schüttelte den Kopf und ging in die Küche, um ein Glas Wasser zu trinken.

«Hat er schwarzes Haar?»

Brown fixierte Tyler eine Weile halb belustigt, halb argwöhnisch. «Ja. Warum?»

«Nur so.»

Brown stellte das Glas ins Spülbecken und ging zur Tür. «Ich habe Ihnen das nur erzählt, damit Sie nicht denken, das ‹Blue Pelikan› sei eine Absteige.» Er hatte die Hand schon am Türknauf, als er zögerte. «Haben Sie die beiden eigentlich gesehen? Ich meine, dabei beobachtet?» Die Frage schien ihm peinlich zu sein; er flüsterte beinahe und kniff die Augen zusammen.

Tyler schüttelte den Kopf. «Hab's mir zusammengereimt», log er.

Brown öffnete die Tür und trat ins Freie, wo er sich umsah, als befürchte er, belauscht worden zu sein. Annie, das Zimmermädchen, war auf dem Weg zum Parkplatz; ein verknoteter Packen Wäsche schaukelte an ihrem Rücken.

«Bleiben Sie noch eine Nacht? Lawrence will es wissen.»

Tyler nahm ein paar Geldscheine aus dem Jackett, zählte dreißig Dollar ab und gab sie Brown. «Morgen geht's weiter», sagte er und wußte nicht, ob auch das gelogen war.

Am Nachmittag, Tyler lag in seinem Zimmer auf dem Bett, strich ein feiner Regen über die Küste. Das Radio lief, Leute riefen beim Sender an und äußerten sich zu der Frage, ob die Todesstrafe geeignet sei, Verbrechen zu verhindern. Dazwischen kam Musik, Werbung; nach einer Weile schaltete Tyler das Gerät ab. Er trank die letzte Büchse Bier und setzte sich dann an den Tisch, betrachtete erneut die Photos, die er aus dem Versteck zwischen der Wäsche hervorgenommen hatte. Als er sich eine Zigarette anzündete, hielt er die Bilder über die Flamme des Feuerzeugs. Sie brannten schnell, verschmorten knisternd zu klebrigen Fetzen und wirbelten als schwarzer, von feinen Rußpartikeln durchsetzter Rauch gegen die Decke. Weil die Flammen rasch seine Fingerkuppen erreichten, rannte Tyler ins Badezimmer, warf die verkohlten Photos in die Toilette und zog die Spülung. Danach wusch er sich die Hände. Sein Gesicht im Spiegel mochte er nicht ansehen.

Draußen setzte er sich auf die Treppenstufen und sah dem Regen zu, der als feiner Raster über seinem Gesichtsfeld lag. Lachen bildeten sich auf den Wegen, die Baumstämme glänzten. In den Kronen war das leise Prickeln der Tropfen auf den Blättern zu hören, von der Straße das Zischen des Wassers unter den Autoreifen. Lawrence Brown rannte mit einer Zeitung über dem Kopf vom Parkplatz zum Empfangsgebäude, das erhellt war und dessen Licht trübe durch den Regenschleier drang.

Eine halbe Stunde saß Tyler einfach da. Wasser floß aus den Regenrinnen links und rechts von ihm, ein seichtes Plätschern, das seinen Kopf zu füllen schien. Ein Vogel stakste über die Rasenfläche vor Tylers Bungalow, sah sich nach jedem Schritt um und scharrte dann hastig in der aufgeweichten Erde. Als das Tier aufflog und dabei ein hohes Pfeifen ausstieß, erhob sich Tyler. Er ging an Browns Bungalow vorbei zum Geräteschuppen, suchte ein Stück Metall und rannte dann zur Rückseite des Hauses. Minutenlang blieb er an die Wand gelehnt stehen und wartete. In der Kinderbadewanne hatte sich Wasser gesammelt, schwankend spiegelte sich der Himmel darin.

Die Fensterläden, massive, von gekreuzten Latten zusammengehaltene Bretter, rührte Tyler nicht an, das Risiko, die dahinterliegende Scheibe einzuschlagen, war ihm zu groß. Statt dessen nahm er sich die Tür vor. Das Fliegengitter hängte er aus, dann stieß er das Flacheisen in die Ritze zwischen Tür und Rahmen und legte, als es nicht mehr abrutschte, sein Gewicht dagegen. Holz splitterte, und die Tür bewegte sich ächzend. Tyler hielt inne, um zu lauschen, aber nur das Rieseln des Regens war zu hören. Er setzte das Eisen oberhalb des Türschlosses an und schaffte es, den Spalt so zu verbreitern, daß er den Riegel zurückschieben konnte.

Erst als Tyler im Halbdunkel des Raumes stand, hörte er

das eigene Keuchen. Sein Herz raste, und es dauerte eine Weile, bis er sich beruhigt hatte. Schließlich legte er das Eisen aus den Händen und suchte einen Lichtschalter.

Der Raum, vielleicht zwanzig Quadratmeter groß, war zur Hälfte eingerichtet, die andere Hälfte war leer. Eine weiße Ledercouch stand bei einem der Fenster, davor ein Tisch, ein Sessel, eine Lampe. Spielzeug lag auf dem Teppich herum, Stofftiere, Autos, Bauklötze. In Pappkisten war noch mehr. An der Wand hinter der Couch hingen Bilder, gerahmte Poster: Segelboote, Pferde, eine Dünenlandschaft. In Tylers Hälfte war kein Teppich. Zwei Stative mit Photoleuchten standen da, ein Klapptisch und zwei Camping-Stühle. Die Tischfläche war leer, ebenso der Abfalleimer aus Blech. An einer Wand lehnten noch mehr Bilder, alle gerahmt.

Im zweiten Zimmer stand ein Bett, breit und übersät mit Kissen in allen Formen und Farben. Auch hier Scheinwerfer auf Stativen, ein kleiner Tisch, Stühle, an den Wänden Bilder. Unter einem Laken türmten sich Möbel, sogar im unfertigen Badezimmer fand Tyler gestapelte Stühle, Regalbretter und eine Kommode. Die Pappkisten, die Tyler durchwühlte, waren mit Kleinkram wie Geschirr und Büchern gefüllt.

Eine Zeitlang stand er nur da und starrte auf das Bett. Ein Geruch von süßlichem Parfüm hatte sich in dem Raum gehalten, und die Übelkeit kam zurück, die Tyler beim Betrachten der Photos verspürt hatte. Das weit entfernte Bellen eines Hundes schreckte ihn auf, und er stolperte ins Freie. Noch immer fiel Regen. Tyler holte das Eisen und warf es zwischen die Bäume, wo es im hohen Gras liegenblieb. Als er das Gürteltier sah, das der morastigen Fahrspur des Wagens entlanglief und unter einem Stapel Bretter verschwand, rannte Tyler zurück ins Haus. Unter dem Sofa fand er nichts, aber unter dem Bett standen neben aufgerollten Teppichen ein Koffer und zugeschnürte Pappschachteln.

7

Tyler saß neben dem Bett, als die Frau den Raum betrat. Sie stand mit einem Stapel gefalteter Laken in den Armen auf der Türschwelle und starrte ihn an.

«Wer sind Sie?» fragte sie, als Tyler nur zurückstarrte. Sie trug einen blauen Hut, von dessen Krempe Regenwasser tropfte. Der braune Mantel schien nicht ihr zu gehören, so breit und unförmig war er.

Tyler antwortete nicht. Er hatte die Bilder und Magazine wieder in den Koffer und die Schachteln gelegt und alles unter das Bett geschoben. Wie lange er schon so dasaß, wußte er nicht, und ob es draußen bereits dunkel war, konnte er nicht sehen.

«Was machen Sie hier? Und wie, zum Teufel, sind Sie überhaupt reingekommen?» Die Frau warf die Bettlaken auf einen der Stühle. Sie war barfuß, hatte die Schuhe wohl draußen auf der Veranda gelassen.

Tyler erhob sich. In seinen Beinen war kaum noch Blut, und er mußte sich gegen die Wand lehnen.

Die Frau war ein paar Schritte in den angrenzenden Raum gegangen, rückwärts, ohne Tyler aus den Augen zu lassen. «Ich rufe die Polizei», sagte sie. Aber dann blieb sie mitten im Zimmer stehen und tat überhaupt nichts. Sie sah beinahe komisch aus in dem riesigen Mantel und mit dem Hut auf dem Kopf.

Tyler ging an ihr vorbei zur Hintertür.

«Sie sind eingebrochen!» rief die Frau, als sie die Holzsplitter am Boden sah. Die Entrüstung in ihrer Stimme wirkte in diesem Raum wie schlechtes Theater.

«Wenn Sie's nicht tun, hole ich eben die Polizei.» Tyler machte die Tür auf und trat ins Freie. Es war dunkel geworden, und es hatte aufgehört zu regnen. Die Stille war so absolut, daß man den Aufprall der Tropfen hören konnte, die von den Bäumen fielen.

«Nein, warten Sie!»

Tyler drehte sich um. Sein Kopf war unendlich schwer. Er hätte gerne einfach die Augen geschlossen, um nichts mehr zu sehen, geschlafen, um nichts mehr zu denken.

«Gehen Sie nicht, bitte. Sie müssen mir erst zuhören», flüsterte die Frau, dann setzte sie sich auf den Boden, da, wo kein Teppich das stumpfe Parkett bedeckte. Endlich nahm sie den albernen Hut ab, und eine Haarsträhne fiel ihr in die Stirn. Sie sah Tyler nicht mehr an, blickte ins Leere, als sei es ihr egal, ob er bleiben oder gehen würde. Der Mantel stand wie ein Zelt um ihren Körper, ein Fuß ragte daraus hervor.

Tyler lehnte sich gegen die Wand und wartete. Ein Falter umkreiste die Deckenlampe, warf flackernde Schatten an die Wände.

Es dauerte eine Weile, bis die Frau zu reden begann. Sie hielt dabei den Hut in der Hand und zupfte abwesend an den Stoffblumen. «Vor zwei Jahren lernte ich einen Mann kennen. Ich arbeitete damals in einem Kopierladen. Er war ein guter Kunde, brachte fast jeden Tag irgend etwas zum Kopieren.» Die Frau sah auf, schien zu realisieren, daß ihre Stimme zu leise war. Sie räusperte sich und legte den Hut weg, bevor sie etwas lauter weitersprach. «Er lud mich zum Essen ein, in ein teures Lokal, und danach trafen wir uns öfter. Es dauerte ein paar Wochen, bis ich herausfand, daß er nicht Architekt war, wie er mir erzählt hatte, sondern Anstreicher. Ich war erst wütend. Nicht weil er weniger war, als er vorgegeben hatte, sondern weil er mich belogen hatte.» Sie hob erneut den Kopf, als wolle sie sehen, ob Tyler noch da war und zuhörte. «Aber ich hatte auch Mitleid mit ihm. Außerdem war er wirklich ein netter Kerl, er kaufte mir Geschenke, dauernd brachte er mir etwas mit. Seine Frau war vor ein paar Jahren gestorben, seither lebte er allein mit seinen drei Kindern.»

«Saunders», murmelte Tyler.

Die Frau sah nicht einmal auf. Es war, als habe der Name etwas in ihr ausgeschaltet; sie wurde noch kleiner unter der starren Hülle des Mantels, ihre Hände verschwanden in den Ärmeln, das Gesicht im Schatten des hochgeschlagenen Kragens.

«Sie sind Alison», sagte Tyler ruhig. Er stieß sich mit den Schultern von der Mauer ab und ging langsam durch den Raum. «Sie, Greg Saunders und der andere Kerl sind für das verantwortlich, was da drüben unter dem Bett liegt.» An der Vordertür blieb er stehen und warf einen Blick hinaus. Mittlerweile war mit der Abenddämmerung auch der letzte Rest Helligkeit verschwunden, zwischen den Stämmen schwelte das Licht der Lampe, die vorne an der Mauer brannte. Der Weg war leer, feiner Nebel stieg vom feuchten Boden auf.

«Sie erzählen mir eine Geschichte von einem netten Kerl, der sehr großzügig zu Ihnen ist. Die will ich aber nicht hören.» Er machte die Tür zu und drehte sich um. «Erzählen Sie mir von den Kindern, die Sie hierhergebracht haben! Was haben Sie diesen Kindern gesagt? Hatten diese Kinder Namen? Erinnern Sie sich an ihre Gesichter, ihre Stimmen? Weinten sie, haben sie geschrien? Wollten sie weg, nach Hause? Woher kamen sie? Was ist jetzt mit ihnen?» Tyler ließ sich wieder mit dem Rücken gegen die Mauer fallen, hinsetzen wollte er sich nicht. Auf dem Klapptisch standen Flaschen und Dosen: Wodka, Bier und Cola. Daneben Packungen mit Chips und Keksen, Schokoladeriegeln und Bonbons.

Tyler wischte mit einer Armbewegung die Süßigkeiten zu Boden und trat gegen den Tisch, der scheppernd umstürzte. Die Flasche mit dem Wodka war nicht zersprungen, und er hob sie auf, schraubte den Verschluß ab und trank einen langen Schluck, die Augen endlich geschlossen.

«Er hat mich dazu gezwungen. Ich mußte das alles tun.»

Widerwillig öffnete Tyler die Augen. Er blieb hinter Alison und setzte sich auf den Boden, den Rücken an die Wand gelehnt.

«Ein paar Monate nachdem wir uns kennengelernt hatten, erzählte mir Greg, woher das ganze Geld kam. Ich konnte es erst nicht glauben, aber er zeigte mir ein Magazin, da war eines seiner Kinder drin, Jamie, damals drei Jahre alt. Ich bin fast verrückt geworden vor Wut und Entsetzen. Ich habe eine Tochter, Sally, sie ist gerade fünf geworden. Ich wollte zur Polizei gehen. Doch Greg hat mir gedroht, er würde Sally auch hierherbringen, wenn ich ihm in die Quere käme. Um mir zu zeigen, daß es kein Problem für ihn wäre, hat er sie irgendwann vom Spielplatz abgeholt und hier drinnen photographiert. Er hat ihr nichts getan, hat sie nicht ausgezogen. Er hat sie einfach nur photographiert, da, vor der Couch, beim Spielen. Sie hat es mir am Abend erzählt.» Alison zerrte mit einer Hand den Ärmel zurück und strich sich mit der anderen die Haare aus dem Gesicht.

«Sie hätten fortgehen können, irgendwohin», sagte Tyler. «Sie hätten Ihre Tochter in Sicherheit bringen und dann die Polizei informieren können.»

Alison schüttelte langsam den Kopf. «Da war auch noch dieser andere Kerl, Ernest. Er hat die Bilder verkauft. Greg hat mir dauernd gedroht, Ernest würde Sally etwas antun, wenn ich zur Polizei ginge.»

«Sie hätten es trotzdem tun müssen.» Tyler nahm wieder einen Schluck; der Wodka ging durch seinen Körper wie eine Hitzewelle über ein Land.

Alison antwortete nicht. Ihr Körper zog sich unter der braunen Stoffhaut zusammen.

«Was haben Sie hier gemacht?» wollte Tyler nach einer Weile wissen. «Was war Ihre Aufgabe bei der ganzen Sache? Sie haben doch bestimmt nicht nur die Bettlaken gewaschen und die Süßigkeiten eingekauft.» Tyler hob ein Bonbon auf, um es vor Alison zu werfen.

«Die Kinder sind ruhiger, wenn eine Frau dabei ist.»
«Sie weinen dann nicht?»
«Weniger.»
«War das hier auch für die Kinder?» Tyler schwenkte die Wodkaflasche.
Alison sah kurz auf. «Nein, für Greg und Ernest. Den Kindern gaben wir Tabletten.»
«Tabletten?»
«Tranquilizer meistens. Damit sie ruhig waren. Manchmal auch diese Psychopillen, Ecstasy und sowas.»
«Woher kamen die Kinder?»
«Ich weiß nicht. Ernest brachte sie mit, er besorgte auch die Männer.»
«Die Kerle auf den Photos?»
«Ja.»
Tyler legte den Kopf an die Wand. Der Alkohol begann zu wirken, seine Gedanken wurden träge wie seine Bewegungen. Als er den Wagen kommen hörte, stemmte er sich mühsam hoch und rannte zur vorderen Tür, wagte es aber nicht, sie zu öffnen. «Wer ist das, verdammt?» rief er, während sich seine Gedanken überschlugen. Er hätte schon längst den Koffer nehmen und damit zur nächsten Polizeistation fahren sollen. Obwohl er nach dem Betrachten der Photos wie gelähmt gewesen war, hätte er nicht im Haus bleiben dürfen. Das Gerede dieser Frau hatte ihn nur Zeit gekostet. Was würde passieren, wenn Greg und Ernest ihn hier erwischten?
Er schraubte die Flasche zu und hielt sie mit der Hand am Hals umschlossen. Dann löschte er das Licht und stellte sich neben die Hintertür. Sein Dämmerzustand wich einer panischen Wachheit, und als der Motor verstummte und die Wagentür zugeworfen wurde, trat ihm kalter Schweiß auf die Haut. Ein Türenschlagen hatte er gehört, also war es nur einer, Greg oder Ernest. Die Scheinwerfer des Wagens brannten noch, und ihr Licht drang durch den Spalt zwischen Tür und Rahmen.

Eine Weile blieb draußen alles ruhig; Tyler erschien es wie eine Ewigkeit. Wer auch immer gekommen war, hatte offenbar bemerkt, daß etwas nicht stimmte, und zögerte deshalb, das Haus zu betreten. Tylers Augen gewöhnten sich allmählich an das Halbdunkel, und er sah Alisons verpackte Gestalt auf demselben Fleck sitzen wie zuvor. Als er Schritte auf der hinteren Veranda hörte, hob Tyler die Hand mit der Flasche über seinen Kopf.

Die Tür wurde aufgestoßen, und ein Kanal aus Licht drang herein, wurde breiter und stieg an der Wand hoch; Alison saß mittendrin, ihr Gehäuse warf einen klumpigen Schatten.

«Alison?»

Obwohl das Blut in seinen Ohren dröhnte, erkannte Tyler, daß die Stimme weder zu Emerson noch zu Lawrence Brown gehörte.

Alison blieb bewegungslos und stumm. Sie hätte rufen, ihren Partner, Freund oder was immer er sein mochte, warnen können, aber sie tat es nicht.

Endlich betrat der Mann den Raum, und bevor die Tür hinter ihm zufiel und das Licht aussperrte, sprang Tyler hervor und wollte die Flasche an seinem Kopf zerschmettern. Aber der Mann hörte ihn. Er drehte sich um, und die Flasche krachte gegen seinen erhobenen Arm. Im selben Sekundenbruchteil, in dem es wieder dunkel war, schrie der Mann auf und prasselten Glassplitter über den Holzboden. Tyler rannte blind in die Richtung, in der die Vordertür sein mußte, fand sie, riß sie auf und stolperte hinaus. Die Luft war kühl, der Wind kam schubweise vom Meer und bewegte die Baumkronen. Die Lampe an der Mauer gab eine Ahnung vom Weg. Tyler nahm alle Verandastufen auf einmal und fiel hin. Wasser drang durch seine Kleidung, ein dumpfer Schmerz wuchs an seinem Bein hoch. Bevor er sich aufrappeln konnte, packte ihn jemand am Arm und schlug ihn nieder.

8

Als Tyler zu sich kam, stand das Gürteltier neben ihm und glotzte ihn knopfäugig an. Alles war plötzlich hell, vollgesogen mit Licht. Tyler schloß die Augen und öffnete sie wieder, doch Bob stand noch immer da. Der Schmerz schien inzwischen durch den ganzen Körper gekrochen zu sein. Tylers Hände befühlten das Kinn, das an der einen Seite größer geworden war, wie aufgeblasen vor Empfindlichkeit. Er versuchte sich aufzurichten, aber ein Hustenanfall ließ ihn zurücksinken. Als sei jetzt, da Tyler bei Bewußtsein war, alles wieder in Ordnung, blinzelte das Gürteltier und trottete davon. Tyler drehte den Kopf und blickte ihm nach. Von hinten und aus dieser Perspektive sah Bob aus wie ein kurzbeiniger, mit verwitterten Ziegeln belegter Hund.

Es dauerte eine Weile, bis Tyler mit Bestimmtheit wußte, wo er war. An den Rändern war sein Gesichtsfeld noch verschwommen, aber im Zentrum sah er deutlich Emerson Browns Sessel und erkannte das Bild mit den Bergen, das an der Wand neben der Eingangstür hing. Er spürte den Teppich, auf dem er lag, und die Wolldecke, die jemand über seinen Körper gebreitet hatte. Und er konnte den Rauch riechen, der in der Luft schwamm und sich in seinen Kleidern festgesetzt hatte.

Am frühen Morgen erwachte Tyler ein zweites Mal. Die Kopfschmerzen hatten nachgelassen, und die Schwellung an seinem Kinn war ein wenig zurückgegangen. Eine Zeitlang lag er im Halbdunkel da, sah gegen die Decke und horchte auf Geräusche. Dann bewegte er sich vorsichtig unter der Decke, um herauszufinden, wo es überall weh tat. Sein Knie schmerzte noch immer, und das linke Handgelenk fühlte sich an, als sei es verstaucht. Trotzdem erhob er sich langsam, mußte sich aber auf dem Tisch abstützen, weil ihm schwindlig wurde.

Alison sah er erst, als sie sich bewegte; sie lag auf dem Sofa, eingerollt in eine Decke, und schien zu schlafen. Tyler machte Licht und setzte sich in den Polstersessel. Auf dem Couchtisch standen zwei Gläser und ein Krug mit Wasser. Nachem Tyler seinen Durst gelöscht hatte, legte er sich die Wolldecke um die Schultern und ging hinaus.

Die Luft war lau und der Himmel blauschwarz und wolkenlos. Auf dem Highway fuhren die ersten Autos, oder die letzten. Das Motelschild verkündete, daß es keine freien Zimmer gab, und beim Empfang waren alle Lichter gelöscht. Tyler fand seine Schuhe auf den Verandastufen, zog sie an und folgte dem Weg bis zum Geräteschuppen. Spaten und Schaufeln lagen herum, die Schubkarre, halb mit Sand gefüllt, stand vor der offenen Holztür.

Dem Haus sah man von außen nicht viel an; über einem der drei Fenster an der Vorderseite zog sich eine schwarze Rußspur an der Fassade nach oben, die Tür und die Fensterläden standen offen, und der Holzboden der Veranda war übersät mit halbverkohlten Gegenständen.

Minutenlang stand Tyler in seine Decke gehüllt da und wartete. Schließlich, als alles ruhig blieb, ging er zu dem Haus und betrat es durch die Vordertür. Trotz der offenen Fenster war der Brandgeruch aus den Räumen nicht verschwunden, und Tyler glaubte sogar, einen Rest der Hitze zu spüren, die das Feuer entwickelt hatte. Der Raum, in dem die Couch stand, war beinahe unversehrt, obwohl auch hier angesengte Kissen und Papierfetzen herumlagen und stellenweise ein grauer Brei aus Asche und Wasser den Boden bedeckte. Das Zimmer mit dem Bett war zur Hälfte ausgebrannt, der Möbelstapel ein Haufen verkohlter Schutt und die Tür zum Badezimmer nur noch ein schwarzes Gerippe. Die Bilder an den Wänden überzog ein feiner Rußfilm, in einer vom Feuer verschonten Ecke standen die Lampenstative. Leere Feuerlöscher lagen überall herum.

Tyler sah unter dem Bett nach, aber natürlich waren der Koffer und die Schachteln weg. Er wischte sich den mit Asche versetzten Schaum von den Händen und Knien und ging durch die hintere Tür ins Freie.

Emerson Brown saß auf der umgestülpten Kinderbadewanne und warf dem Gürteltier Brotkrumen hin. Er hob den Kopf nicht, als Tyler neben ihn trat.

«Ich hätte wohl nicht Jahre damit verbringen sollen, nach Fehlern in den verdammten Filmen zu suchen», sagte Brown nach einer Weile. Er gab Bob das letzte Stück Weißbrot und sah Tyler dann an. Ein Rußstriemen verlief quer über seine Wange, die Augen waren gerötet und klein.

«Sie konnten ja nicht ahnen, was hier vorging.»

«Es ist mein Motel.»

Tyler schwieg. Bob umrundete ihn und lief dann in die Büsche.

«Haben *Sie* uns da rausgeholt?» fragte Tyler nach einer Weile und setzte sich auf einen der Klappstühle. Sein Hals und die Lungen schmerzten noch, wenn er einatmete, aber die frische Morgenluft tat ihm gut. Zum ersten Mal seit langer Zeit hatte er keine Lust auf eine Zigarette.

Brown nickte.

«Es waren Saunders und Ernest, nicht wahr?»

«Ja.»

«Die wollten uns wirklich verbrennen.» Diese Vorstellung war so unglaublich, daß Tyler völlig gelassen blieb.

«Sie lagen beide auf dem Bett, Sie und Alison. Die Möbel brannten, die Flammen waren schon am Bettgestell.»

«Haben Sie das Feuer gesehen?»

«Ich war gerade draußen, Bob hatte meine Mülltonne

umgeschmissen. Da sind Greg und der andere Kerl vorbeigefahren, ziemlich schnell. Erst dachte ich, die haben wieder die Abfallgrube angezündet, aber dann war es das Haus. Ich habe meine Feuerlöscher genommen und bin losgerannt.»

«Was war mit Alison?»

Brown erhob sich schwerfällig, klopfte mit den Handflächen auf den Anzug, bis er in einer Wolke aus feiner weißer Asche stand. «Bewußtlos und gefesselt.» Er hustete und rieb sich die Augen. «Schläft sie noch?»

Tyler nickte.

«Gut», meinte Brown.

Eine Zeitlang schwiegen beide. Bob streunte durch das Unterholz und grunzte zufrieden, wenn er einen Vogel aufscheuchte. Die Morgendämmerung wich zurück; es war, als würden Schichten dunkler Tücher vom Himmel gezogen, unter denen die Helligkeit allmählich hervordrang. Die Geräusche der Autos vorne an der Straße waren bereits zu einem regelmäßigen Summen geworden.

«Warum haben Sie nicht die Polizei geholt?» Tyler hatte lange mit dieser Frage gezögert. Er war sich noch immer nicht sicher, wieviel Emerson Brown wußte, ob dieser kleine, friedliche Spinner überhaupt ahnte, was Saunders, Alison und Ernest in diesem Haus getrieben hatten.

Brown rieb die Schuhe an den Hosenbeinen ab und geriet dabei ins Wanken. Schließlich setzte er sich wieder auf die Plastikwanne. «Mein Bruder wußte davon», sagte er leise und ohne Tyler anzusehen.

«Wovon?»

Brown griff in die Innentasche seines Jacketts und holte ein paar Photographien hervor. Er gab sie Tyler, ohne noch einmal einen Blick darauf zu werfen. Seine kleine Gestalt wurde winzig; eine blaßgraue Hülle, deren Inhalt sich aufzulösen schien.

Tyler kannte die Bilder, betrachtete sie nur flüchtig. «Woher haben Sie die?»

Brown sah ihn an, zu bekümmert und müde, um Erstaunen zu zeigen. «Die hatten Sie bei sich, unter dem Hemd.»

Es dauerte eine Weile, bis Tyler sich erinnerte. «Ich habe sie aus dem Koffer genommen», murmelte er.

Bob kam aus dem hohen Gras und schaute abwechselnd von Brown zu Tyler und ging, als keiner der Männer sich rührte, in sein Versteck unter dem Bretterstapel.

«Sie müssen zur Polizei.» Tyler reichte Brown die Photos.

Brown nahm sie zögernd. «Ich weiß», sagte er.

Ein paar Minuten blieb Tyler noch sitzen, unschlüssig, was jetzt zu tun sei. Schließlich ging er in sein Zimmer. Dort duschte er, trank ein Glas Wasser und legte sich aufs Bett.

9

Ein Klopfen holte ihn aus dem Schlaf. Es war inzwischen hell, das Licht, von den Vorhängen abgeschwächt, fiel in den Raum und warf Muster auf den Teppichboden. Tyler zog Hosen und T-Shirt an und öffnete die Tür.

Alison stand auf der Veranda wie ein Kriegsflüchtling, der um Obdach bat: ihre Kleider waren schmutzig und an einigen Stellen zerrissen, den braunen Mantel hielt sie wie ein Bündel mit den geretteten Habseligkeiten vor dem Bauch. «Kann ich mit Ihnen reden?» fragte sie. Ihre Stimme war heiser; sie räusperte sich mit abgewandtem Kopf. «Es dauert nicht lange. Bitte», fügte sie hinzu, als Tyler nicht reagierte.

«Wo ist Emerson?»

«Bei seinem Bruder.» Alison machte eine fahrige Handbewegung in Richtung des Empfangsgebäudes.

Tyler trat beiseite und lehnte sich gegen die Wand. Seine Gefühle dieser Frau gegenüber schwankten zwischen Verachtung und Mitleid, und er war nicht in der Stimmung, um sich noch einmal ihre Geschichte anzuhören.

Alison stellte sich in die Mitte des Zimmers, was den Eindruck von Verlorenheit noch verstärkte. Sie hielt den Blick gesenkt und schien eingehend ihre Schuhe zu betrachten. Doch dann hob sie plötzlich den Kopf und sah Tyler an. «Helfen Sie mir?» fragte sie, und der trotzige, beinahe arrogante Ton ihrer Stimme verriet, daß sie Tylers Ablehnung schon vorwegnahm.

«Warum?»

Alison wandte sich zum Fenster. Am Rücken war ihr Kleid fast schwarz; vermutlich hatte Brown sie aus dem brennenden Haus geschleift. «Dann helfen Sie nicht mir, helfen Sie Sally.»

«Warum?» wiederholte Tyler. Er wußte wirklich nicht, weshalb er dieser Frau einen Gefallen erweisen sollte. Er wollte packen und weg, wohin spielte keine Rolle.

«Ich weiß sonst niemanden.»

Tyler starrte auf das Stück Teppich zwischen seinen nackten Füßen. «Emerson benachrichtigt die Polizei», sagte er schließlich und ging ins Badezimmer, um ein Glas Wasser zu trinken. Als er flüchtig sein Gesicht im Spiegel sah, mußte er an Barney Wilkins denken, der ihm nach den gelegentlichen Begegnungen im Treppenhaus jeweils ein Joghurtglas voller Lebertrankapseln und Vitamintabletten vor die Tür gestellt hatte. Zettel lagen dabei, auf denen in krakeliger Schrift SIE SIND ZU BLEICH oder DIE BRINGEN SIE AUF VORDERMANN stand.

«Sally hat heute nacht bei einer Freundin geschlafen. In einer Stunde muß ich sie da abholen. Aber ich kann sie nicht bei meinen Eltern lassen, nicht, wenn Emerson und ich zur Polizei gehen.»

«Und was soll *ich* dabei tun? Mich etwa um Ihre Tochter kümmern?» Tyler wollte seine Wut an der Kälte seiner Stimme kühlen, aber es funktionierte nicht.

«Sally hat einen Patenonkel in Cutler Ridge. Das ist in der Nähe von Miami.» Alison verstummte, als würde ihr plötzlich bewußt, wie anmaßend es war, Tyler in dieser Situation um etwas zu bitten.

«Sie müssen vielleicht ins Gefängnis.»

«Ich weiß», sagte Alison ruhig. «Deshalb will ich, daß Sally nicht hier ist. Auch wegen Greg und Ernest. Die Dreckskerle werden alles tun, damit ich nicht aussage.»

«Die halten uns doch für tot.»

«Daß wir es nicht sind, werden sie bald rausfinden.»

Das Heulen einer Polizeisirene schwoll an, aber der Wagen raste am Motel vorbei, und Sekunden später war es wieder so ruhig wie zuvor.

«Ich kann nicht.»

«Aber Sie fahren doch nach Florida, das hat mir Emerson erzählt.»

«Da hat er Ihnen etwas Falsches erzählt.» Alisons Bitte machte Tyler zornig; er wollte diese Frau schütteln, ihr seinen Abscheu und seine Wut ins Gesicht schreien, aber mit ihrer verzweifelten Hilflosigkeit nahm sie ihm die Kraft dazu. Er wünschte, sie würde einfach zur Tür gehen und verschwinden.

«Es sind nur achthundert Meilen bis Cutler Ridge.»

Tyler lachte auf. «Achthundert Meilen? Ich habe einen Mietwagen, verdammt! Außerdem muß ich zurück nach London. Ich mache hier keinen Urlaub. Verstehen Sie?»

«Sie können meinen Wagen haben.»

«Behalten Sie ihn.» Tyler fing an, seine Sachen zusammenzusuchen. «Sie werden einen anderen finden, der Ihre Tochter hinfährt. Bitte gehen Sie jetzt.» Er blieb vor dem offenen Schrank stehen, bis er hörte, wie Alison die Tür hinter sich schloß. Dann packte er zu Ende, zog sich an und setzte sich aufs Bett. Eine heftige Traurigkeit lähmte ihn, und er sehnte sich danach, jemanden bei sich zu haben. Irgend jemanden, dachte er und erschrak, als ihm nur drei Namen einfielen.

Schließlich erhob er sich, nahm die Tasche und ging hinaus. Über dem Meer trieb der Wind Schächte in die Wolkendecke, durch die kraftlos Sonnenlicht fiel. Ein matter Schein belegte das Land.

Emerson Brown hatte sich gewaschen und frische Kleider angezogen. Seine Haare waren noch feucht, und das gelbe Handtuch lag um seine Schultern wie ein wulstiger Schal. Er sah erschöpft aus, blinzelte aus geröteten, zu Schlitzen verengten Augen in die Helligkeit.

«Ich wollte mich verabschieden», sagte Tyler. «Und mich noch einmal bei Ihnen bedanken», fügte er zögernd hinzu.

Brown trat zur Seite und winkte Tyler herein. Er warf das Handtuch über eine Stuhllehne und stellte zwei Tassen auf den Couchtisch.

«Setzen Sie sich, ich habe gerade frischen Kaffee gemacht.»

Tyler blieb stehen, doch als Brown mit der Kanne aus der Küche kam, nahm er auf dem Sofa Platz. Alle Vorhänge waren zugezogen, und nur die Lampe über dem Herd brannte. Der Geruch nach Rauch hatte sich in dem engen Zimmer gehalten. Bob war nirgendwo zu sehen.

«Was werden Sie nun tun?» fragte Brown, nachdem er beide Tassen vollgeschenkt hatte. «Wohin geht die Reise?»

«Keine Ahnung, irgendwohin.» Kein Ziel zu haben, beunruhigte Tyler weniger als die Tatsache, daß er sich bald zu etwas entscheiden mußte. «Und Sie? Wie geht es hier weiter?»

«Um ehrlich zu sein: Ich weiß es auch nicht.» Ein Lächeln glitt wie ein schwacher Lichtreflex über Browns Gesicht. «Ich werde für ein paar Tage weg sein. Alison hat mich gebeten, ihre kleine Tochter zu Verwandten zu bringen.»

«Was? Warum tun Sie das? Ich meine, warum für diese Frau? Sie haben die Photos doch gesehen. Alison ist dafür so verantwortlich wie Saunders und dieser Ernest!» Tyler erhob sich wütend. Er hätte längst wegfahren sollen, fort von diesen Leuten, die sich in seinem Leben breitmachten und ihm die Luft zum Atmen nahmen.

«Ich will nicht, daß Sally hier ist, wenn ich und Alison zur Polizei gehen», sagte Brown ganz ruhig.

«Kennen Sie das Kind überhaupt?»

«Nein.»

«Und was passiert während Ihrer Abwesenheit mit dem Motel? Wenn die Polizei Ihren Bruder verhaftet?»

«Das Motel», murmelte Brown, als wartete er darauf, daß ihm dämmerte.

Tyler setzte sich wieder hin und starrte Brown an; vielleicht wurde man so, wenn man mit einem Gürteltier lebte und seine Tage damit verbrachte, Fehler in Filmen zu finden, dachte er.

«Ich bringe Sally auf jeden Fall weg von hier», meinte Brown und griff nach seiner Tasse. «Noch heute. Mit dem Bus.»

«Mit dem Bus? Mit was für einem Bus?»

«Wird schon einer fahren.»

«Warum nicht mit dem Auto?»

Brown zögerte, nahm den Löffel, rührte im Kaffee. «Ich kann nicht Auto fahren», sagte er schließlich und versank geradezu in dem klobigen Sessel.

«Ich werd's tun.»

«Was?»

«Herrgott nochmal, ich werde Sally zu ihrem Patenonkel bringen!» rief Tyler.

Diesmal fragte Brown nach dem Warum.

«Weil Alison zuerst *mich* gefragt hat. Deshalb!» Tyler sprang auf und ging zur Tür; er mußte raus, bevor er zu denken begann.

Brown erhob sich ebenfalls.

«Und weil Sie mir das Leben gerettet haben», sagte Tyler, bevor Brown etwas hervordrucksen konnte.

«Na ja.»

«Natürlich haben Sie das! Und außerdem werden Sie hier gebraucht.» Tyler öffnete die Tür.

«Warten Sie!» Brown hob die Hand, rannte ins Nebenzimmer und kam mit einer Videokassette zurück. «Die ist für Sie. Da sind die schwerwiegendsten Fehler meiner Sammlung drauf.»

Tyler nahm das Geschenk und steckte es in die Reisetasche. «Sie haben doch eine Kopie davon?»

Brown lächelte und nickte. Dann beschrieb er Tyler den Weg zu Alison.

«Grüßen Sie Bob von mir», sagte Tyler und schüttelte Browns Hand. Wieder nickte Brown.

Als Tyler auf dem Weg zum Parkplatz war, drehte er sich um. «Wissen Sie, was *mich* bei Filmen am meisten ärgert?»

«Nein!» rief Brown zurück.

«Wenn sich die Kerle nicht zu Ende rasieren. Immer klopft jemand an die Tür, das Telefon klingelt, oder es passiert sonst irgendwas, und dann wischen sie sich den verdammten Schaum mit dem Handtuch ab!»

«Und nachher sind sie trotzdem tadellos rasiert, stimmt's?»

«Genau!»

Brown lächelte und hob die Hand. Auch als Tyler schon vorne beim Parkplatz war, stand der kleine Mann noch auf der Veranda und winkte ihm nach.

Alisons Eltern wohnten in der Nähe der *Keesler Air Force Base*, die leicht zu finden war. Als Tyler vor dem kleinen petrolgrüngestrichenen Holzhaus hielt und ausstieg, sah er, wie bei einem der Fenster der Vorhang ein Stück beiseite geschoben wurde. An den Wagen gelehnt wartete er, bis Alison auf der Veranda erschien. Sie trug Jeans und ein weites T-Shirt. In der Hand hielt sie eine Flasche, aus der ein Trinkhalm ragte.

«Sehen Sie nach, ob ich mich aus dem Staub mache?»

Tyler sagte nichts. Er trat an den Gartenzaun und nahm die Sonnenbrille ab. Die Klappe des Briefkastens stand offen, J. PORTER hatte jemand mit schwarzer Farbe auf das Aluminium gepinselt.

«Waren Sie bei der Polizei?» Alison setzte sich auf einen Klappstuhl. Sie sah müde aus und ohne den Mantel dünn, beinahe mager.

«Nein. Emerson wird das tun. Ich bin hier, um Sally abzuholen.»

«Warum?»

Die Frage konnte Tyler allmählich nicht mehr hören. «Um Emerson einen Gefallen zu tun», sagte er. Ein alter Mann kam mit einem Handkarren voller Bücher die Straße entlang, und als er an ihnen vorbeiging, hörte Tyler ihn leise vor sich hin singen.

«Wollen Sie reinkommen?»

«Wo ist Sally?»

«In ihrem Zimmer.»

Tyler schloß den Wagen ab und folgte Alison ins Haus, wo es dunkel und kühl war. Ein Fernseher lief, Applaus wurde von einer simplen Melodie überlagert.

«Warten Sie hier.» Alison verschwand in einem Zimmer, an dessen Tür ein Kalenderbild mit jungen Katzen hing.

Tyler lehnte sich gegen die Wand und steckte die Sonnenbrille in die Hemdtasche. Er versuchte sich auf das Gerede aus dem Fernseher zu konzentrieren, um die Stimme zu übertönen, die ihm riet zu verschwinden. Ein Flugzeug, vermutlich eine Maschine des nahen Stützpunktes, raste über das Haus hinweg und hinterließ einen Riß im Himmel, der sich Sekundenbruchteile später mit ohrenbetäubendem Lärm füllte. Tyler ging zum Wohnzimmer, das im Halbdunkel lag wie der Flur und die Küche.

In dem stickigen Raum saß eine ältere Frau auf einem Stuhl, keine zwei Meter vom Fernsehgerät entfernt. Sie war klein und steckte in einem gelben Trainingsanzug, der an den Armen und Beinen zu dicken Wülsten hochgekrempelt war. Auf dem Tisch vor ihr standen schmutzige Teller, Schüsseln und Gläser, den Boden um sie herum bedeckten Lagen von Zeitungen und Illustrierten.

Erst nach einer Weile bemerkte Tyler, daß die Frau strickte; ein unendlich langer Schal aus verschiedenfarbiger Wolle wand sich von ihrem Schoß zu den Füßen hin und bildete dort einen Haufen. Für einen kurzen Moment drehte sich die Frau, vermutlich Alisons Mutter, um und lächelte Tyler zu wie einem guten Bekannten. Das Oberteil ihres Trainingsanzugs war völlig verkleckert, der aufgebügelte Schriftzug unleserlich. Tyler wandte sich rasch ab und ging zur Eingangstür, schob den Vorhang zur Seite und sah hinaus. Das Licht lag wie eine stumpfgewordene Politur auf dem Lack der geparkten Wagen. Der Wind bewegte nicht einmal die Papierfahnen, mit denen die Leute von gegenüber ihren Grillplatz dekoriert hatten, und er war so schwach, daß die Rauchsäule einer Fabrik senkrecht in den Himmel stieg.

Endlich kam Alison mit ihrer Tochter aus dem Zimmer. Das Mädchen hatte nicht viel Ähnlichkeit mit der Mutter; sein Gesicht war runder, das Haar hellbraun, und die Farbe der Augen im schlechten Licht des Flurs kaum zu bestimmen. Es trug rote Sandalen, weiße Kniestrümpfe, ein rot und weiß gemustertes Kleidchen und einen kleinen Strohhut.

«Sally, das ist Mister Tyler. Er wird dich zu Onkel Norman und Tante Cynthia bringen.» Alison legte ihre Hand auf den Kopf des Mädchens und lächelte. In der anderen Hand hielt sie einen geblümten Plastikkoffer.

«Hallo», sagte Tyler, ebenfalls lächelnd.

«Sie ist noch müde», meinte Alison, als das Kind stumm blieb und nicht einmal den Kopf hob. «Bestimmt hat sie bei ihrer Freundin kaum geschlafen.» Sie nahm eine kleine Dose aus dem Koffer, der gefüllt war mit Kleidern und Schuhen. «Das sind Vitamintabletten. Geben Sie Sally jeden Tag zwei davon, eine am Morgen, eine am Abend.»

Tyler nickte. «Ich muß den Mietwagen noch zurückbringen.» Er ging zur Tür und sah durch das kleine Fenster auf die Straße. «Nach New Orleans.»

«Das kann ich erledigen. Geben Sie mir einfach die Unterlagen.»

«Wo ist Ihr Wagen?»

«In der Garage. Geld für Benzin und Notfälle liegt im Handschuhfach.» Alison legte eine Hand vor das Gesicht, um ein unsicheres Lächeln zu verbergen. Dann schüttelte sie den Kopf, und ihr Blick wurde leer. «Was soll nur werden?» fragte sie und sah dabei nicht Tyler, sondern Sally an.

«Ich hole meine Tasche und die Papiere», sagte Tyler nach kurzem Zögern, öffnete die Haustür und ging zum Wagen. Kurz darauf hörte er das Scheppern des Kipptors. Ein Himmel-und-Hölle-Spiel war mit Kreide auf die Einfahrt gezeichnet, in breiten Rissen wucherte gelbes Gras. Sally saß bereits im Wagen, einem weißen Dodge, den Tyler auf über zwanzig Jahre schätzte.

Alison stand neben der offenen Fahrertür, die dick war wie eine Schiffswand. «Ich weiß nicht, wie ich Ihnen danken soll», sagte sie und geriet ob dieser Floskel erneut in Verlegenheit. «Sie kennen mich nicht, und ...»

«Ich tue es nur für Emerson.» Tyler gab ihr die Unterlagen der Leihwagenfirma und warf seine Tasche auf den Beifahrersitz.

«Die Adresse in Cutler Ridge steht da drauf.» Alison zeigte auf einen Zettel, der ans Armaturenbrett geklebt war. «Wenn Sie dort sind, rufen Sie bitte gleich im ‹Blue Pelikan› an.»

«Weiß dieser Norman Beischeid?»

Alison nickte. «Ich muß ihm nur noch sagen, daß Sie

kommen statt Emerson. Denken Sie, daß Sie es in zwei Tagen schaffen?»

«Schafft es die Karre?» fragte Tyler zurück; innen sah der Dodge nicht viel besser aus als von außen. Wie zur Bestätigung sprang der Motor beim ersten Versuch nicht an. Doch dann lief er, eine feine Vibration ging durch das Vehikel. Tyler zog die schwere Tür zu und legte den Gang ein. Während er rückwärts die Einfahrt zur Straße rollte, lächelte er Sally an, die nicht einmal seinen Blick erwiderte. Alison kam ihnen nach, und Tyler drehte das Seitenfenster herunter.

«Sie passen auf sie auf, ja?» Alison beugte sich vor und hielt sich die Haare aus dem Gesicht. Im Tageslicht schimmerte eine blaue Stelle an ihrem Kinn durch das Make-up.

Tyler nickte. Er wußte, daß er verrückt war; achthundert Meilen lagen vor ihm, endlose Straßen, Landschaften, die nichts mit seinem Leben zu tun hatten. Die Reise war eine Fristverlängerung, ein Aufschub, der ihm noch ein paar Tage Bedenkzeit gab. Außerdem hatte er einen Passagier an Bord, den er aus feindlichen Gewässern in einen neutralen Hafen bringen mußte. Der Gedanke gefiel ihm irgendwie, auch wenn er seinem Grundsatz widersprach, sich nicht in fremde Angelegenheiten zu mischen.

«Ich danke Ihnen für alles.» Alison hob die Hand, um sie Tyler zu reichen, und als er nicht reagierte, wischte sie rasch mit dem Ärmel über den Außenspiegel.

«Wenn Sie aussagen, können Sie bestimmt mit mildernden Umständen rechnen», sagte Tyler.

Alison trat einen Schritt zurück.

Tyler setzte die Sonnenbrille auf und drehte das Fenster hoch. Dann fuhr er los. Bevor er in die Hauptstraße abbog, warf er einen Blick in den Rückspiegel; Alison stand noch am selben Fleck und sah ihnen nach. Sie winkte nicht, was egal war, weil Sally sich nicht nach ihr umdrehte.

Homestead

Leute starben im Krieg, und Leute starben zu Hause, an wirklichen Ursachen, nicht an dem, was sie sich selbst zufügten. Damit zu leben war genug.

Jayne Anne Philipps
Machine Dreams

1

Sie fuhren über Mobile und Pensacola bis Tallahassee, der Hauptstadt Floridas. Tyler war müde, weil er nur zum Tanken angehalten hatte. Sally schlief seit einer Weile auf dem Rücksitz. Bis Jacksonville an der Atlantikküste waren es noch etwa zweihundertvierzig Meilen, von dort weitere dreihundertsechzig bis Cutler Ridge.

Gleich zu Beginn hatte er sich verfahren, war auf der Suche nach der Interstate 10 ins Hinterland geraten und von einem Schwertransporter aufgehalten worden, der ein Haus durch die schmale Straße manövrierte. Ein Mann balancierte auf dem Dach des Holzhauses und sägte den zu beiden Seiten stehenden Bäumen die Äste ab, die im Weg waren. Obwohl er mit einem Seil gesichert war, sah es gefährlich aus, wenn er, die Motorsäge in der Hand, den First entlangschwankte und sich unter Telephonkabeln wegduckte. Hinter dem Transporter fuhren drei Pickups, auf die Arbeiter das Holz luden, das reichlich anfiel. Tyler dachte, Sally würde das Spektakel gefallen, aber sie interessierte sich nicht im geringsten dafür. Seit Biloxi hatte sie kein Wort geredet, und nach einigen erfolglosen Versuchen hatte Tyler aufgegeben und das Radio eingeschaltet.

In der Nähe von Madison hielt Tyler an einem mexikanischen Fast-Food-Lokal und weckte Sally auf. Das Mädchen war kaum wachzubekommen und wollte nichts essen. Sie gingen trotzdem hinein, und Tyler bestellte für beide Tacos, Salat und Milkshakes. Weil Sally ihre Portion fast unberührt stehenließ und nur den Shake trank, holte Tyler einen zweiten und nahm ihn mit ins Auto.

Die Vitamintabletten fielen ihm ein, und er gab Sally eine davon.

«Wo sind wir?» wollte das Kind wissen. Mit den weißen Strümpfen, dem adretten Kleidchen und dem Hut sah es aus wie die Mädchen, die bei Wahlveranstaltungen den Politikern Blumensträuße übergeben.

«Außerhalb von Madison in Florida», antwortete Tyler, froh, daß Sally auch einmal von sich aus etwas sagte. «Noch etwa drei Stunden, dann sind wir in Jacksonville. Dort suche ich uns ein Motel zum Übernachten.»

«Wo ist meine Mam?»

«Die mußte zu Hause bleiben. Aber sie kommt später nach.» Tyler lächelte, obwohl ihm nicht danach war. Er fand es immer schwierig, sich mit Kindern zu unterhalten, doch in Sallys Fall war alles noch komplizierter, weil er sie überhaupt nicht kannte, sie von ihrer Mutter wegbrachte und sie belügen mußte.

Sally erwiderte nichts. Sie nahm den Strohhut ab und legte sich hin. Ihre Puppe hatte sie auf die Ablage gebettet und mit einer Serviette zugedeckt.

«Du darfst ganz alleine zu Onkel Norman in die Ferien», versuchte es Tyler weiter. «Freust du dich?»

Von Sally kam keine Antwort; entweder sie schlief oder sie tat so.

Tyler startete den Motor und rollte dann über den fast leeren Parkplatz zurück zur Straße. Er mußte sich wohl damit abfinden, daß Sally nicht sehr gesprächig war. Eigentlich hatte das auch sein Gutes: Eine Fünfjährige, die dauernd weinte und nach der Mutter schrie, hätte zum Problem werden können. Wenn die Kleine nicht mit ihm reden wollte – gut, dann würde er sie eben einfach nach Cutler Ridge fahren, stumm wie ein Chauffeur, der durch eine Glaswand von seinem Passagier getrennt ist.

Er schaltete das Radio ein und fand nach einer Weile einen Sender, der Arien aus bekannten Opern brachte. Der Empfang war nicht besonders gut, ein leises Rauschen und Knistern überlagerte die Musik, doch Tyler blieb auf dieser Frequenz und hörte zu. Er warf einen Blick nach hinten und sah, daß Sally mit offenem Mund schlief, die Arme überkreuz auf den Bauch gelegt.

Die Straße führte über Hügel und durch kleine Orte, dann wieder durchzog sie flache Landschaften, die trotz der verstreuten Häuser unbewohnt, ja unbewohnbar wirkten. Nach Waldstücken kamen versengte, spärlich bewachsene Ebenen, auf herausgeputzte Kleinstädte folgten trostlose Nester mit schäbigen Häusern, Autofriedhöfen und häßlichen Supermärkten, deren Parkplätze leer waren.

Tyler sah nicht bewußt hin, gelegentlich blieb ein Motiv für Sekunden haften: eine von Pflanzen überwucherte Tankstelle, ein Hund auf dem Dach eines fahrenden Busses, große schmutzigsilbrige Fische, die ein Transporter verloren hatte und die jetzt auf dem schwarzen Asphalt lagen, eine riesige unbenutzte Werbetafel, auf die jemand YOU ARE DEAD! geschrieben hatte.

Die Opernmusik war wie der Soundtrack zu einem Film über Tylers Kindheit; ein bißchen theatralisch und schwermütig begleitete sie die Bilder, die in ihm aufzusteigen begannen.

Bis Tyler neun war, wohnte die Familie in Chelmsford in der Nähe von London. Das Haus hatten sie von einem Onkel geerbt, den Tylers Mutter bis zu seinem Tod gepflegt hatte. Die ständigen Geldprobleme der Eltern kümmerten Tyler nicht; er verbrachte seine Tage im nahen Wald, staute den Bach und ließ Schiffe fahren, deren Besatzung aus Käfern bestand. Im Winter war der Dachboden sein Reich. Dort übte er auf einer alten Querflöte, bastelte Häuser aus Schuhkartons und baute ganze Städte, in denen er mit seinen Modellautos herumfuhr. Oder er saß radiohörend im Keller neben dem Holzverschlag, wo Pele, seine Schildkröte, während der kalten Monate untergebracht war. In seinen Welten lebend, bekam Tyler nicht viel von den Problemen der Eltern mit, und es war seine um sechs Jahre ältere Schwester, die ihn über den Stand der Dinge im Haus informierte. Margaret, ein ernstes und allwissendes Kind, liebte es, ihrem kleinen Bruder die Widrigkeiten des Daseins aufzuzeigen, und weil sie die Dinge gerne übertrieb, schien alles immer etwas tragischer, als es in Wirklichkeit war. Sie würden alle ins Elend geraten, hatte sie Tyler prophezeit und ihn auf eine Zukunft im Kinderheim vorbereitet. Einmal, nach einem besonders heftigen Streit der Eltern, ließ sie den kleinen Bruder mitten in der Nacht das Nötigste packen und machte sich mit ihm auf den Weg nach London. Zwei Stunden später kehrten sie um, weil es zu regnen begann und Tyler eingefallen war, daß er Pele vergessen hatte.

Der Grund für die Auseinandersetzungen zwischen seinen Eltern war der Beruf des Vaters, oder vielmehr das, was er für seine Berufung hielt. Matthew Tyler träumte davon, Opernsänger zu werden, doch sein unregelmäßiges Einkommen erzielte er mit Klavierstimmen und Gesangsunterricht. Kam auf diese Art zuwenig zusammen, arbeitete er für einen Bekannten, der Ungelernte im Akkord Wände anstreichen ließ. Tylers Mutter Lynn half an drei Nachmittagen pro Woche bei einem Friseur aus und steuerte so ein paar Pfund zur Haushaltskasse bei. Doch genug Geld war nie da, und immer, wenn eine dringende Anschaffung nicht länger hinausgeschoben werden konnte, kam es zum Streit, den Tyler unter der Bettdecke und seine Schwester mit dem Ohr an der Wohnzimmertür erlebten. Manchmal verstand Tyler, was die Mutter schrie, und fühlte sich schuldig, weil sein Name im Zusammenhang mit einer neuen Hose, einem Paar Winterschuhe oder einer Arztrechnung fiel. Margaret war viel zu sehr damit beschäftigt, sich Horrorvisionen auszumalen, als daß sie den verstörten Bruder hätte beruhigen können, und irgendwann fing

Tyler an, weniger zu essen und seine Kleidung zu schonen, indem er nicht mehr draußen spielte. Mit acht fand er einen Job bei einem Bäcker, wo er nach der Schule die Backbleche schrubbte, hatte nach einem halben Jahr einen kleinen Betrag gespart und kaufte davon die gefütterte Winterjacke, die nicht ins Budget gepaßt hatte und immer wieder Auslöser nächtlicher Streitereien gewesen war.

Am Tag, als Tyler mit der Jacke nach Hause kam, arbeitete seine Mutter. Nur der Vater war da; er saß in der Küche und kreuzte in der Zeitung Stellenangebote von Firmen an, bei denen er nie anrufen würde. Die Zeitung legte er später neben den Telephonapparat, damit es aussah, als habe er sich beworben. Tyler räumte ein paar Teller und Gläser vom Tisch und legte dann die Jacke in die Mitte, zu aufgeregt, um etwas sagen zu können. Sein Herz raste wie im Kaufhaus, als der Verkäufer das Stück vom Bügel genommen hatte, damit Tyler es anprobieren konnte. Sein Vater legte den Kugelschreiber weg und betrachtete die Jacke eine Weile. Schließlich berührte er sie und fragte, was das sei. Tyler sagte es ihm, bebend vor Aufregung und Stolz. Nachdem der Vater die ganze Geschichte gehört hatte, faltete er die Jacke sorgfältig zusammen und wickelte sie in Papier ein.

Im Bus saßen sie schweigend nebeneinander. Tyler sah aus dem Fenster auf die verregnete Herbstlandschaft und überlegte, ob er vielleicht die falsche Jacke gekauft hatte, ob sein Vater eine mit Kapuze gewählt hätte oder sogar einen dieser Mäntel aus Plastik, die wasserdicht waren und ewig hielten. Der Verkäufer war freundlich und verständnisvoll und gab Tylers Vater einen Gutschein. Damit gingen sie in die Spielwarenabteilung, und Tyler mußte sich Sachen aussuchen, bis der Betrag erreicht war, den die Jacke gekostet hatte. Obwohl sein Vater bei der Kasse stand und ihm aufmunternd zulächelte, hätte

Tyler am liebsten geweint. Er ging die Gänge zwischen den Regalen auf und ab, füllte den Einkaufswagen mit Gummibällen, Modellautos, Indianerfiguren, Revolvern, Comic-Büchern und Plastikdolchen, und während der ganzen Zeit kämpfte er gegen die Tränen. Vieles nahm er mit, ohne nachzusehen, was es überhaupt war, und als an der Kasse noch etwas fehlte, holte er sich eine Plüschgiraffe, obwohl er Giraffen nicht ausstehen konnte.

Seiner Mutter durfte er nur von dem Nebenverdienst in der Bäckerei erzählen, das mit der Jacke erfuhr sie nie. Ein paar Tage später verkaufte Tylers Vater das Klavier, auf dem er sich begleitet hatte, wenn er Arien übte. Von dem Geld wurden ein paar dringend benötigte Dinge angeschafft, unter anderem eine Winterjacke für Tyler. Während des Kaufs sprach Tyler nur sehr wenig und war fast froh, als das Modell, das seine Mutter für ihn aussuchte, keine Ähnlichkeit mit dem von ihm gewählten hatte. Das Spielzeug verschenkte er an Freunde, weshalb er in der Klasse eine Zeitlang als große Nummer galt. Die Giraffe setzte er im Wald aus.

Drei Wochen nach Tylers neuntem Geburtstag verkauften die Eltern das Haus, und die Familie zog nach London. Tylers Mutter hatte sich bis zum letzten Tag dem Verkauf widersetzt und schließlich aufgegeben, überrollt von den Zukunftsphantasien ihres Mannes, der ihr ein sorgenfreies Leben versprach. Tatsächlich wurde am Anfang alles besser: die Wohnung im Stadtteil Spitalfields war sehr schön, die Familie kleidete sich neu ein, Margaret bekam endlich eine andere Brille, und auch ein Klavier wurde wieder angeschafft. Sogar einen Gebrauchtwagen konnte man sich leisten, einen fünf Jahre alten Austin. Damit fuhr Tylers Vater zu seinen Schülern, denen er Klavier- und Gesangsunterricht erteilte. Er selber nahm Stunden bei einem ehemaligen Opernsänger, und wenn er nach einem solchen Tag nach Hause kam, war er ganz fiebrig und entrückt, gab Geschichten zum besten, die ihm der greise Tenor erzählt hatte, und sang Stellen aus Partituren vor, die sie gerade einstudierten. Tyler und seine Schwester saßen dann ehrfürchtig auf ihren Stühlen und hörten zu, und am Schluß klatschten sie und riefen Bravo, während die Mutter stumm das Geschirr abräumte und länger als nötig in der Küche blieb.

Tyler ging zur Schule, spielte Querflöte in der Kirchenmusik und Badminton im selben Verein wie der Sohn des pakistanischen Botschafters. Als er elf war, schenkten ihm die Eltern ein Saxophon zu Weihnachten, aber weil dem Pfarrer dieses Instrument mißfiel, übte Tyler darauf nicht Choräle, sondern die Hits aus dem Radio. Manchmal musizierte er mit seinem Vater im Wohnzimmer, und seine Mutter saß auf dem Sofa und hörte ihnen lächelnd zu. Als in der Schule das Aufsatzthema Glück lautete, schrieb Tyler über diese Konzerte. Wenn er gefragt wurde, was er werden wolle, antwortete er: Musiker, worauf die Leute erheitert seinen Kopf tätschelten und ihm zu dieser Wahl gratulierten. Mit einer Axt, die der Hausmeister im Hof hatte liegenlassen, hackte er sich an einem Sonntag nachmittag im Oktober den halben linken Zeigefinger ab, und das Saxophon und die Querflöte wurden verkauft. Erst dachte Tyler, sein Leben sei nach diesem Unfall sinnlos geworden, und er las mit aufgerichteten Nackenhaaren Zeitungsmeldungen über Selbstmorde, wobei ihn besonders die Methoden interessierten. Doch schon bald begriff er, daß man kein Instrument spielen mußte, um sich mit Musik zu beschäftigen. Er las Bücher und hörte sich Radiokonzerte an; sein erster Artikel mit dem Titel «Prokofjews ‹Peter und der Wolf› – Eine Analyse der Instrumentalisierung» erschien in der Schülerzeitung. Jetzt antwortete er jeweils, er wolle Musikwissenschaftler werden, und der Ernst in seiner Stimme hielt die Leute davon ab zu grinsen.

Margaret arbeitete inzwischen bei einer Bank und hatte sich ein Zimmer in Islington genommen. Obwohl das nicht weit von Spitalfields lag, ließ sie sich zu Hause kaum noch blicken. Wenn sie jedes dritte oder vierte Wochenende vorbeikam, tat sie das nur, um nachzusehen, ob ihre düsteren Vorhersagen eingetroffen waren. Für ihren kleinen Bruder blieb sie die Allwissende, und als sie ihm sagte, das Elend würde bald über ihn und seine Eltern hereinbrechen, glaubte er ihr und suchte sich wieder einen Job. Diesmal fand er eine Schreinerei, dessen Besitzer ihn zum Fegen der Werkstatt einstellte, jeden Tag zwei Stunden nach der Schule. Das Geld gab er seiner Schwester, die es auf ihrem Konto für ihn arbeiten ließ; für die schlechten Zeiten, wie sie sagte.

Die kündigten sich Wochen vor dem ersten Streit der Eltern mit einem Ereignis an, das Margaret sofort als böses Omen erkannte: Wie in jedem Oktober brachte Tyler seine Schildkröte zum Winterschlaf in einer mit Erde und Laub gefüllten Holzkiste in den Keller. Pele – er hieß so, weil er stundenlang einen Fußball vor sich herschieben konnte – grub sich artgemäß ein, schaufelte sich in den Humus und träumte dort wohl vom Frühling. Als Tyler ein paar Tage später nach ihm sah, lag der Panzer wie eine leere Schüssel im Verschlag, ausgefressen von einer Ratte, die Tylers Vater kurz darauf mit Giftködern zur Strecke brachte. Tyler heulte sich die Augen aus dem Kopf und schlug noch mit einem Stock auf die Ratte ein, als sie schon seit Stunden tot und steif war. Den Schildkrötenpanzer wollte er behalten, als Schale für seine Murmeln, aber als er zu stinken begann, begrub ihn Tyler im Park, zusammen mit Peles Fußball.

Am Tag nach dieser Beerdigung eröffnete Matthew Tyler seiner Frau, er wolle für ein paar Wochen nach Deutschland und Italien gehen, um dort in Opernhäusern vorzusingen. Lynn reagierte auf diese Hirngespinste – denn nichts anderes waren die Pläne in ihren Augen –, indem sie sich mit ihrem Sohn in der Küche einschloß und anfing, Caramelbonbons zu machen. Das hatte sie schon getan, als der Verkauf des Hauses in Chelmsford näherrückte. Tyler richtete sich darauf ein, bis spätabends am Tisch zu sitzen und durch die verschlossene Tür seinen endlos erklärenden und mit jeder Stunde hilfloser und wütender werdenden Vater zu hören, während seine Mutter immer lauter mit den Backblechen schepperte. Hatte der Vater eine gewisse Lautstärke erreicht, begann die Mutter zu singen, trällerte erst eine simple Melodie und legte zuletzt ihre ganze Stimmkraft in einen Schlager, von dem sie wußte, daß ihr Mann ihn verabscheute. Und während der ganzen Zeit saß Tyler da, aß die warmen Bonbons und wartete darauf, daß sein Vater wutentbrannt die Wohnung verlassen würde.

In Tylers Familie war es üblich, daß die Männer bestimmten und die übergangenen Frauen zu Mahnmalen der Resignation und des stoischen Leidens gemacht wurden. Schon Matthew Tylers Großvater hatte Frau und vier Kinder in Birmingham zurückgelassen, um sich in Australien den Opalsuchern anzuschließen. Aus geplanten sechs Monaten wurden drei Jahre, und alles, was von ihm zurückkam, waren das Einreiseformular und ein schlechtes Bild, das ihn lächelnd vor einem Schiffsbug zeigte; der australische Beamte hatte beides dem Totenschein beigelegt. Der Vater von Tylers Mutter hatte gegen den Willen seiner Frau eine Pferdezucht gegründet, die ein halbes Jahr später in Konkurs ging, und Matthew Tylers Bruder war gerade dabei, die Warnungen seiner Frau in den Wind zu schlagen und für ein teures Haus einen halsbrecherischen Kredit aufzunehmen.

Tylers Vater machte also schon aus Tradition, was er wollte. Dabei war er kein mieser Kerl, sondern nur ein ehrgeiziger Träumer, der nicht wahrhaben wollte, daß er im Heer der ausgebildeten Sänger zum Mittelmaß gehörte und wohl nie ein Engagement an einem großen Opernhaus erhalten würde. Alles, was er bisher erreicht hatte, waren ein Halbjahres-Stipendium und kleine Auftritte bei unbedeutenden Inszenierungen, für die winzige Gagen bezahlt wurden. Eine Zeitlang hatte er in Swansea in einem Hotel gearbeitet, dessen Besitzer es für geschmackvoll hielt, den Gästen nach dem Abendessen aus Wagner-Opern vorsingen zu lassen. Sogar bei Hochzeitsfeiern trat er auf, wo er und eine ehemalige Mitschülerin berühmte Duette aus *Figaros Hochzeit* und *Don Giovanni* zu Gehör brachten.

Diese Auftritte verdankte er einem Agenten, der in Manchester ein Vermittlungsbüro für Unterhaltungskünstler betrieb. Tylers Vater hatte sich in der Hoffnung gemeldet, bei einer kleinen Veranstaltung für Größeres entdeckt zu werden, doch kam es dazu nie. Ein halbes Jahr tingelte er mit *The Mikado* von einer Provinzbühne zur andern, später kamen *My Fair Lady* und *The Pirates of Penzance* dazu. Er haßte Musicals, und wenn das Ensemble auf seinen England-Tourneen in irgend einem Nest vor begeisterten Banausen gastierte, zog sich Matthew Tyler nach der Vorstellung auf sein Zimmer zurück und weinte vor Scham und Verzweiflung. Trotzdem sammelte er die Plakate, Programmhefte und die Besprechungen der Lokalzeitungen, schickte sie alle paar Wochen mit fröhlich klingenden Briefen nach Hause.

Die Küche roch noch schwach nach Caramelbonbons, als Tylers Vater mit einem Koffer die Wohnung verließ. Lynn stand auf dem Bürgersteig und hob die Hand zu einem angedeuteten Winken, Tyler rannte dem blauen Austin eine Weile nach, beide Arme über dem Kopf schwenkend, wie um ihn aufzuhalten.

Schon drei Tage später traf die erste Karte ein, aus Calais. Die zweite kam aus Brüssel, die dritte aus Köln. Tyler sah im Schulatlas nach und verfolgte den Weg des

Vaters, markierte die Orte mit Stecknadeln. Als nach einer Woche der erste Brief kam, las die Mutter ihn am Küchentisch vor. Alles schien in Ordnung zu sein, jedenfalls klang es so.

Ein ganzer Monat verging, bis Matthew Tyler in Italien eintraf. Tyler steckte Nadeln in Mailand, Parma, Ravenna, Florenz und schließlich in Rom, die Ansichtskarte vom Kolosseum durfte er über sein Bett hängen. Dann rief der Vater endlich an, redete lange mit seiner Frau und ein paar Minuten mit Tyler. Er sprach von Aussichten und Möglichkeiten, aber nicht von Angeboten und Zusagen, und nach einem weiteren Monat war er wieder zu Hause. Den Wagen hatte er mit Getriebeschaden in Dijon stehenlassen und war mit dem Zug bis Calais gefahren. Alles, was er mitbrachte, waren Plakate von Opernhäusern, ein paar zerfledderte Straßenkarten, die Nummernschilder und eine Bescheinigung der Garage in Dijon, wo der Austin jetzt stand. Sein Sohn bekam ein Modellauto, einen roten Ferrari mit Startnummern und einer Kühlerhaube, die man öffnen konnte. Seiner Frau hatte er in Frankreich ein Kleid gekauft, das zu eng war und so schön, daß die Beschenkte nicht wußte, wann sie es je tragen sollte.

Obwohl die Reise keinerlei beruflichen Erfolge gebracht hatte, schwärmte Tylers Vater von Italien und dessen Opernhäusern und behauptete, da und dort wertvolle Kontakte geknüpft zu haben. Tatsache war, daß die zwei Monate viel Geld gekostet hatten und er sich nach einer Arbeit umsehen mußte. Ein paar seiner Schüler waren ihm geblieben, aber das reichte nicht, und den Vertrag mit seinem Agenten in Manchester hatte er vor seiner Abreise aufgelöst. Tage und Wochen vergingen, während denen er vorgab, sich etwas zu suchen, doch schließlich war es seine Frau, die ihm eine Stelle in einem Musikgeschäft verschaffte. Der Laden lag in Holborn, wenige U-Bahnstationen entfernt, und zwei Tage nach seinem Vorstellungsgespräch erhielt Tylers Vater die Zusage.

Eine Zeitlang lief alles so, wie Tyler es von einer normalen Familie erwartete: der Vater ging am Morgen zur Arbeit und kam abends nach Hause, die Mutter kochte, putzte und ging einkaufen. Sogar Margaret, bei der Tyler fast jeden Freitag zu Besuch war, hatte keine schlimmen Vorahnungen mehr. An einem Sonntag nachmittag kam sie sogar in die Wohnung nach Spitalfields, obwohl sie damit rechnen mußte, ihren Vater anzutreffen. Sie hatte für Tyler zwei Wasserschildkröten gekauft, und nachdem die Tiere in ihrem Becken waren, setzte sich die ganze Familie an den Tisch und aß Kuchen. Die Unterhaltung entwickelte sich dann zwar nur stockend, aber angesichts der Tatsache, daß Margaret fast ein halbes Jahr nicht mehr mit ihrem Vater geredet hatte, durfte man zufrieden sein.

Dann kam dieser Anruf eines Freundes, und einmal mehr veränderte sich alles. Stephen Leyland, ein ehemaliger Lehrer von Tylers Vater, arbeitete für das Royal Opera House und besetzte die Nebenrollen einer Oper. Ohne seiner Frau etwas zu sagen, sang Matthew Tyler vor und wurde angenommen. Man garantierte ihm eine Anstellung für sechs Wochen, und Leyland stellte ihm ein festes Engagement in Aussicht. Tylers Vater sprach mit seiner Frau über die Sache, aber den Vertrag hatte er bereits unterschrieben. Die Stelle im Musikgeschäft kündigte er, Tyler mußte Caramelbonbons essen, bis ihm übel war, und Margaret ließ sich nicht mehr blicken.

Lynn suchte sich aus Trotz einen Job und fand ihn bei einer Kosmetikerin, die sich darauf spezialisiert hatte, in die Altersheime zu gehen und den alten Frauen die Nägel zu pflegen. An drei Nachmittagen in der Woche war sie weg, und Tylers Zeit bei Onkel Gilbert und Tante Mildred begann. Tyler ging gerne hin, denn erstens bekam er von Onkel Gilbert Geld für die gefundenen Einkaufszettel, und zweitens hatten sie Bücher mit Abbildungen schwarzer Frauen, die ihre nackten Brüste zeigten, als sei das die natürlichste Sache der Welt.

Tylers Vater war jeden Tag bis abends in der Oper, obwohl er nur an den Vormittagen hätte proben müssen. Wenn er nicht gebraucht wurde, setzte er sich in die hinteren, dunklen Reihen, um den Großen zuzuhören. Nach Hause kam er kaum noch, und wenn, dann nur zum Schlafen, Essen oder Baden. Oft schloß er sich im Badezimmer ein, wo er schwierige Passagen und Italienisch übte. Von seinem Lohn wollte er nichts für sich, verlangte nur jeden Tag sein Essen und machte vor, wie man mit wenig Geld auskommen konnte. Bald, wenn er größere Rollen bekäme, würde auch seine Gage steigen, versprach er immer wieder, obwohl seine Frau schon lange aufgehört hatte, sich über die finanzielle Situation zu beklagen.

Einmal schwänzte Tyler die Schule, um seinen Vater bei den Proben zu sehen. Ihm war übel vor Aufregung, als er bei der Haltestelle Covent Garden aus dem Bus stieg, und vor dem Opernhaus fror er fast eine Stunde lang, bevor er sich in das Gebäude traute. Den Leuten, die ihn aufhielten, sagte er, sein Vater sei Bühnenarbeiter, er müsse etwas Wichtiges von der Mutter ausrichten; so kam er in den großen Saal, der bis auf die schwach beleuchtete Bühne im Dunkeln lag, und versteckte sich in der Nähe einer Tür zwischen den Sitzen.

Ein paar Männer waren auf der Bühne, an einer Wand standen Stühle und ein Tisch. Jeder der Männer hatte einen Teil der Bühnenfläche für sich, wo er, vom eigenen Gesang gewiegt, steigende und sinkende Tonfolgen, Tremolos und Stakkatos übte. Ein seltsam schwingender Singsang entstand, ein an- und abschwellendes Durcheinander von kurzen und langgezogenen Lauten, ein Ertasten und Repetieren, eine wirre, ewig kreisende Melodie ohne Thema.

Nach einer Weile kamen ein Mann und eine Frau auf

die Bühne und setzten sich an den Tisch. Die Männer verstummten und bildeten eine Gruppe, dann mußte jeder vorsingen. Manchmal wurden sie unterbrochen und sollten eine Stelle wiederholen. Als sein Vater an der Reihe war, streckte Tyler den Kopf hinter der Sitzlehne hervor, und am Schluß der Probe stand er ganz auf und applaudierte hingerissen. Kaum hatte er ein paarmal in die Hände geklatscht, wurde er sich seines törichten Verhaltens bewußt, und noch bevor alle den Kopf nach ihm umgedreht hatten, rannte er aus dem Saal.

Der Tag der Premiere kam. In der Nacht der Uraufführung schlief Tyler nicht; er lag in seinem Bett und drückte die Daumen, bis sie schmerzten. Es half: die Inszenierung wurde ein Erfolg und das gesamte Ensemble gelobt, auch wenn die kleineren Rollen in der Kritik kaum erwähnt wurden. Nach sehr guten Besprechungen in der *Times* und im *Guardian* brachte Tylers Vater Champagner nach Hause, feierte ausgelassen und redete, ja sang geradezu von seiner Zukunft. Sogar seine Frau lachte, und Tyler war zum ersten Mal seit langer Zeit wirklich glücklich.

Tylers Vater hatte Freikarten für die zweite Aufführung. Am Abend des Ereignisses lag eine neues Kleid auf dem Ehebett, und Tyler bekam eine richtige Krawatte, zum Knoten, nicht so eine mit Gummiband. Die Mutter hatte Margaret überreden können mitzugehen, und schließlich saßen sie zu dritt im Taxi, dessen Fahrpreis Tylers Vater im voraus beglichen hatte. Tyler wußte damals schon, daß er sich immer daran erinnern würde, wie seine Mutter in dem Kleid aussah und wie sie versuchte, ihre Nervosität zu verbergen, indem sie aus dem Fenster sah und atemlos alles Vorüberziehende kommentierte, als fahre sie zum ersten Mal durch London.

Die Plätze in der Oper waren gut, achte Reihe, und als Tylers Vater seinen ersten Auftritt hatte, schlug allen, Margaret miteingeschlossen, das Herz im Hals. Beim

Schlußvorhang sprang Tyler auf; endlich konnte er seinem Vater richtig applaudieren, auch wenn der gar nicht auf der Bühne war und nur ganz kurz mit den anderen herauskam, um sich zu verbeugen. Als sich alle Beteiligten auf der Bühne drängten, fielen Bravo-Rufe, und Tyler stimmte ein, was ihm heiße und kalte Schauer über den Rücken jagte.

Im Sommer kam Stephen Leyland bei einem Autounfall ums Leben, und der neue Mann verlängerte einige Verträge nicht, darunter den von Matthew Tyler. Seltsamerweise nahm Tylers Vater diesen Schlag hin, ohne sich zu wehren. Er ging nicht einmal mehr in die Oper, um seinen Spind auszuräumen, und als die Verwaltung deswegen anrief, ließ er ausrichten, sie könnten die Sachen – Wäsche zum Wechseln, Toilettenartikel und Notenblätter – wegwerfen. Eine Woche später fand er eine Stelle bei einem Versandhaus, arbeitete dort zwei Jahre lang, wechselte dann in den Betrieb eines ehemaligen Schülers, der statt zu singen Badezimmermöbel herstellte, und blieb dort bis zu seiner Pensionierung. In die Oper ging er lange nicht mehr, und als er es nach Jahren wieder tat, saß er freudlos im Parkett und versuchte zu ergründen, was die Nebenrollen-Tenöre ihm wohl voraushatten. Das Singen ließ er ganz bleiben, auch zu Hause, und wenn er doch einmal gedankenverloren eine Arie antönte, brach er rasch ab, als sei er im Begriff gewesen, etwas Unerlaubtes, zumindest aber Unpassendes zu tun.

2

Elf Stunden nachdem sie in Biloxi losgefahren waren, erreichten sie Jacksonville. Tyler ließ Sally im Wagen schlafen, während er das Büro eines Motels betrat, um ein Zimmer für die Nacht zu buchen. Dann versuchte er, das Kind behutsam zu wecken, aber es schlief so fest, daß er es schließlich hineintrug und auf das Bett legte. Nachdem er seine Reisetasche und Sallys Koffer aus dem Dodge geholt hatte, zog er dem Mädchen die Schuhe aus und deckte es zu. Obwohl er todmüde war, ging er noch einmal weg und fuhr zu einer Tankstelle, deren Laden geöffnet hatte. Er kaufte Milch, Orangensaft, eine Pakkung Kekse, Schokolade und Zigaretten. Obst oder Joghurt gab es nicht, und der Mann an der Kasse verwies ihn an einen fünf Meilen entfernten Supermarkt. Tyler bedankte sich und fuhr zurück zum Motel.

Vor seiner Tür setzte er sich auf die Treppe, aß ein paar Kekse und rauchte eine Zigarette. Über seinem Kopf brannte eine Neonlampe, den Parkplatz säumten rote, in die Randsteine eingelassene Leuchten. Ein Mann ging die Straße entlang und blieb bei jedem Abfalleimer stehen, fischte Dosen oder Flaschen daraus und ließ sie in einem großen Sack verschwinden, den er hinter sich herschleifte. Er sah kurz zu Tyler herüber, worauf der den Blick senkte, die Zigarette wegwarf und ins Zimmer ging.

Sally schlief, lag genauso da, wie Tyler sie hingebettet hatte. Seit vier oder fünf Stunden schlief die Kleine nun schon, und Tyler überlegte, ob er sie wecken sollte, damit sie essen, trinken und zur Toilette gehen konnte. Er machte das Deckenlicht an, trank einen Becher Orangensaft und duschte, aber obwohl er sich keine Mühe gab, Lärm zu vermeiden, wachte Sally nicht auf. In Hosen und T-Shirt setzte sich Tyler vor den Fernseher und sah sich eine Talkshow an, bis seine Haare trocken waren. Schließlich machte er alle Lichter bis auf das im Bad aus und legte sich in das zweite Bett. Wenn er an seine Situation dachte, hatte er Mühe einzuschlafen, also schweifte er ab und überlegte, wie es Wilkins gehen mochte und ob Finn wohl gerade hinter seinem Pult saß und frischen Trödel begutachtete. Dann hörte er die Atemgeräusche des Kindes, und die Ablenkungsbilder aus London, die so angenehm vertraut und beruhigend waren, wichen wie eine schwache Erinnerung. Das *Blue Pelikan* Motel tauchte im Halbdunkel auf, Emerson Brown, Alison. Und immer wieder die schrecklichen Photos, für die irgendwelche Dreckskerle viel Geld bezahlten.

Als er nach einer Stunde noch wach war, stand er auf, nahm die schmutzige Wäsche aus der Reisetasche und wusch sie mit Seife in der Badewanne. Durch die Wand drang schwach Fernsehlärm; sein Nachbar schien ebenfalls nicht schlafen zu können. Nachem Tyler die nassen Sachen über die Duschvorhangstange gehängt hatte, setzte er sich aufs Klo und rauchte eine letzte Zigarette. Er bereute, im Laden kein Bier gekauft zu haben, trank stattdessen lauwarme Milch und legte sich dann wieder hin. Sally bewegte sich, gab einen kurzen, wimmernden Laut von sich und drehte sich um. Tyler horchte auf die regelmäßigen Atemzüge des Mädchens und schlief darüber endlich ein.

Weil Tyler in der Nacht vergessen hatte, die Rolläden herunterzulassen, war es am Morgen taghell im Zimmer. Eine Weile versuchte er weiterzuschlafen, indem er sich das Kissen über das Gesicht legte, dann stand er auf. Er warf einen Blick aus dem Fenster und sah wolkenloses Blau. Zwei Männer standen auf dem Parkplatz des Motels und redeten; der eine hielt einen Besen in der Hand, der andere einen Müllsack. Beide rauchten, und erst als ein Wagen die Einfahrt passierte, gingen sie auseinander.

Nachdem er sich ganz angezogen hatte, weckte Tyler vorsichtig Sally, goß Milch in einen Becher und brachte sie dem Mädchen ans Bett. Sally rappelte sich hoch. Ihr Haar war zerzaust, das Kleid zerknittert.

«Guten Morgen», sagte Tyler und hielt ihr mit der einen Hand den Becher, mit der anderen ein paar Kekse hin.

«Was ist das?» Sally rieb sich mit den Handrücken die Augen. Ihre Stimme klang heiser, wie geflüstert im verblassenden Rest des Traums, aus dem das Kind erwacht war.

«Milch», antwortete Tyler freundlich. «Du magst doch Milch, oder?»

Sally schwieg. Sie drehte sich um und hob erst die Bettdecke, dann das Kissen. «Wo ist Rachel?» fragte sie dann.

«Wer?»

Sallys Lider senkten sich zitternd. «Rachel», murmelte sie.

«Oh, die ist im Auto», sagte Tyler, als ihm klar wurde, daß Sally von ihrer Puppe sprach. «Sie hat gestern so fest geschlafen, daß ich sie nicht wecken wollte.» Da Sally noch zu schläfrig war, um zu essen oder zu trinken, stellte er den Becher auf den Nachttisch und legte die Kekse daneben. Dann zog er dem Kind die Schuhe an. Er wußte nicht, was ein kleines Mädchen nach dem Aufstehen tat, also brachte er Sally ins Badezimmer und gab ihr Waschlappen und Handtuch. Weil Sally für das Waschbecken zu klein war, drehte Tyler für sie das lauwarme Wasser der Badewanne auf. Schließlich nahm er die noch feuchte Wäsche von der Stange und ließ das Mädchen alleine.

Nachdem er das Gepäck im Wagen verstaut hatte, trank er einen Becher Orangensaft und aß etwas Schokolade. Im Badezimmer rauschte die Toilettenspülung, und wenig später ging die Tür auf. Sally sah noch genau so verschlafen aus wie zuvor, mit dem Unterschied, daß sie ihre Schuhe und Strümpfe ausgezogen hatte.

«Milch und Kekse stehen neben dem Bett», sagte Tyler und ging ins Bad, um den Wasserhahn zuzudrehen. Als er zurückkam, saß Sally auf dem Bett und sah fern.

«Möchtest du lieber einen Orangensaft?» fragte Tyler, da Sally die Milch nicht angerührt hatte. In der Gewißheit, keine Antwort zu erhalten, füllte Tyler einen Becher, reichte ihn Sally und stellte ihn, nachdem sie nicht reagierte, neben die Milch. Im Fernsehen lief eine Werbesendung; ein Friseurset wurde angepriesen und ein Junge so geschoren, bis er aussah wie sein Vater. Tyler nahm die Vitamintabletten aus seinem Jackett und gab eine davon Sally. Endlich trank sie einen Schluck Saft.

Um das Kind nicht zu verärgern, ließ er es eine Weile fernsehen und hängte in der Zeit seine Wäsche draußen an das Verandageländer, damit sie vor der Fahrt einigermaßen trocknete. Dann setzte er sich auf die Treppenstufen, rauchte die erste Zigarette des Tages, schluckte ebenfalls eine Vitamintablette und spülte sie mit dem restlichen Orangensaft hinunter. Die beiden Männer, ein kleiner Schwarzer und ein großer, dicklicher Weißer, waren jetzt damit beschäftigt, einen Gartenschlauch zu entrollen, um die kläglichen Büsche, die zwischen dem Parkplatz und dem Motelkomplex wuchsen, zu wässern. Der Weiße blieb beim Wasserhahn, während der Schwarze angeödet von einem Strauch zum andern schlurfte und dabei ungeduldig am Schlauch zerrte, der sich allenthalben irgendwo verhedderte.

Es war halb zehn, als Tyler ins Zimmer ging, um Sally zu holen. Im Fernseher lief noch immer Werbung, und das Kind lag schlafend auf dem Bett, so daß Tyler es wecken mußte. Er brachte es zum Dodge, und nachdem er den Zimmerschlüssel im Büro abgegeben hatte, rollten sie vom Parkplatz. An der Tankstelle, wo er Benzin und Wasser nachfüllte, kaufte er Doughnuts, Buttermilch und einen Becher Kaffee. Ein Penner wartete am Ausgang auf ihn und fragte nach Kleingeld, aber Tyler ließ ihn stehen und eilte zum Wagen. Sally saß auf dem Rücksitz und hielt die Puppe im Arm. Weil sie die Frage, ob sie frühstücken wolle, weder mit ja noch mit nein beantwortete, trank Tyler seinen Kaffee und fuhr los. Mehr als dreihundertfünfzig Meilen lagen noch vor ihnen, und Tyler hoffte, am späten Abend in Cutler Ridge anzukommen.

Als er ein paar Minuten später einen Blick auf Sally warf, schlief sie bereits wieder. Tyler fuhr an den Rand und hielt an, um das Kind richtig hinzulegen. Vielleicht war die schlechte Luft im Wagen für ihre ständige Müdigkeit verantwortlich, dachte er, drehte alle Fensterscheiben ein Stück weit herunter und nahm sich vor, zum Rauchen anzuhalten und auszusteigen.

In der Nähe von Daytona Beach lenkte Tyler den Wagen auf den Parkplatz eines Einkaufszentrums und blieb eine Weile über das Lenkrad gebeugt sitzen. Ihm war übel, und er fühlte sich so matt, daß es ihm gefährlich schien weiterzufahren. Nach einer Weile stieg er aus und ging zum Haupteingang der Mall, wo er sich auf eine der Bänke setzte, den Kopf zurücklegte und die Augen schloß. Als es ihm ein wenig besser ging, suchte er ein Restaurant und trank einen Kaffee.

In der Ladenstraße, durch die er zurück zum Parkplatz ging, befand sich eine Apotheke, und plötzlich erinnerte sich Tyler an die Vitamintablette, die er vor ein paar Stunden eingenommen hatte. Er holte sein Jackett aus dem Wagen und zeigte einer Angestellten der Apotheke die Tabletten und fragte, ob sie wisse, was das sei. Der Filialleiter kam dazu, und schon bald konnte man Tyler über den wahren Inhalt der kleinen Dose aufklären: Tranquilizer hatte Alison ihm mitgegeben, Beruhigungspillen, nicht die stärksten, aber stark genug, um einen Erwachsenen leicht anzuschlagen. Auf die Frage, ob das Mittel für Kinder gefährlich sei, antwortete die Frau, bei regelmäßiger Einnahme oder überhöhter Dosierung bestünde die Gefahr eines Kreislaufzusammenbruchs, der im schlimmsten Fall zum Tod führen könne. Tyler ließ sich ein Aufbaupräparat geben und ging zum Ausgang.

Als er an einem Spielzeugwarenladen vorbeikam, kaufte er ein Puppenbett mit Decke, Kissen und einem Himmel aus Rüschen und geblümtem Stoff.

Sally schlief die nächsten fünf Stunden. Sie wachte in Fort Pierce auf, wo Tyler zum Tanken anhielt. In der Nähe der Tankstelle befand sich ein Park, und nachdem Tyler ein paar Dosen Cola und etwas Obst gekauft hatte, ging er mit dem Mädchen spazieren. Ein frischer Wind wehte vom Atlantik her, im Hafen rempelten sich Segelboote, und unter der Kuppel eines Pavillons spielte eine Band aus alten Männern viel zu schnell einen Walzer. Wo man hinsah, war Bewegung; Leute joggten und fuhren Rad, Kinder spielten, Hunde jagten über die Rasenflächen. Tyler und Sally schritten so langsam durch die Anlage, daß sie in diesem Trubel fremd wirkten wie Schlafwandler.

Bei der nächsten Gelegenheit setzten sie sich auf eine Bank. Vor ihnen lag der Indian River, eine Art Kanal zwischen dem Festland und dem Meer. Paddelboote fuhren, am Ufer standen ein paar weiße Vögel, die Tyler bisher nur in Tierfilmen auf den Rücken von Nashörnern gesehen hatte, und im Schatten eines Baumes saß ein Pelikan. Tyler öffnete eine Dose Cola und gab sie Sally. Dann nahm er eine der Tabletten, die er in der Apotheke gekauft hatte, und hielt sie dem Mädchen hin. Sally schluckte sie mechanisch und spülte sie mit Cola hinunter.

«Gefällt es dir hier?» Tyler hatte für Sally eine Orange geschält, aber das Mädchen wollte nichts essen.

Sally schwieg. Dann nickte sie immerhin.

«Warst du schon mal in Cutler Ridge?»

Ob Sally wieder oder noch immer nickte, war schwer zu sagen.

«Gibt es dort auch Pelikane?» Tyler war sicher, daß es so nahe bei den Everglades Pelikane geben mußte, aber er wollte dem Mädchen unbedingt ein paar Sätze entlocken.

«Papageien», sagte Sally und lehnte sich zurück, als wolle sie das Gespräch damit beenden.

«Papageien! Das ist ja ein Ding!» rief Tyler aus. Seine Begeisterung war nicht einmal gespielt, denn als Kind hätte er statt der Schildkröte viel lieber einen Papagei gehabt. «Und die fliegen da überall herum?»

Sally seufzte. «Nein, die sind im Papageien-Dschungel, das ist wie ein Zoo, aber nicht wie der in New Orleans, viel kleiner.» Sie sagte das, als würde sie einem Idioten etwas erklären.

«Aha.» Tyler schälte eine Banane und gab die Hälfte einem Hund ab. Der braune Setter hatte sich hechelnd und mit starr auf die Frucht gerichtetem Blick vor ihn hingesetzt und schien nun nicht recht zu wissen, was er mit dem komisch schmeckenden Ding im Maul anfangen sollte. Schließlich ließ er die Bananenhälfte vor Tylers Füße fallen und trabte auf eine Art davon, die zwischen Verlegenheit und Verachtung schwankte. «Beehren Sie uns bald wieder!» rief Tyler dem Hund nach und drehte sich lächelnd nach Sally um. Aber Sally saß nur da und sah mit unbewegtem Gesicht auf einen Punkt, der irgendwo zwischen dem Kanal und dem Atlantik liegen mochte.

Eine halbe Stunde später saßen sie wieder im Auto. Tyler gab Sally das Puppenbett, und zum ersten Mal erlebte er, wie das Mädchen auf etwas wirklich reagierte. Das Kind zeigte eher Erstaunen und Neugier als Freude, doch Tyler war damit schon zufrieden. Er drehte das Radio an und fuhr zurück zum Highway. 126 Meilen bis Miami, las er auf einem Schild, und in die Erleichterung darüber, es bald geschafft zu haben, mischte sich Wehmut.

3

Kurz vor neun Uhr abends waren sie in Cutler Ridge. Tyler fand die Adresse, ohne sich zu verfahren, obwohl die Häuser alle fast gleich aussahen. Eine Weile blieb er im Wagen sitzen. Er hatte das Radio ausgemacht, das Seitenfenster heruntergedreht und sich eine Zigarette angesteckt. Sally spielte noch immer Aufstehen-und-zu-Bett-Gehen mit der Puppe, und es dauerte eine Weile, bis sie merkte, wo sie sich befanden.

«Tja, wir sind angekommen», sagte Tyler endlich und lächelte in den Innenspiegel, den er so gedreht hatte, daß er Sally sehen konnte.

Sally tat, als hätte sie ihn nicht gehört. Sie sprach mit zwei verschiedenen Stimmen; die eine war die Mutter, die andere das Kind. Das Kind wollte nicht ins Bett, und die Mutter wurde wütend.

«Onkel Norman und Tante Cynthia werden sich freuen, dich zu sehen.» Tyler sah zum Haus. Wenn das Äußere Rückschlüsse auf die Bewohner zuließ, brauchte er sich um Sally keine Sorgen zu machen; der Rasen und die Hecke waren gepflegt, Holzzaun und Fassade frisch gestrichen. Aus einem der Gärten dudelte ein Radio, der Geruch nach gegrilltem Fleisch wehte von irgendwoher, Scharen winziger Vögel wirbelten in den Bäumen. Als ein kleiner Junge mit einem Hund an der Leine vorüberging, zweifelte Tyler nicht mehr daran, daß Sally in eine gute Umgebung kommen würde.

Dann fiel ihm der Umschlag ein; er nahm ihn aus dem Handschuhfach und riß ihn auf. Ein Brief und zweitausend Dollar in Hundertern waren darin. IRGENDWANN, WENN ICH SO ERWACHSEN BIN WIE SIE, KÜMMERE ICH MICH UM SALLY, las er. ICH DANKE IHNEN FÜR ALLES, SEIEN SIE MIR NICHT BÖSE, ALISON. Und weiter unten: DEN WAGEN KÖNNEN SIE BEHALTEN.

Tyler zerknüllte den Brief, legte die zwanzig Scheine in den Umschlag zurück und steckte sie in die Brusttasche des Jacketts. Dann stieg er aus und öffnete die hintere Wagentür. Sally hob nicht einmal den Kopf und spielte konzentriert trotzig weiter. Erst als Tyler sachte ihre Hand nahm, rutschte sie vom Rücksitz.

«Die Sachen holen wir nachher», sagte Tyler. Er kämmte sich die Haare mit der freien linken Hand aus der Stirn.

«Darf ich das Bett behalten?» Sallys Frage war so leise, daß sie gegen die friedlichen Geräusche aus den Gärten kaum ankam.

Tyler ging in die Hocke und faßte das Mädchen an den Hüften. «Aber natürlich darfst du es behalten», antwortete er und lächelte. «Es ist doch ein Geschenk.»

Sally blickte ihn an, als überlege sie, wo der Haken an der Sache sei.

«Das ist mein Geschenk an dich und Rachel, damit ihr beiden immer an mich denkt.» Tyler wollte Sally sanft rüttelnd wecken aus ihrem traurigen Halbschlaf, aber ihr Körper blieb starr und ihre Miene müde und mißtrauisch. Vielleicht hatte sie schon seit Jahren diese Tabletten bekommen, dachte Tyler, möglicherweise würde es Wochen dauern, bis diese künstlich erzeugte Trägheit nachließ und Sally wieder so war, wie er sich ein normales Kind vorstellte. Ob Sally zu den Kindern gehörte, die in dem schäbigen Haus hinter dem Motel mißbraucht worden waren, wußte Tyler nicht, und er brachte es nicht fertig, in Sallys Gegenwart darüber nachzudenken.

Während sie auf das Haus zugingen, hielt Tyler die Hand des Mädchens fest umschlossen.

«Dann wollen wir mal.» Er lächelte Sally so aufmunternd zu, wie er es fertigbrachte. Als er klingeln wollte, fiel sein Blick auf das Schild, und da stand nicht Norman Walsh, sondern E. Griffin. Tyler trat ein paar Schritte zurück, zog Alisons Zettel aus der Tasche und verglich die Hausnummern. «Wohnen hier Onkel Norman und Tante Cynthia?» Tyler ging zurück in den Vorgarten, damit Sally das Haus in voller Größe sah.

Sally guckte unbeteiligt und sagte nichts.

«Du warst doch schon einmal hier, oder?»

«Mhm.» Sallys Nicken hätte man auch für ein Kopfschütteln halten können.

Tyler beugte sich zu dem Mädchen hinunter. «Du bist doch schon mal hier in den Ferien gewesen, nicht wahr?»

Sally machte ein Gesicht, als müsse sie etwas beichten. «Ja», murmelte sie schließlich.

Mit Sally an der Hand ging Tyler zurück zum Haus und klingelte. Nach einer Weile öffnete eine Frau, die ein wenig betrunken war und sich über den späten Besuch zu freuen schien. Tyler fragte sie, ob Norman und Cynthia Walsh in diesem Haus gewohnt hätten, und erfuhr, daß die beiden vor fünf Monaten ausgezogen waren. Den neuen Aufenthaltsort kannte die Frau nicht, empfahl Tyler aber, es bei der Maklerfirma, die das Haus damals vermittelt hatte, zu versuchen. Sie bat Tyler zu warten, verschwand für eine Ewigkeit und kam dann mit einer Visitenkarte des Maklers zurück. Für Sally hatte sie einen Schokoladeriegel gebracht, der halb geschmolzen war. Sie wünschte viel Glück bei der Suche und stand noch in der offenen Tür, als Tyler und Sally bereits im Wagen saßen.

Nach einer Stunde, während der Tyler ziellos durch die Gegend gefahren war, hielten sie auf dem Parkplatz eines Motels. Eine Weile blieb Tyler sitzen und beneidete Sally um ihre Sorglosigkeit, dann stieg er aus. Nachdem er beim Empfang die Karte ausgefüllt und für eine Nacht bezahlt hatte, holte er das Mädchen und das Gepäck aus dem Wagen. Sallys Gesicht und Hände waren mit Schokolade verschmiert, und im Zimmer holte Tyler als erstes eine Handvoll Kleenex aus dem Bad. Er war froh, daß Sally fernsehen wollte, denn so hatte er Gelegenheit, im

Laden auf der anderen Straßenseite Essen und Getränke zu holen. Er fand einen Film mit Bob Hope, verbot Sally, den Kanal zu wechseln, und verließ das Zimmer, dessen Tür er verriegelte.

Nachdem er eingekauft hatte, setzte sich Tyler ins Auto, rauchte eine Zigarette und trank ein Bier dazu. In Gegenwart des Kindes hatte er sich beherrscht, doch jetzt fluchte er hemmungslos und schlug auf das Lenkrad ein, bis seine Fäuste schmerzten. Es dauerte ein paar Minuten, dann hatte er sich einigermaßen beruhigt und konnte ins Motel zurückkehren.

Sally saß noch genau so auf dem Bett, wie Tyler sie verlassen hatte. Obwohl der Film eine Komödie war, blieb ihre Mimik unbewegt; das Kind schien weder Handlung noch Sinn zu begreifen und lediglich an den bewegten Bildern und den Stimmen interessiert zu sein. Tyler erinnerte sich an einen Artikel, in dem beschrieben wurde, daß sich junge Enten bei einem Tonbandgerät geborgen fühlten, das die Laute ihrer Mutter abspielte.

«Ich habe uns etwas mitgebracht.» Tyler schwenkte ein Sandwich und eine Dose Cherry Cola, doch erst als er den Fernseher ausschaltete, aß und trank Sally etwas. Der Versuch, mit dem Kind ein paar simple Sätze zu wechseln, mißlang erneut, also saßen sie schweigend nebeneinander und kauten an ihrem Essen wie an einem unlösbaren Rätsel.

Später, als Sally im Bett lag, rief Tyler im *Blue Pelikan* an, doch Emerson Brown meldete sich sowenig wie Alison oder deren Eltern, wo es Tyler kurz darauf versuchte. Eine Mischung aus Wut und Panik setzte sich in Tyler fest. Er wartete, bis Sally schlief, verließ das Zimmer und fand in einer Seitenstraße unweit des Motels eine Bar. Zuerst hatte Tyler sie für ein Sportartikelgeschäft gehalten: Das große Fenster zum Gehsteig hing voller Plakate, Photos, Wimpel, Autogrammkarten und Spielerleibchen, und im

Innern standen überall Pokale, signierte Bälle und Helme, Baseballschläger und Fanghandschuhe herum. Die Bedienung, eine junge, hochschwangere Frau, trug die schwarze Mütze, das schwarz und weiß gestreifte Kurzarmhemd und die weiße Hose der Schiedsrichter. Tylers Bestellung gab sie über ein Mikrophon an die Theke weiter.

Während Tyler seinen Whisky trank, sah er abwesend auf den Großbildschirm über sich, wo Szenen eines Footballspiels liefen. Die übrigen Gäste des Lokals redeten und lachten, in einem angrenzenden Raum wurde an Geräten gespielt. Obwohl jeder weitere Bourbon Tyler ein wenig immuner gegen den Lärm werden ließ, bezahlte er nach dem vierten Glas und ging zurück ins Motel.

Tyler schlief unruhig, und als er am Morgen nach seiner Armbanduhr griff, bemerkte er, daß Sally schon wach war. Sie saß auf dem Bett und spielte mit ihrer Puppe, flüsterte wieder in ihren zwei Stimmen. Eine Weile blieb Tyler liegen und hörte zu, dann stand er auf und ging ins Bad. Im grellen, von den weißen Fliesen zurückgeworfenen Licht fühlte er sich so elend, daß er über sein müdes Gesicht nicht mehr erschrak. Was ihm wirklich angst machte, war der Gedanke, in einem Motel in Florida festzusitzen und ein Kind bei sich zu haben, das er nicht mehr los wurde. Daß ihm dieses Kind etwas bedeutete, machte die Sache nur schlimmer.

Als Tyler aus dem Badezimmer kam, lief der Fernseher, und Sally mühte sich mit den Knöpfen ihres Kleidchens ab. Tyler half ihr, ständig darauf bedacht, das Kind nicht so zu berühren, wie es möglicherweise andere Männer getan hatten. Später telephonierte Tyler mit dem Maklerbüro und erfuhr, daß Norman und Cynthia Walsh ihre neue Adresse nicht hinterlassen hatten. Im *Blue Pelikan* meldete sich noch immer niemand, und Alisons Mutter, die nach langem Klingeln endlich den Hörer abnahm, redete wirres Zeug und legte dann einfach auf. Tyler spielte mit dem Gedanken, sich an die Polizei in Biloxi zu wenden, ließ es aber bleiben und versuchte es statt dessen weiter bei Emerson Brown.

Es war schon fast zehn Uhr, als Tyler mit Sally zu einem Lokal fuhr, um zu frühstücken. Er hatte Brown nicht erreicht und versuchte, seinen Zorn und seine Nervosität vor dem Kind zu verbergen. Zum ersten Mal schien Sally wirklich Appetit zu haben und aß alles, was Tyler für sie bestellte. Sie hatte Rachel auf den Stuhl neben sich gesetzt und erklärte ihr die Wichtigkeit von Vitamin C im Orangensaft. Seit das Mädchen nicht mehr unter der Wirkung der Beruhigungstabletten stand, trat es in kleinen Schritten aus seiner dumpfen Welt heraus und bewegte sich mit scheuer, vorsichtiger Neugierde in der neuen. Noch unterhielt sich Sally bloß mit ihrer Puppe, aber Tyler war sicher, daß sie bald auch mit Menschen reden würde. Er fragte sich, ob Alison ihrer Tochter die Tabletten nur vor der Reise gegeben hatte oder ob das Kind schon seit langer Zeit auf diese Weise ruhiggehalten worden war, und während er Sally beim Essen zusah, wünschte er sich, er könnte alle schlimmen Erinnerungen in ihr löschen, wie man schlechte Filme von Videokassetten löscht.

Nach dem Frühstück bat Tyler eine Kellnerin, auf Sally aufzupassen, und ging telephonieren. Emerson und Lawrence Brown schienen verschwunden zu sein, und Tyler fragte sich, ob sie vielleicht schon im Gefängnis saßen, zumindest in Untersuchungshaft. Er nahm allen Mut zusammen und rief bei der Polizei in Biloxi an, gab sich als Anwalt von Lawrence Brown aus und verlangte, seinen Klienten zu sprechen. Keiner der drei Beamten, mit denen er verbunden wurde, wußte von einem Fall Brown.

Später konnte sich Tyler kaum erinnern, wie sie zu dem

Zoo gekommen waren. Während er mit Sally langsam durch das riesige Gelände spazierte, überlegte er, was jetzt zu tun war. Sie hätten zurück nach Biloxi fahren können; bestimmt würden sich die dortige Polizei und das Jugendamt um Sally kümmern. Alisons Eltern waren dazu nicht in der Lage, soviel stand fest. Die Behörden würden vielleicht Norman und Cynthia Walsh finden, die Sally aufnehmen könnten. Immer wieder fragte sich Tyler, ob Alison gewußt hatte, daß ihr Bruder aus Cutler Ridge weggezogen war.

Bei den Tigern blieben sie lange stehen, und Sally warnte Rachel vor den Raubkatzen, die träge im Schatten künstlicher Felsen lagen. Danach setzten sie sich in eines der vier Restaurants und aßen Eis. Tyler kam sich mies vor, weil er die ganze Zeit darüber nachdachte, wie er Sally los wurde. Am liebsten hätte er sie mit nach London genommen, aber natürlich wußte er, daß das Unsinn war. Dennoch stellte er sich vor, wie er mit Sally zu Finn gegangen wäre und wie dem Mädchen der ganze Trödel gefallen hätte.

«Was würdest du jetzt gerne machen?» fragte Tyler Sally, nachdem sie die zweite Portion Eis gegessen hatten.

Sally antwortete nicht, aber sie sah Tyler erwartungsvoll an.

«Augenblick.» Tyler blätterte im Touristenführer. «Hier. Wie wär's damit? Ein Schloß aus mehr als tausend Tonnen Korallengestein, gebaut von einem Mann als Liebeserklärung an ein Mädchen. Fast dreißig Jahre hat er an dem Ding gearbeitet, ganz alleine. Sogar Ingenieure sind verblüfft, steht hier. Wollen wir hin?»

Noch immer sagte Sally nichts, doch ihr Gesicht verriet Interesse.

«Gut», meinte Tyler. «Und vorher gehen wir in den ‹Monkey Jungle›, das ist hier ganz in der Nähe. Magst du Affen?» Tyler legte die Broschüre weg, kratzte sich unter beiden Armen und gab ein paar Grunzlaute von sich.

Daß die übrigen Gäste im Lokal die Köpfe nach ihm drehten, war ihm peinlich, aber Sallys erstauntes Lächeln entschädigte ihn dafür.

Es war Abend, als sie in einem der Hotels an der Collins Avenue eincheckten. Sally hielt ihre Puppe und einen riesigen Plüschaffen, den ihr Tyler im *Monkey Jungle* gekauft hatte, in den Armen. Sie war so müde, daß sie im Zimmer sogar vergaß, den Fernseher einzuschalten. Tyler rief den Zimmerservice an und bestellte ein Glas Milch und Apfelkuchen, aber als sie gebracht wurden, schlief Sally schon. Mit einem Bier aus dem Kühlschrank ging Tyler auf den kleinen Balkon, rauchte eine Zigarette und sah hinunter auf den Strandabschnitt, wo Hotelangestellte die Liegestühle und Sonnenschirme zusammenräumten. Ein paar Boote segelten noch der Küste entlang, weit draußen ankerte ein Containerschiff. Tyler wußte jetzt, was er tun würde, wenn er weder Alison noch Emerson Brown erreichen sollte, und ihm wurde so elend, daß er sich hinsetzen mußte. Der Himmel über ihm dunkelte langsam ab, vorher kaum sichtbar gewesene Wolken glühten an den Rändern gelb und rot, und die Kondensspuren von Flugzeugen traten plötzlich hervor wie alte Narben. Es war still hier oben; Tyler glaubte sogar hören zu können, wie Sally im Schlaf redete.

4

Um nicht denselben üblen Gedanken immer wieder wälzen zu müssen, verplante Tyler den ganzen nächsten Tag. Er fuhr mit Sally nach Flamingo, einem Ausflugsziel im Süden des Everglades National Park. Der Rummel gefiel Tyler nicht besonders, aber Sally zuliebe machte er sämtliche Touren mit, und wenn die Situation anders gewesen wäre, hätte er sich bei den Alligatoren, Pelikanen und Waschbären sogar amüsiert. Im Hotel hatte er noch ein paarmal erfolglos versucht, Sallys Mutter oder Emerson Brown zu erreichen, und auch jetzt benutzte er bei jeder Gelegenheit ein öffentliches Telephon. Die beiden Nummern kannte er schon lange auswendig; allmählich erinnerte ihn das alles an die Geschichte mit Sinclair Banks, und wenn er an deren Ausgang dachte, krampfte sich sein Magen zusammen.

Am Nachmittag fuhren sie zurück nach Miami, dann in Richtung Key Biscayne zum Meeresaquarium, wo es Delphine, Schwertwale und Haie zu sehen gab. Bei einer der vielen Shows konnte man sich anstellen, um sich von einem Seelöwen küssen zu lassen, und als Sally an der Reihe war und halb angeekelt, halb entzückt das Gesicht verzog, bereute es Tyler einmal mehr, keinen Photoapparat dabeizuhaben.

Schließlich landeten sie in einem der riesigen Einkaufszentren am Biscayne Boulevard. Tyler kaufte Sally einen Puppenwagen, den sie mit allem beladen durfte, was sie sich wünschte. Das Geld dafür nahm Tyler aus Alisons Umschlag. Für sich kaufte er eine billige Reiseschreibmaschine und ein Paket Papier. Im Erdgeschoß setzten sie sich an einen der Tische, die um einen großen Brunnen gruppiert waren. Bäume wuchsen dem Dach einer Glaskuppel entgegen, von einem Felsen plätscherte Wasser, und in einem abgetrennten Teil des Brunnenbeckens schwammen Fische. Tyler holte zwei Becher Cola, stellte die Maschine auf den Tisch und spannte ein Blatt Papier ein. Während Sally mit ihren neuen Sachen spielte, schrieb Tyler alles auf, was er über die Sache mit der Kinderpornographie wußte und für die Polizei nützlich sein könnte. Er listete die Namen sämtlicher Beteiligten auf, seinen ausgenommen, und gab Emerson Brown als Hauptzeugen an. Dabei fragte er sich, ob

Emerson wirklich zur Polizei gegangen war oder ob er jetzt, da Tyler weit weg war, nichts tat, was seinem Bruder schaden konnte. Möglich, daß Saunders ihn am Gang zum Revier gehindert hatte. Vielleicht lebte Emerson Brown schon nicht mehr, und Lawrence wartete ein paar Wochen, verkaufte dann das *Blue Pelikan* und verschwand irgendwohin. Aber wahrscheinlicher war, daß Saunders, Alison und die beiden Browns sich darauf geeinigt hatten, Gras über die Sache wachsen zu lassen; Emerson suchte weiter nach Fehlern in Filmen, Lawrence führte das Motel, Saunders und Alison verlegten ihre Geschäfte in eine andere Gegend.

Nach einer Weile hörte Tyler auf, sich mit solchen Mutmaßungen verrückt zu machen. Er steckte die beiden Blätter in einen Umschlag, ging mit Sally in die Tiefgarage, lud die Spielsachen in den Dodge und verstaute den zusammengeklappten Puppenwagen im Kofferraum. Er hatte für Sally eine Kassette mit Kinderliedern gekauft und schob sie in den Recorder, aber nach den ersten Klängen fühlte er sich nur noch elender.

Zwei endlose Stunden fuhr Tyler durch die abendliche Stadt, dann war Sally auf dem Rücksitz eingeschlafen. Tyler machte die Musik aus und parkte den Wagen an der Ecke Northwest 4th Street und Northwest 2nd Avenue, keine fünfzig Meter von der Polizeistation entfernt. Sally lag inmitten von Plüschtieren, Puppenkleidern und winzigem Geschirr, Besteck und Kochtöpfen. Sie hatte am Morgen gebadet und frische Kleider angezogen, und in ihren Haaren steckten bunte Spangen aus dem Spielwarengeschäft. Ihr Kopf lag auf dem Bauch des Stoffaffen, dessen lange Arme sie um ihren Körper geschlungen hatte.

Eine Zeitlang konnte sich Tyler nicht rühren. Er betrachtete Sally, stellte sich vor, wie es wäre, eine Tochter zu haben, und was es bedeuten würde, mit ihr zu leben und für sie zu sorgen. Die Empörung über Alisons Verantwortungslosigkeit wich einer dumpfen Verzweiflung und der Überzeugung, alles falsch zu machen, ohne je zu wissen, was richtig gewesen wäre. Als er merkte, daß er weinte, riß er sich zusammen, nahm seine Reisetasche und die Schreibmaschine vom Beifahrersitz und stieg aus. Er drückte vorsichtig die Tür zu und legte den Schlüssel, nachdem er den Wagen verriegelt hatte, unter den Vorderreifen. Dann ging er weg, drehte sich noch ein paarmal um, zögerte und rannte schließlich los.

In einer Telephonzelle wählte er noch einmal die Nummer des *Blue Pelikan* und ließ es so lange klingeln, bis die Leitung unterbrochen wurde. Danach versuchte er es ein letztes Mal bei Alisons Eltern, hoffte, mit dem Vater sprechen zu können. Aber wieder meldete sich nur die Mutter, und Tyler legte wortlos auf. Schließlich rief er beim Polizeiposten an, gab den Standort des weißen Dodge durch und wies auf den Schlüssel und den Umschlag hin. Die Beamtin wollte seinen Namen wissen, aber Tyler wiederholte nur die Angaben und hängte ein.

Die Bar, die er fand, war zu groß und zu hell; Tyler setzte sich an einen der hintersten Tische und bestellte einen Wodka Tonic. Er trank hastig und winkte dem Kellner mit dem leeren Glas, als er bezahlte, zitterten seine Hände. Mit einem Taxi ließ er sich zur Polizeistation fahren und sah, daß der Dodge weg war. Er hätte sich gerne erleichtert gefühlt, aber alles, was er empfand, waren Schmerz und Abscheu vor sich selbst. Ohne Vorstellung, wohin er wollte, wies er den Fahrer an, die Küstenstraße in Richtung Süden zu nehmen, hinaus aus der Stadt.

Während sie die Hochhäuser und Hotelburgen hinter sich ließen, wurde er unendlich müde. Lichter wischten vorbei wie verpaßte Gelegenheiten, und das Wasser der Biscayne Bay lag still da, ein gespanntes Tuch unter einem Himmel, der abgenutzt und durchlässig wirkte. Tyler schloß die Augen, mußte sie aber wieder öffnen, weil ihm übel wurde. Als sie Cutler Ridge durchquerten, sank Tyler auf dem Rücksitz zusammen und hielt sich die Hände vor das Gesicht.

Irgendwann wollte der Fahrer, daß Tyler ihm ein Ziel nannte. Sie fuhren mittlerweile auf dem South Dixie Highway durch Orte mit Namen wie Goulds, Princeton und Naranja; fade Vorstädte, die aus abgezirkelten Wohnquartieren, Mobile Home Parks und riesigen Einkaufszentren bestanden. Tyler hatte kein Ziel, weder für die nächsten Stunden noch für die Tage und Wochen, die vor ihm lagen, und wenn er es sich recht überlegte, hatte er ebensowenig eine Vorstellung davon, was er mit den kommenden Jahren anfangen sollte. Aber der Fahrer schien auf eine Antwort zu warten, und so kramte Tyler in seiner Erinnerung an die Straßenkarte und nannte ihm schließlich Key Largo, das irgendwo vor ihnen liegen mußte. Vierzig Meilen, sagte der Fahrer und warf einen Blick in den Rückspiegel, als wolle er Tylers Zahlungsfähigkeit abschätzen. Um ihn zu beruhigen, zog Tyler ein paar Scheine aus der Jackentasche und zählte demonstrativ hundert Dollar ab. Dabei kamen die Tickets für die Bootstour zum Vorschein, die er mit Sally in Flamingo unternommen hatte, und ihm wurde wieder so elend, daß er den Fahrer bat anzuhalten.

Wenig später stand Tyler auf einem riesigen Parkplatz und sah dem Taxi nach, das gewendet hatte und jetzt wieder in die Straße einbog. Das Gebäude, zu dem der Parkplatz gehörte, war vom letzten Hurrikan fast völlig zerstört worden und nur anhand der soliden Mauern, an denen noch Fragmente der Beschriftungen hingen, als ehemaliger Supermarkt erkennbar. Die Lichtmasten, die früher das Gelände beleuchtet hatten, ragten schief in den Nachthimmel, und von den überall wachsenden Palmen waren teilweise nur die kahlen Stämme übriggeblieben. Eine Drogerie und ein Schuhgeschäft hatten sich in Baracken eingerichtet, die verloren am Rand des Areals standen. Vom Mond war nur ein unförmiges Stück zu sehen, und der Himmel war mittlerweile so schwarz, daß sogar die Sterne in ihm verschwanden.

Tyler lehnte sich gegen eine Bretterwand und wartete darauf, sich übergeben zu können, aber er würgte nur und nahm schließlich Tasche und Schreibmaschine und lief quer über den Platz, dessen aufgerissener Asphalt ihn immer wieder straucheln ließ.

Der Asphalt ging über in dürres farbloses Gras, das kniehoch geworden war. Zwischen leicht beschädigten und völlig zerstörten Häusern lagen kleine Seen, krüppelige Bäume hatten dem Wirbelsturm getrotzt und säumten die Ufer. Der Mond schien mittlerweile gerade hell genug, um Tyler den Weg zu weisen durch die Halden aus aufgetürmtem Gerümpel, die entwurzelten Bäume und die Autowracks, die ausgeschlachtet herumstanden, wo der Hurrikan sie hingeworfen hatte. Kein Licht brannte weit und breit, und kein Geräusch durchbrach die Stille außer fernem Verkehrsrauschen und dem Sirren der Zikaden. Vor Müdigkeit gleichgültig gegenüber Gefahren geworden, suchte Tyler einen Wagen, der ihm ein Dach für die Nacht bot. Er fand einen Chrysler, dessen Schnauze und Heck eingedrückt und dessen Seiten zerschrammt waren, wischte Schmutz und Glassplitter von der Rückbank und legte sich hin. Sally fiel ihm ein, die während der Fahrt so geschlafen hatte, und er fragte sich, wo sie jetzt wohl sein mochte. Daß er für das, was mit dem Kind passierte, nicht verantwortlich sei, redete er sich schon den ganzen Tag ein, aber es half nicht. Eine Zeitlang lag er auf dem Rücken, Sallys wispernde Mutter-und-Kind-Stimmen im Ohr, dann endlich dämmerte er weg.

5

Seine Beine waren vom beengten Liegen taub geworden. Im aufkommenden Tageslicht ging Tyler zum See, an dessen Ufer die Überreste eines Holzstegs lagen; weißgestrichene Bretter, die schiefen Latten eines Geländers und eine Plattform, die ins Wasser ragte. Dichtes zähes Gras, lange nicht mehr gemäht, stand stellenweise fast kniehoch und verbarg den überall verstreuten Unrat.

Tyler setzte sich auf die Planken des Stegs, schöpfte mit einer Hand Wasser und wusch sein Gesicht. Seine Uhr war stehengeblieben, und er sah in den Himmel. Es mußte noch früh sein; sieben Uhr, höchstens acht. Nichts bewegte die glatte Haut des Sees, kein Lufthauch ging darüber hinweg, kein Fisch schien darunter zu schwimmen. Nur die Wolken, die in großer Höhe auf Wind warteten, gaben der Oberfläche ein Muster und fleckten sie wie einen alten schmutzigen Spiegel. Tyler war noch müde, schloß zeitweilig die Augen und öffnete sie, wenn er glaubte, ein Geräusch zu hören. Menschen sah er keine, weit weg fuhr gelegentlich ein Auto vorbei, Vögel, Stare vermutlich, flatterten herum. Er hatte Schuhe und Socken ausgezogen, hielt die Füße jedoch nicht ins Wasser aus Angst vor Alligatoren, die er im Süden Floridas in jedem Tümpel wähnte.

Als er den Mann am anderen Ufer sah, nahm Tyler den größten Teil des Geldes aus der Brusttasche des Jacketts, faltete die Scheine zusammen und legte sie unter die Einlagesohlen der Schuhe. Über tausendvierhundert Dollar hatte er in der Eile gezählt, dazu kam der Scheck von Banks und das, was noch auf seinem Kreditkartenkonto war. Nachdem er die Schuhe angezogen hatte, erhob er sich und ging zum Wagen, auf dessen Fahrersitz die Reisetasche und die Schreibmaschine lagen. Jetzt erst, bei

Tageslicht, entdeckte er das Vogelnest im Handschuhfach und die winzigen, dunkel gesprenkelten Eier darin.

Um das leichte Hungergefühl zu betäuben, zündete sich Tyler eine Zigarette an und schlenderte hinüber zu einer der Häuserreihen, von der nur noch die Mauern und Teile der Dachkonstruktionen übriggeblieben waren. Der Hurrikan war vor fast einem halben Jahr durch Südflorida gerast, aber hier hatte man noch nicht einmal damit begonnen, den Schutt wegzuräumen. Er spähte in einige der verwüsteten Räume und ging dann zurück zum Wagen.

Der Fremde stand jetzt beim Steg und hob die Hand, als er Tyler entdeckte. Automatisch sah sich Tyler nach einer Waffe um, einem Stein oder Holzstück, aber dann befand er seine Reaktion als übertrieben und setzte sich auf das, was einmal die Kühlerhaube des Chrysler gewesen war. Der Mann, der durch das Gras des Uferstreifens auf ihn zukam, war klein, alt und schmächtig und strahlte wie einer, der seinen ältesten Freund gefunden hat.

«Hi», rief er, als er bis auf zehn Meter an Tyler herangekommen war, und hob erneut die Hand. «Wie geht es Ihnen?» Er schien um die siebzig zu sein, hatte das runde Gesicht eines Japaners und trug weite grüne Militärhosen und etwas, das Tyler als Bluse bezeichnet hätte. Seinen Kopf bedeckte eine gelbe schirmlose Stoffmütze, die auf seinen kurzgeschorenen weißen Haaren lag wie ein Eidotter.

Tyler haßte es, wenn wildfremde Leute ihn nach seinem Befinden fragten, zumal niemand je wirklich an einer Antwort interessiert schien. Er nahm den letzten Zug an der Zigarette, ließ die Kippe fallen und zertrat sie mit der Schuhspitze.

«Haben Sie sich verfahren?»

Tyler warf einen Blick auf den Chrysler, an dem er lehnte. «Nein, ich wollte nur ein wenig ...» Er deutete zum See, «...umhergehen.»

«Wo ist Ihr Wagen?» Die Stimme des Mannes war freundlich, sein Lächeln breit und frei von Falschheit. Er trug tatsächlich eine Bluse, eine Frauenbluse mit Streifenmuster und Stehkragen, dazu breite graue Hosenträger. Seine nackten Füße steckten in Sandalen, deren Sohlen aus Autoreifen geschnitten schienen.

Tyler hatte auf Amerikas Straßen schon eine Menge schrottreifer Vehikel gesehen und für einen Moment geglaubt, der alte Mann sei ein wenig senil und halte den Chrysler für fahrtüchtig. «Da hinten irgendwo», antwortete er und zeigte diesmal in die andere Richtung.

«Sie sind nicht von hier, nein?» Der Fremde blieb stehen, als existiere eine unsichtbare Linie, die zu überschreiten ihm nicht erlaubt war.

«Nein.»

Der Mann nickte lächelnd. «Key Largo. Habe ich recht?»

«Hm?» Tyler betrachtete den Mann von oben bis unten, aber statt Zorn empfand er nur mitleidige Sympathie für den seltsam gewandeten Kerl.

«Key Largo, da kommen Sie her, stimmt's?»

«Erraten, genau», bestätigte Tyler in der Hoffnung, das Gespräch damit zu beenden.

Der Alte strahlte und nickte noch heftiger; es sah aus, als würde er seine weiteren Fragen neu durchschütteln, um sie dann aus seinem Kopf zu ziehen wie Lose aus einer Trommel.

«Also dann, einen schönen Tag noch.» Tyler stieß sich vom Wagen ab und nahm die Reisetasche vom Fahrersitz. Er hatte vor, zurück zur Hauptstraße zu gehen und in einem der Imbißlokale einen Kaffee zu trinken.

«Sind Sie hungrig?»

«Was?» Tyler hatte das Hemd ausgezogen und ein einigermaßen frisches aus der Tasche genommen. Er sah den Japaner in Armee- und Frauenkleidern an, warf einen Blick auf seine Schlafstätte und die Bruchbuden, und plötzlich wurde ihm bewußt, daß er nicht den blassesten Schimmer hatte, was er hier tat. Sein Leben schien den Punkt unübertrefflicher Absurdität erreicht zu haben, und wenn die Erinnerung an Sally und das schlechte Gewissen, das ihm immer wieder wie mit Fäusten in den Magen schlug, nicht gewesen wären, hätte er vielleicht sogar lachen können über seine Lage.

«Sie können bei uns in der Kolonie etwas essen. Es ist nicht weit von hier.»

Tyler knöpfte das Hemd zu und hängte sich die Reisetasche über die Schulter. Eigentlich hatte er die Schreibmaschine in den See schleudern und mit ihr die ganze erbärmliche Geschichte versenken wollen. Da er das jedoch in Gegenwart dieses Spinners, der offensichtlich einer Sekte angehörte, nicht tun konnte, mußte er auf den effektvollen Befreiungsakt verzichten und sie in dem Autowrack liegenlassen.

«Wir freuen uns über jedes neue Gesicht bei uns!» rief der Mann, als sich Tyler in Bewegung setzte. Noch immer blieb er hinter der imaginären Linie zurück, die für ihn eine Art Höflichkeitsabstand zu markieren schien.

«Ich freue mich nicht mal selber über mein Gesicht», murmelte Tyler, ging an den Ruinen entlang und suchte einen Weg zur Hauptstraße.

Das erste Lokal, das Tyler fand, rühmte sich an der ramponierten Fassade damit, einen Tag nach dem Sturm den Betrieb wiederaufgenommen zu haben. Tyler war gleich zum Telephon gegangen und hatte versucht, das *Blue Pelikan* zu erreichen, aber auch heute meldete sich dort niemand. Jetzt saß er an einem der drei hintersten Tische, wo das Smoking-Area-Schild über seinem Kopf baumelte wie eine Tafel, die vor einer Tierseuche warnte. Den Pfannkuchen mit Ahornsirup, den er bestellt hatte, ließ er stehen. Statt dessen trank er mehrere Tassen Kaffee, bezahlte und ging.

Draußen stand der Japaner neben dem Eingang und hielt ihm die Schreibmaschine entgegen. «Die haben Sie vergessen», sagte er, eine Verbeugung andeutend.

Tyler dachte daran, einfach davonzugehen und den alten Mann stehenzulassen, doch dann nahm er ihm die Maschine aus den Händen und bedankte sich, zu gerührt, um wütend zu werden.

«Kommen Sie mit in unsere Kolonie?»

«Ich kann leider nicht.»

«Bitte, kommen Sie mit. Es wäre mir eine große Freude und Ehre.» In der Stimme des Asiaten lag kein bettelnder Ton, eher freudige Erwartung.

Tyler sah auf seine Uhr, deren Batterie in der vergangenen Nacht ihren Geist aufgegeben hatte. «Ich muß nach Hause, leider. Also dann, nochmals vielen Dank.» Er wollte dem Mann erst die Hand hinstrecken, besann sich dann aber anders und machte eine leichte Verbeugung. «Auf Wiedersehen.»

«Ich trage Ihnen das zum Wagen.» Blitzartig griff sich der Mann die Schreibmaschine.

Jetzt mußte Tyler innerlich bis zehn zählen, um nicht die Beherrschung zu verlieren. «Er steht sehr weit weg», sagte er, mit der Hand in eine beliebige Richtung schlenkernd.

«Das macht nichts. Meine Beine sind jung.»

«Aber das ist wirklich nicht nötig.» Tyler stellte sich vor, wie er den ehrlichen Finder mit dem Fundstück erschlug, und schämte sich gleichzeitig dafür.

«Ich helfe gerne.»

Tyler warf erneut einen Blick auf die tote Uhr. «Eine Stunde hätte ich vielleicht Zeit. Wo wohnen Sie denn nun eigentlich?»

Der alte Mann strahlte. «Kommen Sie mit, ich zeige es Ihnen!» sagte er und marschierte los.

Während sie zu dem Ort gingen, den der Alte Kolonie

nannte, mußte Tyler noch tausend Fragen beantworten. Weil seine Laune zu wünschen übrigließ, nahm er es mit der Wahrheit nicht so genau und erzählte, daß er Journalist sei, vor dem Sturm in Key Largo auf einem Hausboot gewohnt habe und gerade einen Artikel über Seekühe schreibe. Der Alte schien ihm nicht nur jedes Wort zu glauben, sondern stellte seinerseits wilde Mutmaßungen über Tylers Leben an. Sein Akzent rühre wohl daher, daß Tyler an der Ostküste studiert habe, deren Bewohner ein, wie er sagte, stilechtes Englisch sprächen. Tyler, dem die Idee einer neuen Identität nicht unsympathisch war, bestätigte die Vermutungen des Alten und gab sich als arbeitsloser Meeresbiologe und ruheloser Vagabund aus, dem der Hurrikan das Obdach entrissen hatte.

Bis zur Kolonie schien es ziemlich weit zu sein. Nach einer Weile stellte Tyler die Reisetasche hin, nahm die Zigaretten hervor und bot seinem Begleiter eine an.

Der Alte bediente sich zögernd. «Mein Name ist Park Sung Joo», sagte er, nachdem Tyler ihm Feuer gegeben hatte. «Aber in diesem Land nennt mich jeder Joe.»

Tyler steckte das Feuerzeug in die Zigarettenpackung, um Zeit zu gewinnen. «Bob», stellte er sich dann vor, weil er keinen Grund sah, den Schwindel zu beenden. «Bob Emerson.» In der Eile waren ihm nur Emerson Brown und dessen Gürteltier eingefallen.

Joe zog begeistert an der Zigarette und blies den Rauch, ohne inhaliert zu haben, wieder aus. Die Schreibmaschine hatte er auf einen Mauerrest gelegt.

«Sie sind Koreaner, habe ich recht?»

Joe nickte. Ihm schien es darum zu gehen, mit der Glut so schnell wie möglich den Filter zu erreichen.

«Nord oder Süd?»

«Ich bin in der Stadt Wonsan im Norden aufgewachsen. Neunzehnhundertfünfzig, als der Krieg gegen den Süden begann, bin ich weg, zuerst nach China, dann über Hong Kong hierher. Das heißt, zunächst war ich in

New York, nach Florida bin ich vor etwa fünfundzwanzig Jahren gekommen.»

«Klingt abenteuerlich.»

Joe lächelte verlegen.

Tyler streifte einen Schuh ab und schüttelte einen Stein heraus. Vögel raschelten im trockenen Gras, eine Zikade oder Grille zirpte, verstummte aber nach drei, vier Versuchen wieder, wahrscheinlich, weil kein Artgenosse antwortete.

Als die Zigarette heruntergebrannt war, trat Joe die Kippe aus, dann hob er die Schreibmaschine auf. «Von mir aus können wir jetzt weiter.»

Tyler schnippte eine Ameise von seinem Arm. «Was für eine Kirche ist das eigentlich?»

«Keine Kirche», antwortete Joe. «Sehen Sie es sich an.»

Obwohl Tyler die Sache nicht ganz geheuer war, rappelte er sich auf und folgte Joe. Beim Wort Sekte schrillten sämtliche Alarmglocken in seinem Kopf; schon der Gedanke an Kirchen verursachte ihm Unbehagen. Predigten, die nicht das geringste mit seinem Leben zu tun hatten, fielen ihm ein, vergeudete Sonntage im Knabenchor, dem beizutreten sein Vater angeordnet hatte, und ein Religionslehrer, der seine Schüler wegen ungebührlichen Benehmens auf Linealen knien ließ und auch noch verlangte, daß sie Gott für die reinigenden Schmerzen laut dankten. Als er zwanzig war, trug er einen Ansteckknopf, auf dem ZUR HÖLLE MIT DER KIRCHE! stand, und wurde von ein paar Typen in CVJM-Leibchen verprügelt.

Sie hatten den See hinter sich gelassen und waren einem Kanal gefolgt, in dessen brackigem Wasser bunter Abfall trieb. Jetzt durchquerten sie eine Wiese mit kurzem, struppigem Gras, kamen an weiteren Ruinen und Schutthalden vorbei und standen schließlich vor einem windschiefen Holzzaun, der nicht einmal mehr symbolischen Charakter hatte. In der Nähe verlief ein Weg, von dem weißer Staub aufstieg, als ein Wagen vorüberfuhr. Zerfledderte Bäume, unansehnliche Palmen und Masten ohne Leitungen standen in der Ebene, dazwischen Holzbaracken und Zelte.

«Da sind wir», sagte Joe und kroch unter dem Zaun durch. «Das ist die Kolonie.»

«Wo?» Tyler schob die Sonnenbrille hoch, aber das grelle Licht verstärkte nur die Trostlosigkeit des Anblicks, der sich ihm bot.

«Das ist nur der Rand des Territoriums, die Grenze. Kommen Sie, es ist nicht mehr weit!»

«Gibt es bei euch etwas zu trinken?»

«Ja, aber keinen Alkohol.»

«Na großartig», murmelte Tyler und kletterte über den Zaun, wobei ein paar morsche Latten zu Bruch gingen.

Bei den ersten Behausungen, die sie erreichten, trafen sie niemanden an. Vor einem der Zelte lag ein Hund im Gras und bellte ein wenig, wohl weil er dachte, daß man das von ihm erwartete. Wäsche hing an Leinen, unter einem Wellblechdach stapelten sich gelbe Fässer, und etwas abseits stand mit hochgeklappter Kühlerhaube ein Lastwagen, dem der Rost ein Landkartenmuster in den Lack gefressen hatte.

«Hier wohnen die Neuankömmlinge.» Joe ging ein wenig langsamer. «Sie bauen ihre Häuser im Zentrum und ziehen dann um.»

«Wo ist denn nun das Zentrum?» Tyler war enttäuscht, obwohl er nicht wußte, was er eigentlich erwartet hatte.

«Gleich da vorne, hinter den Bäumen.» Joe legte sich die Schreibmaschine auf den Kopf und hielt sie mit beiden Händen fest.

Tyler hatte keine Lust mehr weiterzugehen. Dennoch folgte er Joe, ließ aber den Abstand zu ihm immer größer werden und fluchte über jede Bodenunebenheit, die ihn aus dem Tritt brachte. Während sie auf die Baumgruppe zugingen, erklang immer deutlicher ein Hämmern und Sägen, unterlegt von gelegentlichen Rufen.

Dann sah Tyler den Rohbau eines Hauses zwischen den Stämmen auftauchen und schwarzgekleidete Leute umhergehen. Neben einem weiteren halbfertigen Haus rührten Kinder mit Holzstöcken in einer Blechwanne Zement an. Ein Bursche schlitzte Säcke auf und schüttete das graue Pulver in die Wanne, ein anderer schleppte Eimer mit Wasser herbei. Unter einem Stoffdach saßen alte Männer, die damit beschäftigt waren, Nägel aus Brettern zu ziehen und geradezuklopfen.

«Das ist der äußere Ring!» rief Joe. Mit der Schreibmaschine auf dem Kopf sah er aus wie ein Träger bei einer Safari.

Tyler blieb stehen. Sie hatten die Ansammlung von Bäumen, die man kaum als Wald bezeichnen konnte, hinter sich gelassen und standen jetzt auf einer Lichtung. Eine riesige Baustelle lag vor ihnen; Menschen bewegten sich darin, zogen Karren, hoben Gruben aus, schleppten Holzbalken und Kanalisationsrohre. Ein Lastwagen hatte Bretter gebracht und kroch jetzt die staubige Schneise zwischen den Gebäuden entlang zur Straße.

Joe kam zurück und stellte sich neben Tyler. Eine Weile schwiegen beide; Joe vor Ehrfurcht, Tyler, weil er müde war.

«Und wo ist die Küche?» fragte Tyler schließlich.

«Die ist im Zentrum. Hier bauen die Neuankömmlinge ihre Unterkünfte.»

«Was sind das für Leute?»

«Menschen, denen ‹Andrew› alles genommen hat. Die meisten haben vor dem Hurrikan in Trailern oder billigen Holzhäusern gelebt und waren nicht versichert. Mister Goodman stellt ihnen sein Land zur Verfügung und gibt ihnen einen Kredit, um zu bauen.»

«Wer ist denn dieser Goodman?»

Joe stellte die Schreibmaschine vor sich auf den Boden. «Mister Goodman hat das alles hier möglich gemacht.» Er breitete die Arme aus. «Und das ist nur der äußere Ring. Warten Sie, bis wir im Zentrum sind!»

Tyler erinnerte sich daran, daß es im Zentrum etwas zu trinken gab, und ging weiter. Die Leute, denen er begegnete, waren alle schwarz gekleidet. Sie grüßten freundlich, aber scheu, und Tyler grüßte irritiert zurück. Er sah keine Weißen und hörte nur gefärbtes Englisch, daneben Spanisch und ihm unbekannte Dialekte, und als Joe wieder neben ihm war, sprach er ihn darauf an.

«Die Ärmsten hat der Sturm am härtesten getroffen», erklärte Joe, der die Schreibmaschine jetzt wieder auf der Schulter trug. «Mexikaner, Puertorikaner, Kubaner, Flüchtlinge aus Afrika, Haiti. Die hatten vorher schon nicht viel. Keine Bank hätte ihnen Kredit gegeben, niemand wäre ihnen zu Hilfe gekommen. Außer Mister Goodman.» Er blickte strahlend zu Tyler hoch.

«Wohnt Goodman im Zentrum?»

«Oh nein, er wohnt beim See im Nordteil, am äußersten Rand des Territoriums. Und er hat ein Haus in Coral Gables.»

«Muß ja reichlich Geld haben, der Mann.» Tyler duckte sich unter einem Balken weg, der von einem Rohbau in den Weg ragte. Ein Mann mit dem runden, freundlichen Gesicht eines Hawaiianers setzte die Säge ab und nickte ihm unsicher lächelnd zu. Hinter ihm saß eine alte Frau am Boden, eingehüllt vom Staub, den sie beim Schleifen eines Brettes verursachte.

Joe ging unter dem Balken durch, ohne den Kopf einzuziehen. «Mister Goodman besitzt zwei Hotels. Viele von uns arbeiten dort.»

«Wie viele Menschen leben hier?» Zwei kleine Mädchen kamen Tyler entgegen. Sie trugen Farbeimer an einer Holzstange, die sie sich quer über die Schultern gelegt hatten. Beide waren in Sallys Alter, und Tyler strich ihnen im Vorbeigehen über die Köpfe.

«Etwa zweihundert, ich weiß es nicht so genau. Es kommen immer neue, andere gehen wieder.»

Nach einer Weile verließen sie die Bauzone. Die Häuser, die Tyler jetzt sah, waren alle fertiggestellt und bewohnt, das Holz weiß gestrichen, die Wege mit Steinplatten ausgelegt. Sträucher wuchsen wie grüne Zäune, nur Bäume suchte man vergebens. Keinem der kleinen, aber solide wirkenden Häuser fehlte die an der Vordertür angebrachte Zahl. Auf den Fenstersimsen blühten Blumen.

«Wo sind denn die Bewohner?» wollte Tyler wissen, nachdem sie in drei Häuserzeilen nur ein paar alte Leute und Kinder angetroffen hatten.

«Bei der Arbeit», antwortete Joe. «Wie ich Ihnen schon sagte, sind viele von uns in Mister Goodmans Hotels beschäftigt, andere verrichten hier in der Kolonie ihren Dienst. Zum Beispiel in der Gemeinschaftsküche oder in der Wäscherei.»

«Und warum sind hier alle grau gekleidet?» Tyler beobachtete zwei alte Männer, die den Wegen entlanggingen und das zwischen den Steinplatten sprießende Gras ausrissen. Kinder folgten ihnen und sammelten die Büschel in großen Kübeln.

«Das ist ganz einfach: Die Neuankömmlinge im äußeren Ring tragen Schwarz, die im inneren Ring Grau und die Sänger Weiß.»

«Die Sänger?»

«Ja, die, die in Mister Goodmans Chor singen, tragen Weiß. Das ist ein Privileg, die höchste Stufe.»

Tyler überlegte. «Und Sie?» fragte er schließlich. Er sah Joe dabei nicht an und vermied es, spöttisch zu klingen.

«Oh, meine Sachen sind gerade in der Wäscherei. Ich trage aber auch sonst nie weiße Kleidung, ich bin nämlich kein Sänger. Das hier, das habe ich mir aus dem Depot am ‹Welcome Gate› geholt.» Er zupfte mit der freien Hand an der Bluse herum. «In aller Eile.»

Sie hatten die letzte Häuserreihe passiert und gingen nun über ein unbebautes Feld, das an einer Holzpalisade endete. Die Abschrankung war etwa drei Meter hoch, und obwohl man Abfallholz dafür verwendet hatte, fand sich nirgendwo ein Spalt, um hindurchzuspähen. In Hüfthöhe waren die Bretter verkritzelt, und Tyler entdeckte Namen und kindliche Strichfiguren.

Nachdem sie der Palisade etwa fünfzig Meter gefolgt waren, gelangten sie zu einem Tor. Hier herrschte wieder rege Betriebsamkeit; Männer, Frauen und Kinder waren mit Schubkarren und Handwagen unterwegs, schleppten Bretter und trugen Backsteine auf Holzgestellen, die sie sich auf den Rücken geschnallt hatten. Zwei Maultiere zogen ein mit Zementsäcken beladenes Fuhrwerk durch das Tor, zu dessen beiden Seiten eine Holzhütte stand.

«Sind wir da?» fragte Tyler. Er blieb ein paar Meter vor dem ausgetrampelten Weg stehen, damit er die Arbeitskolonnen nicht behinderte.

«Wir müssen durch das Tor.» Joe klemmte die Schreibmaschine unter den Arm und hielt Tyler am Hemdzipfel fest.

Die Gemeinschaftsküche war ein quadratischer Holzbau mit einem Innenhof. Frauen und Kinder arbeiteten darin, putzten Gemüse, kneteten Teig und rührten in großen Töpfen. Gerüche nach Fisch und Maisfladen durchzogen den Raum, verteilt von den Ventilatoren, die sich unter dem Wellblechdach drehten.

«Gut?» Joe sah Tyler erwartungsfroh an. Er hatte einen Krug Eiswasser mit Zitronensaft und Zucker organisiert und seinen Gast in den Innenhof geführt.

«Herrlich», gab Tyler zurück. Er leerte sein Glas und stellte es auf den Tisch, wo Joe es augenblicklich wieder füllte. Sie waren die einzigen im Hof, nur ein kleiner Junge saß in einer Ecke am Boden und las. Der Himmel, den die Öffnung über ihnen zeigte, wechselte von einem stumpfen Blau zu Grau, und Wolken, dünn und schmutzig wie gebrauchte Watte, breiteten sich darauf aus.

«Ab sechs Uhr gibt es Abendessen», sagte Joe. «Bleiben Sie?»

«Ich weiß nicht. Eigentlich müßte ich weiter und mir ein Motel suchen.» Tyler hätte sich gerne eine Zigarette angezündet, ließ es jedoch bleiben, weil überall Schilder hingen, die das Rauchen untersagten.

«Sie können doch hier übernachten. Die Pritsche neben mir ist vor ein paar Tagen frei geworden.»

«Wo ist das denn?»

«Im Junggesellenhaus, ganz in der Nähe.»

«Junggesellenhaus?» Tyler lachte auf. «Klingt ja großartig!»

«Ja, da wohnen alle Männer, die ohne Frau oder Familie hier sind. Es ist sehr schön dort, wirklich.»

Tyler trank einen Schluck. Er fragte sich, ob Joe wußte, daß er in dem Autowrack übernachtet hatte. «Kostet das etwas?»

«Kein Geld», antwortete Joe. «Mister Goodman will, daß die Leute, die hier wohnen, für ihn arbeiten.»

«Häuser bauen?»

«Nicht ganz. Es ist so: Die Neuankömmlinge bleiben zuerst in Zelten und alten Mobile Homes im äußeren Ring. Jeder von ihnen muß an den Gesangsstunden teilnehmen, die täglich stattfinden. Nach vierzig Stunden wird entschieden, ob er oder sie für den Chor geeignet ist. Pro dreiköpfige Familie muß sich mindestens ein Mitglied für den Chor qualifizieren, sonst verliert die Familie das Recht, auf dem Grundstück zu bleiben. Erfüllen sie das Soll, dürfen sie im inneren Ring ein Haus bauen, nach genauen Vorschriften natürlich, und wenn das Haus fertig ist, ziehen sie um. Wer für den Chor ausgewählt worden ist, erhält weiße Kleidung und wird von den meisten Arbeiten befreit. Dafür muß er jeden Tag, außer sonntags, zur Gesangsprobe ins Schiff, drei bis fünf Stunden.»

«Schiff?» Tyler fühlte sich an eine Fernsehsendung erinnert, in der ein alter Knacker aus Wyoming berichtete, wie er von Außerirdischen entführt worden war und deren Kultur kennenlernte.

«Ja, dort übt der Chor, bis der Dom fertiggestellt ist.»

«Dom», wiederholte Tyler tonlos.

«Den haben sie noch nicht gesehen. Auf dem Weg zum Junggesellenhaus können wir an der Baustelle vorbeigehen, wenn Sie wollen.»

«Moment, ich weiß noch immer nicht, was ich für eine Übernachtung hier tun muß.»

Joe wurde ganz aufgeregt. «Oh, natürlich, entschuldigen Sie. Wie gesagt, Mister Goodman will, daß man für ihn arbeitet. In Ihrem Fall wären das etwa fünf oder sechs Stunden.»

«Und wo soll ich arbeiten?»

«Am Dom. Das ist im Augenblick das wichtigste Projekt.»

Tyler dachte nach. Obwohl ihn die Vorstellung, in der Siedlung zu bleiben, nicht sonderlich begeisterte, zog er diese Möglichkeit der Suche nach einem Motel vor. In einem Motelzimmer würde er nur an die Geschichte mit Sally erinnert, und das wollte er sich ersparen. Zudem schien Joe einen Narren an ihm gefressen zu haben. Mittlerweile tat es ihm leid, daß er den alten Mann belogen hatte, aber um die Sache mit seiner Identität richtigzustellen, war es wohl zu spät.

«Sind Sie noch durstig?» Joe war aufgestanden und hielt den leeren Krug in den Händen. Wieder machte er diese leichte Verbeugung, die Tyler verwirrte.

«Nein, vielen Dank. Gehen wir.»

Auf der Veranda standen Kinder um einen großen Holztisch herum und säuberten Fische, die sie aus Blecheimern nahmen. Die Kinder waren alle dunkelhäutig, und die silbrigen Schuppen funkelten auf ihren nackten Armen und Beinen. Unter dem Tisch hockten zwei Katzen, die auf Abfälle warteten.

Obwohl Tyler gewußt hatte, daß der Dom sich noch im Bau befand, war der Anblick eine Enttäuschung; weil erst etwa vier Reihen Backsteine standen, konnte man zwar den Grundriß erkennen, doch Form und Höhe des Bauwerks ließen sich im besten Fall erahnen.

«Warum werden hier keine Maschinen eingesetzt?» Tyler beobachtete mit Verwunderung, wie selbst bei diesem Großprojekt der Zement von Hand angerührt wurde und Männer beim Zersägen von Brettern schwitzten.

«Mister Goodman mag keinen Lärm», antwortete Joe.

«Aber so wird das ewig dauern!»

«In zwei Monaten beginnen wir mit dem Dach.»

Tyler lachte auf. Dann merkte er, wie ernst der Alte war, und nahm sich zusammen. «Wie, in aller Welt, wollen Sie das schaffen?» Er sah ein paar Frauen zu, die gerade die Zementsäcke von dem Maultierkarren luden.

«Ich vergaß zu erwähnen, daß jeder hier, egal ob Neuankömmling oder Eingesessener, täglich zwei Stunden am Dom arbeiten muß. Auch die Kinder und alten Leute helfen mit, natürlich bei leichteren Aufgaben. Nur die Sänger sind dieser Pflicht enthoben.»

«Und die, die in Goodmans Hotels arbeiten?»

«Auch sie müssen ihren Teil zum Bau des Doms beitragen. Ich erledige mein Pensum immer am frühen Morgen, da ist es angenehm kühl, und man kommt sich nicht in die Quere.»

Tyler sah dem geschäftigen Treiben eine Weile zu. «Und wie wird nachgeprüft, ob man seine zwei Stunden tatsächlich ableistet?»

Joe deutete in Richtung Tor. «Dort sind Kontrolleure, die stempeln die Arbeitskarten ab. Sie bekommen auch eine.»

«Was?» Der Gedanke erschreckte Tyler. «Wozu? Ich bleibe doch nur die eine Nacht!»

Joe lächelte. «Sie erhalten vom Registrierungsbüro einen Temporärausweis, das geht ganz schnell.» Er hob die Schreibmaschine auf und setzte sich in Bewegung. «Kommen Sie, bringen wir erst einmal Ihre Sachen ins Junggesellenhaus!»

Tyler rührte sich nicht vom Fleck. «Warten Sie, nein, ich will keinen Temporärausweis! Ich will überhaupt nicht registriert werden!» Weil es auf der Baustelle so still war, sahen alle zu ihm her, und Tyler nahm die Reisetasche und folgte Joe, der es plötzlich sehr eilig zu haben schien. «Warten Sie, bleiben Sie stehen!»

«Wir sind gleich da!» rief Joe, ohne sich umzudrehen. «Sehen Sie das Gebäude dort?»

Schließlich hatte Tyler Joe eingeholt und stellte sich vor ihn hin. «Ich denke, es ist doch besser, wenn ich mir ein Motel suche. Sehen Sie, ich habe nichts gegen diese … diese kleine Stadt hier, im Gegenteil. Aber ich will nirgendwo beitreten. Ich hasse es, Mitglied zu sein und Verpflichtungen zu haben.»

«Aber Sie werden nicht Mitglied», sagte Joe kleinlaut. «Sie werden Bürger.»

Tyler versuchte ein Lächeln. «Verstehen Sie doch, ich muß weiter, ich kann nicht hierbleiben. Wirklich nicht.»

«Ich dachte, vielleicht ein paar Tage. Bestimmt würde es Ihnen hier gefallen.» Joe hielt seinen Oberkörper wieder in dieser leicht nach vorne geneigten Haltung, was Tyler ganz krank machte.

«Bestimmt würde es das. Aber ich kann nicht bleiben.» Am liebsten wäre Tyler davongerannt.

«Sie haben doch durch ‹Andrew› auch alles verloren. Wo wollen Sie denn hin? Und wovon wollen Sie das Motel bezahlen?»

Ohne über die möglichen Folgen nachzudenken, nahm Tyler die Brieftasche hervor und zeigte Joe seinen

Paß. «Ich heiße nicht Bob Emerson. Mein Name ist Nicholas Tyler. Sehen Sie?» Er hielt Joe den Ausweis unter die Nase. «Und ich bin aus London, nicht aus … was sagten Sie, Key Largo?»

Joe hatte es offenbar die Sprache verschlagen. Er stand da wie ein Kind, das von einem Erwachsenen gemaßregelt wird.

«Geld habe ich auch genug. Außerdem Schecks und eine Kreditkarte.» Tyler fühlte sich wie ein gemeiner Mistkerl.

Eine Weile schwiegen beide. Tyler wünschte sich, Joe würde ihn einen verdammten Lügner nennen und ihm die Schreibmaschine vor die Füße werfen. Aber der Alte dachte offensichtlich nicht daran, wütend zu werden, er stand einfach da in seiner geknickten Haltung und wartete, was passieren würde.

«Also dann, auf Wiedersehen.» Tyler streckte zögernd die Hand aus, ließ sie aber gleich wieder sinken. «Viel Glück.» Er wartete einen Augenblick, dann drehte er sich um und ging.

An der Grenze des Grundstücks sprang Tyler über den kaputten Zaun und trat auf einen Nagel, der sich durch die dünne Schuhsohle in seinen Fuß bohrte. Tyler fiel hin und blieb im Gras liegen. Er schloß die Augen, die sich mit Tränen füllten, und biß die Zähne zusammen, aber der Schmerz ging nicht weg, ließ nicht einmal nach und trieb ihm kalten Schweiß auf die Haut.

Schmerzen machten Tyler wütend, schon als Kind hatte er sie als Bestrafung betrachtet: ohne zu wissen, wofür er jeweils büßen mußte. Vielleicht hätte er den alten Mann nicht einfach so stehenlassen dürfen, überlegte er. Möglicherweise war das auch die nachträgliche Rechnung für das, was er Sally angetan hatte. Gott strafe sofort, hatten sie als Kinder gelernt, aber vielleicht hielt die Maschinerie dort oben nicht Schritt mit den Sünden hier unten.

Eine Zeitlang lag er einfach da und gab sich diesen Gedanken hin. Aber irgendwann half alles nichts mehr, und Tyler machte die Augen auf. Die Luft flirrte, Käfer wischten vorbei wie kleine Kometen. Ein Licht und eine Wärme lagen über allem, als sei die Sonne näher an die Erde gerückt. Endlich überwand er sich und sah nach unten. Der Anblick seines Fußes, an dem eine Holzlatte von einem halben Meter Länge befestigt war, ließ Tyler aufschreien. Ihm wurde übel, und der Himmel dunkelte ab.

Als Tyler das nächste Mal die Augen aufmachte, sah er Joe vor sich.

«Sie sind in einen rostigen Nagel getreten.»

Tyler lächelte. Er wollte einschlafen und gesund erwachen, wie Wilkins.

«Ich werden ihn rausziehen. Das tut vielleicht etwas weh.»

«Nein!» Tyler richtete sich auf und sah Joe vor seinen Füßen knien. «Warten Sie. Wo ist das nächste Spital?» Er hatte die gräßliche Vorstellung zu verbluten, sobald der Nagel, der jetzt noch als eine Art Stöpsel diente, herausgezogen würde.

«In Kendall, zwanzig Meilen von hier.»

«Können Sie ein Taxi besorgen?»

«Aber der Nagel muß raus, je eher, desto besser.» Joe sah sich den Fuß an, ohne ihn zu berühren. «Wir haben ein Lazarett in der Kolonie. Wie lange ist es her, seit Sie das letzte Mal gegen Tetanus geimpft wurden?»

«Was?» Mit dem Schrecken kam auch der heftige Schmerz wieder. «Ich weiß es nicht!»

«Orson ist auf alles vorbereitet. Er wird sich um die Wunde kümmern.»

«Wer ist Orson?»

«Unser Sanitäter.»

«Kein Arzt?»

«Orson ist sehr gut. Er wurde im Golfkrieg ausgezeichnet.»

«Wofür? Amputationen?» Tyler lachte, und in diesem Augenblick riß Joe die Holzlatte mit dem Nagel aus seinem Fuß. Tyler schrie auf. Für eine Sekunde hatte er das Gefühl, mit einem eingeschalteten Fön in der Badewanne zu liegen. Ein glühender Draht fraß sich durch seinen Körper, eine Leitung, verlegt zwischen Fuß und Hirn, um die Ankunft eines grauenhaften Schmerzes zu melden. Der Himmel wurde weiß, eine große Hitze breitete sich aus. Tyler setzte alles daran, das Bewußtsein zu verlieren, schloß die Augen und ließ sich nach hinten kippen, aber es funktionierte nicht.

«Alles in Ordnung?» Joe beugte sich über ihn, die Latte mit dem blutigen Nagel in der Hand.

Tyler antwortete nicht. Er blieb auf dem Rücken liegen und sah in die Wolken, die langsam über den Himmel glitten. Das Geräusch von zerreißendem Stoff nahm er wahr, Joes Hände an seinem Fuß und die Wärme der Erde, auf der er lag.

«Mister Tyler? Ich werde jetzt zurückgehen und einen Wagen holen, mit dem wir Sie ins Lazarett bringen können. Ich beeile mich, aber es wird eine Weile dauern. Hören Sie mich?» Joe erhob sich, und sein kleiner Kopf deckte sich mit der Sonne.

Tyler wollte nicht reden. Er wartete, bis Joe weg war, und setzte sich dann auf. Sein Fuß, mit dem geblümten Blusenstoff umwickelt, sah aus wie ein Geschenk. Nach dem Versuch, einige Meter weit zu humpeln, legte sich Tyler wieder ins Gras und rauchte eine Zigarette. Das Licht wurde mild, beinahe versöhnlich.

Vor dem Zaun stand etwas am Boden, und es dauerte eine Weile, bis Tyler seine Schreibmaschine erkannte.

6

Das Radio spielte einen alten Swing, und weit entfernt riefen Kinder einander etwas zu. Die Deckenventilatoren erzeugten Wind, der in Wellen durch den Raum trieb. Tyler lag im Junggesellenhaus auf einem Feldbett und stellte sich schlafend, um den Fragen und dem Geschwätz seiner Mitbewohner zu entgehen. Joe hatte den Maultierkarren geholt, und Tyler war fast gestorben vor Scham, als sie unter den Blicken der Leute durch die Siedlung holperten. Im Lazarett hatte Orson die Wunde desinfiziert und verbunden, Tyler gegen Starrkrampf geimpft und ihm zwei Schmerztabletten gegeben.

Nach einer Weile, als Joe und die anderen weg waren, öffnete Tyler die Augen. Er lag auf der Seite, weil die rechte Gesäßbacke von der Spritze noch ein wenig schmerzte. Die Holzwand, die er vor sich hatte, war weiß gestrichen und leer. In der Ecke zwischen Bett und Wand stand ein grüngestrichener Metallspind, auf dessen Tür eine schwarze 5 gepinselt war. Tyler beugte sich über den Matratzenrand und sah, daß Joe die Reisetasche und die Schreibmaschine unter die Liege geschoben hatte. Langsam, Fuß und Hinterteil schonend, drehte sich Tyler um und langte nach den Zigaretten, die auf einer kleinen Kommode lagen. Er war allein im Raum, die Radiomusik kam aus einem der Spinde. Beim Eingang hing ein Rauchverbotsschild, über dem Eßtisch ein zweites, aber Tyler kümmerte sich nicht darum. Die Tablette begann allmählich zu wirken, das Pochen im Fuß ließ nach. Ein Paar Krücken aus dem Lazarett standen bereit, ebenso ein Krug mit Wasser und ein Apfel.

Während Tyler dalag und rauchte, fiel ihm plötzlich ein, daß Joe ihm die Jacke ausgezogen hatte. Er nahm die Krücken und humpelte zum Spind, doch dessen Tür war verschlossen. Vielleicht war es ein Fehler gewesen, dem

Alten von dem Geld zu erzählen, dachte Tyler; so abgerissen der Kerl herumlief, würde er eine Gelegenheit wie diese kaum auslassen. Noch während er überlegte, was er ohne Geld und Paß anfangen sollte, ging die Tür auf, und Joe und der Mann, der sich als Alfonso vorgestellt hatte, kamen herein. Joe trug zwei Teller, Alfonso einen Teller und einen Krug. Augenblicklich schämte sich Tyler für seine Gedanken und nahm sich vor, Joe gegenüber etwas mehr Dankbarkeit zu zeigen.

«Sie sind bestimmt hungrig nach der Aufregung!» rief Joe. Er stellte die Teller auf den langen Holztisch. «Kommen Sie, setzen Sie sich!»

Tyler nahm sein Kissen von der Liege, humpelte zum Tisch und setzte sich auf die Holzbank, das Kissen als Polster benutzend. «Großartig», sagte er und lächelte Joe zu. Es gab Reis, Gemüse und Huhn, und es duftete herrlich.

«Oh, Ihr Glas und Ihr Besteck!» Joe sprang auf und eilte zu Tylers Spind, öffnete ihn mit einem Schlüssel, der an einer Schnur um seinen Hals hing. Nachdem er eine kleine Holzkiste hervorgenommen und den Metallschrank wieder abgeschlossen hatte, kam er zurück an den Tisch. «Das gehört Ihnen», sagte er und schob Tyler ein Glas, ein Messer, eine Gabel und einen Löffel zu. «Das bekommt jeder Neue. Es kostet nichts, nur wenn Sie etwas verlieren oder kaputtmachen, müssen Sie es ersetzen.»

Tyler nickte. «Sehr nett.»

Alfonso, der neben Tyler saß, nahm ein Glas, wischte es an seinem Hemd sauber und füllte es dann mit der Flüssigkeit aus dem Krug. «Tee?» fragte er und stellte das Glas neben Tylers Teller.

Tee war zwar nicht gerade das, was sich Tyler gewünscht hatte, aber Bier oder Wein schien es in der Siedlung nicht zu geben. «Gerne.»

«Wie geht es Ihrem Fuß?» wollte Joe nach einer Weile wissen. Er aß mit Holzstäbchen und trank den Tee aus einer kleinen Keramikschale.

«Gut. Er surrt noch ein wenig, wie von einem Wespenstich.»

«Und das Bett?»

Tyler wußte nicht genau, was Joe meinte, lobte aber die Liege und machte einen Scherz über die dünne Matratze.

Joe lächelte wie ein Hotelbesitzer, der seine Gäste gut versorgt weiß. Er trug jetzt statt der lächerlichen Bluse ein schwarzes Hemd mit kurzen Ärmeln.

«Sind Sie schon registriert?» fragte Alfonso, der gebratenen Fisch und Kartoffeln aß. Alfonso hieß mit Nachnamen Peguero und war Puertorikaner. Wie Joe trug er weder schwarze, noch graue oder weiße Kleidung, sondern petrolfarbene Hosen und ein gelbes Hemd. Er hatte geholfen, Tyler von der Krankenstation ins Junggesellenhaus zu bringen, und er war einer der Gründe, weshalb Tyler sich schlafend gestellt hatte.

«Noch nicht», antwortete Joe für Tyler. «Das erledigen wir morgen.»

«Und was werden Sie arbeiten? Wenn der Fuß heil ist, meine ich.»

Tyler sah zu Joe. «Ich weiß es nicht. Ich bleibe nicht sehr lange.»

«Sie müssen sich erst einmal erholen», meinte Joe, und es klang eher wie eine Anordnung als eine Feststellung.

Tyler nickte, obwohl er nicht vorhatte, das Verheilen der Wunde in der Kolonie abzuwarten. Gleichzeitig fragte er sich, ob Joe beabsichtigte, ihn am Weggehen zu hindern, indem er den Spindschlüssel behielt.

«He, Wilbur! Ist der Dom fertig?» Alfonso stieß Tyler an. «Das ist Wilbur.»

Tyler drehte sich um. Ein Mann, ein Weißer um die fünfzig, war hereingekommen und ging zum Spind neun, schloß ihn auf und entnahm ihm ein Handtuch und einen Stoffbeutel. Ohne zu antworten oder die Männer am Tisch anzusehen, ging er wieder.

«Wilbur ist ein Kotzbrocken», sagte Alfonso. «Er würde gerne im Palazzo wohnen, aber die wollen ihn nicht.» Ein Grinsen zog seine schmalen Lippen auseinander und legte den goldenen Schneidezahn frei.

«Laß Wilbur in Frieden. Er kümmert sich auch nicht um uns.» Joe wischte mit einem Stück Brot seinen Teller aus.

«Genau das ist es! Er schert sich nicht um uns, weil wir Dreck sind für ihn. Er denkt, weil er Vorarbeiter ist, sei er etwas Besseres!»

«Wilbur redet mit niemandem», versuchte Joe Tyler zu erklären. «Er ist ein Sonderling, zugegeben, aber er ist ein anständiger Mensch.»

«Ein eingebildeter Hurensohn ist er!» Alfonso nahm seinen Teller und ging hinaus.

«Spannungen zwischen den Männern sind natürlich unvermeidlich. Aber wir haben eigentlich nie Streitereien.» Joe wartete, bis Tyler gegessen hatte, und nahm dann seinen Teller. «Alfonso ist ein Hitzkopf. Sie dürfen ihm sein Gerede nicht übelnehmen.»

«Dieser Wilbur, arbeitet der am Dom?» Tyler erinnerte sich an einen Weißen im Khaki-Anzug, der unter einem Stoffdach gesessen und gelesen hatte.

«Ja, als Vorarbeiter. Er hat eine verantwortungsvolle Aufgabe und ist am Abend müde. Sie werden sehen, man kann mit ihm auskommen.» Joe löste die Schnur, die um seinen Hals hing, und gab Tyler den Schlüssel. «Schließen Sie immer ab und bewahren Sie den gut auf.»

Tyler betrachtete den kleinen Schlüssel in seiner Handfläche. Erneut hatte er den alten Koreaner falsch eingeschätzt. «Mach ich», sagte er und lächelte.

«Ich spüle das Geschirr. Soll ich Ihnen noch etwas Obst bringen?»

«Nein, danke, ich bin satt.» Tyler erhob sich, klemmte das Kissen unter den Arm und griff nach den Krücken. «Joe?» Er humpelte zum Ende des Tisches.

Joe blieb vor der Tür stehen. Weil er die komische

Kappe nicht mehr trug, wirkte er noch ein Stückchen kleiner.

«Vielen Dank für alles.»

Der alte Mann wurde verlegen. «Ach ...» Er zog die Tür auf und hatte Mühe, das Geschirr nicht fallen zu lassen. «Lagern Sie den Fuß hoch, das tut ihm gut!» Damit war er draußen.

Bei seinem Spind zögerte Tyler, doch dann ließ er ihn zu und legte sich hin. Das Radio spielte, und draußen riefen Kinder in fremd klingenden Sprachen.

Eine Stunde später stellte Joe ihm die restlichen drei Bewohner des Junggesellenhauses vor. Den Sanitäter Orson Washington kannte Tyler bereits; der schwergewichtige Schwarze war aus den Gesangsproben geholt worden, um Tylers Fuß zu behandeln. Die blütenweiße Kleidung sah an dem Koloß seltsam aus, im Lazarett hatte sie auf Tyler jedoch äußerst beruhigend gewirkt. Es war schwierig, sein Alter zu erraten, Tyler hielt ihn für fünfundvierzig, aber der Mann hätte auch zehn Jahre jünger oder älter sein können.

Rufus Carver war zwölf und wie Orson aus Birmingham, Alabama. Die beiden waren nach Florida gekommen, um auf den Orangenplantagen zu arbeiten, doch es herrschte Überfluß an billigen Hilfskräften, niemand brauchte sie. Dann kam der Hurrikan, und die Soforthilfe der Regierung hielt sie eine Weile über Wasser. Schließlich hörten sie von Goodmans Siedlung. Weil Orson diese außergewöhnliche Baßstimme besaß, durften beide bleiben, und obwohl Rufus noch ein Kind war, hatte Goodman ihm erlaubt, im Junggesellenhaus bei den Männern zu wohnen. Seine hohe, reine Stimme prädestinierte ihn geradezu für den Chor.

Franklin Lantigua war mit zweiundzwanzig illegal aus der Dominikanischen Republik in die Vereinigten Staaten gekommen. Er hatte Glück und schon bald einen Job in der Küche eines Spitals gefunden. Vier Jahre später kaufte er ein gebrauchtes Mobile Home für achttausend Dollar und wohnte in Florida City, wenige Meilen von Homestead entfernt. Ein weiteres Jahr verging, dann machte *Andrew* aus diesem Traum Kleinholz. Jetzt sang er Bariton in Goodmans Chor und arbeitete nachts in einem Restaurant.

Schließlich mußte Tyler erzählen, woher er kam und wieso es ihn in die Siedlung verschlagen hatte. Orson wollte wissen, wie es sei, in Europa zu leben, und Rufus fragte, ob Tyler schon einmal die Königin von England gesehen habe. Es war kurz vor acht Uhr, als Franklin zur Arbeit mußte und die Runde sich auflöste. Alfonso ging sich duschen, Joe holte seine Sachen aus der Wäscherei, Orson und Rufus spielten am Eßtisch Dame. Tyler setzte sich vor dem Haus auf eine Bank und sah dem abendlichen Treiben zu. Leute in schwarzer, grauer und weißer Kleidung kamen mit Töpfen und Schüsseln aus der Gemeinschaftsküche, trugen Wäschebündel in die Wäscherei und betraten und verließen das wellblechgedeckte Gebäude, in dem die Duschen und Toiletten untergebracht waren. Die wenigen Kinder der Siedlung tollten in der Mitte des Platzes herum. Der Schein der Lampen, die an den Außenwänden der Gebäude angebracht waren, mischte sich mit dem Licht des schwindenden Tages.

Joe war aus der Wäscherei zurückgekommen und zog sich im Haus um. Als er nach draußen kam, mußte sich Tyler erneut das Lachen verkneifen; der alte Mann trug jetzt einen roten Overall und eine rote Baseballkappe, die Füße steckten in ausgelatschten, ehemals weißen Turnschuhen. An einem breiten schwarzen Gürtel baumelten eine Taschenlampe, ein Schraubenschlüssel und ein Lederbeutel, an seinem Hals ein Fernglas und eine Trillerpfeife. Aus der Brusttasche des Overalls ragten Notizblock und Schreibstift. Er grinste verlegen, als Tyler ihn musterte.

«Das ist meine Arbeitskleidung», sagte er. «Ich bin Feuermelder. Meine Aufgabe ist es, nachts durch die Kolonie zu gehen und aufzupassen, daß es nirgendwo brennt. Obwohl es streng verboten ist, machen leichtsinnige Bewohner manchmal Feuer oder rauchen in den Häusern. Diese Leute muß ich verwarnen, sie gefährden uns alle.»

«Ich verstehe.» Tyler nickte ernst, bemüht, Joe nicht merken zu lassen, daß sein Anblick erheiternd wirkte.

«Meine Schicht dauert von zehn bis sechs.»

«Und dann arbeiten Sie noch zwei Stunden am Dom?»

«Na ja, wie alle hier.»

«Und wann schlafen Sie?»

«Ich benötige nicht viel Schlaf. Meistens lege ich mich tagsüber für ein paar Stunden hin. Da ist es im Junggesellenhaus am ruhigsten.»

«Aber heute haben sie überhaupt nicht geschlafen.»

«Nein. Doch wie gesagt, ich komme sehr gut mit wenig Erholung aus. Heute morgen bin ich nach der Arbeit am Dom zum See gegangen. Ich hatte nahe der alten Militärsiedlung Jungfische ausgesetzt und wollte sehen, ob sie noch leben. Angeln ist eine Leidenschaft von mir, müssen Sie wissen, und ich habe die törichte Hoffnung, daß die Fische wachsen und irgendwann groß und fett an meinem Haken zappeln.»

«Warum singen Sie nicht im Chor? Ich meine, damit scheint man es hier doch am einfachsten zu haben. Sie könnten die Hälfte des Tages mit Angeln verbringen.»

«Ich bin nicht laut genug. Als Kind habe ich eine ätzende Flüssigkeit getrunken, die meine Stimmbänder angegriffen hat. Eigentlich dürfte ich nicht hier leben, wegen der Stimme und weil ich zu alt bin. Aber Mister Goodman läßt mich bleiben. Er hat Angst vor einem weiteren Feuer in der Kolonie.»

«Es gab schon mal eins?»

«Ja, ganz am Anfang. Drei fast fertige Häuser sind damals abgebrannt.»

Eine Weile schwiegen beide; Tyler nestelte an seinem Verband, Joe spielte mit der Taschenlampe.

«Singen Sie?» fragte Joe schließlich.

Einen Augenblick lang überlegte Tyler, was er Joe antworten sollte, dann entschied er sich für die Wahrheit. «Früher, ja. Mein Vater war Opernsänger. Er schickte mich in den Kirchenchor, aber ich haßte diesen pastoralen Mumpitz.»

Joe blickte nachdenklich ins Leere.

«Sie wissen schon, als Junge hat man andere Interessen als Messen, Choräle und so was.» Tyler lächelte. Er war sich nicht sicher, ob er möglicherweise die religiösen Gefühle des alten Mannes verletzt hatte. Ebensowenig vermochte er zu sagen, ob Joe Christ, Schintoist, Buddhist, Taoist oder Konfuzianer war.

Wie aus einer leichten Abwesenheit heraus wandte sich Joe wieder an Tyler. «Sie müssen unbedingt einmal bei den Proben unseres Chors dabeisein.»

«Das würde ich sehr gerne.» Tylers Interesse war nicht einmal geheuchelt.

«Ich gehe morgen gerne mit Ihnen zum Schiff.» Joe warf einen Blick auf die billige Uhr an seinem Handgelenk. «Ich muß jetzt los. Brauchen Sie noch irgend etwas?»

«Nein, vielen Dank. Ich werde noch ein wenig hier sitzen bleiben und mich dann hinlegen.»

Die Ausrüstung klimperte, als Joe sich bewegte. «Wir sehen uns dann morgen, ja?»

«Wir können zusammen frühstücken, wenn Sie wollen.» Tyler merkte, daß Joe ihm zutraute, bei der erstbesten Gelegenheit aus der Kolonie zu verschwinden. Nachdem sie sich für neun Uhr am nächsten Morgen verabredet hatten, schien der alte Mann einigermaßen beruhigt und marschierte los.

Am Himmel hatte sich eine schwache Spur von Helligkeit gehalten. Ein leichter Wind kam auf. Der Platz hatte sich geleert, die Kinder waren fort. Nur beim Waschhaus und bei der Gemeinschaftsküche hielten sich noch Leute auf; Tyler glaubte, das Prasseln des Wassers hören und die Gerüche aus den Kochtöpfen riechen zu können. Das Junggesellenhaus lag ein wenig abseits, deshalb kam selten jemand in die Nähe. Irgendwann war Wilbur grußlos an Tyler vorbeigegangen, hatte drinnen auf der Einhaltung der Nachtruhe bestanden und von Orson und Rufus verlangt, daß die Lichter gelöscht wurden. Jetzt herrschte Ruhe, nur ab und zu ächzte der Bettrahmen unter Orsons Gewicht.

Als Alfonso kam, war es nach elf. Er setzte sich neben Tyler auf die Bank und bot ihm eine Zigarette an. «Was macht der Fuß?» wollte er wissen, während er ein Streichholz vor Tylers Gesicht abbrennen ließ.

Tyler hielt die Zigarettenspitze in die Flamme und inhalierte. «Gut», antwortete er dann und hoffte gleichzeitig, man möge sich nicht andauernd nach seinem Befinden erkundigen.

«Wollen Sie ein Bier?»

«Ich dachte, Alkohol sei hier verboten.»

Alfonso grinste. «Das Rauchen in der Nähe von Häusern auch. Haben Sie Geld? Fünf Dollar?»

Tyler kramte ein paar Scheine aus der Hosentasche. «Hier.»

Alfonso nahm das Geld und verschwand auf einem Fahrrad, das er vom Geländer losgekettet hatte.

Während Tyler wartete, versuchte er, ein paar Schritte ohne die Krücken zu machen; wenn er die Ferse, in die der Nagel eingedrungen war, nicht aufsetzte, konnte er sich recht und schlecht vorwärtsbewegen.

Wenig später war Alfonso zurück. Er stellte eine Sechserpackung Bier auf die Bank und setzte sich. «Hab uns noch eine Packung Zigaretten besorgt. Ist Ihnen doch recht, oder?»

Tyler nickte. Er nahm das Bier, das Alfonso für ihn geöffnet hatte, dann prosteten sie sich zu und tranken.

Nachdem Alfonso seine Büchse geleert hatte, lehnte er sich zurück und streckte die Beine aus. «Wie gefällt's Ihnen denn so bei uns?»

«Na ja, für ein, zwei Tage ist es in Ordnung.»

Der Puertorikaner lachte. «Ich bin seit vier Monaten hier. Können Sie sich das vorstellen?»

«Nein.»

Wieder lachte Alfonso. «Ach, wissen Sie, wenn man es geschickt anstellt, kommt man überall zurecht. Sogar im verrückten Goodmansville.»

«Kennen Sie ihn?»

«Goodman? Er kommt ab und zu, um bei den Proben zuzuhören. Aber er redet nicht mit den Leuten hier, auch nicht mit den Sängern. Er spricht mit dem Russen und mit Shaw und zieht dann wieder ab in seine Villa oder nach Coral Gables.»

«Was für ein Russe?»

«Der Chorleiter. Er heißt Jarostchuck, aber alle nennen ihn den Russen. Wohnt nicht in der Kolonie, kommt jeden Tag her.»

«Und der andere, Shaw?»

Alfonso beugte sich vor, ließ die Kippe auf den Boden fallen und zertrat sie gründlich. «Einer der weißen Drecksäcke aus dem Palazzo.» Er riß die Hände hoch und grinste. «Das betrifft nur die Typen im Palazzo. Nichts gegen Sie, Mann. Sie sind in Ordnung!» Wie zum Beweis seiner Sympathie öffnete er ein Bier für Tyler und stellte es vor ihn hin.

Tyler nahm die Büchse in die Hand, obwohl er die erste noch nicht ausgetrunken hatte. «Erzählen Sie mir mehr von diesem Palazzo.»

«Das ist ein Haus, wo die Regelmacher wohnen. Die

Kerle sind weiß, und sie heißen Regelmacher, weil sie bestimmen, was hier läuft. Sie werden sie morgen kennenlernen, wenn Sie Ihre Karte machen lassen.»

«Ich dachte, Goodman sei hier der Boss.»

Alfonso stieß Luft durch die Nase. «Der kümmert sich doch nur um den Chor. Für den lästigen Kram hat er Shaw, und der hat Burdon, Graves und Calloway.»

«Wo ist der?»

«Nicht weit von hier. Das habe ich von dort.» Er schwenkte seine Bierflasche und grinste. «Auch die Zigaretten.»

«Die verkaufen das?»

«Ja, so machen sie ein bißchen Kohle nebenbei. Damit und mit anderem.»

Tyler legte den Fuß auf einen Stuhl und lehnte sich gegen die Wand. Eine Menge Fragen stauten sich in seinem Kopf, aber er merkte, daß er zu müde war, um sie alle zu stellen. Nur eines wollte er noch wissen. «Sind Sie im Chor?»

Diesmal lachte Alfonso schallend. «Ja! Kaum zu glauben, was?» Er schüttelte den Kopf, und eine Strähne seines schwarzen, glatt zurückgekämmten Haars fiel ihm in die Stirn. «Ich bin nicht mal so übel, Mann. Hab früher in einer Band gesungen, Sachen von Elvis, Chubby Checker, Little Richard.» Er stimmte die ersten Takte von Presley's *Hound Dog* an, dann lachte er wieder und trank die Flasche leer.

Sekunden später ging die Tür auf, und Wilbur stand in Unterhosen und T-Shirt da. «Wenn ihr beiden Arschlöcher nicht augenblicklich Ruhe gebt, passiert was. Es gibt verdammtnochmal Leute, die arbeiten müssen!»

Alfonso blieb ganz ruhig. «Was ist denn, Mann? Wir üben nur für den Chor. Du weißt doch, Mister Goodman will, daß wir immer in Form bleiben.»

«Ach, halt die Fresse, Peguero! Wenn ihr saufen wollt, verzieht euch gefälligst woanders hin!»

«Sonst holst du deine Freunde aus dem Palazzo, ja?» Alfonso zwinkerte Tyler zu.

Wilbur lief rot an vor Wut, ballte die Fäuste. Einen Moment lang zögerte er, dann drehte er sich um und ging hinein, die Tür hinter sich zuwerfend.

«Mach nicht so einen Krach, Wilbur, du weckst ja alle auf!» Alfonso schlug sich mit den Händen auf die Schenkel.

«Vielleicht ist es besser, wenn wir uns jetzt hinlegen», meinte Tyler und erhob sich. «Orson und der Junge wollen bestimmt auch schlafen.»

«He, Wilbie! Einen knackigen Arsch hast du da in deinem Höschen!» Alfonso schüttelte sich vor Lachen. «Ist bestimmt noch weißer als der Rest von dir!»

Tyler hob die Krücken auf. «Ich werde jetzt mal reingehen. Ist vielleicht besser.»

«Ach, kommen Sie! Nur wegen diesem Schwachkopf? Sehen Sie, es ist noch für jeden ein Bier da!»

Tyler lächelte. «Die sind für Sie. Ich bin müde, wirklich.»

«Alles klar.» Alfonso nickte, den Blick auf seine Stiefelspitzen gerichtet. An seinem Hinterkopf schimmerte eine kahle Stelle durch die Haare. Er war hager, wie Kabel verliefen die Sehnen unter seiner Haut.

«Gute Nacht.» Tyler humpelte ohne Hilfe der Krücken zur Tür.

Alfonso schwieg.

Tyler ging hinein, schloß leise die Tür und wartete, bis sich seine Augen an die Dunkelheit gewöhnt hatten. Dann sah er Orson und Rufus, die in ihren Betten saßen, und murmelte eine Entschuldigung. In seiner Ecke angekommen, zog er sich aus und legte sich hin. Wilburs geflüsterte Verwünschungen klangen wie ein übles Gebet.

7

Der Schlafsaal war leer. Tyler sah dem Kreisen des Ventilators zu und bewegte den Fuß unter der dünnen Decke. Die Wunde schmerzte ein wenig, außerdem hatte sich der Verband gelockert. Die Uhr beim Eingang zeigte kurz nach sieben; um neun, erinnerte sich Tyler, würde er Joe in der Gemeinschaftsküche treffen.

Als er schließlich aufstand, stellte er fest, daß seine Kleider weg waren und mit ihnen die hundert Dollar, die er in kleinen Scheinen in der Hosentasche aufbewahrt hatte. Immerhin standen die Schuhe noch da, und die Schmerztabletten hatte ebenfalls niemand gestohlen. Tyler brach eine aus der Verpackung und schluckte sie ohne Wasser. Dann öffnete er den Spind und nahm Toilettensachen, frische Kleidung und ein Handtuch aus der Reisetasche. Bei der Gelegenheit zählte er sein Geld und war erleichtert, als nichts fehlte. Nachdem er den Spind wieder verschlossen hatte, ging er in Hosen und T-Shirt nach draußen und über den Platz zu den Waschräumen. Die Krücken ließ er neben dem Bett stehen, auch wenn sein Gang noch langsam und ein wenig kurios ausfiel. Unter den Menschen, die ihm begegneten, waren keine Weißen, und sie schienen sich nicht sicher zu sein, ob sie Tyler grüßen oder den Blick abwenden sollten. So nickten die meisten nur mit dem Kopf, ein paar Mutige murmelten Unverständliches.

Eine Stunde später ging Tyler geduscht, rasiert und mit frischen Kleidern am Leib zur Gemeinschaftsküche. Joe, der an einem der Tische im Innenhof auf ihn wartete, trug noch immer den roten Overall, aber Kappe, Gürtel und Fernglas hatte er abgelegt. Er begrüßte Tyler überschwenglich und rannte gleich los, um Kaffee, Orangensaft, Rührei, Brot und Käse zu holen. Die große Halle wirkte leer; an den etwa zwanzig Gasherden kochten nur drei Frauen, alle in weiten schwarzen Gewändern, ein paar Männer standen bei den Arbeitstischen, aßen hastig und tranken Kaffee, den ein junges Mädchen aus großen Blechkannen ausschenkte. Unter den Tischen hockten Kinder und rupften Hühner.

«Ich habe Ihre Sachen in die Wäscherei gebracht», sagte Joe, nahm ein Bündel Geldscheine aus der Brusttasche und legte es auf den Tisch. «Ich dachte, es ist Ihnen recht.»

Tyler merkte, daß er sein Besteck vergessen hatte. «Was? Oh, ja, natürlich.» Er lächelte Joe zu. «Vielen Dank.» Beinahe zögernd steckte er das Geld ein.

«Sie werden feststellen, daß drei Dollar fehlen. Das Frühstück hier kostet einen Dollar, das Abendessen gestern zwei.»

«Und Ihr Essen?» fragte Tyler, den die Ehrlichkeit und Hilfsbereitschaft des alten Mannes ebenso beschämten wie sein eigenes Mißtrauen. «Ich würde es gerne bezahlen.»

«Oh, das ist sehr freundlich, aber nicht nötig. Sehen Sie, als Entschädigung für meine Arbeit in der Brandverhütung stehen mir drei Mahlzeiten täglich zu. Außerdem erhalte ich einen Lohn von vier Dollar und fünfzig Cents pro Woche.»

«Vier Dollar fünfzig? Pro Woche?» Tyler lachte auf. Mittlerweile hatte er es geschafft, das Rührei mit Hilfe von zwei Brotstücken zu essen.

«Nicht viel, ich weiß. Aber ich habe hier ja alles: ein Dach über dem Kopf, ein Bett, das Essen. Und wenn man krank ist, gibt es das Lazarett.» Joe strahlte und biß in sein Käsebrot.

«Und wenn Goodman nicht mehr bezahlt? Wenn er das Interesse an seinem kleinen Dorf und dem Chor verliert?» Tyler ärgerte sich über die Sorglosigkeit des Alten und hatte gleichzeitig Mitleid mit ihm.

«Aah, so etwas kann nicht passieren, das würde Mister

Goodman nie tun. Die Kolonie und der Chor bedeuten ihm alles, glauben Sie mir!»

«Trotzdem, ihr seid hier alle von diesem Mann abhängig. Mir würde das nicht gefallen.»

Joe sah eine Weile gedankenverloren auf seinen Teller. «Abhängig ist man doch immer von jemandem», sagte er und klaubte ein paar Brotkrumen zusammen. «In New York habe ich über ein Jahr im Schlachthaus gearbeitet, mit einem Schlauch Blut und Eingeweide weggespritzt. Dann wurde ich entlassen, einfach so. Das ist mir danach noch ein paarmal passiert.» Er hob den Kopf und sah Tyler an. «Garantien bekommt man im Leben keine. Hier kann ich leben, sehr bescheiden, das gebe ich zu. Aber es gab Zeiten, da hatte ich weniger, und ich bin Mister Goodman dankbar, daß er einem alten unnützen Mann aus Korea Arbeit, zu essen und einen Platz zum Schlafen gibt.»

Tyler senkte den Blick. Das Gespräch ließ ein unbehagliches Gefühl in ihm aufkommen, und er wünschte, er hätte nie damit angefangen.

«Möchten Sie noch eine Tasse Kaffee?»

«Ja, aber diesmal werde ich ihn holen.» Tyler griff sich die beiden Tassen und ging in die Küche, die sich mittlerweile fast gänzlich geleert hatte. Zwei der Köchinnen standen am Arbeitstisch und schälten Kartoffeln, die dritte schrubbte am Spülbecken einen Topf sauber, und das Mädchen, das für den Kaffee verantwortlich war, saß auf einem Stuhl und las. Die Kinder waren weg, nur ein paar weiße Federn lagen noch am Boden.

Die junge Schwarze war so in ihre Lektüre vertieft, daß sie Tyler nicht bemerkte. Ihr Kopf mit dem farbigen Tuch war gesenkt, das Gesicht nicht zu sehen. Sie hatte die Beine angezogen und gekreuzt, die nackten Füße waren in den Armlehnen eingehakt.

«Ist noch Kaffee da?» Tyler stellte die Tassen auf die Ablagefläche vor dem Herd.

«Celia!» rief eine der Köchinnen. «Jemand will Kaffee!»

Celia legte das Buch weg und schälte sich aus dem Stuhl. Der Saum ihres weißen Kleides berührte jetzt den Boden. Sie kam zum Herd, umwickelte den Griff der Kanne mit einem Lappen und füllte die Tassen. Dann ging sie zurück zum Stuhl, setzte sich in der gleichen Haltung wie zuvor hin und schlug das Buch auf.

Tyler bedankte sich, einmal leise, dann etwas lauter, aber Celia reagierte nicht. Die kartoffelschälenden Frauen kicherten, die am Spülbecken drehte sich um.

«Was lesen Sie denn da?» Tyler hatte eigentlich gar nicht fragen, sondern mit dem Kaffee zu Joe zurückgehen wollen, aber irgend etwas hielt ihn zurück. Die Schönheit der jungen Frau war bestimmt ein Grund dafür, ihre entrückte Gleichgültigkeit ein anderer.

Für den Bruchteil einer Sekunde hielt Celia das Buch hoch, dann las sie weiter. Dem farbigen Einband nach zu urteilen, war es ein Schundroman.

«Geben Sie mir das Buch, wenn Sie es gelesen haben?»

Celia hob den Kopf; es war schwer zu sagen, ob im Ausdruck ihrer Augen Verklärung oder Langeweile lag.

«Ich kaufe es Ihnen ab.»

«Fünf Dollar», sagte Celia.

«In Ordnung. Wann haben Sie es ausgelesen?»

Celia ließ die verbleibenden Seiten, vielleicht vierzig oder fünfzig, durch die Finger gleiten.

«Ich komme in einer Stunde noch mal vorbei, ja?»

«Morgen.»

Tyler hatte Lust, diesen Ausbund an Teilnahmslosigkeit ein wenig zu reizen. «Sie brauchen bis morgen, um die paar Seiten zu lesen?»

Celia hob nicht einmal den Kopf. «Kommen Sie morgen, oder lassen Sie's bleiben.»

«Also, dann morgen.» Tyler nahm die beiden Tassen und ging zurück zum Tisch, wo Joe schon ungeduldig wartete.

«Hat sie mit Ihnen geredet?»

Tyler setzte sich hin. «Na ja, geredet ist vielleicht nicht der richtige Ausdruck.»

«Aber sie hat ein paar Worte mit Ihnen gewechselt.»

«So könnte man es nennen.»

«Und worüber haben Sie gesprochen?» Joe rührte in seinem Kaffee, obwohl er weder Milch noch Zucker hineingetan hatte.

«Literatur», antwortete Tyler, erstaunt über Joes Neugierde.

In den folgenden Minuten schlürfte jeder seinen Kaffee, und Tyler aß sein Käsebrot. Das Himmelsviereck über ihren Köpfen füllte sich mit Licht. Ein paar kleine Vögel, Tyler hielt sie für Spatzen, flatterten im Innenhof herum.

«Der Kaffee ist nicht übel, die Kleine macht ihn ziemlich gut», meinte Tyler nach einer Weile. «Wer ist sie übrigens?» Sein Tonfall sollte mäßiges Interesse vortäuschen.

Joe wurde ganz lebhaft; er schien darauf gewartet zu haben, daß Tyler diese Frage endlich stellte. «Ihr Name ist Celia Morgan. Sie lebt hier mit ihren Eltern. Alle drei singen im Chor. Sie wohnen im nördlichen Bezirk, wo es am schönsten ist. Sie ist hübsch, nicht wahr?» Joe warf einen Blick zur Küche. «Aber ausgesprochen kratzbürstig.»

Erneut entstand eine Pause. Als eine Katze durch den Hof lief, stoben die Vögel lärmend auf.

Joe gähnte und stemmte sich aus dem Stuhl. «Wir müssen Ihre Karte besorgen. Und Sie wollten doch ins Schiff, zu den Proben, nicht wahr?»

«Muß diese Karte wirklich sein?»

Joe hob den Gürtel und die anderen Sachen auf. «Ja, es ist möglich, daß Sie von einem Regelmacher angehalten werden, obwohl Sie Weißer sind. Vielleicht wird denen gerade diese Tatsache ein wenig seltsam vorkommen. Die vier wissen gerne, wer sich in ihrem Territorium aufhält.»

Tyler folgte Joe hinaus. Irgendwie begann er sich für die Kolonie zu interessieren. Auch der Chor machte ihn allmählich neugierig; vielleicht gab die Sache genug für einen Artikel her. Die Schreibmaschine stand zumindest bereit.

Das *Welcome Gate* war ein richtiges Tor aus weißgestrichenem Holz mitten in der Landschaft. Ein ungeteerter Weg führte von einer Nebenstraße zu ihm und endete an einer Schranke, die symbolisch die Durchfahrt versperrte. Zu beiden Seiten des Tores verlief ein Zaun, der nach fünfzig Metern einfach aufhörte. WELCOME stand in roten Lettern über dem Rundbogen.

Auf einer großen Tafel neben dem Bürogebäude waren die Gesetze der Kolonie aufgeführt. Tyler blieb stehen und las sie. Unter Punkt eins hieß es: ‹Kein Aufenthalt von mehr als einem Tag ohne Ausweiskarte›, Punkt zwei untersagte das Rauchen und Feuermachen in Häusern und in deren Nähe. Die restlichen Regeln erinnerten an die Hausordnungen von Feriencamps: keine Waffen, keine Schlägereien, kein Alkohol und so weiter. Punkt sieben forderte die Bewohner der Kolonie auf, unnötigen Lärm zu vermeiden.

«Wir haben Glück, außer uns ist niemand da.» Joe winkte Tyler zu sich und hielt ihm die Tür auf.

Im Innern des Gebäudes war es warm und stickig. Eine Neonröhre brannte, obwohl genug Licht durch die Fenster fiel. In einer Ecke des Raumes versuchte ein winziger Tischventilator die Luftmassen zu bewegen. Zwei Pulte standen da, an einer Wand Stühle, ein Wasserbehälter. Keine Bilder, dafür noch einmal die Gesetze in verschiedenen Sprachen.

Joe setzte sich hin. Hinter dem Haus wurde gehämmert, der Lärm drang durch die Öffnung der Klimaanlage in den Raum.

«Scheint überhaupt niemand hier zu sein», meinte Tyler. Er nahm die Sonnenbrille ab, blieb aber bei der Tür stehen.

«Einer der vier wird gleich kommen. Hören Sie das Hämmern?» Joe hatte eine zerfledderte Zeitung gefunden und las darin.

Tyler lehnte sich gegen die Wand. «Wenn's noch lange dauert, gehe ich wieder.»

In diesem Augenblick betrat ein Mann den Raum durch die Hintertür. Er war weiß, etwa Mitte zwanzig, und er hielt einen Hammer in der Hand. Das erste, was an ihm auffiel, war sein Körperbau; der Mann hatte die Breite einer Tür, überragte Joe jedoch nur um etwa einen halben Kopf. Seine Oberarme konnten zwei große Hände wohl gerade noch umfassen, beim Hals schien das unmöglich. Diese Masse war verpackt in eine dunkelblaue Hose und ein rotes Hemd. Vor seinem enormen Brustkorb baumelte eine Krawatte, deren Blau auf das der Hose abgestimmt war.

«Guten Tag, Mister Graves.» Joe hatte sich erhoben und trat vor ein Pult.

Graves legte den Hammer auf ein Regal und wischte sich die Hände an einem Papiertuch ab. Dann setzte er sich an das andere Pult, zog eine Schublade auf und entnahm ihr einen Notizblock und einen Kugelschreiber. Während er etwas hinkritzelte, atmete er, als hätte er gerade Gewichte gestemmt.

Joe winkte Tyler zu sich. Er hatte sich inzwischen vor das Pult gestellt, an dem Graves saß, und wartete geduldig, bis dieser seine Notizen beendet hatte.

«Was gibt's denn?» fragte Graves, nachdem er den beschriebenen Zettel vom Block gerissen und mit Klebestreifen an der Kühlschranktür befestigt hatte.

Joe trat einen winzigen Schritt nach vorne. «Mister Tyler hier benötigt eine Ausweiskarte.»

Tyler holte seinen Paß aus der Tasche des Jacketts, das er auf Joes Drängen hin angezogen hatte. Er kam sich albern vor in diesem Büro, stellte sich vor, was er für ein Bild abgab in seinem schmutzigen, zerknitterten Jackett, mit Joe als Fürsprecher und diesem Bodybuilder, der auf seinem Drehstuhl hockte wie eine Fuhre Lehm auf einer Töpferscheibe.

Graves musterte Tyler argwöhnisch. «Arbeitet er für Goodman?» Obwohl er diese Frage an Joe richtete, ließ er Tyler nicht aus den Augen. Sein schwarzes Haar war straff zurückgekämmt und am Hinterkopf zu einem kurzen Pferdeschwanz zusammengebunden, ein dünner Schnurrbart und ein Rechteck zwischen Unterlippe und Kinn paßten nicht so recht in das breite Gesicht.

«Nein. Er hat sich am Fuß verletzt.» Joe zeigte auf das Körperteil, das inzwischen nicht mehr so spektakulär aussah; Tyler hatte den schmutzigen Verband weggeworfen, ein Heftpflaster über die Wunde geklebt und Socke und Schuh angezogen.

«Wo ist er untergebracht?»

«Im Junggesellenhaus.»

«Ist er schon im Chor?»

«Nein, aber er wird heute hingehen und vorsingen.»

«Moment, Moment, vielleicht darf ich auch mal was sagen.» Tyler trat ein paar Schritte näher an das Pult heran. «Ich bin nur für wenige Tage hier. Ich bin Journalist, ich schreibe für ein englisches Magazin. Alles, was ich hier tun werde, ist recherchieren.»

Graves lehnte sich zurück, und der Stuhl ächzte. «Aus England?»

«London.»

«Und Sie sind den weiten Weg hergekommen, nur um über die Kolonie zu schreiben?»

«Ich war vorher in Los Angeles und New Orleans.» Tyler gab sich Mühe, überzeugend zu wirken. Der angebliche Journalistenjob würde ihn möglicherweise davor bewahren, die Aufnahmeprozedur für die Kolonie zu durchlaufen.

«Was werden Sie denn schreiben?»

«Ich weiß es noch nicht. Ich bin erst seit gestern hier.»

Graves zog sich an den Tisch heran. «Und, gefällt es Ihnen?»

Tyler lächelte. «Ja, ich wurde sehr freundlich aufgenommen.» Er sah auf Joe, der ein wenig verwirrt wirkte.

«Kann ich Ihren Ausweis sehen?»

Tyler gab ihm den Paß. Er hatte beschlossen, alle Fragen brav zu beantworten und selber keine zu stellen; je eher dieser Schrankmensch die erforderlichen Informationen bekam, desto schneller würde die Karte fertig sein.

Graves studierte den Paß, blätterte eine Ewigkeit darin herum. «Ich werde Ihnen einen Besucherschein ausstellen», sagte er schließlich. «Wenn Sie länger als zehn Tage bleiben, müssen Sie ihn erneuern lassen. Sie können weiterhin im Junggesellenhaus wohnen. Es sei denn, Sie bevorzugen ein Hotel. Halten Sie sich an die Regeln, und bleiben Sie zu Ihrem eigenen Wohl im Zentrum. Sollten Sie Schwierigkeiten oder Fragen haben, kommen Sie hierher.» Er sah mit ernstem Blick auf, als bezweifle er, daß Tyler alles verstanden hatte.

Tyler nickte.

«Setzen Sie sich dort drüben auf den Stuhl. Wir benötigen ein Bild von Ihnen.»

Tyler nahm vor der gelbgestrichenen Wand Platz, und als Graves sich vor ihn stellte und mit seinen Wurstfingern an der Kamera herumfummelte, gelang ihm sogar eine Art Lächeln.

Joe lag auf seinem Bett und schlief. Er hatte geduscht und war jetzt in eine Art Kimono gewickelt. Eine Augenbinde, wie man sie auf Flugreisen benutzt, machte für ihn den Tag zur Nacht. Es war ruhig in der Baracke, Geräusche drangen kaum herein, wurden abgeschwächt zu einem dumpfen Summen. Hammerschläge von den Baustellen tickten wie ein fehlerhaftes Uhrwerk.

Tyler saß am Eßtisch und betrachtete den in einer Schutzhülle steckenden Ausweis. In der linken oberen Ecke klebte die Photographie, die so überbelichtet war, daß sein Kopf aussah wie ein verblassendes Fresko oder eine Holographie. Ein verschmierter, unleserlicher Stempel ging über seine Brust und streifte sein Kinn. Neben der Aufnahme standen maschinegeschrieben sein Name und weitere Angaben aus dem Paß. Datum und Graves' Unterschrift vervollständigten das Dokument, das in seinem Bemühen, offiziell zu wirken, beinahe etwas Rührendes hatte. Auf der Rückseite waren, für Tylers Exemplar in Englisch, winzigklein die Regeln abgedruckt, Punkt eins bis neunzehn. Punkt achtzehn lautete: ‹Beim Tod eines Bürgers der Kolonie muß die Verwaltung verständigt werden. Begräbnisse, insbesondere Feuerbestattungen, sind nicht erlaubt.› Das letzte Gesetz untersagte die private Haltung von Nutztieren und gestattete Haustiere nur, wenn sie bei der Verwaltung registriert waren.

Mit dem Ausweis in der Tasche verließ Tyler das Junggesellenhaus und ging zum Tor. Er hatte die letzte Schmerztablette genommen und den Schuh nur ganz locker geschnürt; wenn er die Ferse nicht aufsetzte, kam er in passablem Tempo vorwärts. Neben ihm bewegte sich wieder diese Karawane aus Menschen, die mit Handwagen, Schubkarren und Traggestellen Backsteine und Zementsäcke zum Dom schafften. Das Ratzen einer Säge vermischte sich mit dem Knarren der Holzräder, dem hohen Klingen von Hammerköpfen auf Nägeln und dem Schaben von Hobeln, die über rohe Balken fuhren. Ab und zu ertönte ein Ruf, oder ein Maultier jammerte über die Arbeit.

Diesmal waren die Hütten, die das Tor flankierten, besetzt. Weil sich an diesem Nadelöhr alles staute, mußte Tyler stehenbleiben, obwohl er das Zentrum nicht betreten, sondern verlassen wollte. Vor ihm waren zwei Frauen, die gemeinsam einen leeren Handwagen zogen. Sie sahen aus wie Hawaiianerinnen, aber als sie ein paar Worte in ihrer Sprache wechselten, war sich Tyler nicht mehr sicher. Gelegentlich betrat jemand aus der Reihe der Kommenden eine der Hütten und kam wenig später wieder heraus.

Ein Maultierkarren, der ein paar Säcke Zement verloren hatte, gab endlich den Durchgang frei, und Bewegung kam in die Kolonnen. Tyler hatte das Tor bereits passiert, als er zurückgerufen wurde. Er drehte sich um und sah einen der beiden Männer winkend in der Tür seiner Hütte stehen. Jetzt würde ihm wenigsten dieser idiotische Ausweis nützlich sein, dachte Tyler, und ging zurück.

Der enge Raum war so schlecht beleuchtet, daß Tyler die Sonnenbrille abnehmen mußte, um etwas zu erkennen. Es roch nach Kaffee und Schweiß und Tabak, ein Radio spielte leise, und bei jedem Schritt knarrten die Holzdielen des Fußbodens. Der Mann, der wie Graves blaue Hosen und ein rotes Hemd trug, stand hinter seinem Pult, trank aus einem Plastikbecher und musterte Tyler unverhohlen. Er war groß und korpulent, aber nicht im geringsten durchtrainiert. Als er sich setzte, tat er das langsam und schwerfällig, und sein Gesicht drückte Unbehagen aus.

Tyler blieb in der Mitte des Raumes stehen. Der genau über ihm sich drehende Ventilator vermochte kaum den Staub zu bewegen, der im dämmerigen, durch die Ritzen der Jalousien einfallenden Licht sichtbar wurde.

«Sie sind der Journalist?» Der Mann ließ etwas Ähnliches wie ein Lächeln in seinen Zügen zu.

Die Tatsache, daß er schon im Kontrollsystem dieser vier Aufpasser gelandet war, mißfiel Tyler zwar, überraschte ihn aber keineswegs. In Graves' Büro hatte er ein Walkie-talkie gesehen, und hier lag bestimmt auch irgendwo so ein Gerät.

«Sie haben sicher eine Karte.» Der Mann räumte ein paar Blätter und einen leeren Teller von seiner Schreibunterlage. «Kann ich die mal sehen?»

Tyler trat an den Tisch und legte dem Mann die Karte hin. Erst jetzt konnte er den Namen auf dem Messingschild lesen, das an der Kante des Tisches stand: HARVEY T. BURDON.

Burdon studierte den Ausweis eine Weile, dann schob er ihn in Tylers Richtung. «Wie lange, glauben Sie, werden Sie in der Kolonie bleiben, Mister Tyler?»

«Ich weiß noch nicht. Ein paar Tage», antwortete Tyler und steckte die Karte zurück in die Hemdtasche.

«Wo wohnen Sie?»

«Im Junggesellenhaus.»

«Nicht im Hotel?» Burdon legte Befremden in die Stimme. Er kritzelte etwas auf ein Blatt Papier und lehnte sich dann zurück. Sein Hemdkragen stand offen, die blaue Krawatte hing über der Schreibtischlampe.

Tyler hielt es nicht für nötig zu antworten. Das Radio knisterte und rauschte, ab und zu drängten sich Musikfetzen dazwischen.

«Wundert mich, daß Sie es in dem Schuppen aushalten.» Burdon taxierte Tyler wieder mit diesem eindringlichen Blick; obwohl sein Körper Passivität und Dumpfheit ausstrahlte, konnte man an den Augen sehen, daß er versuchte, sein Gegenüber bis in jeden Winkel zu ergründen.

«Für die kurze Zeit wird es gehen», gab Tyler zurück. Er wollte endlich raus aus diesem Loch.

Burdon nickte, klopfte dabei mit seiner beringten Hand auf die Stuhllehne. «Hat Mister Goodman Sie eingeladen?»

«Nein.»

«Hatten Sie schon ein Treffen mit ihm?»

«Noch nicht. Ich will mich erst ein wenig umsehen.»

Wieder nickte Burdon. Dann rollte er mit dem Stuhl

an den Tisch und blätterte in einem Stapel Listen.

Tyler wartete. Das Radio machte ihn allmählich verrückt. «War's das?» fragte er schließlich.

Burdon hob den Kopf, tat so, als überrasche ihn Tylers Anwesenheit. «Oh, ja, natürlich!» Er stemmte sich hoch, und abermals verunstaltete ein Lächeln sein Gesicht, das auch bei ernster Mimik kein erbaulicher Anblick war. «Ja, sicher.» Mit der Hand machte er eine Geste in Richtung Tür. «Und wenn Sie Fragen haben, wissen Sie ja nun, wo Sie mich finden.»

Tyler setzte die Sonnenbrille auf und ging hinaus. Er sah gerade noch, wie Celia in einer Gruppe Menschen verschwand, hatte aber nicht den Mut, nach ihr zu rufen.

Die Häuser im nördlichen Teil der Kolonie waren schöner und größer. Etwa zwanzig einstöckige Gebäude mit Veranden und Vorgärten bildeten ein eigenes, abgelegenes Quartier am Fuß eines Hügels. Rund ein Dutzend davon standen leer, fünf befanden sich noch im Bau. Menschen sah Tyler fast keine; auf einer Veranda saß ein Mann mit eingegipstem Bein, und im Schatten einer Baumgruppe kümmerten sich zwei Greisinnen um ein Baby. Als Tyler stehenblieb, hob die eine der Frauen das Kind hoch und hielt es ihm hin. Erst wehrte Tyler lachend ab und wollte weitergehen, aber die Frauen bestanden darauf, daß er den Säugling in den Arm nahm.

«Miriam», sagte eine der Schwarzen. Sie mußte um die achtzig sein, ein Netz aus Falten zerfurchte ihr schmales Gesicht, das Weiße in den Augen war gelb und matt, der Mund fast zahnlos. Dennoch bot sie, eingehüllt in farbige Gewänder und behängt mit einfachem Schmuck, einen wunderschönen Anblick.

«Miriam», wiederholte Tyler. Das kleine Wesen gähnte und ballte die Fäustchen.

Schließlich nahmen ihm die Frauen das Mädchen ab und legten es zurück auf die Decke. Bevor er gehen durfte, mußte Tyler eine Handvoll frischer Feigen als Geschenk annehmen. Weil er nicht wußte, wie er sich bedanken sollte, verbeugte er sich, und die alten Frauen hielten sich lachend die Hände vor das Gesicht.

Danach begegnete Tyler niemandem mehr, und ihm fiel ein, daß Joe ein Quartier erwähnt hatte, wo vor allem Mitglieder des Chors wohnten. So menschenleer war es hier bestimmt nur, wenn die Proben stattfanden. Tyler ging an den letzten Häusern, Rohbauten ohne Wände und Dach, vorbei und erreichte eine Wiese, die sanft zum Hügel anstieg. Hinter dem Hügel, so vermutete er, lagen der See, der Palazzo und Goodmans Villa. Weil der Fuß schmerzte, setzte er sich in den Schatten eines Baumes, rauchte eine Zigarette und aß ein paar Feigen.

Schließlich ging er weiter und erreichte nach kurzer Zeit die Kuppe des Hügels, der so flach war, daß man von einer Aussicht kaum sprechen konnte. Wie schmutzige, struppige Felle breiteten sich Wiesen vor ihm aus, dazwischen standen Baumgruppen, ausgedünnt vom Sturm, und Balkengerippe, wo einmal Häuser und Hütten gewesen waren. Kanäle zogen sich durch die Ebene und überwucherte, allmählich verschwindende Wege. Weit entfernt war so etwas wie der äußerste Rand von Homestead zu erkennen, ein unscharfes Band aus stehengebliebenen oder wiederaufgebauten Häusern und Trailern, bis auf den Stumpf gekappten Bäumen und weißgestrichenen Zäunen, die so gerade verliefen, daß sie fremd wirkten.

Keine hundert Meter vor Tyler stand das Haus, das die Leute in der Kolonie Palazzo nannten. Ein Teil des Gebäudes war aus rotem Backstein, der andere, über einer offenen Garage angelegt, aus blaßgelb gestrichenem Holz. Im oberen Stockwerk ragte an jeder Ecke ein Erker aus der Fassade, rund und mit kegelförmigem Dach, mit einem Kupferfähnchen auf der Spitze. Die Attrappe eines

Glockenturms, hohe Bogenfenster an der Vorderfront und eine breite halbkreisförmige Steintreppe mit verziertem Eisengeländer machten von weitem den Eindruck eines kleinen Schlosses perfekt. Doch als Tyler den Abhang hinunterging und sich dem Haus näherte, sah er, wie billig gebaut und heruntergekommen das Haus war; kaputte Fensterläden lehnten an der Fassade, Teile der Regenrinne hingen losgerissen vom Dach, zerbrochene Scheiben waren durch Plastikfolie ersetzt worden, und überall löste sich Mörtel aus den Fugen und blätterte Farbe ab.

Tyler sah einen Zwinger und erwartete Hundegebell, aber der Drahtverhau war bis auf ein paar Holzkisten und einen Stapel Autoreifen leer. Ein ausgeschlachteter Plymouth und ein Anhänger standen neben dem Haus, auf dem Hof zwei Motorräder.

Eine Weile saß Tyler auf der Kühlerhaube des Plymouth und beobachtete das Haus, hinter dessen zum Teil offenstehenden Fenstern sich nichts bewegte. Er warf mit Kieselsteinen nach einem Blechfaß und ging, als sich auch jetzt niemand blicken ließ, weiter in Richtung des Sees, den er vom Hügel aus nicht hatte entdecken können. Irgendwo zwischen ihm und dem Horizont jagten sich zwei Militärflugzeuge, Wolken bedeckten wie ein schlechter Anstrich den Himmel.

8

Orson hatte sich Tylers Fuß angesehen, die Wunde desinfiziert und neu verbunden. Er konnte nicht verstehen, daß Tyler ohne die Krücken herumlief, und lehnte es ab, für die Heilung zu garantieren, wenn Tyler nicht auf ihn höre. Die Füße müsse sich Tyler als äußerst sensible Körperteile vorstellen, in denen der gesamte Organismus in Form von Nervenenden zusammenfließe. Mit einer Verletzung dieser Zentren dürfe nicht leichtfertig umgegangen werden.

Jetzt saßen Tyler, Joe, Alfonso und Franklin am großen Holztisch und aßen Kartoffeln und Fisch. Orson war im Lazarett, ein Mann hatte sich in den Oberschenkel gesägt und mußte genäht werden. Rufus, der Arzt werden wollte, assistierte ihm.

«Sie hätten nach dem Palazzo links gehen und dem Kanal folgen sollen», erklärte Alfonso und fuhr mit der Gabel über die Tischfläche. «Nach einer Weile kommt der Wald, und dahinter ist der See.»

«Und am Ende des Sees ist Goodmans bescheidene Hütte.» Franklin grinste. Er suchte sich eine besonders große Gräte und benutzte sie als Zahnstocher.

«Ich bin nach rechts gegangen», sagte Tyler.

«Macht nichts. Sie wären sowieso nur bis zum Zaun gekommen.»

«Goodmans Villa ist eingezäunt?»

Alfonso lachte. «He, Mann, alle Reichen in diesem Land zäunen ihre Grundstücke ein. Es könnten ja irgendwelche Penner kommen und was wollen.»

«Was für eine Art Zaun ist das denn?»

«Na, was für einer schon! Einer aus Metall, wahrscheinlich sogar elektrisch geladen. Hab das verdammte Ding noch nie angefaßt!»

«Waren Sie schon mal bei ihm? Im Haus, meine ich.»

Alfonso und Franklin jaulten auf.

«Was soll ich denn da, Mann?» Alfonso schob seinen Teller weg und wurde ernst. «Und was, zum Teufel, soll Goodman wohl von mir wollen? Vielleicht 'ne private Gesangsvorstellung?»

Franklin kicherte verhalten.

«Mister Goodman schützt seinen Besitz», mischte sich Joe in das Gespräch ein. «Das ist sein gutes Recht.»

«Ach, komm schon, Joe, verschon uns damit, ja?» Alfonso stand auf, nahm seinen Teller, das Besteck und das Glas und ging zur Tür. «Ich kann deine Lobeshymnen auf Goodman nicht mehr hören!»

Joe wurde verlegen und warf einen raschen Blick auf Tyler. «Ihr solltet nur keine Lügen über ihn verbreiten», sagte er trotzig. «Der Zaun ist ein ganz normaler Eisenzaun. Der ist nicht elektrisch geladen.»

«Jesus Christus!» stöhnte Alfonso und machte die Tür auf. «Du bist innen schon so weiß, daß du leuchtest, Mann!» Er wartete auf Franklin, dann gingen beide hinaus.

Joe räumte sein Geschirr und das von Tyler zusammen. Obwohl er versuchte, sich nichts anmerken zu lassen, konnte man sehen, daß er wütend war. «Der Zaun ist ganz normal. Er ist schwarz gestrichen, mit einer gemauerten Säule alle paar Meter.» Er ging zum Bett und schlüpfte in seine selbstgebastelten Sandalen. «Da ist ein automatisches Tor, aber elektrisch geladen ist er nicht.»

«Verstehe», sagte Tyler. «Ich kann ja morgen mal hingehen und ihn mir ansehen.»

Joe warf sich ein Geschirrtuch über die Schulter. «Sie sollen doch nicht mehr so weit gehen. Haben Sie schon vergessen, was Orson gesagt hat?»

«Ich werde die Krücken mitnehmen.»

«Und der Chor? Ich dachte, Sie wollten zu einer Probe gehen? Heute nachmittag habe ich auf Sie gewartet, aber Sie sind nicht gekommen.»

«Ich dachte, Sie schlafen.» Joes beleidigter Ton amüsierte Tyler, gleichzeitig rührte ihn die Fürsorge des alten Mannes. Er stemmte sich an der Tischkante hoch und griff nach den Krücken. «Wir können ja noch immer hin. Die Proben dauern doch bis sieben, oder nicht?» Die Uhr über der Tür zeigte zehn vor sechs.

Joe murmelte vor sich hin und hielt Tyler die Tür auf. «Seit fünf sind aber nur noch die Frauen da. Zweimal in der Woche proben sie ein paar Stunden ohne die Männer.»

«Ist doch bestens», sagte Tyler und dachte dabei an Celia. Er setzte sich auf die Bank, legte die Krücken hin und streckte die Beine aus. Die Wunde schmerzte wieder leicht, hatte jedoch aufgehört zu bluten.

«Wenn alle singen, klingt es aber besser.»

«Macht nichts. Auf die Art lerne ich die einzelnen Teile des Chors kennen. Schrittweise, sozusagen.» Seit Tyler vorgab, ein journalistisches Interesse an Goodmans Chor zu haben, fragte er sich, ob Joe ihm die Sache mit dem Artikel glaubte, wie es offenbar alle anderen taten. Die Geschichte vom Meeresbiologen und den Seekühen hatte er ihm, ohne zu überlegen, aufgetischt, jetzt bereitete es ihm Unbehagen, den alten Mann erneut zu belügen. Vielleicht würde er den Artikel tatsächlich schreiben; ob Ben Ellroy ihn veröffentlichte, spielte dabei keine Rolle. Jedenfalls nahm Tyler sich vor, zu den Proben Papier und Stift mitzunehmen.

Das Schiff war tatsächlich ein ehemaliger Frachter, den Goodman in unzähligen Einzelteilen hatte herschaffen und wieder zusammenschweißen lassen. Tyler hatte es nicht entdeckt, weil es abseits der übrigen Gebäude zwischen einer Baumgruppe und der Palisade stand. Während sie darauf zugingen, erzählte Joe alles, was er über das Schiff wußte, und Tyler kritzelte die Seiten des Notizblocks voll.

Der Frachter sah von außen noch fast genau so aus wie zu der Zeit, als er zwischen Miami und den Bahamas verkehrte. Nur in der Mitte, so Joe, fehlten etwa zwanzig Meter, weil der Raum sonst zu groß geworden wäre. Und selbstverständlich habe man alle Wände und Zwischendecks entfernt. Rost überzog die schwarze Außenhaut, und sämtliche Luken und Bullaugen waren dichtgemacht. Den weißgepinselten Namen mußte man erraten; Tyler glaubte SIRENE OF HOPE TOWN zu lesen. Am Heck, wo die Schiffsschraube gewesen war, befand sich ein Aggregat, das mit einem dumpfen Heulen anlief, als Tyler und Joe näher kamen.

«Das läuft jede halbe Stunde für zehn Minuten und pumpt Frischluft ins Innere des Schiffs», erklärte Joe. «Wir sind gerade richtig, jetzt werden die Proben unterbrochen.» Er führte Tyler zu einem Metalltunnel, der aus der Schiffswand ragte und in dessen Öffnung eine massive Tür eingebaut war. «Um ins Schiff zu gelangen, muß man durch drei Schleusen. Sehen Sie die Lampe?» Er zeigte auf ein grünes Licht, das oberhalb der Tür angebracht war. »Wenn die leuchtet, kann man hineingehen. Kommen Sie!»

Sie betraten den Tunnel, der von Neonröhren erhellt wurde. Tyler schloß die Tür, und nach ein paar Schritten standen sie vor einer zweiten. In der schallisolierten Passage war es bis auf das leise Sirren der Beleuchtung still.

«Hier ist die Schleuse», sagte Joe, der, seit Tyler alles mitschrieb, langsamer und deutlicher sprach. «Man betritt sie, und erst wenn man die Tür hinter sich geschlossen hat, öffnet sich der Zugang zum Innenraum des Schiffs. Damit verhindert man eine Störung der Proben durch Außengeräusche.»

Tyler fertigte eine Skizze an.

Nach der Schleusenkammer verzweigte sich der Gang; eine Tür führte in den Probenraum, die andere über eine Treppe ins Besucherabteil im Heck des Schiffs. Dieses Abteil war durch eine massive Wand vom Probenraum getrennt, und die Beleuchtung darin war so kläglich, daß Tyler beim Betreten gegen einen der wahllos herumstehenden Bambussessel stieß. Das Aggregat lärmte durch den Schacht, und die einströmende Luft ließ die Lamellen der Abdeckung scheppern. In einem der Sessel saß vornübergekrümmt ein alter Mann und schlief. Er trug einen schmuddeligen Turban, der halb von seinem Kopf gerutscht war.

«Der ist fast jeden Tag hier.» Joe machte die Tür zu und stellte sich vor die Wand, die mit kleinen Sichtfenstern ausgestattet war.

Tyler tat es ihm gleich, schob eine Klappe hoch und ging mit dem Gesicht nahe ans spiegelnde Glas. Der Raum, den er sah, war groß und hell, das Licht kam aus Strahlern von den Seitenwänden und verfing sich in den Stoffbahnen, die von der gerundeten Decke hingen. An den Längsseiten standen Bänke, auf denen etwa dreißig Frauen saßen. Andere, vor allem jüngere, gingen langsam umher, einzeln und in kleinen Gruppen.

«Dort ist der Russe», flüsterte Joe. «Sehen Sie ihn?»

Tyler hatte nach Celia Ausschau gehalten und bemerkte erst jetzt einen Mann, der eine Art Podest bestieg. In diesem Augenblick setzte der Motor des Aggregats aus, und im Saal flackerte das Licht. Die Frauen erhoben sich ohne Eile von den Bänken und stellten sich in einer für Tyler nicht ersichtlichen Ordnung auf.

«Gleich beginnen sie.»

«Wo ist Goodman?» wollte Tyler wissen. Weil die Frauen jetzt mit dem Rücken zu ihm standen, gab er die Hoffnung, Celia zu entdecken, auf.

«Er ist heute nicht hier. Wenn er die Proben besucht, sitzt er in seiner Kanzel. Sehen Sie den kleinen Holzbalkon über dem Russen?»

«Ja.» Tyler fragte sich, ob Joe aus Ehrfurcht so leise redete, oder ob er einfach den alten Inder nicht wecken wollte.

«Ein Geheimgang führt zu dieser Loge.»

Während Tyler das alles notierte, wurde ihm klar, daß er Ben Ellroy den Artikel nie würde vorlegen können, ohne für verrückt erklärt zu werden.

«Man müßte eigentlich etwas hören», sagte Joe, noch immer leise, und ging zur Tür. «Ach, Sing hat die Lautsprecher ausgeschaltet.» Er legte einen Schalter um, worauf in den beiden Boxen, die an der Decke befestigt waren, ein Knacken ertönte und gleich darauf die Stimme eines Mannes.

«Haben die keine Notenblätter?»

«Nein. Dieser Chor singt keine Lieder, müssen Sie wissen, sondern eher, wie soll ich sagen ...?» Joe schöpfte mit den Händen Luft. «Eher ... na, Sie werden es ja gleich hören.»

Aber noch redete der Russe. Sein rudimentäres, mit starkem Akzent gesprochenes Englisch rumpelte wie Steinbrocken in den Lautsprechern. Soweit Tyler ihn verstand, sprach er über Atemtechniken. Ein Blick durch das Fenster bestätigte diese Vermutung; der Russe, er mochte um die sechzig sein, stand auf seinem Sockel und glitt mit den Händen vom Brustkorb über den Hals zum Kopf, ließ sie an den Schläfen kreisen und dann bis zum Bauch sinken, um sie erneut zu heben und den Vorgang zu wiederholen. Während seiner Ausführungen hielt er gelegentlich einen Ton für fünf oder zehn Sekunden, was wie ein seltsames Beschwörungsritual klang.

Der Inder stöhnte im Schlaf, als dringe die Stimme des Russen in seinen Traum.

Tyler setzte sich in einen Sessel und zog einen zweiten heran, um die Füße hochzulagern, die jetzt beide ein wenig schmerzten; der eine wegen der Wunde, der andere, weil er stark belastet wurde.

«Ich fürchte, heute singen sie nicht mehr», sagte Joe nach einer Weile und endlich wieder in normaler Lautstärke. Er hob entschuldigend die Arme. In diesem Augenblick kam ein hoher schwingender Ton aus den Lautsprechern, langgezogen und klar, gefolgt von einem etwas tieferen, vollen und leicht vibrierenden. Immer mehr Stimmen in immer mehr Lagen kamen dazu, brachen ab, hoben erneut an und vermischten sich schließlich zu einem Klang, der so rein war, daß er sich im Kopf ausbreitete wie ein Rausch.

Tyler stand auf und hinkte ohne die Krücken zur Wand. Die Stimmen in seinem Schädeldom drehten makellose Kreise. Er sah die Frauen dort unten stehen und konnte nicht fassen, daß das, was er hörte, von ihnen ausging.

«Wollen wir gehen?» Joe zog die Klappe seines Fensters herunter. «Wir können morgen wiederkommen.» Als er Tylers Gesicht sah, war er ruhig und setzte sich hin.

Die Kinder, die Ball gespielt hatten, waren weg, und mit einem Mal schien der Platz leer, obwohl noch immer Leute zwischen den Gebäuden umhergingen. Tyler und Joe saßen vor dem Junggesellenhaus und sahen zu, wie die Dunkelheit hereinbrach. Ein Hund kam vorbei, schnüffelte an Alfonsos Fahrrad, das angekettet am Geländer lehnte, und lief dann weiter. Drinnen spielten Orson und Rufus Dame, Franklin lag auf seinem Bett und drehte am Radio.

«Wo ist eigentlich Ihre Familie, Joe?» Die Frage war ihm entschlüpft, bevor sich Tyler Gedanken darüber machen konnte, ob sie Joe möglicherweise unangenehm sein würde.

«Meine Mutter lebt in Nordkorea», antwortet Joe eirasch und zerstreute damit Tylers Bedenken. Weil in einer knappen Stunde seine Arbeit begann, trug er jetzt schon den Overall. Gürtel und Werkzeug lagen neben ihm auf der Bank. «Sie ist neunundachtzig, und nach dem, was ich weiß, sitzt sie noch immer jeden Tag mit meinem Bruder in einem kleinen Laden und verkauft Geschirr und Töpfe. Mein Bruder ist erst siebenundfünfzig, elf Jahre jünger als ich.» Joe lächelte.

«Und Ihr Vater?»

«Er wurde im Krieg von den Japanern verschleppt, und seither wissen wir nichts mehr von ihm. Wahrscheinlich ist er schon lange tot.»

«Oh.» Tyler wußte in solchen Situationen nie, wie er reagieren sollte. Also schwieg er und fummelte an den Gummifüßen der Krücken herum. Er war froh, als Franklin aus dem Haus kam und ein wenig mit ihnen plauderte, bevor er zur Arbeit ging.

«Eine Schwester habe ich auch», sagte Joe, nachdem Franklin weg war. «Aber sie haßt mich. Sie sagt, ich hätte die Familie im Stich gelassen.»

«Schreiben Sie Ihrer Mutter und Ihrem Bruder manchmal?»

«Ja, aber ich habe seit Monaten nichts mehr von ihnen gehört.»

«Sind Sie mal verheiratet gewesen?» Tyler hoffte, damit ein etwas weniger trauriges Thema anzuschneiden.

Joe scheuerte mit den Sandalen über den Holzboden. «Nein, nein, um Himmels willen, verheiratet war ich nie, nein.» Er schüttelte den Kopf und kicherte vor sich hin.

Tyler hatte Mühe, den Gummistöpsel am Krückenende wieder in die Öffnung zu stecken.

«Sind Sie verheiratet, Mister Tyler?»

«Nein. Nie gewesen.»

Joe nickte nachdenklich. «Ich weiß auch nicht, warum ich es nie getan habe.»

«Heiraten ist nicht das Wichtigste im Leben», sagte Tyler, weil er glaubte, Joe trösten zu müssen. Finn fiel ihm ein, der immer wollte, daß Tyler sich eine Frau suchte und Kinder zeugte.

«Einmal habe ich beinahe geheiratet. Das ist schon sehr lange her.»

«Ach ja?»

«Ja. Das war noch in New York. Sie war Chinesin und wohnte in derselben Straße wie ich. Sie hieß Leslie, eigentlich Sow Tsong Hai, aber sie wollte keine Chinesin mehr sein. Den Namen Leslie wählte sie, weil er irgendwie asiatisch klang und von Chinesen problemlos ausgesprochen werden konnte. Ich glaube, sie ließ sich später sogar die Lider operieren. Ich war damals etwas über dreißig, sie gerade zwanzig geworden. Ihre Eltern wohnten in China Town, aber sie haßte es, sie sagte, das sei der schmutzigste und widerlichste Ort der Welt. Wir wohnten in Brooklyn, aber an den Wochenenden fuhren wir immer nach Manhattan oder nach Long Island. Sie arbeitete als Näherin für einen unhöflichen Kerl aus Polen, der Leichenhemden herstellte. Ich war zu der Zeit bei einer Firma, die Ungeziefer vernichtete, Kakerlaken, Termiten, Ameisen, Ratten, Mäuse, einfach alles. Wir gingen zu den Leuten nach Hause und spritzten überall Gift in der Wohnung, vor allem in der Küche und im Keller. Natürlich reichte mein Lohn kaum zum Leben, aber ich legte trotzdem jeden Monat ein paar Dollar auf die Seite. Ich hatte Pläne.» Joe hob den Kopf und sah über den fast leeren Platz.

«Heiraten», sagte Tyler.

«Ach ja, das auch, aber erst später. Ich wollte mich selbständig machen, mein eigenes Geschäft gründen. Viele meiner Landsleute sprachen kein Englisch, ich hingegen hatte bereits in der Heimat mit dem Studium begonnen und in Amerika meine Kenntnisse verfeinert. Mit Recht durfte ich behaupten, die Sprache sehr gut zu beherrschen. Meine Idee war es nun, eine Dienstleistung anzubieten, die meiner Meinung nach dringend benötigt wurde: ein Übersetzungs- und Schreibbüro, Beratung inklusive. Gegen eine geringe Gebühr wollte ich den Leuten beim Schriftverkehr mit den Ämtern helfen, wollte für sie die Mitteilungen der Hausverwaltung und die Verordnungen der städtischen Behörden in ihre Muttersprache übertragen, wollte für sie Briefe verfassen, Bewerbungsschreiben, Steuersachen, wollte Passagen aus dem Gesetzbuch verständlich machen und so weiter und so fort.

Als es der Ungezieferfirma mal wieder schlecht ging und ich vor die Tür gesetzt wurde, kaufte ich von den

Ersparnissen eine Schreibmaschine, viel Papier und einen Klappstuhl, wie Angler ihn benutzen. Dann bastelte ich ein Traggestell für die Schreibmaschine, das sich gleichzeitig als Tisch verwenden ließ. Das schnallte ich mir auf den Rücken. Vor dem Bauch trug ich ein Schild, auf dem ich zweisprachig meine Dienste anbot. So ging ich dann durch die Straßen und hoffte auf Kundschaft. Aber in den ersten Tagen liefen die Geschäfte überhaupt nicht, der einzige Kunde, den ich hatte, war eine alte Frau, die sich für fünfzig Cent die Gebrauchsanleitung für eine elektrische Heizdecke übersetzen ließ.

Mir wurde klar, daß ich für mich werben mußte. Also ließ ich fünfhundert Flugblätter drucken und von Kindern in der Nachbarschaft verteilen. Darin offerierte ich den Leuten auch, zu ihnen nach Hause zu kommen, ohne Aufpreis. Viel besser wurde es dadurch aber nicht, obwohl ich während der ersten paar Wochen jeden Tag drei bis vier Kunden hatte. Leben konnte ich davon nicht, und Leslie warf mir vor, ich würde mit diesem Blödsinn nur meine Zeit verschwenden. New York wurde gerade von einer Rattenplage heimgesucht, und Leslie verlangte, daß ich mich wieder bei den Ungeziefervernichtern bewarb. Um Leslie nicht zu verärgern, tat ich, was sie wollte, doch die Firma brauchte niemanden. Ich versprach Leslie, mich nach einer neuen Arbeit umzusehen, hängte mir die Schreibmaschine auf den Rücken und zog wieder los.

Und dann hatte ich Glück. Eines Tages, ich hatte meinen Tisch gerade aufgebaut, um für einen Kunden die Packungsbeilage eines Medikaments zu übersetzen, kam eine alte Frau zu mir und sagte, ihr Arbeitgeber wünsche mich zu sprechen. Dieser Mann war vierundzwanzig Jahre alt und bewohnte ein Fünf-Zimmer-Apartment in einer guten Straße. Er war zwei Jahre zuvor aus Seoul gekommen, um seinen Knochenkrebs in Amerika behandeln zu lassen. Sein Onkel, ein reicher Textilhändler, hatte ihm die Reise und die Kosten für die Klinik bezahlt. Dann starb der Onkel und hinterließ seinem Neffen viel Geld. Aber die Krankheit war zu weit fortgeschritten, als daß die Ärzte sie hätten aufhalten können, und so lag der junge Mann in der luxuriösen Wohnung, umsorgt von Pflegepersonal, und langweilte sich zu Tode, wenn Sie den Ausdruck in diesem Zusammenhang erlauben. Er sprach kaum ein Wort Englisch und konnte sich nicht mehr ohne fremde Hilfe bewegen, müssen Sie wissen. Eigentlich wartete er nur auf den Tag, an dem er seinem Onkel folgen würde.»

Joe unterbrach seine Geschichte, weil Wilbur über den Platz kam.

«Guten Abend, Mister Teltschik», begrüßte er ihn, als Wilbur das Haus erreicht hatte.

«Abend», gab Wilbur zurück und streifte Tyler mit einem argwöhnischen Blick. «Ist Alfonso da?»

«Nein.»

Wilbur murmelte etwas vor sich hin und verschwand im Schlafsaal.

«Eine Seele von einem Menschen», sagte Tyler.

Joe sah auf seine Uhr. «Ich habe viel zuviel geredet. Sie wollen sich jetzt bestimmt auch hinlegen.»

«Ach was. Wovon sollte ich denn müde sein? Bitte erzählen Sie weiter. Oder müssen Sie gehen?»

«Nein, noch nicht.» Joe legte Fernglas und Trillerpfeife wieder hin. «Also, wenn Sie mögen. Aber ich werde nicht mehr so ausschweifen, schließlich wollten Sie ja hören, wie es dazu kam, daß ich einmal beinahe geheiratet hätte. Der junge Mann, dessen Name Lee Ki Paek war, bot mir also die ungewöhnliche Stelle eines Vorlesers an. Er gab mir eine Liste von Büchern, die ich besorgen sollte, um sie ihm anschließend in koreanischer Übersetzung vorzulesen, und bestellte mich für den folgenden Nachmittag zu sich. Ich kaufte die Bücher in einem Geschäft in Manhattan und zeigte sie am Abend Leslie, die nur zwei

Blocks von mir entfernt wohnte. Natürlich mußte ich ihr alles erzählen, doch sie teilte meine Begeisterung nicht. Sie sagte, man würde sich einen Scherz mit mir erlauben, kein normaler Mensch bezahle fünf Dollar pro Stunde dafür, daß man ihm ein Buch vorlese. Ich erklärte ihr, ich müsse nicht einfach lesen, sondern auch übersetzen, und das sei schließlich eine Arbeit, aber sie wurde nur wütend über meine angebliche Gutgläubigkeit. Nachdem sie gegangen war, las ich noch stundenlang in ‹Die Brücke am Kwai›. Das war der erste Titel auf der Bücherliste, und ich wollte gut vorbereitet sein.

Am nächsten Tag fand ich mich wie vereinbart in der Wohnung des jungen Mannes ein. Neben dem Bett standen schon ein bequemer Sessel und ein Tisch mit Wasserglas und Karaffe. Der Diener erklärte mir, ich solle laut, mit klarer Aussprache und in gemäßigtem Tempo sprechen. Er und eine Pflegerin blieben im Raum, die anderen wurden angehalten, ihre Arbeit möglichst geräuschlos zu verrichten. Dann fing ich an zu lesen.

Exakt vier Stunden später gab man mir ein Zeichen, und ich legte das Buch weg. Ich wurde ausbezahlt und für den nächsten Tag herbestellt. So ging das die nächsten zweiundachtzig Tage. Ich las in dieser Zeit etwa zehn Bücher, John Steinbecks ‹Früchte des Zorns›, Ernest Hemingways ‹Schnee am Kilimandscharo›, ‹Moby Dick› von Herman Melville, auch Klassiker.»

Eines Tages sagte man mir, der junge Mann sei in der Nacht gestorben. Ich erhielt einen Umschlag, in dem sich ein Scheck über fünftausend Dollar befand. Außerdem gab man mir eine Kiste mit allen Büchern, auch den ungelesenen. Zum ersten Mal in meinem Leben fuhr ich im Taxi, denn die Kiste war sehr schwer. Ich saß in diesem Taxi und wußte nicht, was mich mehr schockierte: der Tod des jungen Mannes oder die Tatsache, daß ich plötzlich reich war. Erst als ich alleine in meiner Wohnung saß und die Bücher auspackte, wurde mir bewußt, daß ich eine Art Freund verloren hatte, obwohl ich mir diese Freundschaft vermutlich nur einbildete. Mein stummer Zuhörer würde nie mehr lächeln über eine glückliche Wendung in einer Geschichte, und er würde nie mehr die Hand heben als Zeichen für mich, einen Satz noch einmal zu lesen, weil er so schön war. Ich schlug Herman Wouks ‹Die Caine war ihr Schicksal› an der Stelle auf, an der ich am Abend zuvor abgebrochen hatte. Ich erinnere mich noch genau, es war die Seite vierhundertneununddreißig, und Willie Keith sagte gerade: ‹Was ist denn das, die ganze Gegend hier wimmelt ja förmlich von Taifunen!› Ich las das Buch zu Ende, das dauerte ein paar Stunden, dann ging ich spazieren. Während der nächsten Tage las ich die restlichen Bücher. Ich wollte zur Beerdigung gehen, aber ich habe nie erfahren, wo sie stattfand.

Das Geld war für mich so eine Art, wie soll ich mich ausdrücken, Empfehlungsschreiben, denn Leslie hatte immer gesagt, sie würde sich nie mit einem mittellosen Taugenichts einlassen. Jetzt sah die Sache anders aus, wir machten gemeinsame Pläne, das heißt, Leslie machte sie, und ich nickte dazu. Ich war sehr verliebt, müssen Sie wissen, und ich hätte alles gegeben, um Leslie für mich zu gewinnen. Sie hat das Geld dann für uns verwaltet. Freunde von ihr, clevere Chinesen, gaben ihr Tips, und sie spekulierte ein bißchen herum und erzielte sogar Gewinne. Endlich willigte sie in die Verlobung ein, und ich war der glücklichste Mann der Welt. Aber wir sahen uns nur selten, und weder ihre Eltern noch unsere Freunde wußten von der Verlobung. Ich hatte meiner Mutter einen Brief geschickt mit einem Bild von Leslie und mir. Bald sei die Hochzeit, schrieb ich, doch Leslie wollte keinen Termin festlegen. Beschwerte ich mich halbherzig, sagte Leslie, wir würden das nur für unsere Zukunft tun, und aus Liebe akzeptierte ich es.

Um eine lange Geschichte kurz zu machen: Bei einem

Grundstücksgeschäft stellte sich heraus, daß Leslies Freunde doch nicht so clever waren, und wir verloren das ganze Geld. Leslie erlitt einen Nervenzusammenbruch. Als ihre Büroeinrichtung gepfändet wurde, ging sie auf die Beamten los. Sie schrie und tobte so lange, bis sie bewußtlos wurde. Ich brachte sie ins Spital, und die behielten sie da. Aus einem Tag wurde eine Woche, aus einer Woche wurden zwei. Ich besuchte sie, so oft ich konnte, brachte ihr Obst mit und Blumen. Und ich las ihr vor, aus ‹Destination Chungking› von Han Suyin, einem Roman, der in China spielt.

Ich arbeitete im Hafen, dort wurden Männer stundenweise angeheuert, um Schiffe zu entladen. Viel verdiente ich nicht, aber es reichte, um mein Zimmer weiterhin zu bezahlen und zu essen. Leslie ging es allmählich besser, auch wenn sie kaum redete. Am Tag ihrer Entlassung kaufte ich einen besonders großen Blumenstrauß und eine Sonnenbrille. Ich wollte mit Leslie nach Long Island fahren, das hatten wir schon lange nicht mehr gemacht, und die Sonnenbrille würde sie brauchen, weil es August war und die Sonne schien. Aber als ich im Spital ankam, hieß es, meine Verlobte sei schon weg und eine Nachricht habe sie nicht hinterlassen. In ihrer Wohnung war sie auch nicht, bis zum Abend saß ich vor der Tür und wartete. Jetzt erlitt *ich* so etwas wie einen Nervenzusammenbruch, erst heulte ich, dann lief ich wie ein Verrückter durch die Straßen. Am Abend landete ich irgendwie in einer Bar und betrank mich zum ersten Mal in meinem Leben. Zwei Tage dauerte es, bis ich nach Hause fand.

Eine Woche später bekam ich einen Brief. Na ja, Brief ist vielleicht ein wenig übertrieben, es war ein Blatt Papier mit drei Sätzen: ‹Wir werden uns nie mehr sehen, und glaube mir, es ist besser so. Ich schulde Dir großen Dank für alles. Bitte suche mich nicht.› Und das war's.» Joe warf einen raschen Blick auf Tyler und lächelte. «Kein Grund, mein Schicksal zu beklagen. Wie Sie sehen, habe ich auch das überlebt.»

«Und Sie haben sie nie mehr wiedergesehen?»

«Nein. Das heißt, doch, einmal noch, etwa zwei Jahre später. Sie hatte geheiratet, den ersten chinesischen Abgeordneten, der in den Stadtrat von San Francisco gewählt wurde. Ich sah das Bild in der ‹New York Times› und erkannte sie sofort. Sie hieß jetzt mit Nachnamen Lao. Ich fand, das paßte sehr gut: Leslie Lao, klingt richtig chinesisch.»

«Sie blieben in New York? Trotz der Erinnerungen?»

«Ja, ich habe dann diese Arbeit im Schlachthof gefunden. New York ist eigentlich keine schlechte Stadt, wissen Sie. Man fällt nicht auf, egal, ob man sich ein Bettlaken um den Kopf wickelt oder ein Schlitzauge ist. Und eine Anstellung fand ich immer, auch wenn sie einen umbrachte und mies bezahlt war. Aber irgendwann bin ich dann doch weg, nach Norfolk, da gab es einen Hafen und Arbeit. Wenn ich die Schiffe gesehen habe, dachte ich oft daran, auf einem anzuheuern, das in Richtung Heimat fährt. Getan habe ich es nie, und jetzt bin ich zu alt.»

«Würden Sie denn gerne zurück?»

«Ich weiß es nicht. Wenn ich manchmal träume, bin ich ein kleiner Junge, und mein Vater ist zu Hause. Alle sitzen an einem großen Tisch und sind glücklich. Aber seither sind viele Jahre vergangen, nichts ist mehr wie früher. Die Wehmut ist stärker als die Freude. Verstehen Sie, was ich meine?»

Tyler nickte. «Und wie sind Sie hierher gekommen? Die Kolonie existiert ja noch nicht so lange.»

«Ich hörte, daß in Florida viel gebaut wurde, also verließ ich Norfolk und fuhr mit dem Bus nach Miami. Arbeit gab es tatsächlich genug, es wurden viele Sumpfgebiete trockengelegt, Wälder gerodet, Straßen angelegt und Häuser gebaut. Ich weiß gar nicht mehr, wie lange ich da mitgemacht habe, aber es waren ein paar Jahre. Jedenfalls kam der Zeitpunkt, an dem meine Knochen nicht mehr wollten, und ich fand eine etwas weniger anstrengende Arbeit als Hilfskraft in einem Travel Park auf den Keys, in Marathon. Nach dem Hurrikan verkauften die Besitzer den Park und zogen an die Westküste. Dann traf ich Orson und Rufus, und wir landeten hier. Mister Goodman ließ mich bleiben, weil ich viel Erfahrung bei der Erschließung von Bauland habe. Außerdem weiß ich einiges über das fachgerechte Verlegen von Leitungen. Aber vor allem durfte ich in der Kolonie bleiben, weil Mister Goodman ein großes Herz hat.»

«Und weil Sie die Idee mit dem Feuermelder hatten», warf Tyler ein.

«Na ja, deshalb wohl auch.» Joe warf einen Blick auf die Uhr und erhob sich. «Ich muß mich beeilen, bin spät dran.»

«Was machen Sie eigentlich, wenn Sie ein Feuer entdecken? Rufen Sie die Feuerwehr?»

Joe schnallte den Gürtel zu und hängte sich das Fernglas um den Hals. «Wir haben alle fünfzig Meter einen Wasseranschluß zwischen den Häusern angelegt, und in hitzebeständigen Stahlkisten liegen Schläuche bereit.»

«Davon habe ich gar nichts gesehen.»

«Ist alles unter der Erde. Zu meinen Aufgaben gehört es auch, die Anschlüsse und Schläuche zu kontrollieren. Und die Pumpe beim See.»

«Und Sie löschen dann das Feuer ganz alleine?»

«Nein, nein, jeder Neuankömmling absolviert einen Kurs in Brandbekämpfung. Bei Alarm müssen alle helfen.»

«Ist eigentlich beim ersten Feuer viel passiert? Ich meine, wurde jemand verletzt?»

Joe setzte sich die rote Kappe auf den Kopf und sah an sich herunter. «Wir können ein andermal weiterreden.

Ich muß meine erste Runde beginnen.» Nach ein paar hastigen Schritten drehte er sich um, hob die Hand und lächelte. «Bis morgen! Wollen wir wieder gemeinsam frühstücken?»

Tyler hob ebenfalls die Hand. «In Ordnung, neun Uhr!» Er sah Joe nach, bis er im Dunkeln verschwunden war. Dann holte er die Krücken und humpelte zur Mitte des Platzes. Auf einer Bank streckte er sich aus und rauchte eine Zigarette. Im Waschhaus plätscherte gelegentlich Wasser, und von der Gemeinschaftsküche klang das leise Scheppern von Töpfen und Geschirr herüber. Der Wind war so lau, daß er kaum den Rauch der Zigarette zu kringeln vermochte.

Tyler blieb liegen, nachdem er die Kippe ausgedrückt und weggeworfen hatte. Weil der Himmel mit ihnen protzte, begann er Sterne zu zählen.

Der Nacken tat ihm weh, als er von Alfonso geweckt wurde, und er fror ein wenig. Wind war aufgekommen, gerade genug, um einen Papierfetzen über den Platz zu scheuchen.

«Wollen Sie einen Schluck? Das wird Sie munter machen.» Alfonso schwenkte eine Flasche.

«Was ist das?»

«Tequila.»

Tyler nahm die Flasche und trank. Er hatte geträumt, er arbeite mit Joe im Schlachthaus, spritze mit einem Schlauch Blut, Gedärme und Fäkalien aus einer riesigen Halle. Plötzlich saßen sie an einem See, und Wilbur baute ein Haus aus Treibholz. Im Wasser schwamm Sally auf einem aufblasbaren Krokodil. Sie rief etwas, aber Tyler konnte es nicht verstehen.

«He, Mister Tyler!»

Tyler hob verwirrt den Kopf; daß Wilbur in seinem Traum vorgekommen war, hinterließ ein unbehagliches Gefühl.

«Sind Sie wach? Ich sagte, Goodman will Sie morgen sehen.»

«Was? Warum?» Tyler gab Alfonso die Flasche zurück. Sein Genick fühlte sich an, als greife sein Religionslehrer danach.

«Was weiß ich», gab Alfonso zurück. «Goodman hat's Shaw gesagt. Shaw hat's mir gesagt, und jetzt sag ich's Ihnen. Graves wird Sie um sieben abholen.»

Tyler überlegte eine Weile. «War schon einmal ein Journalist hier?» fragte er. Er rieb sich die Nackenmuskeln und bog den Kopf zurück. Die Sterne waren verschwunden, Wolken hatten sich herangeschoben.

«Als die ersten Häuser gebaut wurden, hat sich ein Typ vom ›Miami Herald‹ hier ein bißchen umgesehen und Photos gemacht. Aber ich glaube, sein Artikel ist nie erschienen. Und zwei, drei Tage nach dem Feuer ist einer vom ›Sun Sentinel‹ gekommen, das gab dann eine kleine Meldung, wahrscheinlich wegen der Inderin.»

«Was war mit der Inderin?»

«Die war in dem einen Haus und ist verbrannt. Hat Joe Ihnen nichts davon erzählt?»

Tyler schüttelte den Kopf. «Nein. Ich habe ihn gefragt, aber er hat mir nicht geantwortet.»

Alfonso betrachtete eingehend das Etikett der Schnapsflasche, als würde er sich zum ersten Mal dafür interessieren, was er überhaupt trank. «Na ja, das wundert mich eigentlich nicht», sagte er dann. «Joe hat die Kleine sehr gemocht. Er hat ihr Englischunterricht gegeben, hat immer gesagt, aus der Kleinen würde mal was werden.»

«Wie alt war sie?»

«Sechzehn, siebzehn.» Alfonso reichte Tyler die Flasche.

«Ich glaube, ich habe heute ihren Vater gesehen.»

«Den alten Sing?»

«Ja, im Schiff. Er hat geschlafen, aber es sah aus, als

gingen Träume durch seinen Körper wie Stromstöße.»

Alfonso nickte, obwohl sein Gesicht eher Ratlosigkeit ausdrückte. Auf seinem Oberarm war eine Tätowierung, ein blutendes Herz, das von einem Messer in zwei Stücke geschnitten wurde.

Um Mitternacht saßen die beiden Männer noch immer auf der Bank. Die Flasche war leer, und plötzlich glühten auch wieder ein paar Sterne am Himmel. Aus dem Waschhaus drang das Lachen einer Frau. Alfonso hatte sich hinter der Bank auf die Erde gesetzt und polierte seine Stiefel. Eine halbgerauchte Zigarette klebte an seiner Unterlippe. Tyler lag auf der Bank und versuchte, die Augen offenzuhalten; schloß er sie, begann sich alles zu drehen.

«Soll ich Ihnen was sagen? Aber Sie müssen schwören, daß Sie es für sich behalten.»

«Mhm.»

Alfonso rappelte sich auf und lehnte sich über die Bank. «Schwören Sie, daß Sie es niemandem erzählen!»

«Schon gut.»

«Heben Sie die rechte Hand!»

Tyler konnte Alfonsos Fahne riechen. Er streckte die Hand aus und nahm ihm den Zigarettenstummel aus dem Mund. «Ich schwöre», sagte er und warf die Kippe weg.

Endlich setzte sich Alfonso wieder hin. «Ich weiß, wer das Feuer damals gelegt hat, wer Suriyah auf dem Gewissen hat.»

Tyler bereute plötzlich, so viel getrunken zu haben; möglicherweise würde er sich am nächsten Tag an nichts mehr erinnern oder denken, er habe geträumt. «Dann war es also Brandstiftung?»

«Ja.»

Tyler wartete. «Und?» fragte er, als von Alfonso nichts mehr kam. «Wer hat es getan?»

Der Puertorikaner mühte sich hoch, kam um die Bank herum und setzte sich neben Tyler. «Ob ich Ihnen trauen kann?» Alfonsos Oberkörper schwankte leicht, und er hielt Tyler am Arm fest. «Ich meine, immerhin sind Sie ein verdammter Zeitungsreporter.» Er verstärkte seinen Griff. Als er rülpste, weiteten sich seine Augen wie vor Erstaunen.

«Heiliger Strohsack, ich schreibe Artikel für ein englisches Musikmagazin und keine Mordgeschichten für ein Sensationsblatt!» Tyler machte sich los und stand auf. Einen Atemzug lang wurde es schwarz um ihn herum, dann kamen die Konturen zurück, und schließlich war das Bild wieder da, dunkel und leicht verschoben, an den Rändern wie aufgelöst vom Alkohol. Er hatte Lust, einfach davonzugehen und Alfonso sitzenzulassen mit seinem unseligen Geheimnis.

«Burdon und Calloway waren es.»

Das Junggesellenhaus schwankte ein wenig, als Tyler seinen Blick darauf richtete. Über dem Eingang schwelte ein Licht und legte den Schatten des Geländers wie eine Leiter auf die Erde.

«Sie glauben mir wohl nicht.»

«Was? Doch, sicher.» Tyler drehte sich um. «Haben Sie gesehen, wie die beiden das Feuer gelegt haben?»

«Ich habe gesehen, wie sie sich davongemacht haben. Da brannten die Häuser schon.»

«Und dann? Was ist dann passiert?»

«Weil die Baustelle abseits lag, dauerte es lange, bis die Leute aus der Kolonie etwas merkten. Zum Löschen war es da schon zu spät. Suriyah fand man erst bei den Aufräumungsarbeiten.»

«Was hat sie überhaupt in dem Haus gemacht? Es war doch noch gar nicht fertig.»

«Geschlafen, denke ich.» Alfonso hob die leere Flasche vom Boden auf.

«In einem Rohbau?»

«Es war Sommer, die Nächte werden hier verflucht heiß. Wahrscheinlich hat sie es im Wohnwagen nicht mehr ausgehalten. Vielleicht schnarcht ihr alter Herr, was weiß ich.»

Tyler scharrte mit der Fußspitze ein Loch in die Erde, schob eine Kippe hinein und deckte sie zu. Er dachte an eine Tasse Kaffee und sah zur Gemeinschaftsküche hinüber, wo bis auf die Außenbeleuchtung alles dunkel war. «Ist die Polizei gekommen, gab es eine Untersuchung?»

«Goodman wollte es nicht. Er hat eine Rede gehalten, im Schiff, hat uns allen erklärt, daß eine Untersuchung nur Probleme bringen würde. Weil jeder glaubte, es sei ein Unfall gewesen, wurde die Sache bald vergessen. Sing wohnt jetzt im Nordteil, hat ein Haus für sich allein.»

«Was ist mit seiner Frau?»

«Nie gesehen. Er kam hier nur mit seiner Tochter an.»

Eine Zeitlang schwiegen beide. Weit weg flog ein Hubschrauber über die Ebene, eine winzige Libelle aus Licht.

«Warum haben die beiden das getan?» Tyler merkte, wie leise er sprach, als würde er die Frage an niemanden richten.

«Ich glaube, die wußten gar nicht, daß Suriyah in dem Haus war. Vielleicht waren sie betrunken. Oder sie wollten nicht, daß die Kolonie fertig wird, weil sie dann ihre guten Jobs verlieren. Wer weiß.»

Erneut entstand eine Pause, während der keiner der beiden Männer etwas sagte. Weil in der Nähe der Gebäude alle Bäume gefällt worden waren, hörte man den Wind nicht, der inzwischen stärker blies. Tyler stand einfach da und atmete die kühle Luft ein, Alfonso pulte mit den Fingernägeln das Etikett von der Flasche.

«Warum haben Sie das niemandem erzählt?» fragte Tyler dann. «Wenn nicht der Polizei, dann wenigstens Goodman.»

Alfonso lachte trocken. Er lehnte sich zurück und sah Tyler an. «Zu den Bullen geh ich nicht, zu denen hab ich nicht so 'nen guten Draht, wissen Sie. Und Goodman? Der hat doch kein Interesse daran, daß seine kleine Stadt hier ins Gerede kommt.» Er nahm eine Zigarette aus der Packung die Tyler auf der Bank liegengelassen hatte, und zündete sie an. «Außerdem würde er mir sowieso nie glauben, wenn ich seine guten Jungs anschwärzen würde.»

Eigentlich wollte Tyler noch viel sagen, wollte von Mord und Mitschuld und Pflicht reden, aber irgendwie fehlte ihm die Kraft dazu. Er hatte sich in Biloxi herausgehalten und in Sallys Fall feige und verantwortungslos gehandelt. Weshalb sollte er sich jetzt einmischen? Das indische Mädchen war tot, und seinen Mördern würde man nichts mehr nachweisen können. Selbst wenn Alfonso seine Meinung ändern und zur Polizei gehen würde, stünde die Aussage eines Puertorikaners gegen die zweier Weißer.

«Ich muß noch was erledigen.» Alfonso stand auf und strich sich die öligen Haare mit einem Kamm zurück. «Was machen Sie?»

«Ich leg mich hin. Wer, sagten Sie, holt mich morgen ab?»

«Graves. Der ist soweit in Ordnung. Alles, was ihn interessiert, sind seine verdammten Muskeln.»

«Weiß er das von Burdon und Calloway?»

«Keine Ahnung, was die sich alles erzählen.»

«Also dann, gute Nacht.» Tyler humpelte davon.

«He, Mister Tyler, vergessen Sie Ihren Schwur nicht!»

Tyler drehte sich nicht mehr um. Die Baracke der einsamen Männer schwankte vor seinen Augen wie ein Hausboot in unruhiger See.

9

Seltsamerweise hatte Tyler keine Kopfschmerzen, als er am Morgen aufwachte. Dennoch blieb er liegen und ging erst eine halbe Stunde vor dem Treffen mit Joe ins Waschhaus. Weil der Männertrakt riesig war, hatte Tyler acht Becken und Wasserhähne für sich. Vor und hinter ihm sprudelte Wasser, und Männer husteten und spuckten, Dampfschwaden drangen aus einzelnen Duschkabinen, und über allem lag der Geruch von Schweiß, Seife und billigem Rasierwasser.

Tyler putzte sich die Zähne und kämmte sich. Der Tequila hatte ihn von innen ausgebleicht, was die Ringe unter den Augen noch dunkler erscheinen ließ. Als er die Sonnenbrille aufsetzte, sah alles ein bißchen besser aus. Er hatte eine Rasur nötig, doch nach dem Einschäumen stellte er fest, daß keine Klinge im Halter war. Obwohl die Zeit bis zum Frühstück knapp wurde, entschied er sich, ins Junggesellenhaus zu gehen und eine Ersatzklinge aus der Reisetasche zu holen. Mit der Sonnenbrille und dem Schaum im Gesicht sah er zwar ziemlich albern aus, aber das war ihm egal.

Am Ende des beidseitig von Waschbecken gesäumten Ganges stand plötzlich ein Mann vor ihm und versperrte ihm mit seinem plumpen, in die Breite wuchernden Körper den Weg. Die Haut des Mannes war von einem dermaßen tiefen Schwarz, daß seine Gesichtszüge in der fahlen Beleuchtung der Baracke fast völlig verschwanden. Tyler drückte sich gegen ein Waschbecken, um ihn vorbeizulassen, doch der in mehrere Badetücher gewickelte Koloß bewegte sich keinen Zentimeter. Vor der gewaltigen Wölbung seines Bauches hielt er ein geflochtenes Köfferchen, die freie Hand war zur Faust geballt.

In der Sekunde, in der Tyler in Panik geraten wollte, lächelte der Mann. Er streckte seinen kurzen, mit schlaffem Fleisch behangenen Arm aus und öffnete die Faust; in der trübrosafarbenen Fläche lag ein Rasierapparat.

«Nimm», sagte der Mann. Kleine Wasserperlen sprenkelten seine Haut und ließen sie schimmern.

Tyler merkte, daß er noch immer gegen das Waschbecken gepreßt dastand. Er entkrampfte sich und machte einen kleinen Schritt in die Mitte des engen Korridors.

«Nimm», wiederholte der Mann. Seine Stimme klang bodenlos tief und freundlich, aber das Gesicht war ernst geworden.

«Was, oh, nein, vielen Dank, wirklich.» Tyler lächelte und schmeckte den Schaum auf der Zunge. Mit einem Finger wischte er ihn von den Lippen. «Ich wollte gerade ... Ich habe gleich da drüben ...» Er deutete mit der Hand zum Ausgang.

«Kein Problem. Das hier gut. Jetzt rasieren.» Der Fremde sprach mit einem so starken, die Konsonanten verschluckenden Akzent, daß man die Worte erraten mußte.

«Nein, wirklich, ich kann meinen eigenen holen. Ist überhaupt kein Problem. Trotzdem, vielen Dank.» Tyler machte Anstalten, sich nach vorne zu bewegen.

Doch der Koloß rührte sich nicht vom Fleck. «Rasieren», sagte er und ruckte mit der Hand.

Inzwischen hatten sich ein paar Männer eingefunden und verfolgten das Geschehen. Keiner von ihnen gab einen Ton von sich, das Prasseln von Wasser und ein entferntes Gurgeln waren die einzigen Geräusche im Raum.

Tyler stand da und betrachtete den Rasierer wie eine Waffe, die gegen sich selbst zu richten er aufgefordert wurde. Es war ein Modell, an dessen Griff man drehen mußte, damit sich am Kopf zwei Flügel hoben und die Klinge zum Wechseln freigaben. Der Griff war kreuzweise gekerbt, um in nassem Zustand den Fingern Halt zu bieten.

«Rasieren.» Das Wort, sanft und dumm und dunkel,

vermischte sich mit der feuchten Luft und dem gepreßten Atem der versammelten Männer. Ein Ritual, ging es Tyler durch den Kopf. Schwarz provoziert Weiß, ein Kräftemessen, ein Beweis von Stärke, möglicherweise nur ein Spiel. Oder eine Probe, eine Aufnahmeprüfung. Allemal eine lästige Blockade auf der verschlafenen Straße in den Tag.

Tyler streckte die Hand nach dem Rasierapparat aus. Etwas anderes blieb ihm nicht übrig, denn ein kurzer Blick über die Schulter hatte ihm eine weitere Gruppe Schaulustiger in seinem Rücken gezeigt. Keiner der Männer nahm eine drohende oder auch nur unfreundliche Haltung ein; sie standen einfach da und warteten, was geschehen würde. Als Tyler das Gerät endlich in den Fingern hielt, ging eine winzige Bewegung durch die Zuschauer, und ein kaum hörbares Gemurmel hob an.

Tyler betrachtete sein Gesicht im beschlagenen Spiegel. Das allmähliche Eintrocknen des Schaums bewirkte ein Prickeln und Spannen auf der Haut. Wo war Joe, der Vermittler, der Erklärer? Warum betrat nicht Alfonso die Szene und löste diese lächerliche Versammlung auf? Wo war Wilbur, der durch sein bloßes Erscheinen die Leute vertrieb? Tyler drehte den Wasserhahn auf und hielt den Rasierer unter den Strahl. Vielleicht klebte Blut an den Klingen, überlegte er, unterließ es aber, den Gedanken weiterzuspinnen.

Bevor er die Hand hob, sah er sich um. Die Männer lächelten, und der Koloß grinste, ein Buddha, schwärzer als jede Nacht. Warum, dachte Tyler plötzlich, war er nicht auf die Idee gekommen, daß es nur ein Akt der Hilfsbereitschaft war? Weshalb, in aller Welt, konnte er nicht einfach davon ausgehen, daß ihm dieser Mensch bloß einen Gefallen erweisen wollte?

Dann begann er sich zu rasieren, und nichts passierte, er fiel nicht tot um. Nichts Schlimmeres geschah, als daß er sich ständig ins Gesicht sehen mußte.

«Gut?» fragte der Mann.

«Gut», antwortete Tyler und nahm endlich die Sonnenbrille ab.

Der Mann nickte zufrieden, und die anderen gingen ihrer Wege.

Von Joe war so wenig zu sehen wie von Celia. Die Frauen an den Töpfen sagten, Celia arbeite nur gelegentlich in der Küche. Dann häuften sie Tyler Eier, Mais und Obst auf einen Teller und füllten eine Tasse mit Kaffee. Als Tyler zum Innenhof zurückging, hörte er die Frauen hinter seinem Rücken tuscheln und kichern. Er hatte ihnen erzählt, er wolle Celia ein Buch abkaufen, aber das glaubten sie ihm wohl nicht.

An den Tischen im Innenhof saßen ein paar Männer, die offenbar Zeugen der Szene im Waschhaus gewesen waren. Sie steckten die Köpfe zusammen und lächelten Tyler zu, einige winkten sogar zaghaft oder machten grinsend Rasierbewegungen. Erstaunt über soviel Heiterkeit und gleichzeitig angesteckt von ihr, fuhr sich Tyler mit der Hand über Hals und Wangen und hob den Daumen. Die Männer stießen sich gegenseitig die Ellbogen in die Seiten und klatschten, daß die Vögel aufstoben.

Tyler hatte gegessen und gerade die zweite Tasse Kaffee geholt, als Joe kam. Während des Essens hatte Tyler mit einigen der Männer geredet, hatte gefragt, unter welchen Umständen sie in die Kolonie gekommen seien, und mußte erzählen, woher er kam und wo England lag. Sein Alter war von Interesse und die Frage, ob er verheiratet sei, und einer wollte wissen, warum ein reicher Mann wie Tyler im Junggesellenhaus wohne statt in einem Hotel in der Stadt.

«Tut mir leid, daß ich zu spät bin», stieß Joe zwischen zwei Atemzügen hervor, stellte sein Tablett auf den Tisch und legte Gürtel und Fernglas ab. «Ein Mauerteil ist eingestürzt, wir mußten die Trümmer wegräumen.» Er nahm die Mütze vom Kopf und setzte sich hin.

«Beim Dom?»

«Ja. Viele Bürger arbeiten sehr nachlässig, müssen Sie wissen.»

«Ich dachte, Wilbur ist Bauleiter.» Tyler konnte sich nicht vorstellen, daß unter Wilburs Aufsicht gepfuscht wurde. Allerdings konnte er sich ebensowenig vorstellen, daß unter Wilburs Kontrolle irgend etwas gedieh, abgesehen vielleicht von dem Wunsch aller, der Blitz möge Wilbur erschlagen.

«Er ist überfordert. Und die Regelmacher stempeln jedem die Karte ab, der zwei Stunden auf der Baustelle zugebracht hat.»

«Warum wird nicht stärker kontrolliert? Goodman könnte zusätzliche Fachleute einstellen.»

Joe lehnte sich vor und senkte die Stimme. «Der Geist der Anfänge ist verflogen, jeder ist auf seinen eigenen Vorteil bedacht. Außerdem befürchte ich, Mister Goodman hat geschäftliche Sorgen oder ist gesundheitlich angeschlagen. Früher war er fast jeden Tag in der Kolonie, dann jeden zweiten, und schließlich kam er noch einmal pro Woche. Jetzt sieht man ihn, wenn überhaupt, bloß im Schiff, und manche Dinge geraten ein wenig außer Kontrolle.»

«Ich soll Goodman heute abend aufsuchen.»

Joes Gesicht schien größer zu werden; alles, was Muskeln hatte, zog nach oben oder in die Breite. «Er hat Sie eingeladen?»

«Ja.»

Für kurze Zeit brachte Joe keinen Ton hervor. «In die Villa am See oder nach Coral Gables?» fragte er dann und merkte nicht, daß sein Ärmel im Essen hing.

«Keine Ahnung. Ich werde abgeholt.»

«Von wem?»

Tyler machte Joe diskret auf den Ärmel aufmerksam. «Von Graves.»

Joe wollte alles bis ins kleinste Detail erfahren, und

Tyler gab ihm ohne große Begeisterung Auskunft. Erst als Tyler zum wiederholten Mal eine Frage mit ‹Ich weiß es nicht› beantwortet hatte, gab Joe Ruhe und aß seinen mittlerweile kalten Reis.

Tyler hatte eine dritte Tasse Kaffee geholt, war von einer dicken, kichernden Mexikanerin bedient worden.

«Haben Sie eine Ahnung, wo Celia ist?» fragte er Joe, als er sich wieder an den Tisch setzte.

«Zu Hause, denke ich. Oder in der Schneiderei. Sie ist nur sehr selten in der Küche, eigentlich fast nie.»

«Warum muß sie überhaupt arbeiten? Sie ist doch im Chor.»

«Viele der Frauen, die im Chor sind, arbeiten die zwei Pflichtstunden pro Tag lieber in der Küche, in der Wäscherei oder in der Schneiderei ab statt am Dom»

«Kriegen die Frauen einen Lohn?»

«Nein. Jede Familie bekommt ein Stück Land und einen zinslosen Kredit zum Bauen.»

«Und die, die in seinen Hotels arbeiten?»

«Mit ihrem Lohn wird der Kredit abbezahlt. Erst wenn sie keine Schulden mehr haben, erhalten sie Geld.»

«Und warum arbeitet dann niemand woanders? Wie Franklin, zum Beispiel.»

«Mister Goodman will nicht, daß wir außerhalb der Kolonie arbeiten, außer in seinen Hotels natürlich. Viele hier sind illegal im Land, sprechen kaum Englisch und haben sowieso keine Arbeitserlaubnis. Franklin macht das alles ohne Mister Goodmans Wissen.»

«Goodman hält sich einen Sklavenchor, wirklich großartig.»

«So etwas dürfen Sie nicht sagen. Mister Goodman hat vielen geholfen, die nach dem Sturm nichts mehr hatten.»

«Genau! Er hat ihre Lage ausgenutzt und die Leute von sich abhängig gemacht!»

Joe kaute eine Weile nachdenklich. «Ich bin Mister

Goodman sehr dankbar», sagte er schließlich.

Tyler hatte plötzlich wieder Mitleid mit ihm; was nutzte es schon, wenn er Joe auf diese Dinge hinwies? Die Kolonie war für den alten Mann ein Ort zum Leben, möglicherweise nicht einmal der schlechteste. Ob Goodman ein Wohltäter, ein Ausbeuter oder ein Verrückter war, schien niemanden sonderlich zu interessieren.

Nach dem Frühstück ging Tyler in die Schneiderei. Weil nicht jeder in der Kolonie zu wissen brauchte, daß er eigentlich Celia suchte, nahm er ein Hemd mit, dem ein paar Knöpfe fehlten. Die Holzbaracke mit dem Wellblechdach lag hinter der Wäscherei. Leinen spannten sich zwischen den beiden Gebäuden, und schon von weitem war das Surren und Klacken alter Nähmaschinen und leises Hämmern zu hören. Ein Radio spielte, wurde aber ausgeschaltet, als Tyler die Halle betrat.

An den etwa dreißig Arbeitstischen saßen nur acht Frauen: Celia war nicht dabei. Ein paar Kinder spielten am Boden neben der Eingangstür, und ganz hinten im Raum, im Licht eines offenen Fensters, sah Tyler zwei Männer, die Schuhe reparierten. Wie in jedem Gebäude drehten sich auch hier Ventilatoren unter dem Dach, und an den Wänden hingen große angegilbte Plakate mit den Gesetzen von Goodmansville. Auf einem langen Tisch lagen Kleider, in Kisten Schuhe.

Die Frauen, die Tyler verstohlen gemustert hatten, konzentrierten sich wieder auf ihre Arbeit, ebenso die beiden Männer. Nur die Kinder spielten nicht mehr; mit ihren zerschlissenen Stoffpuppen in den Armen bestaunten sie den Fremden.

«Können Sie mir an dem Hemd ein paar Knöpfe annähen?» Tyler war zu der Frau gegangen, deren Tisch am nächsten beim Eingang stand. Sie sah aus wie eine Südamerikanerin, hatte das runde Gesicht und das schwarze, geflochtene Haar einer Peruanerin oder Bolivianerin.

Die Frau unterbrach die Tretbewegungen ihrer Beine, worauf die Maschine stillstand. Der Stoff, an dem sie nähte, war weiß wie das Kleid, das sie trug. Sie nahm das Hemd in die Hand und betrachtete es kurz, dann nickte sie.

Tyler holte die Fünfdollarnote aus der Hosentasche, mit der er eigentlich Celias Buch hatte kaufen wollen. «Reicht das?» fragte er und legte das Geld auf den groben Leinenstoff. Er hatte vergessen, Joe zu fragen, und deshalb keine Ahnung, wieviel man hier für eine solche Arbeit bezahlte.

Die Frau zögerte, nickte schließlich erneut, rührte den Schein jedoch nicht an.

«Wann kann ich es abholen?»

Die Frau drehte sich nach den anderen Näherinnen um.

«Es wird Ihnen gebracht», sagte eine Schwarze, die viel traditionellen Schmuck und ein hochaufgetürmtes Kopftuch trug, was sie aus den einfach gekleideten Frauen heraushob.

«Das ist nicht nötig. Ich kann morgen noch einmal vorbeikommen.» Tyler wollte sich die Gelegenheit, Celia wie zufällig zu begegnen, nicht nehmen lassen.

«Wenn Ihnen das lieber ist», meinte die Frau und beugte sich wieder über ihre Maschine.

«Also dann, vielen Dank.» Tyler drehte sich um und ging zur Tür. Er hätte sich gerne eine Weile mit den Näherinnen unterhalten, aber er fühlte sich unsicher und fremd und spürte, daß es den Frauen ebenso ging. Vielleicht war er ihnen als Fremder auch so gleichgültig, daß sie ein Gespräch mit ihm für Zeitverschwendung hielten.

Die Kinder auf dem Fußboden hingegen starrten ihn noch immer mit großen Augen an, in denen eine Mischung aus Neugierde und Beunruhigung lag. Weil er glaubte, von einem kleinen Mädchen angelächelt zu werden, legte Tyler die Krücken hin, ging in die Hocke und strich ihm mit dem Finger über die Wange. Aber da verzerrte sich das weiche Kindergesicht, die Augen wurden eng und der Mund weit, als hätte Tyler mit seiner Berührung einen Mechanismus ausgelöst. Der kleine Leib erzitterte, pumpte sich auf und fing kurz vor dem Zerplatzen in einer Lautstärke an zu weinen, die Ohrenzeugen an schlimmste Mißhandlungen denken lassen mußte. Zu Tode erschrocken richtete sich Tyler auf und wandte sich nach den Näherinnen um, die alle ihre Maschinen angehalten hatten und ihn anstarrten. Das Kind, bläulich angelaufen und bebend, schrie immer lauter und ohne einmal Atem zu holen, während Tyler seine Hände ausstreckte, um zu zeigen, daß sie leer waren.

Als eine der Frauen, vermutlich die Mutter, ihren Tisch in der hintersten Reihe verließ und nach vorne kam, drehte sich Tyler um und rannte los.

Vor dem Junggesellenhaus ließ sich Tyler auf die Bank fallen und blieb liegen, bis er wieder normal atmen konnte. Den Fuß spürte er kaum, dafür schmerzte das ganze Bein, das solche Beanspruchung nicht mehr gewohnt war. Er zog den Schuh aus und stellte beruhigt fest, daß die Wunde nicht zu bluten begonnen hatte.

Schließlich erhob sich Tyler und ging hinein. Weil er noch immer das Schreien des Kindes im Ohr hatte, war er froh, daß Franklins Radio lief. Rufus saß am Eßtisch und schrieb in ein Heft, Joe lag auf dem Bett, halb zugedeckt von einer Zeitung, die er las. Als Tyler das Schloß seines Spinds öffnete, zitterten seine Hände, und er atmete ein paarmal tief ein und aus, um sich zu beruhigen. Aus der Brieftasche entnahm er alles Kleingeld und die Geschäftskarten des *Blue Pelikan* und verschloß den Spind wieder.

«Kann man hier irgendwo telephonieren?»

«Im Büro beim ‹Welcome Gate›.» Joe ließ die Zeitung sinken und sah Tyler an. «Ist etwas nicht in Ordnung?»

«Was sollte denn nicht in Ordnung sein?» fragte Tyler zurück.

«Ich weiß nicht. Sie wirken so … unruhig.»

«Ach, Unsinn!»

«Wenn Sie Probleme haben, können Sie …»

«Verdammt, ich habe Ihnen doch gesagt, es ist alles in Ordnung!» Tyler hatte den Satz noch nicht zu Ende gesprochen, als er ihn schon bereute. Er setzte sich auf das Bett und stützte den Kopf in die Hände.

Rufus nahm sein Heft und das Schreibzeug und ging hinaus.

Eine Weile sah Tyler auf das Stück Boden zwischen seinen Füßen; die Maserung einer Holzdiele sah an einer Stelle aus wie ein fliegender Fisch. Das Radio hatte aufgehört zu spielen. Es herrschte beinahe Stille, wie es Goodmans siebte Regel verlangte; nur das gelegentliche Knarren von Holz und das Geräusch, das die Ventilatorenblätter erzeugten, waren zu hören.

«Tut mir leid, daß ich so laut geworden bin», sagte Tyler schließlich.

Joe lag unter der gefalteten Zeitung wie unter einem zu kleinen Zelt. «Ist schon gut.» Er hatte die Hände hinter dem Kopf verschränkt und sah gegen die Decke.

Da erzählte ihm Tyler die Geschichte mit Emerson Brown, Alison und Sally.

Als Tyler zwei Stunden später zum *Welcome Gate* ging, hatte er seine Krücken wieder; Rufus war für ihn in die Schneiderei gegangen und hatte sie geholt.

Beim Tor sah er Burdon, der vor seiner Hütte stand und sich mit ein paar Arbeitern unterhielt. Ein Lastwagen, dessen Staubwolke in weiter Entfernung über die Felder wehte, hatte Backsteine gebracht und außerhalb der Palisade abgeladen. Graves saß auf einem Klappstuhl und sorgte dafür, daß das Baumaterial zum Dom geschafft wurde. Als er Tyler sah, rief er ihm nach, er würde kurz vor sieben

Uhr beim Junggesellenhaus sein, und Tyler hob, ohne stehenzubleiben oder sich umzudrehen, die Hand.

Vor dem Bürogebäude am *Welcome Gate* parkten der Ford Kombi und ein verbeulter Nissan Truck, dessen Ladefläche vollgepfercht war mit Möbeln, Kisten und Säcken. Ein kleiner Junge lehnte am Truck und las in einem Comic-Heft. Das Autoradio lief, aber man hörte kaum etwas, weil hinter dem Gebäude ein Generator lärmte. Tyler setzte sich auf die Treppenstufen und rauchte eine Zigarette, dann erst ging er hinein.

Der Generator mußte zur Klimaanlage gehören, denn diesmal war der Raum angenehm gekühlt. Am vorderen Pult saß einer der beiden Regelmacher, die Tyler noch nicht kannte, Shaw oder Calloway. Ein Mann stand vor ihm und buchstabierte etwas, vermutlich einen Namen, den der Regelmacher lustlos in die Tasten einer Schreibmaschine hämmerte. Der Mann trug einen staubigen, schlechtsitzenden Anzug und rote Turnschuhe, und in den Händen hielt er einen Strohhut. Wenn er etwas sagte, war er immer zu leise und mußte alles wiederholen. Zwei Frauen saßen auf den Stühlen an der Wand und lasen die Zettel mit den Gesetzen der Kolonie. Ihre Kleider waren aus dem gleichen Stoff und ihre Frisuren identisch, und beide hatten einen Schuh abgestreift. Aus den offenen Handtaschen auf ihren Schenkeln ragte jeweils ein großer weißer Pappbecher mit einem Trinkhalm.

«Wen haben wir denn da? Kann ich Ihnen helfen?» Der Mann hinter dem Pult zog das Blatt aus der Maschine, legte es beiseite und spannte ein neues ein. Er war um die dreißig, groß und blond und braungebrannt.

«Ich muß telephonieren», sagte Tyler und trat näher ans Pult heran. Jetzt konnte er den eingravierten Namen auf dem Metallschild lesen: RANDY CALLOWAY.

«Sie müssen der Journalist sein, stimmt's?»

«Ja.»

«Ich hoffe, Sie berichten nur Gutes über unsere Stadt.»

Calloway lächelte. Er war das, was man gemeinhin als gutaussehend bezeichnet. Daß er selber davon überzeugt war, sah man an jeder seiner Bewegungen, und den Dreitagebart ließ er sich bestimmt nicht aus Nachlässigkeit stehen. Seine Stimme hatte diesen leicht arroganten und spöttischen Klang, als würde er dauernd und einzig zu seinem eigenen Vergnügen Witzchen reißen.

Tyler schenkte sich eine Antwort.

«Haben Sie Kleingeld?»

«Ja.»

«Der Apparat ist dort hinten an der Wand.»

Tyler ging in die Ecke des Raumes, in die Calloway gedeutet hatte. Ein alter Ledersessel stand unter dem Münzautomaten, und auf einem Tisch lagen zerfledderte Telephonbücher, Notizblöcke und Sportmagazine. Neben dem Apparat hing eine Weltkarte, die so vollgekritzelt war, daß man die einzelnen Länder kaum noch erkennen konnte. Tyler legte eine Handvoll Kleingeld und die Karte vom *Blue Pelikan* auf den Tisch, steckte ein paar Münzen in den Schlitz und gab der Vermittlung die Nummer. Er rechnete fest damit, auch jetzt niemanden in Biloxi zu erreichen, und war deshalb verwirrt, als sich eine Frauenstimme meldet. Die Verbindung war schlecht, aber nach einigem Hin und Her fand Tyler heraus, daß er mit Annie, dem Zimmermädchen sprach. Weil die Frau entweder schwer von Begriff oder mißtrauisch war, dauerte es eine Ewigkeit, bis sie Emerson Brown an den Apparat holte.

«Ja?»

«Mister Brown? Hier ist Nicholas Tyler!»

«Wer? Oh, herrje, natürlich, Mister Tyler! Wo sind Sie? Wie geht es Sally?»

«Verdammt nochmal, wenn hier jemand Fragen stellt, dann ja wohl ich!» Tyler drehte sich gegen die Wand und riß sich zusammen, um nicht wie Wilkins in den Hörer zu schreien. «Wo, zum Teufel, waren Sie die ganze Zeit?

Ich habe schon tausendmal versucht, Sie zu erreichen!»

«Das ist eine lange Geschichte.»

«Dann erzählen Sie mir die Kurzfassung, Herrgott!»

«Sagen Sie mir doch bitte erst, wie es Sally geht.» Brown klang weit entfernt, als läge das *Blue Pelikan* auf einem anderen Planeten.

«Es geht ihr gut», log Tyler.

Für kurze Zeit war nur das leise Rauschen in der Leitung zu hören.

«Alison und Saunders sind verschwunden», begann Brown schließlich.

«Reden Sie lauter, ich höre Sie nicht!» Tyler hielt sich das eine Ohr zu; Calloway bearbeitete noch immer die Schreibmaschine.

«Alison und Saunders sind weg. Am Abend des Tages, an dem Sie mit Sally losgefahren sind, bin ich zum Haus von Alisons Eltern. Ihr Vater war nicht da, aber ihre Mutter sagte, Alison habe ihre Koffer gepackt und sei fort. Ein Mann habe sie mit dem Wagen abgeholt. Das muß Saunders gewesen sein.»

Tyler schlug mit der Faust gegen die Weltkarte, dahin, wo der Atlantische Ozean war. Die beiden Frauen blickten kurz auf und vertieften sich wieder in ihre Lektüre.

«Sind Sie noch da? Hallo?»

«Dann waren Sie nicht bei der Polizei?»

«Nein.»

«Und ihr Bruder?»

«Er ist auch nicht mehr hier.»

«Was soll das heißen?»

«Er ist zurück nach Wisconsin.» Browns Stimme wurde wieder so leise, daß die Nebengeräusche sie fast übertönten.

«War denn die Polizei nicht bei Ihnen?»

«Ich weiß nicht, ich war ja nicht hier.»

«Aber wo waren Sie denn, verdammt. Wir hatten doch ausgemacht, daß Sie die Sache mit der Polizei klären.»

Es dauerte ein Weile, bis Brown antwortete. «Ich habe Lawrence nach Mayville begleitet und bin ein paar Tage dort geblieben.»

Tyler schloß die Augen; er sah Emerson Brown in seinem schäbigen blauen Anzug im Büro sitzen, an dem Pult, an dem sonst sein großer Bruder saß, dann sah er das Motelgebäude, das ausgebrannte Haus und Alison, zuletzt Sally. Er fragte sich, wo das Mädchen jetzt sein mochte, und überlegte, ob die Polizei in Miami seinen Brief nicht ernst genommen und den Fall überhaupt nicht weitergeleitet hatte.

«Jetzt bin ich allein, Mister Tyler. Nur Annie ist noch hier, sie hilft mir beim Aufräumen. Ich habe das Motel geschlossen. Ich weiß gar nicht, was ich tun soll.»

«Warum sind Sie nicht zur Polizei gegangen?» Tyler brachte kaum noch Gefühle auf für diese elende Geschichte, geschweige denn Wut.

«Ich konnte nicht, wegen Lawrence.»

«Was ist mit Alisons Eltern? War die Polizei dort?» Die Adresse der Porters hatte Tyler in dem Brief erwähnt, zudem durfte man von den Beamten erwarten, daß sie anhand der Zulassungspapiere, die im Wagen lagen, die Spur nach Biloxi zurückverfolgen konnten.

«Ich weiß es nicht.»

«Hören Sie zu, Sie gehen heute noch zur Polizei! Sie können denen meinetwegen erzählen, Ihr Bruder habe von der Sache nichts gewußt. Aber ich will, daß Saunders und Alison geschnappt werden, und dieser Ernest. Haben Sie verstanden?»

Das Surren und Knistern schien geradewegs aus Browns Kopf zu kommen.

«Emerson?»

«Ja, ich werde tun, was Sie sagen.» Brown klang alles andere als überzeugend.

«Und rufen Sie Alisons Eltern an! Vielleicht wissen die, wo ihre Tochter sich aufhält.»

Vielleicht nickte Brown, vielleicht hörte er gar nicht mehr zu.

«Ich melde mich morgen abend wieder bei Ihnen.»

«Und Sally geht es wirklich gut?» beeilte sich Brown plötzlich. «Ihr Onkel und die Tante, sind das nette Menschen?»

«Sehr nett», sagte Tyler nach kurzem Zögern. «Sally geht es gut.» Er strich mit den Augen über die Karte, und als er die Stelle erreicht hatte, wo Biloxi lag, legte er auf.

10

Graves kam fast eine halbe Stunde zu spät. Der Motor des Volkswagens war schon von weitem zu hören, und Tyler fragte sich, wie sich das mit Goodmans Forderung nach Lärmvermeidung vereinbaren ließ. Ein paar Kinder, die auf dem Platz gespielt hatten, kamen näher, um sich das grün und gelb lackierte Auto anzusehen.

«Tut mir leid, ich mußte etwas in Miami erledigen. Sind Sie fertig?»

Graves war sitzen geblieben und hatte die Beifahrertür aufgestoßen. Das Tuckern des Motors glich dem eines Kutters.

Tyler verabschiedete sich von Orson und Rufus, die ihn zum Kartenspielen überredet hatten, ging zum Wagen und stieg ein. Kaum saß er, fuhren sie los und ließen die Kinder in einer ockerfarbenen Staubwolke zurück.

«Macht es Ihnen etwas aus, wenn wir kurz bei uns anhalten? Ich muß ein paar Unterlagen holen.»

«Im Palazzo?»

Graves lächelte verkniffen. «Sie hören sich um, was?» Er trug Jeans, ein rotes Hemd und eine blaue Krawatte, was offenbar so etwas wie die Uniform der Regelmacher war.

«Man erzählt mir eben einiges.»

Graves hupte sich den Weg frei, und als sie durch das Tor fuhren, scheute ein Muli und warf den Karren um, den er zog. «Nichts für ungut», sagte Graves und sah grinsend in den Rückspiegel. Dann warf er einen schnellen Blick auf Tyler. «Das ist nur wegen diesem dämlichen Lärmgesetz. Die Viecher vertragen nicht mehr das kleinste Geräusch, drehen durch, wenn einer neben ihnen hustet.»

«Warum liegt Goodman so viel daran? Wenn hier Maschinen eingesetzt würden, gingen die Bauarbeiten viel schneller voran.»

«Er liebt die Stille und das, was der Russe für ihn aus dem Chor rausholt. Alles andere ist in seinen Ohren Krach. Akustische Umweltverschmutzung nennt er es.»

«Aber er ist doch kaum in der Kolonie. Er würde nichts von den Baumaschinen hören.»

«Wissen Sie, was Amish-People sind? Die Spinner, die noch ohne Elektrizität und Maschinen leben?»

«Ja, ich habe darüber gelesen.»

«Goodman ist bei ihnen aufgewachsen. So ein Neandertaler hat ihn aus dem Kinderheim auf seine Farm nach Indiana geholt, da war er neun. Mit vierzehn ist Goodman davongelaufen, aber ein bißchen scheinen die Amish auf ihn abgefärbt zu haben.»

«Und jetzt ist er Millionär?»

Graves schaltete mit knirschendem Getriebe in den zweiten Gang, um eine Steigung zu nehmen. «Ja, unglaublich, was? Hat auf der Farm bestimmt gelernt, was Fleiß ist.»

«Warum macht er das hier? Ich meine, warum gibt er soviel Geld aus für die Kolonie, den Dom, den Chor?»

«Das fragen Sie ihn nachher am besten selbst.»

Inzwischen rollten sie den Hügel hinab auf den Palazzo zu.

«Dauert nur zwei Minuten», sagte Graves, als sie auf

dem Vorplatz hielten. Er stieg aus, rannte die Treppe hoch und verschwand im Haus.

Jetzt, da der Motor nicht mehr lief, war die Musik zu hören, lauter Rock, der dumpf und düster in einem der Zimmer grollte. Tyler stieg aus und lehnte sich gegen den Kofferraumdeckel des Käfers. Der Ford stand etwas abseits im Schatten eines Baumes, unter der offenen Heckklappe stapelten sich Pappkartons.

Weil Graves auch nach fünf Minuten noch nicht zurückgekommen war, humpelte Tyler, der die Krücken in seinem Spind gelassen hatte, zum Ford und sah sich die Kisten an. Die oberste war offen und voller Zigaretten, in den unteren, verschlossenen befanden sich mit großer Wahrscheinlichkeit Flaschen. Tyler widerstand der Versuchung, eine Packung Zigaretten einzustecken, und setzte sich zurück in den VW. Ein einsames Huhn lief über den Platz, pickte an einem Fetzen Plastikfolie herum und verschwand in der Garage.

Als Tyler die Frau am Fenster sah, wußte er gleich, daß es Celia war. Dennoch dauerte es eine Weile, bis sein Wahrnehmungsapparat und sein Verstand sich darauf geeinigt hatten. Tyler versank in seinem Sitz, ohne das Fenster für eine Sekunde aus den Augen zu lassen. Celia sah auf den Platz hinunter und auch in seine Richtung, doch als sie sich umdrehte und ins Dunkel des Raumes tauchte, wußte Tyler nicht, ob sie ihn erkannt hatte. Gleich darauf kam Graves zum Wagen und setzte sich hinter das Steuer. Wieder entschuldigte er sich, warf einen großen Umschlag auf die Rückbank und fuhr los.

Die Fahrt dauerte keine fünf Minuten. Einmal mußte Graves aussteigen und ein Holztor öffnen, das zu einem windschiefen Zaun gehörte, wenig später überquerten sie auf einer improvisierten Brücke einen Kanal. Der Zustand der Straße wurde immer besser, und als sie glatten

Asphalt unter den Reifen hatten, konnte Tyler auch schon das eingezäunte Grundstück sehen.

Graves hielt neben einer gemauerten Säule an, drehte das Fenster herunter und drückte auf einen Knopf der Gegensprechanlage, was in Tyler unangenehme Erinnerungen an Los Angeles und Banks wachrief. Nach einem knappen Wortwechsel öffnete sich das Eisentor, und der Wagen rollte auf einen großen, mit Kies belegten Platz.

«Wenn es Ihnen nichts ausmacht, gehen wir den Rest zu Fuß. Goodman hat sich schon mal über den Wagen beschwert.»

Obwohl Tyler die Krücken nicht dabeihatte und vom Haus nichts zu sehen war, protestierte er nicht.

Nach etwa fünfzig Metern gingen sie zwischen den Bäumen einer Allee, die zu einem weiteren, diesmal ovalen Platz führte. Die Mitte des Platzes nahm eine mit Blumen bepflanzte Rasenfläche ein, in deren Zentrum ein rundes Brunnenbecken stand. Eine grüne Schicht überzog das leere Steinbecken, aus den Mündern der Figuren, die den Rand säumten, floß kein Wasser.

Hinter einer Baumreihe tauchte dann endlich das Haus auf. Zuerst dachte Tyler noch, er könne auf diese Distanz zu wenig erkennen, aber beim Näherkommen sah er, daß es sich bei Goodmans Domizil um einen schmucklosen, zweigeschossigen Bau handelte, dessen Architektur, was die Verspieltheit betraf, jede Kaserne unterbot. Zwischen den Bäumen, gestutzten Akazien, und dem Haus lag ein dritter Platz, rechteckig und groß genug für zwei Dutzend Autos. Jetzt verloren sich zwei Wagen auf dem Geviert, ein schwarzer Lincoln und ein roter Isuzu Pickup. Ein Mann kauerte auf der Ladefläche des Isuzu und band eine Leiter fest. Er war mittelgroß und eher schmächtig, hatte schwarzes kurzgeschnittenes Haar und einen kleinen Kopf mit einer schiefen Nase und einem Mund, der schmaler war als der dünne Schnurrbart.

Auch er trug Jeans aus blauem Denim und ein rotes Hemd, doch die Krawatte fehlte.

«Hey, Vince, ist Goodman schon lange hier?» Ohne anzuhalten, ging Graves auf das Haus zu, dessen Vorderfront nichts als eine Tür und ein quadratisches Fenster aufwies. Nachdem er einen Klingelknopf gedrückt hatte, klemmte er den Umschlag zwischen die Beine, stopfte das Hemd straffer in die Hose und wickelte das Gummiband neu um den Pferdeschwanz.

«Schon seit 'ner Stunde.»

Tyler war etwas hinter Graves zurückgefallen. Als er neben Graves stand, warf er einen Blick auf den Mann, der Vincent Shaw sein mußte, laut Alfonso Calloways Komplize bei der Brandstiftung.

Dann ertönte ein Surren, und Graves öffnete die Tür.

Seit zehn Minuten stand Tyler in einem fast leeren Zimmer, dessen einziges Fenster auf den See zeigte. Eine Weile hatte er über die leere Wasserfläche gesehen, jetzt saß er in einem der Ledersessel und blätterte einen Bildband über das New Bauhaus in Chicago durch. Schließlich legte Tyler das Buch weg und erhob sich. Als er den Gedanken faßte, zur Tür zu gehen, um einen Blick auf den Flur zu werfen, betrat Graves den Raum. Er sagte, Tyler könne nun zu Goodman, zeigte ihm den Weg und ging. Am Ende des langen, kahlen Ganges drehte er sich um und rief, er werde Tyler später wieder abholen, Goodman gebe telephonisch Bescheid.

Eigentlich hatte Tyler keine Lust, den Abend in Goodmans Gesellschaft zu verbringen; die Idee mit dem Artikel hatte er bereits wieder verworfen, sein Bedarf an Verrückten war gedeckt, und der Anruf im *Blue Pelikan* hatte ihn auch nicht gerade in eine entspannte Stimmung versetzt. Dazu kam die Sache mit Celia. Daß er die Frau im Palazzo gesehen hatte, löste eine wilde Flut an Spekulationen in ihm aus, von denen die naheliegendste gleichzeitig die ernüchterndste war. Während der Fahrt vom Palazzo zu Goodmans Anwesen hatte er sich ein paar naive Erklärungen zurechtgelegt – daß Celia bei den Regelmachern putzte oder daß sie sich irgendeinen Stempel geholt hatte –, aber das war bloß ein Beruhigungsversuch gewesen, ein lächerlicher Selbstbetrug, der aufflog, noch bevor er zu Ende gedacht war. Auch wenn ein paar Emotionen im Spiel waren, konnte Tyler zwei und zwei zusammenzählen; die einzige offene Frage war, ob Celia Burdon oder Calloway besucht hatte.

Die Gedanken drehten sich noch in seinem Kopf, als er vor der Tür stand, die Graves ihm angegeben hatte. Er öffnete sie, blieb aber auf der Schwelle stehen, weil der Raum fast in völligem Dunkel lag. Er wollte sich schon umdrehen und es an einer der anderen Türen versuchen, als ihn jemand rief. Tyler trat ein paar Schritte vor und wartete, bis er in dem Dämmerlicht etwas erkennen konnte. Endlich sah er die Umrisse eines Mannes, der sich am Ende des Zimmers aus einem Sessel erhob.

«Mister Goodman?»

Die Gestalt bewegte sich zu einer Wand, und gleich darauf wurde es ein wenig heller. Dennoch zog Tyler es vor, die Tür in seinem Rücken offenzulassen.

«Kommen Sie her, setzen Sie sich!» Die Stimme klang heiser und freundlich, ein Arm winkte im Zwielicht.

Tyler tat, wie ihm geheißen wurde, und während er über den tiefen Teppichboden schritt, wuchs der Mann vor ihm zu einem Riesen.

«Mister Tyler, schön, daß Sie gekommen sind.» Goodman, ein Hüne von fast zwei Metern, setzte eine Brille auf und streckte Tyler die Hand hin. «Tut mir leid, daß Sie warten mußten. Mein Mitarbeiter hat mir die Unterlagen über die neuangekommenen Bürger gebracht.»

Tyler ließ sich die Hand schütteln und nahm auf dem Sessel Platz, den sein Gastgeber ihm zuwies.

«Möchten Sie etwas trinken? Vielleicht eine Kleinigkeit essen?» Der Schalter, den Goodman drückte, schien mit einer Glocke verbunden zu sein, denn Sekunden später betrat eine Frau den Raum. Nachdem die Angestellte, mit knappen Anweisungen bedacht, wieder gegangen war, setzte sich auch Goodman.

«Sie kommen also aus London, habe ich mir berichten lassen.»

«Ja.» Tyler betrachtete sein Gegenüber so eingehend, wie es die Höflichkeit zuließ. Goodman, auch sitzend noch ein Turm, trug einen weiten grauen Hausanzug, weiße Socken und weiße Schuhe. Um den Hals hatte er ein gemustertes bordeauxrotes Seidentuch geschlungen. Trotz seiner enormen Größe war er kein Schwergewicht; sein Knochenbau schien eher schmal, auch wenn die um Nummern zu große Kleidung eine Schätzung erschwerte. Arme und Beine wirkten vielleicht aufgrund ihrer enormen Länge so dünn, aber die Hände, filigrane Pranken mit Bleistiftfingern, ließen Rückschlüsse auf den restlichen Körper zu. Sogar sein bebrilltes Gesicht war langgestreckt, und hätte nicht ständig ein Lächeln den breiten Mund umspielt, wäre man versucht gewesen, Goodman für einen traurigen Menschen zu halten.

«Und Ihre Reise durch unser Land dient geschäftlichen Zwecken?»

«Gewissermaßen, ja.» Tyler merkte, wie steif er auf der Kante des Ledersessels saß, und rutschte nach hinten.

«Mich würde natürlich interessieren, wie Sie auf die Kolonie aufmerksam geworden sind.»

«Zufällig. Joe, Ihr koreanischer Feuermelder, brachte mich hierher.»

«Aha.« Goodman lehnte sich ebenfalls zurück. Wie zum Gebet schob er die Finger ineinander und legte sie unter das Kinn. Eine Weile schien er zu überlegen; vielleicht kannte er seine Schützlinge nicht alle beim Namen und fragte sich, wer dieser Joe sein mochte, vielleicht dachte er auch darüber nach, was Joe außerhalb der Kolonie verloren hatte.

«Ich hatte einen kleinen Unfall, und Joe half mir.»

Goodman löste das Geflecht seiner Finger und verschränkte die Arme. «Oh ja, wie geht es Ihrem Fuß? Es ist doch Ihr Fuß, nicht wahr?»

«Danke, ich bin gut versorgt worden. Wie Sie sehen, benötige ich keine Krücken mehr.»

«Sehr schön. Nun müssen Sie mir aber erzählen, welche Art von Artikel Sie zu schreiben beabsichtigen. Gedenken Sie, die Kolonie als visionären Ort der Zuflucht und des Neubeginns zu zeigen, oder interessiert Sie mehr meine Arbeit mit dem Chor?»

«Darüber bin ich mir noch nicht ganz im klaren. Möglicherweise ergibt sich eine Mischung aus beidem.»

«Was ist das für ein Magazin, für das Sie arbeiten?»

«Wir behandeln vorwiegend Themen aus dem Bereich der klassischen Musik.»

«Ich verstehe.» Wieder verfiel Goodman in einen leicht versunkenen Zustand.

«Aber außergewöhnliche Berichte sind natürlich jederzeit willkommen.»

«Ja, natürlich, gewiß.»

In diesem Moment ging die Tür auf, und die Angestellte – eine Afrikanerin, so vermutete Tyler – schob einen Servierwagen herein. Sie war um die fünfzig, trug ein weißes Kleid und ein farbiges Kopftuch, keine Schuhe, statt dessen aufgefädelte Muscheln um die Fußgelenke. Nachdem sie den Wagen mit dem Essen und den Getränken neben den Tisch gerollt hatte, wartete sie und ging, als Goodman ihr sagte, er würde sie bei Bedarf rufen. Beim Gehen entstand ein kaum hörbares Klimpern, wenn die Muscheln gegeneinanderschlugen.

«Bitte nehmen Sie sich, was Sie wollen», forderte Goodman Tyler auf und wies auf den Wagen. Er selber belud sich einen Teller mit Krabbenfleisch, Eiersalat und mehreren Scheiben Weißbrot.

Tyler suchte vergeblich nach Bourbon oder Scotch, und als auch kein Bier zu finden war, schenkte er sich ein Glas Orangensaft ein. Er war nicht hungrig, versprach Goodman jedoch, später etwas zu essen.

Goodman hatte so konzentriert und bedächtig gegessen, als sei er alleine. Seine vorsichtigen Bewegungen erinnerten an jemanden, der mit zerbrechlichen Gegenständen hantiert.

«Unterstützt man Sie denn auch genug bei Ihren Recherchen?» wollte er wissen, nachdem er den Teller beiseite gestellt hatte. Er faltete die benutzte Stoffserviette auf den Knien zusammen und goß sich dann ein weiteres Glas mit Eistee voll.

«Wie? Oh, ja, danke, man hilft mir sehr.» Tyler hatte sich verhalten im Raum umgesehen, obwohl es nicht eben viel zu sehen gab: An den Wänden hingen großformatige, im kubistischen Stil gehaltene Gemälde, auf einer Kommode lagen ein paar Bücher, vermutlich Bildbände, und in einer nahezu lichtlosen Ecke standen ein Sofa und ein kleiner Tisch. Die Lampen, winzige Spots, verbargen sich in der Decke, und ihr Licht war so weit heruntergedimmt, daß sich die Strahlen vor Erreichen des Bodens in diffusem Nichts auflösten.

«Ich habe Mister Burdon angewiesen, Ihnen jede Auskunft bezüglich der Kolonie zu geben. Aber selbstverständlich sollen Sie hier und jetzt die Gelegenheit erhalten, Ihre Fragen direkt an mich zu richten.»

Tyler hatte mit einem solchen Angebot gerechnet. Er stellte sein Glas auf den Tisch und nahm Notizblock und Kugelschreiber aus der Tasche des Jacketts.

«Ich hoffe, Sie haben genug Licht zum Schreiben. Meine Augen sind sehr empfindlich. Ich muß die Helligkeit meiden.»

«Es wird gehen.»

«Im Juli werde ich fünfzig, müssen Sie wissen, und meine Gesundheit ist meinem Alter entsprechend zufriedenstellend. Doch die Augen sind seit langer Zeit die Bürde, die mir das Schicksal aufgeladen hat.»

Tyler notierte sich Goodmans Alter, daneben das Wort Augen. Das Schreiben kam ihm vor wie ein Automatismus, ein Reflex; scheinbar unabhängig bewegte sich die Hand über das Papier, während die Hälfte des Hirns an etwas ganz anderes dachte, an Celia zum Beispiel oder an Sally.

«Die Probleme mit meinen Augen begannen an dem Tag, an dem ich achtundzwanzig wurde», fuhr Goodman fort. «Ich kann das Datum so exakt bestimmen, weil meine Sehkraft tatsächlich innerhalb dieses einen Tages nachließ. Ich war damals noch im Immobilienhandel tätig. Meine beiden Mitarbeiter organisierten eine kleine Geburtstagsfeier für mich, Sie wissen schon, mit Champagner, Torte und Luftschlangen. Sie hatten in meinem Büro die Rollos heruntergelassen, und als ich am Morgen hereinkam, sangen sie ‹Happy Birthday› und ließen die Korken knallen.» Goodman lächelte versonnen.

Tyler kritzelte Stichwörter auf den Notizblock; daß Goodman zu erzählen begann, war ihm recht, denn für ein anstrengendes Frage-und-Antwort-Spiel fehlte ihm die Energie.

«Mein Geschenk an diesem Tag war, neben einem sehr schönen Füllfederhalter, ein Briefumschlag mit einem Bankauszug: Ich hatte meine erste Million gemacht! Natürlich wußte ich bereits Wochen vorher, daß dieser Kontostand bald erreicht sein würde, aber als ich die Summe vor mir sah, geriet ich in einen Gefühlstaumel, den ich nicht zu beschreiben vermag. Ich war so überwältigt und aufgeregt, daß ich Bill und Vivian den Tag freigab. Dann setzte ich mich mit dem Bankauszug und einer Flasche Champagner an den Schreibtisch. Im

Vorzimmer klingelten die Telephone, draußen rauschte der Verkehr, aber ich saß einfach in meinem Büro, trank und starrte auf dieses Stück Papier. Irgendwann muß ich wohl eingeschlafen sein.

Als ich Stunden später aufwachte, hatte ich starke Kopfschmerzen. Weil ich sonst kaum je Alkohol trank, dachte ich, der Champagner sei schuld. Ich ließ mich nach Hause fahren, nahm zwei Tabletten und legte mich ins Bett. Am nächsten Tag waren zwar die Schmerzen weg, doch konnte ich die Zeitung nicht mehr lesen, sah nur noch Flecken, verschwommene Linien. Ein Augenarzt untersuchte mich, und fortan trug ich eine Brille.»

«Sie hatten mit achtundzwanzig die erste Million?» Tyler stellte die Frage, weil Goodman keine Anstalten machte, mit seiner Geschichte fortzufahren, sondern nur dasaß und ins Leere blickte.

«Ziemlich spät, wie?» Etwas wie ein Ruck ging durch Goodman. Er kicherte und legte die Hände auf die Lehnen des Sessels, der unter ihm klein und irgendwie unecht wirkte, wie ein billiges Requisit auf einer Theaterbühne.

Tyler lächelte höflich. Er hatte die Zahl 28 hingeschrieben, daneben eine Eins mit sechs Nullen.

«Sie fragen sich bestimmt, weshalb ich dieses Ereignis erwähne. Nun, der Grund dafür ist, daß eine Verbindung besteht zwischen meinem wachsenden Konto und meiner schwindenden Sehkraft. Und ich würde das nicht behaupten, wenn nicht die Umstände so außergewöhnlich gewesen wären.

Am zwölften November desselben Jahres flog ich nach Santa Fe, um ein Grundstücksgeschäft abzuwickeln, das mir unter dem Strich eine knappe Million bringen sollte. Alles lief wunderbar, die Verträge waren am Nachmittag unterzeichnet, und am Abend saß ich wieder im Flugzeug. Nach der Hälfte der Strecke mußte der Pilot wegen eines Triebwerkausfalls auf dem Flughafen von Camden, Arkansas, notlanden. Die Landung war so heftig, daß die

Maschine auseinanderbrach. Glücklicherweise wurde niemand getötet, die meisten Passagiere und Besatzungsmitglieder blieben unverletzt. Aber ich und ein paar andere hatten genau an der Bruchstelle gesessen und bekamen einiges ab. Ich erwachte zwei Tage später in einem Spitalbett und hatte unerträgliche Kopfschmerzen. Man sagte mir, ich hätte einen Schädelbruch erlitten. Bei meiner Entlassung trug ich eine Brille, deren Gläser bereits doppelt so stark waren wie die er ersten.

Dann war die nächste Million beisammen. Ich mußte zur Bank, um ein paar Papiere zu unterzeichnen, und als ich die Eingangshalle betrat, ging eine Bombe hoch. Haben Sie jemals von den ‹Kämpfern der letzten Revolution› gehört?»

Tyler verneinte.

«Ich bis zu diesem Tag auch nicht. Bei dem Anschlag kamen zwei Menschen ums Leben, eine Kundin und ein Wachmann, elf wurden verletzt, darunter ich. Fatalerweise hatte ich beim Betreten des Gebäudes die Brille abgenommen, um die Gläser zu reinigen, und als mich die Druckwelle der Explosion erreichte, waren meine Augen ungeschützt. Einmal mehr lag ich für Wochen im Spital, wo man mir winzige Splitter aus dem Körper entfernte. Die Bombenleger entschuldigten sich in einem Brief an die ‹Washington Post› für das Attentat und beteuerten, es sei nie ihre Absicht gewesen, Menschen zu verletzen oder gar zu töten. Sie hätten die Zeituhr falsch eingestellt, schrieben sie, die Bombe hätte erst nach Büroschluß hochgehen sollen. Die Gläser der Brille, die ich nach meiner Entlassung bekam, waren dick wie Panzerglas.»

Tyler machte aus den sechs Nullen drei Brillen.

«Mittlerweile war ich dreißig und überzeugt davon, daß ich, wenn es so weiterginge, mit vierzig um ein paar Millionen reicher und völlig erblindet sein würde. Also zog ich mich ein Stück weit aus dem Geschäftsleben zurück, zumindest aus dem Bereich, wo ich direkt mit

Geld zu tun hatte. Ich kaufte ein Hotel in Daytona Beach und ließ fähige Leute für mich arbeiten. Mit Zahlen, vor allem mit Millionen, wollte ich eine Weile nichts zu tun haben. Diese neue Situation brachte zwangsläufig viel Freizeit mit sich, die ich in den ersten Wochen gar nicht auszufüllen wußte. Ich hatte immer gearbeitet, hatte keine Interessen außerhalb meines Berufes, keinen Freundeskreis, nichts, was andere ein Hobby nennen, und nun sah ich mich plötzlich veranlaßt, meine Tage mit Tätigkeiten zu verbringen, die, wie soll ich sagen, nicht profitorientiert waren. Meine Suche nach geistiger oder, wenn sie wollen, seelischer Beschäftigung führte mich dann eher zufällig zur Musik, zur Chormusik, um es genauer zu sagen.

Den Sommer nach dem Hotelkauf verbrachte ich in Boston, und auf einem meiner vorsichtigen Spaziergänge durch die Stadt geriet ich, von einem plötzlichen Regenschauer überrascht, in eine Kirche. Es war Spätnachmittag, ein Chor übte, und ich setzte mich hin und hörte zu. Meine Brille war naß, also nahm ich sie ab und wischte sie trocken. Dann steckte ich sie in die Tasche, schloß die Augen und lauschte einfach den Stimmen.

Ich weiß nicht, wie lange ich so dagesessen und zugehört habe. Jedenfalls öffnete ich irgendwann die Augen, griff nach einem der herumliegenden Gesangsbücher und las darin. Es dauerte eine Weile, bis ich merkte, daß ich das ohne Brille tat, und als es mir bewußt wurde, erschrak ich beinahe zu Tode. Nun müssen Sie wissen, daß ich nicht gerade das bin, was man einen religiösen Menschen nennt, ich meine, ich glaube an Gott, gewiß, aber in all den Jahren seit meiner Kindheit habe ich keine Kirche mehr betreten. Und jetzt saß ich da, in den Ohren Choräle, und las! Wie im Rausch überflog ich die Liedtexte, traute buchstäblich meinen Augen nicht.

Doch die Freude währte nicht lange. So plötzlich, wie

es gekommen war, verschwand mein Sehvermögen auch wieder. Ich schloß die Augen und hoffte auf eine zweite Wunderheilung, von der ich damals noch glaubte, daß der Ort, also die Kirche sie bewirke und nicht der Gesang. Nach einer Weile setzte ich die Brille wieder auf und ging.

Mein zweites Erlebnis dieser Art bescherte mir wiederum der Zufall. Ein Geschäftspartner, mit dem zusammen ich gerade ein Grundstück in Ford Lauderdale gekauft hatte, lud mich für ein paar Tage in sein Haus auf Hawaii ein. Nach langem Zögern gab ich seinem Drängen nach und setzte mich ins Flugzeug. Wir wohnten in seiner Villa auf Oahu, und eines Tages fuhren wir zu einem Fest, das die Einheimischen aus irgendeinem Anlaß begingen.

Am späten Nachmittag saßen wir alle in einem großen offenen Haus, und die Frauen begannen mit einem Gesang, dessen merkwürdige Melodie und scheinbare Dissonanzen mich vom ersten Ton an gefangennahmen. Wie damals in der Kirche schloß ich meine Augen und gab mich dem außergewöhnlichen Hörerlebnis hin. Am Ende dieser Darbietung nahm ich die Brille ab, es war heiß, ich wollte mir mit einem Taschentuch das Gesicht abwischen. Und da war es wieder, dieses Phänomen des plötzlichen Sehens! Ich hielt die Brille in der Hand und blickte um mich, erkannte deutlich meinen Gastgeber und dessen Frau, konnte sogar die Schrift auf einem Plakat lesen, das ein paar Meter entfernt an einer Wand hing. Doch auch diesmal hielt mein Glücksgefühl nicht lange an, die Bilder verschwammen, als hätten die Stimmen der Frauen eine Art Batterie in meinem Kopf aufgeladen, die sich nun wieder leerte.

Aber von diesem Moment an hatte ich eine Hoffnung. Dabei muß ich zugeben, daß diese Hoffnung von einer auf den ersten Blick äußerst abstrusen Theorie gestützt wurde. Ich glaubte einen Zusammenhang entdeckt zu haben, eine Verbindung zwischen Gehör und Sehzentrum, und ich nahm mir vor, diesem Rätsel nachzugehen.

In Honolulu kaufte ich vor meinem Rückflug einen Koffer voll Schallplatten, doch zu Hause mußte ich sehr schnell die Erfahrung machen, daß die Gesänge so keine Wirkung zeigten. Ich kaufte mir den teuersten Plattenspieler, der damals zu haben war, versuchte es in einem winzigen Zimmer und draußen im Freien, stehend, sitzend und liegend, mit Kopfhörern und ohne, aber das, was ich den ‹Boston-Oahu-Effekt› nannte, trat nicht mehr ein. Das ließ zwei Schlußfolgerungen zu: Entweder war meine Hypothese unsinnig, oder die Sache funktionierte nur, wenn der Chor physisch anwesend war.

Ich begann Versuche anzustellen, setzte mich in Kirchen, flog noch einmal nach Hawaii, besuchte ein Indianerreservat in New Mexico, reiste nach Europa, nach Asien, Südamerika, Ozeanien. Ein Student der Ethnologie, dessen Hauptinteresse dem traditionellen Gesang galt, begleitete mich. In Afrika, genauer in Lagos, erkrankte ich schließlich an Gelbfieber, und mit dem Reisen hatte es ein Ende.

Aber ich hatte in diesen fast drei Jahren einiges an Material und Erfahrung gesammelt, hatte Ermutigendes und Enttäuschendes erlebt. Das alles galt es nun auszuwerten. Ich engagierte eine Schreibkraft, die meine Ergebnisse dokumentierte. Diese Arbeit dauerte etwa acht Monate, und ich will Sie mit Einzelheiten aus dieser Zeit gar nicht belästigen. Nur soviel: Ich glaubte jetzt über eine Grundlage zu verfügen, von der aus ich weitersuchen konnte, eine Basis, die meine Überlegungen faßbar machte, zumindest für mich.

Das nächste große Ziel war die Zusammenstellung eines Chors, dessen Mitglieder aufgrund eines von mir entwickelten Musters ausgewählt wurden. Auch bezüglich dieser Auswahlkriterien will ich Sie nicht mit Details langweilen. Wie Sie sich bestimmt denken können, wurde bei diesem Selektionsverfahren der ‹Boston-Oahu-Effekt› zum Maßstab genommen, der Erfahrungswert, der mir während meiner Reisen als Vergleichsgrad zum Messen von Zeiten und Intensitäten diente. Der Test-Chor, bestehend aus vierundzwanzig Frauen und acht Männern, probte zum ersten Mal am 12. Mai 1981. Proberaum war die Presbyterianische Kirche von Belle Glade, aber nach zwei Tagen zogen wir um in einen Kellerraum meines Hotels in Daytona Beach, weil die akustischen Verhältnisse in der Holzkirche zu unbefriedigend waren. Über die Zusammensetzung des Chors will ich auch nicht viele Worte verlieren, doch denke ich, es wäre interessant für Sie zu wissen, daß ihm Menschen aus sechs Nationen angehörten. Um ein babylonisches Sprachengewirr zu vermeiden, stellte ich Dolmetscher ein, und der Student, der inzwischen sein Studium abgeschlossen hatte, stand auch wieder in meinen Diensten. Er übernahm die Funktion des Chorleiters, wobei er selbstverständlich meinen Anweisungen folgte. Wir arbeiteten drei Wochen lang, und die Resultate waren vielversprechend. An manchen Tagen luden mich die Gesänge so stark auf, daß ich zwei, drei Minuten klar sehen konnte! Es gab auch immer wieder Rückschläge, sicher, aber alles wurde akribisch protokolliert, und ich hatte vor, aus den Mißerfolgen zu lernen.

Dann hatte ich geschäftlich ein paar Probleme und mußte die Versuche mit dem Chor abbrechen. Auch trat ein erneuter Gelbfieberschub auf, der mich zu einem längeren Krankenhausaufenthalt zwang. Nach einer Weile mußte ich mir eingestehen, daß sich die Finanzierung des Chors auf Dauer nicht mehr verantworten ließ, und so kehrten Ende Juni die letzten Mitglieder, drei Maori aus Neuseeland, in ihre Heimat zurück. Glücklicherweise erholte ich mich rasch, sowohl gesundheitlich als auch geschäftlich. Ein knappes Jahr später konnte ich meinen

Anteil an dem Grundstück in Fort Lauderdale verkaufen, und mit dem Geld tätigte ich eine Reihe erfolgreicher Investitionen. Dennoch dauerte es über vier Jahre, bis ich einen neuen Chor zusammengestellt hatte.

Im Frühjahr 1985 kaufte ich dieses Stück Land hier, und weil der geplante Golfplatz dann woanders gebaut wurde, beschloß ich, darauf ein paar Mobile Homes für die Mitglieder des Chors zu stellen. Der Zufall wollte es, daß ich etwa zwei Wochen später nach Miami gerufen wurde, wo mein Frachter, die ‹Sirene of Hope Town› im Hafen lag. Es ging darum, ob ich in das Schiff noch einmal Geld investieren oder es verschrotten lassen wollte. Als ich im Unterdeck stand und die Maschinisten herumbrüllen hörte, kam mir die Idee mit dem Probenraum. Zwischen den dicken Metallwänden wurde jeder Ton, jede Stimme zum gewaltigen Ereignis, zur gebündelten Materie, die in meinen Kopf drang wie purer Strom. Nach einem Test mit dem Chor gab ich den Auftrag, das Schiff auszuschlachten, zu zerlegen und auf mein Land zu bringen, wo es schließlich wieder zusammengeschweißt wurde. Sie haben es bestimmt gesehen, waren vielleicht schon in seinem Innern.»

Tyler wußte nicht, ob er nickte oder der Raum sich auf und ab bewegte.

«Wie es weiterging, können Sie ja sehen. Ich habe noch mehr Land gekauft, und ständig werden neue Häuser gebaut. In etwa zwei Jahren, so hoffe ich, wird der Chor komplett und der Dom fertiggestellt sein.» Goodman tastete nach seinem Glas, ergriff es mit beiden Händen und trank.

Nach zwei Minuten, die ihm wie eine Ewigkeit erschienen waren, saß Tyler noch immer wortlos da und starrte auf den Notizblock. Er suchte krampfhaft nach einer Frage, die belegen sollte, daß er Goodmans Bericht gefolgt war, aber es gelang ihm nicht. Mal flache, mal heftig ausschlagende Wellenlinien füllten die Seiten, und die Hand mit dem Kugelschreiber zitterte noch leicht nach wie die Nadel eines inneren Seismographen.

«Vielleicht wollen Sie jetzt etwas essen?» Goodman schob den Servierwagen ein Stück näher an Tyler heran.

In der Beschäftigung mit dem Essen sah Tyler eine Möglichkeit, Zeit zu gewinnen, Goodmans Erzählflut verebben zu lassen und sich ein paar Fragen und Kommentare zurechtzulegen. Bestimmt erwartete Goodman von seinem Zuhörer eine Reaktion, aber die war im Moment nur ungläubiges Staunen und Verwirrung, und so lud sich Tyler, obwohl er keinerlei Hunger verspürte, wahllos einen Teller voll. Ein Ton hatte sich in seinem Schädel festgesetzt, ein unablässiges Sirren, wie es gelegentlich auftritt, wenn man große Höhenunterschiede überwindet.

Goodman wartete geduldig. Er aß ein paar Salznüsse, die er mit Unmengen von Tee hinunterspülte, wischte unsichtbare Krümel von seiner Hose und reinigte in einer aufwendigen Prozedur die Gläser seiner Brille, als habe er die Hoffnung, danach besser zu sehen.

Kaum hatte Tyler zu Ende gegessen, ließ Goodman die Haushälterin kommen, die den Tisch abräumte und den Servierwagen aus dem Zimmer schob. Das Rasseln der Muschelbänder klang vertraut, auch wenn man es noch nie zuvor gehört hatte.

«Woran denken Sie?»

Tyler zuckte zusammen; diese Frage stellten sonst nur Frauen, mit denen er geschlafen hatte. Es war die Danach-Frage, wenn er auf dem Rücken lag und an die Decke sah, die leer war wie sein Kopf. Eine Frage, so fand Tyler, die man weder stellen noch beantworten durfte, intimer und verstörender als der Geschlechtsakt selber.

«Ich habe die ganze Zeit geredet, und Sie sind gar

nicht dazu gekommen, auch einmal etwas zu sagen.»

Tyler blinzelte ins Halbdunkel, das den Eindruck eines seltsamen Traums noch verstärkte. «Warum lassen Sie sich nicht operieren?» fragte er schließlich und räusperte sich, weil seine eigene Stimme fremd klang, heiser und aus weiter Ferne.

«In meinem Fall geht das nicht», antwortete Goodman erstaunlich unbetrübt. «Ich will Ihnen keinen medizinischen Vortrag halten, kann Ihnen jedoch versichern, daß weder die Schulmedizin noch alternative Heilmethoden oder neueste Lasertechniken mir zu helfen vermögen.»

«Aber ein Chor kann es?»

«Ich verstehe Ihre skeptische, vielleicht sogar abwehrende Haltung. Jeder, dem ich von meinem Projekt erzählt habe, reagiert so, das ist normal. Alles wäre einfacher, wenn ich Beweise erbringen könnte, doch das ist unmöglich. Vorerst.»

«Und wenn Ihr Dom steht?»

«Der Dom beziehungsweise sein von mir und Akustikspezialisten entwickelter Innenraum wird das, was ich Impulsvolumen nenne, um ein Vielfaches erhöhen und so den ‹Boston-Oahu-Effekt› steigern. Das würde eine kürzere Ladezeit und eine länger anhaltende Wiederherstellung der Sehkraft bedeuten.»

Tyler schwieg. Irgendwie bereute er, nicht mitgeschrieben und kein Aufnahmegerät verwendet zu haben; er hatte Ben Ellroy im Lauf der Jahre schon den einen oder anderen ungewöhnlichen Artikel vorgelegt, aber die Geschichte über Goodmans Obsession würde alles Bisherige in den Schatten stellen. ‹Der Mann, der Stimmen hört› fiel ihm als Titel ein, und er wußte, daß Ellroy begeistert gewesen wäre.

«Das klingt alles sehr, wie soll ich sagen, unglaublich, nicht wahr? Sehr phantastisch.»

«Na ja.» Zu sagen, es sei das Hirnverbrannteste, was er je gehört habe, verbot Tyler die Höflichkeit. Außerdem mußte er zugeben, daß ihn Goodmans Ernst und Verbissenheit beeindruckten, auch wenn dabei seiner Meinung nach Geld, Zeit und Energie ziemlich sinnlos verbraucht wurden.

«Warum bleiben Sie nicht hier?» Goodman setzte sich aufrecht hin. «Als Beobachter sozusagen. Seit Leonard geheiratet hat und nach Detroit gezogen ist, fehlt mir ein Assistent, jemand, der für mich eine Art Protokoll führt, den Stand der Dinge festhält.»

«Leonard?»

«Der Student.»

«Ah ja.»

«Ich lasse Ihnen ein Haus bauen.»

«Ich weiß nicht.»

«Sind Sie verheiratet?»

«Nein.»

«Na bestens!»

«Ich muß mir erst alles überlegen.» Tyler erhob sich so abrupt, als hätte Goodman ihm einen unsittlichen Antrag gemacht.

Goodman erhob sich ebenfalls, nahm ein winziges Telephon aus der Tasche seines Hausanzuges und zitierte Graves her. «Er wird in fünf Minuten hier sein.»

«Ich gehe ihm ein Stück entgegen.» Tyler dachte weniger an den lärmenden Motor des Volkswagens als an sich selber; es drängte ihn hinaus aus diesem düsteren Zimmer, er brauchte Luft. Alfonso und die anderen würden ihn mit Fragen löchern, und so blieben ihm wenigstens ein paar Minuten Ruhe.

«Darf ich Sie morgen abend noch einmal herbemühen, sagen wir, um die gleiche Zeit?» Goodman bewegte sich mit langsamen Schritten zur Tür.

«Wie Sie wollen.»

«Bis dahin können Sie sich mein Angebot durch den Kopf gehen lassen.»

«Also, bis morgen.» Die Helligkeit auf dem Flur blendete Tyler, und er blieb eine Weile mit zusammengekniffenen Augen stehen, bevor er zur Treppe ging.

11

Tyler hatte wie üblich mit Joe gefrühstückt. Anschließend waren die beiden zur Großbaustelle gegangen, weil Tyler sehen wollte, wie weit Goodmans Phantasieprodukt schon in die Realität hineingewachsen war.

Beim Dom herrschte erstaunlicherweise kaum Betriebsamkeit. Zehn, zwölf Männer zogen an der Frontseite die Mauer hoch, vier weitere schraubten ein Metallgerüst zusammen, und da und dort mühte sich einer mit einer Schubkarre ab oder schaufelte Erde. Ein paar Frauen schleppten Backsteine herbei, drei kleine Mädchen rührten in Eimern Mörtel an.

«Das habe ich heute gemacht.» Joe zeigte auf ein Stück Mauer, wo der Zement in den Fugen noch dunkel war.

«Wo lernen die Leute das alles? Ich kann nicht mal ein Zelt aufbauen.»

«Die Bürger, die schon lange hier sind, arbeiten die Neuankömmlinge ein.»

Tyler besah sich das Resultat dieser Methode, die in seinen Augen eine unberechenbare Mischung aus Jederkann-Mitmachen, Größenwahn und Dilettantismus war. Die Wohnhäuser, die sich die Leute zimmerten, waren genormt und erforderten ein handwerkliches Können und Fachwissen, das sich auch Laien während des Bauens aneignen konnten, zumal ihnen Berufsleute wie Schreiner, Elektriker und Klempner zur Seite standen. Doch beim Dom, einem, dem Grundriß nach zu urteilen, riesigen Bauwerk, lagen die Dinge anders.

«Hält das auch?»

«Mein Teil bestimmt.» Als würde das die Richtigkeit seiner Behauptung beweisen, klopfte Joe ein paarmal mit der Faust gegen die Mauer.

«Und der Rest?»

«Da müssen Sie Wilbur fragen. Wilbur ist Ingenieur und kennt sich mit Statik und solchen Dingen aus.»

«Wie kommt es, daß ein Mann mit solchen Fähigkeiten an einem Ort wie diesem landet?»

Joe überhörte die ungewollte Beleidigung, die in der Frage mitschwang. «Ich habe keine Ahnung, Wilbur erzählt nichts von sich. Es heißt, er hätte Probleme mit seiner Familie gehabt.»

Sie hatten die Grundmauern des Doms umrundet und kamen zu der Holzbude, die Wilbur als Büro diente. Hinter den schmutzigen Scheiben erkannte Tyler einen fast leeren Tisch, zwei Stühle und einen Aktenschrank. An den Wänden hingen Baupläne, Landkarten und allerlei Zettel. Von Wilbur war nichts zu sehen.

«Wer hat denn jetzt die Aufsicht?»

Joe sah sich um. «Vielleicht Felipe. Dort drüben, der Mann mit der grünen Mütze.»

Tyler warf einen Blick auf den Mann, der unter einem Wellblechdach saß und Zeitung las.

«Er ist Exilkubaner und spielt gerne den Boss.»

«Na toll.»

Auf dem Weg zum Junggesellenhaus sah Tyler den Mann, der ihm den Rasierapparat ausgeliehen hatte. Er saß auf einer Decke vor einem Haus und ließ sich die Haare schneiden. In bunte Tücher gehüllt und mit Unmengen von Schmuck behängt, sah er aus wie ein verwöhntes Riesenbaby. Joe sagte, das sei Maître Honoré-Baptiste Leblanc, ein Haitianer, der in der Kolonie sehr viel Achtung genieße.

«Er kann in die Zukunft sehen.»

Ein fetter Scharlatan, war Tylers erster Gedanke, ein

gerissener Hund, der die Leute für ihre Gutgläubigkeit mit Lebensmitteln bezahlen läßt. Dann erinnerte er sich an die Szene im Waschhaus. «Macht er auch Voodoo?»

«Ich weiß nicht. Ich kann mir seine Dienste nicht leisten.»

In diesem Augenblick öffnete Leblanc die Augen, erkannte Tyler und winkte ihn zu sich.

«Sie müssen gehen», flüsterte Joe, als Tyler zögerte. «Sonst ist er beleidigt.»

Wenig begeistert folgte Tyler Joes Rat und blieb ein paar Schritte vor der im kümmerlichen Gras ausgebreiteten Decke stehen.

Leblanc sagte etwas, das wie seltsames Französisch klang, worauf der Friseur Kamm und Schere weglegte und sich von den Knien erhob. Nachdem er seinem Kunden eine Flüssigkeit in die Kopfhaut massiert und das oberste Tuch vom Leib gewickelt und ausgeschüttelt hatte, verschwand der Mann im Haus.

«Kaffee trinken», sagte Leblanc und sah Tyler dabei an, als würde er ihm in aller Güte einen Befehl erteilen.

Tyler drehte sich nach Joe um, der zwei, drei Meter hinter ihm stand.

«Eine Einladung», formten die Lippen des alten Mannes fast tonlos. «Nehmen Sie an!»

Leblanc mühte sich hoch und wischte ein paar abgeschnittene Haare von seinen Schultern. Dann setzte er einen Hut auf, eine Art Melone mit besticktem Zierband, schlüpfte in seine Pantoffeln und bewegte sich in Richtung Haus.

Von Joe förmlich gescheucht, folgte Tyler widerwillig dem Haitianer, dessen massiger Körper bereits im Schatten der Veranda verschwand.

Das Wohnzimmer, falls der Begriff auf diesen Raum überhaupt zutraf, war fast völlig verdunkelt, und als der

Friseur die Tür hinter ihm zumachte, sah Tyler gar nichts mehr. Er hörte, wie der Mann, der Leblancs Diener zu sein schien, über den Holzboden ging und kurz darauf ein Streichholz anriß. Flackerndes Licht kroch die Wände hoch und wurde ruhiger, nachdem es an der Decke zu einem gelben Kreis zusammengewachsen war.

«Bitte, setzen Sie sich.» Der Diener, ein kleiner, rundlicher Mann, wies auf ein paar Stoffkissen, die den Fußboden in der Mitte des Zimmers bedeckten. Seine Haut war etwas heller als die seines Herrn, doch sein französischer Akzent ließ vermuten, daß auch er aus Haiti stammte.

«Wo ist Leblanc?»

«Maître Leblanc kommt gleich. Nehmen Sie Platz. Ich bringe den Kaffee.» Damit verschwand der Diener in einem Nebenraum.

Tyler blieb stehen, wo er war. Sekundenlang trug er sich mit dem Gedanken, das Haus zu verlassen, doch als er die Tür einen Spaltweit öffnete und sah, daß Joe noch immer draußen stand, beschloß er zu warten. Kaum hatte er den Türknauf losgelassen und sich umgedreht, betrat Leblanc den Raum und ließ sich auf den Kissen nieder. Wieder winkte er mit seinem kurzen, wabbeligen Arm, und der Metallschmuck rutschte scheppernd zum Ellbogen. Weil jetzt auch der Diener mit dem Kaffee kam, setzte sich Tyler endlich hin.

Leblanc sagte etwas auf französisch, und der Diener, der offenbar auch die Funktion eines Dolmetschers hatte, übersetzte.

«Maître Leblanc sagt, er spürt Mißtrauen.»

Tyler rutschte auf seinem Kissen herum und versuchte dabei, möglichst wenig Kaffee in die winzige Untertasse zu verschütten.

Wieder murmelte Leblanc etwas.

«Sie sollen ihm eine Frage stellen.»

«Was für eine Frage?»

«Irgendeine. Zur Probe.»

Tyler glaubte zu begreifen und überlegte. «Wo wohne ich?»

Der Diener übersetzte die Frage, hörte sich Leblancs Antwort an und sagte an Tyler gewandt: «Nirgendwo.»

Tylers Lachen klang, als habe er sich am dickflüssigen, süßen Kaffee verschluckt. «Wie kommt er denn darauf? Ich wohne in London.»

Leblanc verzog keine Miene, während er sprach. Der Geruch seines Haarwassers, Flieder oder Lavendel, vermischte sich mit dem der Petroleumlampe.

«Ihr Haus ist weg.» Behutsam nahm der Diener Tyler die Tasse aus der Hand und schenkte Kaffee nach.

«Was soll denn das heißen?»

«Er kann Ihr Haus nicht sehen.»

Tyler schwieg. Er hatte befürchtet, in eine lächerliche Situation zu geraten, und bereute nun, die Gelegenheit zum Gehen nicht genutzt zu haben, als sie sich geboten hatte.

«Noch eine Frage.»

«Ach kommen Sie! Das bringt doch nichts.»

Leblanc und der Diener sahen ihn unbewegt an; beiden schien es völlig ernst zu sein.

«Wenn es ihn glücklich macht. Wie alt bin ich?»

«Achtunddreißig.» Die Antwort kam schnell und gelassen.

«Na ja, das war leicht, so wie hier die Informationen kursieren. Lassen Sie mich überlegen. Etwas, das nicht in meinem Ausweis steht … Wovor habe ich am meisten Angst?»

Leblanc schloß für die Dauer von drei Atemzügen die Augen und antwortete dann.

«Fahrstühle», sagte der Diener.

Eine halbe Stunde später saßen Tyler und Joe auf der Bank vor dem Junggesellenhaus. Wie dunkle Farbe flossen die Schatten der Wolken über den leeren Platz. Zwei Frauen trugen eine Kiste in die Gemeinschaftsküche, vor dem Waschhaus standen drei Männer und sahen einem vierten zu, der sein Fahrrad reparierte.

«Sie müssen es mir nicht erzählen», sagte Joe. Er hatte einen Krug Wasser geholt und stellte ihn zusammen mit zwei Gläsern auf die Bank.

Tyler lehnte sich zurück, seltsam erschöpft und seit Minuten schweigend. Als die Glut der Zigarette, die er zwischen seinen Fingern vergessen hatte, die Haut verbrannte, sah er einen Moment lang verwundert auf die Kippe, bevor er sie fallen ließ.

«Hier, trinken Sie einen Schluck.» Joe reichte ihm ein volles Glas.

Tyler nahm es, hielt es dann aber nur unschlüssig in den Händen. «Er weiß, daß ich mich vor Fahrstühlen fürchte.»

«Fahrstühle?»

«Ja. Ich benutze nie einen Fahrstuhl, und wenn ich statt dessen fünfzig Stockwerke hochsteigen muß. Keine zehn Pferde bringen mich in so ein Ding, und er wußte es!»

«Warum nicht?»

«Was?»

«Warum benutzen Sie keine Fahrstühle?»

«Ich bin mal in einem steckengeblieben. Während des Studiums war das. Über vier Stunden bin ich in der Kabine gehockt, im Dunkeln, allein. Ich habe Todesängste ausgestanden, Einzelheiten wären zu peinlich.»

Joe nickte verständnisvoll. «Ich fürchte mich vor Pferden.»

Tyler entging dieser Versuch eines Trostes. «Dann hat er mir gesagt, das Haus, in dem ich wohne, sei weg. Er könne es nicht sehen, also müsse es weg sein. Der Mieter über mir ist im Spital, und ich bin hier, und vielleicht haben die verfluchten Mistkerle die Lage ausgenutzt und das Haus tatsächlich abgerissen! So was passiert! Oder es ist eingestürzt, weil nebenan gebaut wird. Alles möglich!»

«Können Sie nicht anrufen?»

«Ach verdammt, ich will es gar nicht wissen!»

«Dann sind Sie jetzt vielleicht auch obdachlos.»

Tyler erhob sich. «Er hat mir sogar gesagt, wann ich mir den Finger abgehackt habe, und es stimmte. Er sagte auch, ich hätte einen Freund verloren und daß ich von hier weggehen würde, sehr bald schon.»

Joe saß nur da und sah auf den Platz, über den jetzt der Mann mit dem Fahrrad fuhr.

«Glauben Sie an solche Dinge, Joe? An Prophezeiungen und Hellseherei und so was?»

«Ja, aber vielleicht ist es besser, manches nicht zu wissen.»

Tyler nickte nachdenklich.

«Werden Sie wirklich bald gehen?» fragte Joe.

«Ich weiß es nicht.»

Eine Weile sprach keiner der beiden. Noch immer umrundete der Mann mit dem Fahrrad den Platz. Sein Geklingel hatte ein paar Kinder angelockt, die ihm zusahen und irgend etwas riefen, wenn er nahe an ihnen vorbeifuhr.

«Leblanc hat mir noch etwas gesagt.» Tyler zögerte, weil er noch immer nicht wußte, was er von den Offenbarungen des Haitianers halten sollte. «Ich hätte ein Kind, behauptet er, eine kleine Tochter.»

«Und das stimmt nicht?»

«Ach, woher!»

Joe überlegte. «Vielleicht meint er das Mädchen, das Sie hergebracht haben.»

«Sally», sagte Tyler leise.

Die Wolken bewegten sich langsamer, ihre Flecken verdunkelten immer länger die Erde. Der Mann auf dem Fahrrad klingelte ein letztes Mal, dann verschwand er am Ende des Platzes zwischen Gemeinschaftsküche und Waschhaus.

Die Krankenstation war ein massiver Backsteinbau, groß

genug für acht Betten und zwei Behandlungsräume. Tyler bemerkte Celia sofort, als er die Eingangshalle betrat, einen breiten Flur mit zwei Schreibtischen und zwei Aktenschränken. Sie saß auf einem der Stühle, die scheinbar wahllos herumstanden, und las. Tyler wollte umkehren und die Krücken draußen neben die Tür legen, doch da kam Orson den Flur entlang und entdeckte ihn.

«Mister Englishman!» Orson breitete die Arme aus und ließ den Saum seines leidlich weißen Kittels wehen.

Tyler sah, wie die Wartenden, zwei Männer, eine alte Frau und Celia, die Köpfe hoben.

«Sie bringen unser kostbares Material zurück. Sehr schön!» Orson nahm Tyler die Krücken ab.

«Bei der einen ist unten der Gummizapfen rausgefallen. Ich werde ihn ersetzen, Sie müssen mir nur sagen …»

«Ich bitte Sie, Mister Englishman!» Die Stimme des Krankenpflegers dröhnte so laut durch den Gang, daß man glaubte, ein Echo zu hören. Das mit dem Englishman schien ihn noch immer ungeheuer zu erheitern, obwohl er Tyler seit dem ersten Tag so nannte. «Da vorne an der Wand hängt eine Kasse. Wenn Sie eine Spende machen wollen, freuen wir uns, aber bezahlen muß hier niemand etwas.»

«In Ordnung.» Tyler warf einen raschen Blick auf Celia, die sich wieder in ihre Lektüre vertieft hatte. Er fragte sich, ob das noch immer das Buch war, das er ihr hatte abkaufen wollen.

«Wie im Sozialismus, was? Aber schreiben Sie das bloß nicht!» Orsons Lachen klang, als würde eine Ladung Baumstämme in den Flur gekippt.

«Ja. Nein.» Tyler lächelte und wandte sich zum Gehen. Beim Ausgang steckte er eine Zehndollarnote in die Spendenbox, zögerte und schob eine zweite hinterher.

Im Freien blieb er eine Weile unter dem Vordach stehen und sah den Weg entlang, der über eine flache, mit kurzem Gras bewachsene Erhebung zum Tor führte. Ein

Stück der Palisade war zu sehen und in weiter Entfernung der leere Flaggenmast beim *Welcome Gate.*

Graves unterhielt sich mit einem Mann, als Tyler das Bürogebäude betrat. Das Radio spielte kaum hörbar, und auf einem Aktenschrank raschelte Papier im Wind des Tischventilators.

«Der Idiot denkt, er kann mit einer Axt umgehen, und fünf Minuten später steckt das Ding in seinem Bein», sagte Graves gerade. Er saß auf der Kante seines Schreibtischs und imitierte den Axtschlag mit einem Lineal.

«Ich werd's mir mal ansehen.» Der Mann faltete ein Blatt Papier zusammen und steckte es in die Tasche seines Jacketts.

Tyler murmelte einen Gruß und ging in die Ecke, wo der Telephonapparat hing. Während er Vierteldollarmünzen in den Schlitz steckte, hörte er die Männer reden und lachen. Tyler wählte die Nummer des *Blue Pelikan* und setzte sich hin. Beim Eingang fiel die Tür ins Schloß, und gleich darauf wurde die Musik lauter.

Als im Motel niemand den Hörer abnahm, drückte Tyler auf die Gabel und wählte erneut. Zwanzigmal ließ er es klingeln, bei einem dritten Versuch rauchte er eine halbe Zigarette, bevor er einhängte und zu Graves ging. «Sagen Sie, ist mit dem Telephon etwas nicht in Ordnung?»

«Nicht, daß ich wüßte.» Graves schraubte an seiner Schreibmaschine herum, die er teilweise zerlegt hatte. «Wollen Sie's mal an dem hier versuchen?» Er klopfte mit dem Schraubenzieher gegen den Apparat vor sich.

Tyler setzte sich auf den Besucherstuhl und wählte langsam und sorgfältig, las Ziffer für Ziffer von der Geschäftskarte ab. Während er wartete, sah er Graves zu, der ratlos Einzelteile in den Fingern drehte. Schließlich wurde die Verbindung vom Amt unterbrochen, und Tyler legte auf.

«Wohl niemand zu Hause.»

«Ja, sieht so aus.» Tyler erhob sich.

«Ist mit Ihrem Fuß eigentlich wieder alles in Ordnung?»

«Wie? Ja, ja, alles bestens, danke.»

«Das war nämlich eben Doktor Bennet. Er kommt dreimal die Woche her und sieht nach den Patienten. Ich hab ihm von Ihnen erzählt, dachte, es könnte nicht schaden, wenn er einen Blick auf Ihre Wunde wirft. Orson mag vielleicht ein guter Sänger sein, und zum Verbändewechseln reicht's wohl auch gerade noch, aber ein Arzt ist er weiß Gott nicht.»

«Er hat die Wunde gut versorgt.»

Graves nickte. Schließlich widmete er sich wieder dem Mysterium der Maschine.

Nachdem Tyler das Kleingeld geholt hatte, verließ er das Gebäude.

«Heute werde ich pünktlich sein!» rief Graves ihm nach.

Der Wind war so lau, daß der Staub, den der Wagen des Arztes aufgewirbelt hatte, noch immer fast reglos über dem Weg stand.

Statt ins Junggesellenhaus zu gehen, setzte sich Tyler in den Zuhörerraum des Schiffs. Die Proben hatten noch nicht begonnen, nirgendwo brannte ein Licht, und der Generator pumpte grollend Luft in den Metallbauch. Tyler war wütend, und eine leise Verzweiflung ermüdete ihn. Sein Kopf schien nicht groß genug, um jeden Gedanken zu einem Ende zu bringen, alles zerfiel auf halbem Weg, blieb ungelöst irgendwo im engen, finsteren Schädel liegen.

Nach langer Zeit wurde das Licht im Hauptschiff eingeschaltet. Fast gleichzeitig verstummte der Generator, die Turbine drehte eine Weile leer und kam dann zum Stehen. Aus den Lautsprechern drangen Geräusche; Schritte, später Stimmen. Der Russe war kaum zu hören, aber schließlich setzte er sich durch, beharrlich und monoton, ein Störsender im Lärm der Chormitglieder. Trotzdem dauerte es eine Ewigkeit, bis so viel Ruhe herrschte, daß mit den Proben begonnen werden konnte.

Jetzt zog Tyler die Blenden an den Sichtfenstern herunter, verdunkelte den Raum. Dann setzte er sich hin und hörte zu. Neben ihm schlief der alte Inder, eingesunken und still, ein falsches Bild des Friedens.

12

Diesmal war Graves eine Viertelstunde zu früh. Während der Fahrt zu Goodmans Haus erzählte er von einem Film, in dem er vor Jahren mitgespielt hatte. Die Rolle des Leibwächters habe ihm so gut gefallen, daß er nach Abschluß der Dreharbeiten einen Kurs in Personenschutz besucht habe. Doch die Situation auf dem Arbeitsmarkt sei schlecht, es herrsche ein Überangebot an Bodyguards.

«Jetzt passe ich ein bißchen auf diesen Zoo hier auf. Ist besser als gar nichts.»

Tyler sah aus dem Fenster. Das fahle Abendlicht hob Konturen auf und schien die Dinge ein Stück weit zurückzusetzen. Die Linie des Horizonts war verschwommen, als ginge ein dichter Regen über das Land. Da, wo die Sonne sein mußte, leuchtete blaßgelb ein zerschlissenes Wolkenband.

«Vielleicht gehe ich an die Westküste, L.A., Beverly Hills, Bel Air, Malibu. Da wohnen die großen Nummern aus dem Showbiz und wollen beschützt werden.»

«Wovor denn?»

«Na, vor den Spinnern, den Verrückten! Auf jeden Star kommen hundert Freaks!»

«Würden Sie denn einen Verrückten erkennen, wenn Sie einen sehen?»

«Sicher, haben wir alles in der Schulung gelernt.»

Tyler war versucht zu fragen, ob Graves Goodman für verrückt halte, ließ es aber bleiben. Statt dessen fragte er, ob er rauchen dürfe, und zündete sich, als er Graves' Erlaubnis hatte, eine Zigarette an. Sie rollten mittlerweile den Hügel hinunter, und nach ein paar Kurven kam der Palazzo in Sicht.

Graves hielt an der Stelle an, wo der Weg zum Haus abzweigte. «Kann ich Ihnen kurz etwas zeigen? Es dauert nur zwei Minuten.»

Tyler warf einen Blick auf den leeren Vorplatz und dann auf die Uhr im Armaturenbrett.

«Wir sind gut in der Zeit. Goodman mag es nicht, wenn man zu früh ist.»

Obwohl er nicht die geringste Lust hatte, sich von Graves irgend etwas zeigen zu lassen, willigte Tyler ein. Sie parkten vor dem Haus, und bevor Graves ausstieg, nahm er zwei große Dosen Eiweiß-Kraftnahrung von der Rückbank. Daß der Ford nirgendwo zu sehen und die Eingangstür verschlossen war, beruhigte Tyler ein wenig, aber erst die Stille im Haus zerstreute seine Befürchtung, Celia könnte hier sein. Er folgte Graves durch den Flur und die Küche, wo Graves die Dosen in einen Schrank verstaute, und stieg dann hinter ihm die Treppe hoch.

Innen verdiente der Palazzo seinen Namen noch weniger als von außen. Alles schien unvollendet und provisorisch, und was vorgab, fertig zu sein, war gepfuscht. Leitungen hingen frei, von krummgeschlagenen Nägeln gehalten, aus Lücken in den Wänden quoll Isolationsmaterial, schlecht verleimte Tapeten warfen Blasen, und an manchen Stellen sah man durch die Decke in den Dachstock.

«Hier ist mein Zimmer», sagte Graves und öffnete die Tür, auf der noch in roter Wachskreide der Preis zu lesen war.

Tyler betrat den Raum, der wohl nur deshalb so groß wirkte, weil keine Möbel herumstanden und die Wände weiß gestrichen und kahl waren. Vielleicht lag es auch an den Spiegeln, die zur Hälfte eine Wand bedeckten, oder an den hohen Fenstern, durch die man auf einen verwahrlosten Garten und die Ebene blickte. Vor der Spiegelfront standen Kraftmaschinen, mit rotem Leder bezogene Bänke, Gestelle voller Hanteln, Stapel von Scheibengewichten in allen Größen und ein Punchingball. An einer Kette hing ein Sandsack von der Decke wie der Rumpf eines toten Tieres.

«Ich brauche Ihren Rat als Journalist. Sie können doch gut schreiben, formulieren, und da dachte ich mir, Sie würden sich das vielleicht mal ansehen.» Graves wühlte in einer Holzkiste, die neben einer Matratze auf dem Boden stand, und zog einen Aktenordner hervor.

Tyler trat zu ihm hin und nahm das Blatt Papier, das Graves ihm hinhielt. Es war ein Bewerbungsschreiben, gerichtet an Jack Nicholson, und während Tyler es las, erfaßte ihn die Traurigkeit und Verzweiflung, die ihn im Schiff nur gestreift hatte, mit voller Wucht. Er las den Text ein zweites, dann ein drittes Mal. Als er die Hand mit dem Papier sinken ließ, sah er sich am anderen Ende des Raumes im Spiegel, zwischen Sandsack und Graves, und der Anblick erheiterte ihn gerade genug, um nicht loszuweinen.

«Und, was meinen Sie?»

Tyler betrachtete die Hanteln und Geräte und dachte an Wilkins. Er stellte sich das eingestürzte Haus vor, sah den Trümmerhaufen und oben auf der Spitze, wie eine Cocktailkirsche, Wilkins' Medizinball.

«Sie können mir sagen, wenn Sie's nicht gut finden.»

Ein abgebrochenes Haus gelte nicht als Unglück, hatte Leblanc gesagt, vor allem nicht, wenn es leer sei.

«Es taugt nicht viel, was?»

«Es ist perfekt», sagte Tyler, faltete das Blatt zusammen und gab es Graves. Dann verließ er das Zimmer, das auf die Größe einer Fahrstuhlkabine geschrumpft war, rannte die geländerlose Treppe hinunter und stolperte ins Freie.

Goodman trug einen weiten, zerknitterten Anzug aus hellem Leinenstoff, dazu ein weißes Hemd ohne Krawatte. Daß seine Füße in schwarzen Socken steckten, sah man, weil er die Schuhe ausgezogen hatte. Er lag schlafend in einem Sessel, als Tyler und Graves den fast dunklen Raum betraten. Graves drehte das Licht heller und weckte Goodman auf die klassische Art, indem er sich neben ihn stellte und ein paarmal dezent hustete.

Trotz dieser sanften Methode fiel Goodmans Reaktion äußerst heftig aus; wie ein Rekrut, der von seinem Offizier beim Schlafen auf Wache erwischt wird, sprang er auf, tastete in blinder Hektik die Tischfläche nach seiner Brille ab, fand sie endlich, setzte sie auf und taumelte dann lächelnd in irgendeine Richtung, die Hand ausgestreckt, als halte sie einen unsichtbaren weißen Stock. Der Vorgang entbehrte nicht einer gewissen Komik, denn Goodman bewegte sich von Tyler weg auf eine Wand zu, und Graves, der zwei Köpfe kleiner war als sein Arbeitgeber, mußte ihn mit einem sanften Griff an die Hüfte in die entgegengesetzte Richtung dirigieren.

«Mister Tyler, wie schön, Sie zu sehen!» rief Goodman, noch meterweit von Tyler entfernt, und merkte glücklicherweise nicht, daß er mit dieser Begrüßung seine rührende Slapsticknummer krönte.

Graves, überflüssig geworden, verabschiedete sich und ging.

«Ich möchte Ihnen etwas zeigen.» Goodman, der inzwischen die Orientierung zurückgewonnen hatte, verließ ebenfalls das Zimmer und öffnete die Tür zu einem der Räume auf der anderen Flurseite.

Tyler folgte ihm. Der Raum war groß und kahl, ein

Tisch stand in seiner Mitte, und von der Decke hing ein Kasten aus Milchglas, der mildes Neonlicht verströmte. Auf dem Tisch war ein Modell des Doms aufgebaut.

Goodman sah sich sein Werk eine Weile gedankenverloren an. Dann hob er die Mauern aus Holz und Pappe ein wenig hoch und kippte sie vorsichtig nach hinten; das Gebäude klappte auseinander und gab den Blick auf sein Inneres frei. «Das Herzstück», sagte Goodman.

Tyler trat näher heran. Was er sah, war ein rundes, langgezogenes Gebilde aus Holz, in seiner bauchigen Form an einen Flaschenkürbis oder die Nachbildung eines Magens erinnernd, von was für einem Lebewesen auch immer.

Goodman demonstrierte, daß sich auch dieser Teil öffnen ließ. «Alles aus Holz», erklärte er und trat einen Schritt zurück, damit Tyler bessere Sicht hatte. «Die Kammer schwimmt sozusagen auf Gummizylindern, die Schwingungen fast gänzlich absorbieren. Hier vorne, im schmalsten Teil, befindet sich meine Kabine.»

Tyler beugte sich vor, fühlte sich wie ein Kind, das staunend eine Puppenstube betrachtet. Kleine Bänke und ein winziges Stehpult waren die einzigen Möbelstücke im Holzbauch, die gewölbten Wände völlig nackt. Am einen Ende befand sich die Öffnung für die Frischluftleitung, am anderen der Einstiegsschacht zu Goodmans Gehäuse.

«Kein Raum für Zuhörer?»

«Leider nein. Wir mußten auf alles verzichten, was dem Resonanzverhalten abträglich ist.»

«Und was ist das?» Tyler zeigte auf eine Luke im Boden des Raumes.

«Die Mitglieder des Chors gelangen von unten durch einen Tunnel ins Innere. Sobald sich alle in der Kammer befinden, wird die Einstiegsröhre eingefahren, damit das Prinzip des schwimmenden Raumes gewahrt bleibt.»

Tyler umrundete langsam den Tisch. Das Modell des Backsteindoms war sehr dilettantisch gebastelt, während der innere, aus dünnem Holz gefertigte Teil die Hand eines Fachmannes vermuten ließ. Die Fläche um das Modell war mit grünem Filz beklebt, grün eingefärbte Wattebäusche simulierten wohl Büsche. «Dann ist der Dom nur eine Art Hülle, ein Überbau für die Kammer?»

«Genau. Der Dom besteht aus vier doppelt geführten, isolierten Backsteinmauern und einem Kuppeldach aus Leichtmetall und Plexiglas. Seine Aufgabe besteht im Grunde einzig darin, die Holzkammer vor äußeren Einflüssen zu schützen. Im Innern des Doms sorgt ein Heizungs- und Belüftungssystem für eine gleichbleibende Temperatur und Luftfeuchtigkeit. Die empfindliche Kammer darf keinen Schwankungen ausgesetzt werden.»

«Warum plötzlich Holz? Was ist mit dem Schiff?»

«Eisen behandelt den Klang sehr aggressiv, macht ihn zwar laut, nimmt ihm aber gleichzeitig die Substanz, die Seele, wenn ich so sagen darf. Tests mit einer kleinen Holzkammer verliefen sehr erfolgreich. Wir verwenden ein spezielles Hartholz aus Costa Rica, das unter Dampf und hohem Druck in die benötigte Form gepreßt wird. Der Klang in einer solchen Kammer ist mit nichts zu vergleichen.»

Für Sekunden schloß Goodman die Augen, als lausche er den Stimmen, die sich in seinem Kopf erhoben. Dann klappte er das Modell zu und löschte das Licht.

Während sie in den Wohnraum zurückgingen, bot Goodman an, einen Imbiß und Getränke kommen zu lassen, aber Tyler sagte, er sei weder hungrig noch durstig. Gegen einen Scotch oder ein Bier hätte Tyler nichts gehabt, zumal seine Stimmung beharrlich einem Tiefpunkt entgegensackte, aber Goodman hatte nur kalten Tee zu bieten.

Schließlich saßen sie sich wieder gegenüber; Goodman wie besoffen von seinen Visionen, und Tyler so nüchtern, daß er Kopfschmerzen davon bekam.

«Wie weit ist denn die Arbeit am Artikel schon vorangekommen?» fragte Goodman, nachdem er endlos mit einem kleinen gelben Tuch an seinen Brillengläsern herumpoliert hatte.

«Ich recherchiere noch, mache Notizen.»

«Ich verstehe.»

Tyler nahm das Notizbuch hervor und blätterte darin; die Wellenlinien sahen aus wie die Aufzeichnungen eines Gerätes zur Messung der Herzfrequenzen.

«Haben Sie über mein Angebot nachgedacht?»

«Ich konnte noch nicht mit London telephonieren.»

Wieder nickte Goodman und lehnte sich zurück.

Plötzlich hallten Schritte über den Flur, und Augenblicke später flog die Tür auf. Burdon stürzte ins Zimmer, murmelte etwas wie eine Entschuldigung und stand dann da, als sei ihm der Grund für sein Hereinplatzen schlagartig entfallen. Er keuchte, das rote Hemd hing ihm aus der Hose, und die Krawatte baumelte an seinem Hals wie eine Hundeleine.

Das Feuer war gelöscht, als Tyler den Brandort erreichte. Er war die ganze Strecke gerannt, jetzt saß er auf einem Stapel Sandsäcke und füllte seine stechenden Lungen mit der warmen, von Rauch durchsetzten Nachtluft. Sämtliche Bewohner der Kolonie hatten sich vor dem fast gänzlich abgebrannten Haus versammelt. Ein paar von ihnen waren noch immer damit beschäftigt, kleinere Flammenherde mit Löschwasser zu bespritzen, die übrigen standen herum, redeten oder sahen stumm in die schwelenden Trümmer.

Nach einer Weile erhob sich Tyler und suchte Joe in der Menge, aber niemand wußte, wo er war. Am Rand des Gedränges stieß Tyler schließlich auf Alfonso. Der Puertorikaner stand mit ein paar Männern vor einem Haus und redete. Er blickte kaum auf, als Tyler nach Joe fragte.

«Keine Ahnung. Ich hab gesehen, wie er mit Wilbur

geredet hat, dann ist er plötzlich verschwunden.»

«Er hat mit Wilbur gesprochen?»

«Ja, kam mir auch seltsam vor.»

«War einer von Goodmans Leuten hier?»

«Nur Graves. Der sitzt im Haus und schreibt einen Bericht.» Alfonso und die Männer lachten verächtlich.

Tyler sah sich um. «Ist das Ihr Fahrrad? Kann ich's mir ausleihen?»

«Ja … natürlich, kein Problem.»

Tyler nahm das Fahrrad, das an einer Hauswand lehnte, schob es unter Alfonsos verwunderten Blicken zum Weg und fuhr los.

Im Junggesellenhaus war niemand. Tyler setzte sich auf sein Bett und massierte das linke Bein, das vom Rennen und Radfahren schmerzte. Seine Kleider rochen nach Rauch, und er erinnerte sich an den Morgen nach dem Feuer im *Blue Pelikan* Motel. Wie ein Film spulte plötzlich die ganze Reise durch seinen Kopf, eine schlingernde Bildspur ohne Ton, deren vorläufig letzte Aufnahme ihn in dem leeren Schlafsaal zeigte.

Eine Weile blieb Tyler so sitzen, den Kopf an die Wand gelehnt, dann erhob er sich. Er schloß den Spind auf und entnahm ihm die Tasche, steckte Geld und Ausweise ins Jackett. Die Schreibmaschine stellte er auf Rufus' Bett, spannte ein Blatt ein und tippte: FÜR RUFUS. SCHREIB DAMIT DEINE DOKTORARBEIT. Den anderen, Joe, Orson und Alfonso, würde er später ein paar Zeilen schicken. Während er seine Tasche packte, überlegte er sich Joes Adresse; Feuermelder Joe, Junggesellenhaus, Goodmansville/Homestead, Dade County, Florida. Schließlich trat er ins Freie und schlug den Weg zum *Welcome Gate* ein, von wo aus er zur nächsten Straße wollte. Erst jetzt sah er den Mond, der beinahe rund in einem schwarzen Himmel hing und dessen kaltes Licht auf den Kuppen der flachen Hügel lag, als wäre es Rauhreif. Doch die Luft war warm, und in den Feldern zirpten die Insekten.

Den Schuß hörte Tyler, als er schon die dunkle Form des Gebäudes am *Welcome Gate* und den hellen Strich des Fahnenmastes erkannte. Einen Moment lang blieb er verunsichert stehen, fragte sich, ob er wirklich einen Schuß gehört hatte oder vielleicht nur eine Fehlzündung von Graves' VW. Dann hallte der zweite Schuß über die Ebene, und Tyler rannte los.

Keine hundert Meter vom Palazzo entfernt blieb Tyler stehen. Er ließ die Tasche fallen und lehnte sich gegen einen Baum. Sämtliche Fenster des Hauses waren erleuchtet, und sogar in den Dachluken brannte Licht. Die Stille wäre unter anderen Umständen vielleicht beschaulich gewesen, jetzt wirkte sie unheilvoll und bedrohlich. Hinter dem Baum wartete Tyler, bis er wieder normal atmete, dann schlich er, jede Deckung nutzend, zum Vorplatz. Der Ford stand da, unter den Bäumen parkten Graves' VW und der Isuzu Pickup. Als Tyler die Stimmen hörte, setzte er sich neben den Ford auf den Boden. Eine Weile verharrte er dort angestrengt lauschend, dann kroch er nach vorne, um eine bessere Sicht auf das Haus zu haben.

Für die nächsten zwei Minuten war wieder alles ruhig. Tyler zwang sich, flach zu atmen, aber auch so hörte er kein Geräusch, das ihm hätte helfen können, die Situation zu beurteilen. Gerade als er darüber nachzudenken begann, was, in aller Welt, ihn dazu getrieben hatte, hierherzukommen, krachte der dritte Schuß. Instinktiv krümmte sich Tyler zusammen und legte die Arme über den Kopf. Für Sekunden raste sein Herz, tobte wie ein Hase in einem zugeschnürten Sack. Schließlich hörte er die Stimmen wieder, diesmal lauter; ein Mann, eine Frau, ein zweiter Mann. Eine der Männerstimmen gehörte Joe.

Tyler rappelte sich auf und rannte geduckt zum Haus, wo er neben der Tür stehenblieb. Der Gang war leer, das Geschrei kam aus dem oberen Stockwerk. Getrampel drang durch die Decke, ein Möbelstück stürzte polternd um, und die Frau schrie auf. Joe rief etwas, dann herrschte wieder Ruhe.

Tyler bewegte sich vorsichtig zum Ende des Flurs und blieb am Fuß der Treppe stehen. Er hatte keine Ahnung, was sich über ihm abspielte, und noch viel weniger wußte er, wie er eingreifen konnte. In rasender Folge bot ihm sein Gehirn mögliche Szenarien an, doch er war zu verwirrt, um eines der Bilder anzuhalten. Daß er an die Wand gepreßt stehenblieb und einfach abwartete, was geschehen würde, war weniger das Resultat einer Entscheidung als die Auswirkung einer Art von Lähmung, die ihn befallen hatte.

Kurz darauf kamen die Schritte über seinem Kopf näher, die Stimmen wurden lauter. Und dann erschien Joe, der sich langsam rückwärts auf die Treppe zubewegte, in der ausgestreckten Hand eine Pistole. Nach ihm tauchten Calloway und Shaw auf, beide mit Stricken gefesselt. Die Frau, die den Männern folgte, war Celia. Calloway sah Tyler als erster und rief ihm zu, er solle seinen verrückten Freund zur Vernunft bringen. Joe drehte sich um, und in seinen Augen lag tatsächlich ein Funken Wahnsinn. Sein Gesicht war rußverschmiert, der rote Overall angesengt. Er schien Tyler zu erkennen, blieb stehen und ließ den Arm mit der Waffe sinken. Diesen Moment nutzte Calloway aus, um dem Koreaner mit voller Wucht gegen die Schulter zu treten. Der alte Mann wurde von dem Schlag zurückgeworfen, prallte gegen die Wand und stürzte rückwärts die Treppe hinunter.

Mit Celias Schrei schreckte Tyler auf, löste sich aus seiner Erstarrung und griff nach der Pistole, die über die Stufen geschlittert und vor seinen Füßen gelandet war. «Bleiben Sie stehen, Calloway, keinen Schritt weiter!» rief er, als die beiden Männer Anstalten machten, die Treppe herunterzukommen. Er kniete sich hin, wechselte die Waffe in die linke Hand und drehte Joe vorsichtig auf den Rücken. Joe war bewußtlos, aus einer Wunde am Hinterkopf sickerte Blut.

«Bleiben Sie endlich stehen, oder ich schieße!» Die eigene Stimm klang in Tylers Ohren so lächerlich wie das, was er sagte.

Shaw setzte sich hin.

«Wollen Sie vielleicht zum Komplizen dieses Irren werden?» Calloway schritt langsam Stufe um Stufe hinunter, ließ Tyler dabei keine Sekunde aus den Augen. «Sie sehen gar nicht aus, als ob sie verrückt wären.»

Tyler hatte Joe behutsam zu sich gezogen und bettete jetzt den Kopf des alten Mannes in seinen Schoß. «Halten Sie Ihr blödes Maul und bleiben Sie, wo Sie sind!» Angst, Konfusion und Wut versetzten ihn in einen Zustand, in dem er nicht lange darüber nachdachte, was er tat. Als er schoß, erschreckte ihn nur der laute Knall und nicht die Erkenntnis, daß er wirklich abgedrückt hatte.

Die Kugel schlug in die Stirnseite einer Treppenstufe ein, und Calloway setzte sich hin, nicht mehr ganz so gelassen wie zuvor. Shaw krümmte sich so zusammen, daß sein Kopf fast hinter den Knien verschwand. Ein leises Wimmern entwich ihm.

«Kommen Sie runter, helfen Sie mir, Joe zum Wagen zu bringen!» Tyler sah Celia an, die noch immer bewegungslos hinter Shaw stand.

«Du rührst dich nicht vom Fleck!» sagte Calloway leise. Seine Handgelenke bewegten sich unablässig, um die Fesseln zu lockern.

«Kommen Sie her, verdammt, er muß in ein Krankenhaus!» Tyler spürte, wie Joes Blut den Stoff seiner Hose tränkte. «Bitte!»

Celia bewegte sich langsam, als befürchte sie den Einsturz der Treppe. Erst nach einer Weile bemerkte Tyler, daß sie betrunken war. Am Treppenabsatz blieb sie stehen und starrte auf Joe.

«Worauf warten Sie? Heben Sie ihn auf, er ist nicht

schwer!» Tyler blieb auf den Knien, bis Celia ihre Arme unter die Achseln des Bewußtlosen geschoben hatte und den kleinen schlaffen Körper durch den Gang schleifte.

«Geben Sie mir die Schlüssel des Ford!» Tyler machte ein paar Schritte auf die Treppe zu.

Shaw hob den Kopf.

«Ich habe von Waffen keine Ahnung, aber ich weiß, daß noch mindestens eine Patrone im Magazin ist. Also geben Sie mir die verdammten Schlüssel, oder ich drücke ab, um rauszufinden, ob ich recht hatte.» Tyler hob den Arm und richtete den Lauf auf Calloway. «Ich ziele auf Ihre Füße, aber ich bin ein mieser Schütze.»

«Sie können mich mal!»

«Ich habe die Schlüssel!» rief Shaw plötzlich. «Sie sind in meiner Tasche!»

«Kommen Sie her!» Tyler trat zur Wand, stellte sich mit dem Rücken dagegen. Aus den Augenwinkeln beobachtete er Celia, die vorne bei der Tür angelangt war und Joe hinlegte, um auszuruhen.

Shaw nutzte die ganze Breite der Treppe, als er an Calloway vorbeiging.

«Legen Sie sich hin, auf den Bauch!» Tyler wartete, bis Shaw lag, und holte dann den Schlüsselbund aus der Hosentasche. Während er sich aufrichtete, bekam er gerade noch mit, wie Celia in der Küche verschwand.

«Das wird Ihnen noch verdammt leid tun», meinte Calloway.

«Schon möglich.» Tyler sah nach, ob der Autoschlüssel dabei war und rannte dann zu Joe, der leise stöhnte und wie im Schlaf Arme und Beine bewegte. Celia hatte die Küchentür von innen zugesperrt, das Scheppern von Töpfen und Geschirr war zu hören. Tyler steckte Schlüssel und Pistole in die Jackentasche, hob den alten Mann auf und trug ihn zum Wagen. Auf dem Rücksitz lagen Pappkartons voller Formulare, eine Ledermappe, Zeitungen und ein Hut. Nachdem er alles auf die Seite geschoben hatte, legte er Joe hin, öffnete die andere Tür und warf die Sachen aus dem Wagen. Joe murmelte leise vor sich hin, als Tyler ihn ganz auf die Polster zog. Schließlich warf Tyler die hinteren Türen zu, setzte sich ans Steuer und startete den Motor. Während er zurücksetzte, sah er, wie Calloway in der Tür auftauchte und Celia durch eines der Küchenfenster ins Freie kletterte. Celia rief etwas, doch Tyler konnte es nicht verstehen. Er fuhr einen Bogen, um zu wenden, und als er bei Graves' VW und dem Isuzu war, hielt er an, drehte das Seitenfenster herunter und schoß beiden Fahrzeugen die Hinterreifen platt. Eine heiße Welle ging durch seinen Körper, eine Mischung aus blankem Entsetzen über sich selbst und einer fast kindlichen Freude darüber, beide Male getroffen zu haben. Dann schleuderte er die Pistole in die Büsche und trat aufs Gaspedal.

Die Sekunden, in denen er darüber entscheiden mußte, ob er bremsen oder Calloway über den Haufen fahren sollte, kamen ihm wie eine Ewigkeit vor, doch kaum hatte er das Steuer herumgerissen und angehalten, lief alles sehr schnell ab: Der noch immer gefesselte Calloway rappelte sich in einer schweinwerferweißen Staubwolke auf und begann fluchend und taumelnd gegen die Karosserie zu treten, während Celia angerannt kam, die Beifahrertür aufriß, eine Handtasche und eine Blechdose in den Wagen warf, Calloway von der Kühlerhaube wegzerrte und schließlich auf den Sitz neben Tyler sprang.

«Nun machen Sie schon, fahren Sie los!» rief Celia. Sie schmiß die Tasche und die Dose auf den Boden und zog die Tür zu.

Tyler stieß ein paar Meter zurück, umkurvte Calloway und raste dann mit durchdrehenden Reifen auf den Weg, der zum *Welcome Gate* führte.

Dublin

Freundschaft ist weit tragischer
als Liebe. Sie dauert länger.

Oscar Wilde

1

Bis sie auf der Hauptstraße waren, redete keiner ein Wort. Tyler fuhr wieder etwas langsamer, während Celia auf den Rücksitz geklettert war, um nach Joe zu sehen. Die Autos, die Häuser und die Lichter kamen Tyler so fremd vor, als habe er eine Ewigkeit in einer anderen Welt verbracht. Es dauerte eine Weile, bis er sich im Verkehr zurechtfand; die Schnelligkeit, die ihn plötzlich umgab, verwirrte ihn, immer wieder hupten Fahrer hinter ihm, wenn er zu langsam wurde oder unvermittelt die Spur wechselte.

«Er blutet», sagte Celia, lehnte sich nach vorne und öffnete das Handschuhfach, das bis auf eine Straßenkarte, eine angebrochene Packung Zigaretten und zerknülltes Papier leer war.

«Ich weiß. Wo ist das nächste Spital?»

«In Kendall. Bleiben Sie auf dieser Straße. Ich sage Ihnen, wo Sie raus müssen.» Celia schlug die Klappe des Handschuhfachs zu und kümmerte sich weiter um Joe.

Sie befanden sich auf dem Highway 1 in Richtung Miami, fuhren dann ein kurzes Stück auf dem Palmetto Expressway und nahmen schließlich die Ausfahrt North Kendall Drive. Joe begann wieder unverständlich vor sich hin zu murmeln, und als sie in der Nähe der Notaufnahme hielten, war er einigermaßen bei Bewußtsein. Er wollte den Wagen nicht verlassen und wehrte sich wie ein trotziges, übermüdetes Kind, aber schließlich ließ er sich von Tyler in das hellerleuchtete Gebäude tragen.

Seltsamerweise war die Eingangshalle fast leer; hinter dem Empfangspult saß eine junge Frau in Schwesterntracht und telephonierte, zwei Pfleger trugen Kartons den Flur hinunter, und in einer Ecke, die wohl die Gemütlichkeit eines Wohnzimmers simulieren sollte, saßen ein altes Ehepaar und zwei schwarze Jugendliche. Es roch wie in jedem Spital, und auch die Durchsagen über Lautsprecher fehlten nicht, was Tyler irgendwie beruhigte. Er legte Joe auf eine der Rollbahren, die herumstanden, und erst als er ihn in das nächstgelegene Behandlungszimmer schob, tauchte ein Arzt auf und wollte wissen, was hier vor sich ging. Tyler erklärte ihm den Hergang des Unfalls, während Joe dauernd versuchte, die Sache zu verharmlosen und von der Bahre zu klettern. Der Arzt sah sich die Wunde an und bat Tyler, zum Empfang zu gehen, wo man Joes Personalien aufnehmen würde.

Celia hatte an einem Automaten zwei Becher Kaffee geholt und gab einen davon Tyler. «Und?»

«Der Arzt schien nicht sehr besorgt zu sein. Ich soll Joes Personalien angeben.»

Celia setzte sich auf einen der Stühle für Besucher. «Kennen Sie die?»

«Nein.» Obwohl er schon nervös genug war, trank Tyler den Kaffee und ging dann zu der Frau, die jetzt mit dem Rücken zu ihm an einem Pult saß und endlose Reihen grün leuchtender Zeilen über einen Computerschirm wandern ließ. Ein Stapel Formulare lag auf dem Schalter, und als Tyler eines davon durchlas, wurde ihm bewußt, daß er über den alten Koreaner nur wußte, daß Joe nicht sein richtiger Name war. Bevor er sich über diese Tatsache Gedanken machen konnte, sah er Joe den Flur entlangkommen und zum Ausgang gehen. Er rannte ihm nach und erwischte ihn draußen unter dem gläsernen Vordach, wo die Ankunft eines Sanitätswagens für eingespielte Aufregung sorgte.

«Was machen Sie denn hier?» rief Tyler. «Wo ist der Arzt?»

Joe trat zur Seite, um zwei Pflegern Platz zu machen,

die mit einer Rollbahre angerannt kamen. «Er ist gegangen.»

«Was?»

«Er ist weg», sagte Joe ruhig und bewegte sich langsam in Richtung Parkplatz. «Ich glaube, er hat mir ein paar Klammern in den Kopf gesteckt, dann ist er weggegangen, in ein anderes Zimmer.»

«Aber Sie hätten dableiben sollen, Herrgott, die Behandlung war doch noch nicht zu Ende!» Ein zweiter Ambulanzwagen war beim Portal angekommen, Türen schlugen, und Sanitäter riefen die Verletzungen ihrer Passagiere aus wie Börsenmakler Angebote.

«Es geht mir gut. Ich habe ein wenig Verbandszeug mitgenommen.» Joe hielt Tyler zwei Hände voll Mullbinden, Bandagen und Heftpflaster hin.

«Aber Sie können doch nicht einfach so verschwinden. Man muß Sie untersuchen, Ihren Kopf röntgen!»

Joe ging weiter, mit kleinen Schritten, aber unbeirrt. «Und wer soll das bezahlen?» fragte er lächelnd.

«Na ich, Herrgott!»

«Aber mir geht es wirklich gut, glauben Sie mir.»

Inzwischen waren sie beim Wagen angekommen. Die hinteren Türen standen offen, der Zündschlüssel steckte. Celia war nirgendwo zu sehen.

«Legen Sie sich wenigstens hin», sagte Tyler entnervt. Er wartete, bis sich Joe auf der Rückbank ausgestreckt hatte, dann nahm er die Zigaretten aus dem Handschuhfach. Nachdem er eine angezündet hatte, zog er den Schlüssel ab und ging zurück in die Eingangshalle des Spitals. Celia schien ihn zu suchen und winkte aufgeregt, als Tyler das Gebäude betrat. Die Hektik, die durch die beiden Ambulanzwagen ausgelöst worden war, hatte sich wieder in routinierte Betriebsamkeit verwandelt, und für die einzige Unruhe in der Halle sorgte ein Mann, der mit der Faust gegen den Getränkeautomaten hämmerte.

«Wo, zum Teufel, waren Sie denn? Ich hab Sie überall

gesucht!» Celia schien wieder einigermaßen nüchtern zu sein. Dunkle Stellen waren dort geblieben, wo sie die Blutflecken aus den Kleidern gewaschen hatte.

«Joe ist draußen im Wagen. Er will nicht hierbleiben.»

Celia schien die guten und die schlechten Seiten dieser Neuigkeit gegeneinander abzuwägen. Dabei machte sie den Verschluß ihrer Handtasche aus rotem Lackleder auf und zu, bis ein Geräusch entstand, das dem Ticken einer Uhr ähnlich war. «Geht's ihm gut?» fragte sie dann.

Tyler nickte.

«Und was jetzt?»

Draußen hielt ein dritter Rettungswagen, neben ihm ein Polizeifahrzeug, farbiges Licht verstreuend. Dann brach der geordnete Tumult von neuem los. Als die Polizisten, die ihre Mützen wie bei einem Trauerfall abgenommen und unter den Arm geklemmt hatten, die Halle betraten, gingen Tyler und Celia zum Parkplatz. Celia setzte sich hinten zu Joe und verband ihm den Kopf. Im Fond des Wagens fand sie eine Wolldecke, mit der sie den alten Mann zudeckte. Dann kletterte sie nach vorne, kramte in der Handtasche und schluckte eine Tablette, die sie aus einer kleinen Dose genommen hatte.

«Kopfschmerzen», sagte sie, als sie merkte, daß Tyler sie ansah. «Wollen Sie nicht losfahren?»

«Wohin denn?»

«Einfach weg von hier, irgendwohin.»

Aus einem unbestimmten Grund gefiel Tyler dieser Vorschlag. Er warf einen Blick auf Joe, der zu schlafen schien, dann startete er den Motor.

Wenig später schlief auch Celia. Sie lag seitlich gekrümmt auf ihrem Sitz, dessen Lehne sie zurückgekippt hatte. Eine Hand schützte ihre Augen vor dem Licht der Scheinwerfer und Straßenlampen, das über ihr Gesicht wischte. Manchmal bewegten sich ihre Finger und eine Art Seufzer kam aus ihrem leicht geöffneten Mund. Erst jetzt fiel Tyler auf, daß sie nicht die weiße Kleidung der Siedlung, sondern eine verwaschene Latzhose und ein gelbes Sweatshirt trug.

Tyler fuhr auf den kleineren Straßen in nördlicher Richtung, und als er in Downtown Miami ankam, suchte er unwillkürlich das Polizeirevier, vor dem er damals den Wagen mit Sally abgestellt hatte. Schließlich hielt er in der Nähe des Gebäudes an und schaltete den Motor und die Scheinwerfer aus. Celia schien aufzuwachen, brachte sich dann aber nur in eine andere Haltung und schlief weiter. Joe lag auf der Rückbank wie die nachlässig angefertigte Kopie des träumenden Inders; gelegentlich zuckte sein Körper unter der Wolldecke, oder er murmelte etwas vor sich hin, von dem Tyler annahm, daß es koreanisch sei. Der weiße Turban aus Verbandszeug leuchtete im Dunkeln.

Eine Zeitlang saß Tyler einfach da und beobachtete den Eingang der Polizeistation. Als er den Schlüssel aus dem Zündschloß zog, ausstieg und die Tür geräuschlos zudrückte, erinnerte er sich an jede Kleinigkeit des Tages, der in seinem Kopf ein Museum der Schuld eingerichtet hatte; an Sallys Haarspange, an die Art, wie sie im Schlaf ihre kleine Hand in ein Stück Stoff krallte, an ihre beiden Stimmen, an die wechselnde Farbe ihrer Augen und ihren Blick, der voller Argwohn war, aber auch voller Staunen und Neugierde und etwas, das eine große Zärtlichkeit versprach für alles, was vor ihr lag. An all das dachte Tyler, während er auf das Gebäude zuging, und als er es betreten und eine Halle durchquert hatte, sah er ein Photo von Sally; ihr Gesicht schaute von einer Wand inmitten anderer Gesichter, und dort, wo bei den meisten das Wort VERMISST prangte, stand bei Sally: ‹Wer kennt dieses Kind? Weiblich, Alter ca. 5 Jahre›. Größe, Gewicht, Haar- und Augenfarbe waren angegeben, darunter eine Kennziffer und zwei Telephonnummern.

Tyler starrte lange auf das Bild. Als ihn einer der

diensthabenden Beamten ansprach, erzählte Tyler irgend etwas von einer verpaßten Abzweigung und einer Irrfahrt durch Seitenstraßen. Minuten später fand er sich mit einem Stadtplan und guten Ratschlägen versehen auf der Treppe des Polizeigebäudes wieder. Beim Wagen sah er, daß Celia und Joe noch immer schliefen. Er hätte sich gerne eine Zigarette aus dem Handschuhfach genommen, aber er ließ es bleiben, um die zwei nicht zu wecken. Nachdem er das Kleingeld in seinen Taschen gezählt hatte, ging er zur nächsten Telephonzelle und rief das Polizeirevier an. Ohne lange zu überlegen gab er sich als Sallys Patenonkel aus und fragte, wo das Kind jetzt sei. Er wurde an eine Beamtin durchgestellt und erzählte ihr, eine ehemalige Nachbarin habe das Bild seiner Nichte gesehen und ihn angerufen. Er wohne in Richmond, Virginia, und er könne gleich am nächsten Morgen losfahren, um das Mädchen zu identifizieren. Die Frau hatte keinen Grund, ihm nicht zu glauben, und gab ihm die Adresse des Heims an, in das Sally gebracht worden war.

In Venus suchte Tyler ein Motel. Er war fast zwei Stunden gefahren und müde. Celia lag halbwach neben ihm und fragte alle paar Minuten etwas, schien aber mit den Antworten nicht viel anfangen zu können. Erst als Tyler zwei Zigaretten anzündete und ihr eine davon gab, klappte sie die Sitzlehne hoch und setzte sich auf.

«Wo sind wir?»

«Venus.» Tyler drehte sein Fenster ein Stück weit herunter. Sie fuhren an einem Motel vorbei, das so heruntergekommen aussah, daß er nicht anhalten wollte. Das nächste machte einen besseren Eindruck.

«Was wollen Sie denn hier?» fragte Celia, als Tyler von der Straße abbog und auf den Parkplatz rollte.

«Schlafen.»

«Ich kann fahren.»

Tyler hielt in der Nähe des Büros. «Haben Sie einen Führerschein?» Schlagartig wurde ihm bewußt, wie jung Celia war und wie wenig er von ihr wußte. Während der Fahrt hatte er sie gelegentlich betrachtet und über die Möglichkeit nachgedacht, sich in sie verliebt zu haben. Aber sein müder Kopf hatte sich geweigert, diese Frage zu klären, und so war es bei der Feststellung geblieben, daß sie ihn verwirrte.

«Ach kommen Sie, jeder Idiot kann Autofahren!»

«Haben Sie's schon mal versucht?»

«Natürlich, sogar mit diesem Wagen!»

«Wir könnten in Schwierigkeiten geraten.»

«Wenn wir von den Bullen angehalten werden, sind wir so oder so in Schwierigkeiten. Die Karre ist geklaut. Haben Sie das vergessen?»

Tyler überlegte. «Für Joe wäre es besser, wenn er den Rest der Nacht ruhig liegen könnte, in einem richtigen Bett.»

Celia sagte nichts, aber ihr Gesichtsausdruck verriet, daß sie verärgert und gekränkt war. Sie machte die Tür auf und warf die Kippe hinaus.

«Ich würde auch gerne ein paar Stunden schlafen und morgen früh duschen.» Tyler wartete eine Weile, dann stieg er aus, ging zum Büro und buchte zwei Zimmer.

Nachdem er Joe hineingetragen und auf ein Bett gelegt hatte, holte Tyler ein paar Büchsen Cola und Root Beer und eine Schale Eis aus dem Automaten. Celia war in ihrem Zimmer, und Tyler hielt es für besser, nicht bei ihr anzuklopfen. Er wickelte etwas Eis in ein Handtuch und legte es Joe auf die Stirn; das war das einzige, was ihm einfiel.

«Wie spät ist es?» wollte Joe wissen, als er die Augen aufschlug.

Obwohl ihm Joes Frage unsinnig vorkam, sah Tyler auf der Armbanduhr des Alten nach. «Kurz vor drei», sagte er. Dabei fiel ihm ein, daß er die eigene Uhr, nachdem sie stehengeblieben war, in die Reisetasche getan und diese Tasche vor dem Palazzo vergessen hatte.

«Meine Runde!» Joe hob den Kopf. Dabei rutschte die Eispackung von seiner Stirn und fiel aufs Bett.

Es dauerte einen Augenblick, bis Tyler begriff, was Joe meinte. «Die ist vorbei. Sie haben ein Feuer gelöscht, wissen Sie nicht mehr?»

Joe schien nachzudenken. Er tastete über seine Brust, als suche er das Fernglas und die Trillerpfeife.

«Dann sind Sie gestürzt. Sie waren bewußtlos.» Tyler fragte sich, ob Joes Verwirrung eine Folge des Unfalls oder der Schlaftrunkenheit war. Er gab ihm Cola zu trinken in der Hoffnung, das Koffein werde die Hirntätigkeit des alten Mannes anregen.

«Und wo sind wir jetzt?»

«In einem Motel etwa 120 Meilen von Miami entfernt.»

Joe nickte, erst kaum merklich, dann immer heftiger, als würde die Erinnerung nach und nach zurückkehren. «Wo ist Celia?» fragte er schließlich und richtete sich auf.

«Im Zimmer nebenan», antwortete Tyler, erleichtert über die Tatsache, daß mit Joe offenbar alles in Ordnung war. Er nahm das kalte, feuchte Tuch von der Bettdecke und trug es ins Badezimmer.

«Wohin fahren wir?»

«Nach Gainesville.»

«Was tun wir da?»

«Erinnern Sie sich an Sally? Ich habe Ihnen von ihr erzählt.»

«Sie wollen Sie besuchen?»

«Ich will sie abholen», sagte Tyler, löschte die Lichter und legte sich auf sein Bett.

Aus Celias Zimmer drang Fernsehlärm, dramatische Musik, wie sie am Ende von Filmen gespielt wird, aber Tyler war zu müde, um Sehnsucht zu empfinden.

2

Weil Tyler nicht duschen und dann wieder die übelriechenden, schmutzigen Kleider anziehen wollte, fuhr er am Morgen zu einem Supermarkt, um Unterwäsche, Socken, T-Shirts, eine Hose und zwei Hemden zu besorgen. Für Joe nahm er alles ein paar Nummern kleiner, und als er in einem Sportgeschäft eine gelbe Baseballkappe mit dem Emblem der *Miami Hurricanes* sah, kaufte er sie. Celia konnte er keine Kleider mitbringen, also suchte er ihr eine Handtasche aus rotem Leder mit Fransen und Nieten und eine Sonnenbrille. Zum Schluß ließ er sich in einem Schnellimbißlokal dreimal das große Frühstück einpacken und fuhr damit zurück zum Motel.

Obwohl die Sonne noch hinter einem fahlen Dunstband verborgen lag, war es mild, und als Tyler auf den Parkplatz rollte, sah er Celia mit einer Zigarette in der Hand am Geländer vor ihrem Zimmer stehen. Eine schmutzigweiße Katze saß neben den Abfalleimern und rannte davon, als Tyler ausstieg.

«Gut geschlafen?»

«Wo waren Sie?»

«Einkaufen.»

Celia blieb am Geländer stehen und sah zu, wie sich Tyler mit den Papiertüten abmühte. Vor dem Zimmer stellte Tyler alles auf den Boden und schloß die Tür auf. Joe schlief noch, lag da mit ausgebreiteten Armen und Beinen, als träume er vom Fliegen.

«Sind Sie hungrig?» fragte Tyler, nachdem er alle Einkäufe auf einem Tisch abgeladen hatte.

«Es geht.»

«Hier, nehmen Sie.» Er gab Celia die eine Pappschachtel mit dem Frühstück und einem verschlossenen Becher Kaffee.

Celia nahm sie zögernd.

Erst wollte Tyler ihr auch die Tasche und die Sonnenbrille geben, entschied dann aber, damit noch zu warten. Er wurde nervös, machte beim Auspacken des neuen Rasierzeugs absichtlich Lärm und hoffte, Joe würde endlich aufwachen.

«Essen Sie nichts?»

«Doch, doch, ich wollte nur ...»

«Wir können uns hier draußen hinsetzen.» Celia wies auf die Treppe, die zur Hälfte im Licht der noch schwachen Sonne lag.

Tyler wollte sagen, er habe vorgehabt, zunächst zu duschen, aber dann nahm er seine Box und den Kaffee und folgte Celia. Bei der Straße hielt ein Lieferwagen, und zwei Männer begannen damit, eine Bauabschrankung aufzustellen. Als sie wenig später in einem Kanalschacht verschwanden, mußte Tyler an den geplanten Einstieg zu Goodmans riesigem Holzmagen denken.

«Was haben Sie jetzt vor?» fragte Celia nach einer Weile. Sie hatte die Hälfte des Kaffees getrunken und ein paar Bissen Pfannkuchen gegessen; den Schinken, die Eier und die Bratkartoffeln ließ sie unberührt. Ihre Haare waren feucht und rochen nach Pfirsich.

«Ich fahre nach Gainesville.»

«Und was wollen Sie dort?»

«Ich muß etwas erledigen.» Wie immer, wenn eine Frau ihm beim Essen zusah, wurde Tyler nervös, und je mehr er sich anstrengte, nicht zu kleckern, desto ungeschickter stellte er sich an.

«Was denn?»

«Ein Mädchen abholen, die Tochter einer Bekannten», antwortete Tyler. Celias mangelnde Zurückhaltung ärgerte ihn weniger als die Tatsache, daß ihm sein eigener Plan völlig hirnrissig erschien.

«Und Joe?»

«Ich weiß nicht. Er kommt mit, denke ich.»

«Und dann?»

«Kein Ahnung!» Tyler stellte das Essen weg und wischte sich mit der Papierserviette den Mund und die Finger ab. «Was erwarten Sie? Ich hatte meine Abreise aus der Kolonie ein wenig anders geplant. Weniger hektisch und ohne Begleitung. Und schon gar nicht in einem gestohlenen Wagen.»

«Machen Sie sich deshalb keine Sorgen, Randy und die andern werden bestimmt nicht zur Polizei rennen.»

«Und was ist mit Ihnen? Was haben Sie vor?»

Celia sah einem Jungen nach, der mit einem aufgespannten, völlig zerfetzten Regenschirm über den Parkplatz ging. «Ich weiß nicht», sagte sie. »Kann ich eine Weile bei Ihnen bleiben?»

«Sie wollen nicht zurück?»

«Zurück?» Celia lachte, erhob sich und ging in ihr Zimmer. Gleich darauf kam sie mit der Handtasche zurück und setzte sich wieder neben Tyler. «Daß ich das hier mitgenommen hab, wird den vier kaum gefallen.» Sie öffnete die Tasche und nahm eine Handvoll Geldscheine daraus hervor.

«Na, großartig», sagte Tyler. Ein Blick in die Tasche zeigte, daß sie voll war mit zerknüllten Noten.

«Es sieht nach mehr aus. Das sind nur etwa viertausend Dollar, alles aus dem Verkauf von Zigaretten und Alkohol. Ein bißchen Schmiergeld ist auch dabei.»

«Und das lag da einfach rum?»

«Nein, aber ich hab mal gesehen, wie Vince es hervorgeholt hat. Sie hatten es in einer Blechdose unter losen Bodenbrettern und einem Teppich versteckt. Nicht gerade genial.»

«Sind Sie oft im Palazzo gewesen?» Tyler war zu befangen, um Celia die Frage zu stellen, die ihn wirklich interessierte.

«Es war besser als in der Schneiderei oder bei meinen Eltern.»

Tyler trank seinen Kaffee. Die weiße Katze tauchte hinter den Abfalleimern auf und überquerte den Platz. Bei jedem Geräusch blieb sie kurz stehen, duckte sich und drehte den Kopf nach allen Seiten. Schließlich verschwand sie unter einem geparkten Auto.

«Sie können sich nicht vorstellen, wie es ist, in der Kolonie zu leben», sagte Celia nach einer Weile. «Wir wohnten vorher in Florida City, in einem Trailer. Eigentlich sind wir aus Jackson, Mississippi, aber da gab's keine Arbeit mehr. Ich wollte nicht nach Goodmansville, aber für meine Eltern war es nach dem Sturm die einzige Chance. Und jetzt scheint es ihnen sogar zu gefallen. Weil wir alle im Chor sind, geht es uns nicht schlecht, und trotzdem hab ich die Kolonie immer gehaßt.»

Auf der gegenüberliegenden Seite kam ein altes Ehepaar aus seinem Zimmer und schleppte Koffer und Taschen zu einem riesigen weißen Chrysler, der so dilettantisch geparkt war, daß er drei Felder beanspruchte. Der Mann hatte es eilig und redete ununterbrochen, während die Frau jammernd hinter ihm herstolperte. Beide trugen weiße Kleidung, Westernstiefel und Cowboyhüte. Die Stimme des Mannes war ungewöhnlich tief, während das Wimmern der Frau in den obersten Frequenzen lag, was das Ganze wie eine Art modernen minimalistischen Sprechgesang klingen ließ. Als das Gepäck endlich im Kofferraum verstaut war, rammte der Mann beim Rückwärtsfahren die Abfalleimer, und über die Bodenwelle bei der Ausfahrt fuhr er so schnell, daß das überladene Heck gegen den Asphalt krachte und die Funken flogen.

Tyler war versucht zu lächeln, aber Celias Blick hielt ihn davon ab. »Und Sie gehen einfach so von Ihren Eltern fort?»

«Ich werd ihnen schreiben.» Celia stand auf und lehnte sich gegen das Geländer. Eine Weile schien sie zu überlegen, ob sie die Unterhaltung beenden solle. «Randy wollte mit mir weg», sagte sie, und das unsichere Lächeln verschwand aus ihren Zügen, noch bevor es sich richtig geformt hatte.

Tyler wartete. Wenn Celia ihm die Geschichte erzählen wollte, würde er zuhören, aber falls sie fand, der Rest gehe ihn nichts an, hatte er nicht vor, sie zu bedrängen. Ihre plötzliche Nähe verwirrte ihn. Der Wechsel von der schweigsamen, abweisenden Unbekannten zu der Frau, die jetzt neben ihm stand und mit ihm sprach, war zu schnell und heftig erfolgt, als daß er Zeit gehabt hätte, sich daran zu gewöhnen. In Liebesdingen war er nie ein großer Praktiker gewesen. Er hatte es meistens vorgezogen, romantische Gefühle für Frauen zu entwickeln, deren Unerreichbarkeit ihn davor bewahrte, in die Wirklichkeit aus Fleisch und Blut mit all ihren Komplikationen, Mißverständnissen, Enttäuschungen und Verletzungen hinabzusteigen.

«Seit Monaten redete er davon», fuhr Celia schließlich fort. «Wir wollten nach New York. Ein Onkel von ihm hat ein Eisenwarengeschäft in Queens. Randy hätte dort einen Job gekriegt. Aber inzwischen glaube ich, er wollte gar nie nach New York, er will hierbleiben bei seinen Freunden, in der dreckigen Bude hausen und den kleinen miesen Gott spielen.»

«Und Sie, wollen Sie noch immer nach New York?»

«Vielleicht, mal sehen.» Celia holte aus ihrem Zimmer zwei Zigaretten und gab Tyler die eine. Dann setzte sie sich hin und kramte eine Schachtel Streichhölzer aus der Handtasche hervor.

«Was wissen Sie von dem Feuer? Dem ersten, meine ich», fragte Tyler, nachdem er seine Zigarette in die Flamme gehalten hatte. Jetzt, da die Beziehung zwischen Celia und Calloway beendet war, wollte er herausfinden, wie blind und taub Celia sich gestellt hatte, nur um ab und zu die Tristesse der Kolonie gegen die Schäbigkeit des Palazzos einzutauschen.

Celia strich sich die Haare aus dem Gesicht. «Hat Ihnen Joe davon erzählt?»
«Spielt das eine Rolle?»
«Ja, allerdings. Es gibt eine Menge Geschichten zu dem Fall, aber nur eine ist richtig. Von wem ist Ihre?»
«Alfonso.»
«Und wie lautet die?»
«Er hat Calloway und Shaw bei den brennenden Häusern gesehen.»
«Das ist wahr. Randy und Vince waren da, sie haben den Mann, der das Feuer gelegt hat, in ihrem Wagen mitgenommen.»
«Wen?»
«Suriyahs Vater.»
«Sing? Der alte Mann, der jeden Tag im Schiff sitzt und schläft?»
Celia nickte.
«Woher wollen Sie wissen, daß Calloway Ihnen keine Lüge aufgetischt hat?»
«Ich war auch in dem Wagen.»
Tyler sagte nichts, starrte Celia nur ungläubig an.
«Wir waren in dieser Nacht in Key Largo gewesen und kamen spät zurück. Das Feuer sahen wir schon von weitem, und als wir bei den Häusern waren, brannten schon zwei. Sing stand einfach da und sah in die Flammen. Randy und Vince wollten Alarm schlagen, aber da brannte schon das dritte Haus, und weil alles abseits der Siedlung lag und man sowieso nichts mehr tun konnte, ließen sie es bleiben. Dann zerrten sie Sing in den Wagen. Er schrie und schlug um sich, beschimpfte uns. Sie gaben ihm Beruhigungsmittel, später brachten sie ihn zu seinem Wohnwagen.»
«Aber warum sollte er seine Tochter verbrannt haben?»
«Suriyah war meine Freundin. Sie war siebzehn, zwei Jahre jünger als ich, und ich nahm sie manchmal mit in den Palazzo. Für sie war das Leben in der Kolonie auch

nicht gerade überwältigend, und im Palazzo gab es wenigstens ein wenig Spaß, Musik, Bier und hin und wieder Dope. Und wenn Sie jetzt entrüstet sind, dann sollten Sie sich mal ansehen, was draußen läuft, auf der Straße. Was wir taten, war harmlos, aber Suriyahs Vater hat durchgedreht, als er davon erfuhr. Keine Ahnung, wer's ihm gesteckt hat.»

«Wilbur», murmelte Tyler.

«Was?»

«Alfonso hat gestern gesehen, wie Wilbur nach dem Feuer mit Joe geredet hat. Kurz darauf ist Joe mit der Pistole im Palazzo aufgetaucht.»

«Wilbur mochte Randy und die andern nicht, seit sie ihn aus dem Palazzo geworfen haben.»

«Er hat mal dort gewohnt?»

«Nur ein paar Wochen. Wilbur ist ein religiöser Spinner, ihm paßte es nicht, wie es im Palazzo zuging.»

«Hatte er eine Waffe?»

«Schon möglich. Und wenn nicht, konnte er in Miami an jeder Ecke eine kaufen.»

Tyler ließ seine Kippe in den kalten Kaffee fallen und erhob sich. «Ich werde mal nachsehen, wie es Joe geht.»

Celia nickte. Die Sonne war Stufe um Stufe hochgekrochen und lag jetzt vor ihren Füßen. Ein alter Mann und ein magerer, struppiger Köter gingen unendlich langsam vorbei; das perfekte Bild zu dem Blues, der von irgendwoher mit dem Wind über den Parkplatz wehte.

Nachdem er geduscht und sich rasiert hatte, zog Tyler die neuen Sachen an und weckte Joe. Er stellte das dritte Frühstück auf einen Stuhl und schob ihn neben das Bett, legte Joes Kleider bereit und drehte die Lamellen der Jalousie so, daß sie ein angenehmes Licht in den Raum ließen.

«Was macht Ihr Kopf?» fragte er, als Joe sich aufsetzte und den Verband betastete.

Joe blinzelte in die Helligkeit. «Fühlt sich an wie damals, nachdem ich mich so betrunken hatte.»

«Da ist Kaffee und etwas zu essen. Zum Glück mögen Sie den Kaffee lauwarm.»

«Wo sind wir? Ich hab's vergessen.»

«In Venus. Etwa zweihundert Meilen vor Gainesville.»

Einen Augenblick mußte Joe überlegen. «Wo Sally ist, hab ich recht?»

«Genau.»

Joe grinste, nahm den Teller und begann zu essen.

«Sie müssen nicht mitkommen», sagte Tyler nach einer Weile. Er saß auf seinem Bett und sah Joe zu.

«Ach, wohin soll ich denn! In der Kolonie kann ich mich nicht mehr blicken lassen.» Er legte die Plastikgabel weg und sah Tyler an. «Ich weiß gar nicht mehr, was ich gestern alles getan habe, aber ich weiß, daß es töricht war und durch nichts zu rechtfertigen. Ich muß mich bei Ihnen bedanken, ohne Sie hätte es vielleicht mit einer Katastrophe geendet.»

«Hatten Sie eigentlich vor, die beiden zu erschießen?»

«Um Gottes willen, nein! Ich wollte sie zu Mister Goodman bringen. Ich wollte, daß sie ihm die Brandstiftungen gestehen.»

«Calloway und Shaw waren es nicht. Sing hat den ersten Brand gelegt, Wilbur den zweiten.»

Joes Gesicht blieb unbewegt; nur seine Augen zeigten Erschrecken und stockendes Verstehen.

«Von Sing hat mir Celia erzählt. Der alte Mann erfuhr vom geheimen Leben, das seine Tochter zu führen begonnen hatte, und er konnte es nicht ertragen. Wilbur hat gestern nacht das Haus angezündet, um Sie gegen die Regelmacher aufzuhetzen. Er hat Ihnen auch die Waffe gegeben, nicht wahr?»

Es dauerte eine Weile, bis Joe nickte.

«Er hatte wohl darauf gehofft, daß Sie Calloway und Shaw umbringen oder Goodman die beiden entläßt.»

«Aber warum hat Wilbur das getan?»

«Ich weiß nicht. Vielleicht, weil die Regelmacher ihn rausgeworfen haben, vielleicht, weil er glaubte, er müsse das gottlose Treiben im Palazzo beenden.»

«Ich dachte, wir seien Freunde», murmelte Joe. «Ich war immer freundlich zu ihm, und er zu mir eigentlich auch.»

Tyler erhob sich und nahm den leeren Teller von der Bettdecke. Dann ging er ins Bad und ließ Wasser in die Wanne laufen. Als er zurück ins Zimmer kam, stand Joe am Fenster und sah hinaus.

«Da liegen ein paar neue Klamotten für Sie. Ich hoffe, ich habe Ihre Größe richtig erraten.»

Joe drehte sich um. In seinem dreckigen, versengten Overall und der verrutschten Bandage sah er aus wie die Leute, die aus brennenden Flugzeugen und eingestürzten Häusern vor die Fernsehkameras geschleppt werden.

«Wenn Sie gebadet haben, wechsle ich Ihnen den Verband.»

«Ist Celia hier?»

«Ja, im Zimmer nebenan.»

Joe lächelte. «Dann habe ich das nicht geträumt.»

«Ich warte draußen auf Sie. Aber lassen Sie sich Zeit.» Tyler ging zur Tür und öffnete sie einen Spaltweit.

«Mister Tyler?»

Tyler drehte sich um. «Ja?»

«Sie fahren nicht ohne mich, oder?»

Am liebsten wäre Tyler zu dem alten Mann hingegangen und hätte ihn in die Arme genommen, doch während er überlegte, ob so etwas angebracht sei und wie Joe wohl reagieren würde, vergingen Sekunden, und dann war der passende Moment vorüber.

«Wie kommen Sie nur auf so etwas?»

«Ich dachte, heute morgen ...» Joe senkte den Blick.

«Da bin ich doch nur zum Einkaufen gefahren. Und jetzt beeilen Sie sich besser, sonst ist das Badewasser kalt!»

Tyler wollte noch etwas sagen, das herzlich und witzig genug war, um die Situation zu entkrampfen. Aber ihm fiel nichts ein, und so drehte er sich nur um und ging hinaus.

Celia saß auf den Treppenstufen. Das Sonnenlicht bedeckte mittlerweile die Hälfte ihres Körpers. In ihrem Schoß lag die weiße Katze und fraß Schinkenstücke von einem Plastikteller. Als Tyler aus dem Zimmer trat, rannte das Tier weg, und Celia erhob sich.

3

Am frühen Nachmittag waren sie in Gainesville. Mit einem Plan aus dem Touristenbüro fuhr Tyler zum Kinderheim; das große alte Haus und ein moderner Nebentrakt lagen etwas außerhalb des Stadtkerns in einem sterilen Park. Neben dem Haus wurde für ein drittes Gebäude Erde ausgehoben, Bulldozer lärmten, und alle paar Minuten passierte ein Lastwagen die Toreinfahrt. Tyler stieg aus, um sich den Maschendrahtzaun, der das Grundstück umgab, aus der Nähe anzusehen. Hinter dem Zaun wuchsen Hecken und Sträucher, aber durch Lücken hindurch erkannte Tyler ein Stück Rasen und einen Spielplatz mit Schaukeln, Wippen und Klettergerüsten.

Nachdem Tyler alles ausgekundschaftet hatte, fuhren sie zu einem riesigen Einkaufszentrum mit Baumarkt und setzten sich in eines der Lokale. Joe war schon wieder hungrig und aß Salat und Apfelkuchen, während Celia und Tyler nur Kaffee tranken. Seit sie von Miami losgefahren waren, hatte Tyler über einen Befreiungsversuch nachgedacht, jetzt nahm der Plan konkrete Formen an. Auf eine Serviette zeichnete er die Straßen, das Grundstück und die Gebäude, darunter notierte er die Dinge, die sie brauchen würden.

«Was heißt das hier?» fragte Joe, der sich ein zweites Stück Kuchen geholt hatte. Die Hose und das T-Shirt paßten ihm wie angegossen, die Ärmel des zu großen Hemdes mußte er hochkrempeln.

«Seitenschneider.»

«Und das?»

«Helm.»

Joe grinste und biß vom Kuchen ab.

Tyler parkte in einer Nebenstraße, von der sie eine gute Sicht auf das Heim hatten. Eine Zigarette zur Beruhigung rauchend, wiederholten sie noch einmal den Ablauf der Aktion, dann stiegen Tyler und Joe aus, und Celia setzte sich ans Steuer. Joe trug seinen alten Overall und die gelbe Schirmmütze, Tyler einen blauen Arbeitskittel und einen weißen Plastikhelm. Nachdem sie das Werkzeug aus dem Wagen genommen hatten, überquerten sie die Straße und gingen zum Zaun an der rechten Seite des Grundstücks. Auf Höhe des Spielplatzes bauten sie aus Pfählen und rotweißgestreiftem Kunststoffband eine Absperrung, die ihrem Treiben eine Art offiziellen Freiraum verschaffen sollte. Dann begann Tyler damit, ein Loch in den Maschendraht zu schneiden, durch das sie wenig später auf das Grundstück schlüpften.

«Wenn alles gut geht, sind wir in fünfzehn Minuten hier.» Tyler sah auf die billige Armbanduhr, die er im Supermarkt gekauft hatte.

Joe, der so aufgeregt und ernst war, daß er seit Verlassen des Wagens kein Wort mehr hervorgebracht hatte, warf ebenfalls einen Blick auf die Uhr und nickte.

«Sie verstecken sich am besten dort hinten.» Die Büsche, auf die Tyler zeigte, lagen etwa zwanzig Meter vom Spielplatz entfernt am Rand der Wiese.

Abermals nickte Joe. Er kauerte hinter der Holzbank, als würden sie beschossen, und die Mütze hatte sich in seinen Händen zu einem gelben Knäuel verformt.

«Sind Sie sicher, daß Sie mir bei der Sache helfen wollen?» fragte Tyler, dem selber die Knie etwas weich wurden. «Ich bin Ihnen nicht böse, wenn Sie es sich anders überlegen.»

Statt zu antworten, rannte Joe los und verschwand mit einem Hechtsprung im Gebüsch.

Tyler wartete einen Augenblick, dann erhob er sich, setzte den Helm auf und ging über den Rasen auf das Haus zu. Weil die Brille mit den Plastikgläsern, die Joe ihm aufgeschwatzt hatte, zu unecht aussah, nahm er sie ab und steckte sie in die Brusttasche des Kittels, aus der schon Zollstock und Kugelschreiber ragten.

Der Plan sah vor, daß er in die Eingangshalle gerannt kam, doch als die Tür hinter Tyler ins Schloß fiel, war niemand zu sehen und die Eile überflüssig. Einen Moment lang blieb Tyler in der Mitte des Raumes stehen und horchte auf Geräusche, doch außer dem Klingeln eines Telephons und entferntem Schreibmaschinengeklapper war nichts zu hören. Tyler war verwundert und enttäuscht; er hatte Kinder erwartet, zumindest ein paar, und jetzt vernahm er nicht einmal eine Stimme oder ein Geräusch, das auf ihre Anwesenheit hingedeutet hätte. Eine Komposition aus hohen Pulten beherrschte das Zentrum der Halle wie eine Festung, aus dem Kuppeldach hing ein Kronleuchter, und in einer Ecke standen schwere dunkle Möbel, die gar nicht erst versuchten, Behaglichkeit vorzutäuschen.

Als eine Tür im vorderen Teil der Halle sich öffnete, zuckte Tyler zusammen.

«Was kann ich für Sie tun, Sir?» Die Frau, die aus einem der Büros getreten war, ging zu den Pulten und lud einen Stapel Papiere darauf ab. Sie war jung, vielleicht Mitte zwanzig, und ungewöhnlich mager. Unter einem dunkelbraunen Kleid trug sie eine weiße Rüschenbluse, was von weitem aussah, als quöllen Kleenextücher aus ihrem Ausschnitt.

«Wir haben ein Problem bei den Aushubarbeiten. Eine Gasleitung wurde beschädigt, und es besteht Explosionsgefahr. Wer hält sich zur Zeit in diesem Gebäude auf?» Tyler hatte geplant, nach dem vorgetäuschten Herbeirennen zu keuchen, jetzt nahm ihm die Aufregung wirklich die Luft.

Die Frau ragte aus der Schreibtischburg wie ein Fahnenmast. Erst bewegte sie sich mit keiner Faser, dann griff sie nach zwei Telephonhörern gleichzeitig. «Ich, eine Kollegin und der Hausmeister. Die andern sind weg, kommen vor fünf Uhr nicht zurück.» Sie wählte eine Nummer, legte auf und wählte erneut. «Oh, und natürlich die Kinder! Mein Gott, die Kinder!»

«Wir müssen sie aus dem Gebäude bringen. Können Sie das veranlassen?»

Die Frau starrte ihn an, schien zu überlegen. «Ja, sicher, sie sind in den Schlafräumen. Mittagsruhe.»

«Sorgen Sie dafür, daß die Kinder nicht in Panik geraten, dazu besteht noch kein Grund.»

Endlich erreichte die Frau jemanden und rief die Schreckensmeldung in den Hörer, als rieche sie schon das Gas aus der geborstenen Leitung.

«Noch etwas, Miss, bitte sagen Sie den Kindern, sie sollen ein paar Kleider und ihr Lieblingsspielzeug mitnehmen. Es kann sein, daß sie evakuiert werden müssen.» Auf die Idee mit dem Spielzeug war Tyler gekommen, als er an Rachel, Sallys Puppe, gedacht hatte.

«Ach, du lieber Gott!» Die Frau verschwand hinter einer der Türen und kam wenig später mit ihrer Kollegin zurück in die Halle. Sie wies die Frau an, eine bestimmte Anzahl von Zimmern zu übernehmen, und telephonierte dann ein weiteres Mal. Nachdem sie ihr Alphabet der Katastrophen von Alarm bis Zusammensturz heruntergespult hatte, warf sie den Hörer hin und rannte in die Richtung, die auch ihre Kollegin eingeschlagen hatte.

Die Kinder sahen aus, als ginge es in die Ferien; beladen mit Koffern und Taschen, aus denen Kleiderfetzen hingen, Teddybären, Puppen und Modellautos unter die Arme geklemmt, strömten sie in die Halle, ein aufgeregt schwatzendes Trüppchen, eher dankbar für etwas Abwechslung als besorgt. Tyler sah Sally sofort, aber sie schien ihn wegen des Helms nicht zu erkennen. Das Mädchen hatte den Koffer dabei und Rachel.

Die dürre Frau stellte sich auf die Zehenspitzen und zählte die Schar ab, ihre Kollegin kam mit zwei Nachzüglern den Flur entlang, einem verschlafenen Mädchen und einem Jungen, der einen Hamsterkäfig trug. Kurz darauf erschien ein Mann in Arbeitskleidung, offensichtlich der Hausmeister.

«Sind alle beisammen?» fragte Tyler, etwas Heiserkeit in seine Stimme legend.

«Achtundvierzig, ja, drei sind in der Stadt beim Arzt, Christopher besucht heute seine Mutter, und Tracy ist im Spital, ihr werden morgen die Mandeln entfernt.»

«Und der kleine Stanton ist nicht mehr da, der wurde heute abgeholt.» Die andere Frau, älter, dunkelhäutig und schwarzhaarig, blieb am Ende der Zweierkolonne, die sich zu formieren begann.

«Gut. Ich schlage vor, wir gehen alle zum Spielplatz und warten dort die weitere Entwicklung ab. Der Bautrupp ist bemüht, die Gefahr so schnell wie möglich zu beseitigen.»

Die Jüngere gab die Nachricht an die Kinder weiter, und nachdem Tyler in ein Funkgerät gemurmelt hatte, das in Wahrheit ein billiges Taschenradio war, setzte sich der Zug in Bewegung.

Beim Spielplatz, von dem aus man die Baugrube nicht sehen konnte, mußten sich die Kinder auf die Holzbänke und mitgebrachten Decken setzen und der dünnen Frau zuhören, die ihnen so ruhig wie möglich die Situation erklärte. Statt ‹Alarm› sagte sie jetzt ‹ins Freie gehen›, und anstelle von ‹Gas› benutzte sie den Ausdruck ‹Stinkeluft›; Wörter wie ‹Explosion›, ‹Feuer› oder ‹Gefahr› vermied sie tunlichst.

Dann durften die Kinder spielen, mußten aber in unmittelbarer Nähe der beiden Frauen bleiben. Daß ihnen nicht erlaubt war, den Rasen zu betreten und damit in die Nähe der Büsche zu geraten, beruhigte Tyler.

Der Hausmeister, der seinen Besen mitgenommen hatte, als rechne er damit, später Trümmer zusammenkehren zu müssen, stellte sich neben Tyler. Er war um die sechzig und hatte ein untertellergroßes Feuermal im Gesicht. FRANK stand gestickt auf der Brusttasche seines Kittels.

«Hab schon mal so was erlebt, in Frisco, nach 'nem Erdbeben. Da ist das Gas aus allen Löchern gezischt. Üble Sache.»

«Kann ich mir vorstellen», antwortete Tyler, der sich den Kopf zerbrach, wie er den Kerl los wurde. «Das hier könnte auch schlimm ausgehen.»

Der Mann blickte mit ernstem Gesicht zum Haus. «Warum fahren da drüben eigentlich noch immer Lastwagen rum, ist das nicht zu gefährlich?»

Obwohl Tyler nicht mit dieser Frage gerechnet hatte, fiel ihm gleich eine Antwort ein. «Wir müssen die ganze Leitung freilegen, damit wir an die Bruchstelle rankommen.»

«Verstehe.»

«Sagen Sie, Frank … ich darf Sie doch Frank nennen, nicht wahr?»

«Sicher.»

«Gibt es zu diesem Grundstück noch einen zweiten Eingang, ein zweites Tor, Frank?»

«Ja, auf der Rückseite, ganz da hinten.» Frank zeigte in Richtung Haus. «Ist aber immer abgesperrt, wird selten benutzt.»

«Da sind Sie ganz sicher? Daß der Eingang abgesperrt ist, meine ich.»

«Na ja, ich hab den Schlüssel.» Frank langte in seine Hosentasche und holte einen Schlüsselbund hervor.

«Ich weiß nicht recht, aber es wäre mir lieber, wenn Sie das mal kontrollieren würden. Zur Sicherheit. Stellen Sie sich vor, da kommt jemand rein, und in diesem Moment ...»

Frank kniff die Augen zusammen, als höre er die Detonation.

Nachdem der Hausmeister gegangen war, kam die dünne Frau auf Tyler zu. «Mein Name ist übrigens Thompson, Eleonor Thompson. Das dort drüben ist meine Kollegin Rosa Mendez.» Sie zeigte auf die andere Frau, die in einer Gruppe von Kindern saß.

«Emerson, Robert, nennen Sie mich Bob.»

«Sind Sie der Architekt?»

«O nein, ich bin nur der Bauleiter, ich sorge dafür, daß Ihr neues Gebäude am Ende so aussieht, wie der Architekt das geplant hat.»

Eleonor nickte. Alles an ihr war erschreckend dünn, sogar die Zähne wirkten zerbrechlich. Ihre Ohren waren filigrane, durchscheinende Gebilde, in denen man die blauen Äderchen erkennen konnte. Auch die Stellen unter den Augen, am Hals und an den Handgelenken sahen aus, als sei die Haut abgetragen, um den Blick auf die tieferen Schichten freizugeben.

«Haben Sie hier auch ältere Kinder?» Tyler sah gelegentlich über Eleonors Schulter in Richtung der Büsche und hoffte, daß Joe seinen Auftritt nicht allzulange hinauszögern würde. Den Hausmeister waren sie für höchstens zehn Minuten los.

«Nur Zwei- bis Siebenjährige. Aber der Neubau ist für Acht- bis Sechzehnjährige gedacht. Im Frühling soll er eingeweiht werden, aber das wissen Sie ja.»

«Und das sind alles Waisenkinder?»

«Die meisten, ja, sie kommen hierher, wenn keine Verwandten zu finden sind, die sich um sie kümmern können. Aber wir haben auch Kinder bei uns, die wir aus zerrütteten Familien herausholen müssen.»

Tyler warf einen Blick auf Sally; das Mädchen saß auf einer Bank und band der Puppe eine Schleife ins Haar. «Kommt es vor, daß Kinder hier landen, die, wie soll ich sagen, irgendwo gefunden werden?»

«Selten, doch auch das gibt es. Ausgesetzt werden vorwiegend Säuglinge, und für die wird in Tallahassee gesorgt. Aber kürzlich hatten wir so einen Fall.» Eleonor zeigte auf Sally. «Das kleine Mädchen dort wurde in Daytona Beach gefunden, am Strand, nur mit seiner Puppe und dem Köfferchen.»

«In Daytona Beach? Sind Sie sicher?»

«Ja, natürlich. Wir bekommen immer den Polizeibericht und die Ergebnisse der ärztlichen Untersuchung. Warum fragen Sie?»

«Ach, nur so. Meine Frau und ich wollen vielleicht ein Kind adoptieren.» Tyler konnte sich auf die Geschichte keinen Reim machen; höchstens den, daß der Dodge in jener Nacht gestohlen worden war, bevor die Polizei ihn sicherstellen konnte. Der Dieb mußte beobachtet haben, wie er die Schlüssel unter den Reifen legte, Sally lud er nach der Spritztour in Daytona Beach aus. Das würde auch erklären, warum der Brief nie bei der Polizei angekommen und der Fall nicht weiterverfolgt worden war.

«Eine wunderbare Idee», meinte Eleonor.

In diesem Augenblick kam Joe über die Wiese gerannt. Er hatte sich den Overall und das Gesicht mit Erde beschmiert, schwenkte die gelbe Mütze und torkelte die letzten Meter, als stecke ein Pfeil in seinem Rücken. Rosa sprang auf und mit ihr die Kinderschar, die ihrer Geschichte gelauscht hatte.

«Einer meiner Mitarbeiter», sagte Tyler, als Eleonor ihn erschrocken ansah.

Joe war am Spielplatzrand angekommen, streckte die Arme aus und rief: «Mister Emerson, Sir! Wir haben es geschafft!» Er taumelte, schleifte das rechte Bein etwas nach.

Eleonor breitete ebenfalls beide Arme aus; sie und Joe standen einander gegenüber wie die beiden Liebenden, die sich am Ende eines Films endlich kriegen.

«Geschafft, Goodman?» Tyler konnte sich nicht mehr an den Namen erinnern, den Joe eigentlich für sich ausgesucht hatte. *Goodman* war es bestimmt nicht gewesen.

Joe verlor für einen Moment den Faden. Er stand da, wankend und dreckig, als habe er sich von der Baugrube mit den Händen durch das Erdreich hierher gewühlt. «Jawohl, Sir», sagte er schließlich. «Der Schaden ist behoben, die Gefahr vorbei.»

«Gut gemacht, Goodman», lobte Tyler, und Joe brach wie vereinbart zusammen.

«Oh, mein Gott!» rief Eleonor und eilte zu Joe, der ausgestreckt am Boden lag und noch ein wenig mit den Füßen zuckte. Rosa kniete schon bei ihm und ließ sich von den Kindern eine Wolldecke geben, die sie über den vermeintlich Bewußtlosen breitete.

«Rufen Sie einen Krankenwagen, schnell!» Tyler scheuchte Rosa in Richtung Haus und kauerte sich dann ebenfalls neben Joe.

«Sein Puls rast», sagte Eleonor, die Joes Handgelenk hielt. «Er muß sich völlig verausgabt haben.»

«Kennen Sie sich in Erster Hilfe aus?»

«Natürlich, das gehört zu unserer Ausbildung.»

Tyler zögerte. «Wissen Sie, wie man eine Mund-zu-Mund-Beatmung durchführt?»

Eleonor sah auf Joe hinunter, der wieder leicht zu zucken begann. «Sicher.»

«Tun Sie, was Sie können, bis die Sanitäter hier sind. Er ist unser bester Mann.» Tyler hob den Kopf und sah, daß Rosa schon fast beim Haus war. Als sie darin verschwand, richtete er sich auf. Frank, der Hausmeister, ließ sich noch nicht blicken.

Eleonor nahm Joes Kopf in beide Hände und beugte sich über ihn.

4

Celia fuhr den Wagen. Tyler saß mit Sally hinten, Joe vorne. Sie hatten Jacksonville hinter sich gelassen und am St.Marys River die Grenze zu Georgia überquert. Tyler hatte vorgeschlagen, so schnell wie möglich den Staat zu verlassen, und Joe und Celia waren einverstanden gewesen. Joe hatte sich an einer Raststätte außerhalb von Waldo die eingetrocknete Erde vom Gesicht gewaschen und den Overall in eine Mülltonne geworfen.

Jetzt waren sie in Richtung Waycross unterwegs, ohne wirklich ein Ziel zu haben. Als die Dämmerung einsetzte, nahm Celia eine Ausfahrt in einer menschenleeren Gegend, fuhr einige Meilen auf der Nebenstraße und lenkte den Wagen dann hinter eine halbverfallene Scheune. Tyler und Joe stiegen aus, nahmen die Spraydosen aus dem Kofferraum und begannen damit, dem Wagen eine neue Lackierung zu geben. Das Ganze war Joe's Idee gewesen, und obwohl Tyler nicht viel Sinn darin sah, machte er mit. Sie spritzten nur die Türen und die Motorhaube, und als sie fertig waren, setzten sie sich zu Celia und Sally ins Gras und sahen zu, wie die Farbe trocknete.

Tyler kitzelte Sally mit einem Halm am Arm. «Magst du Blau, Sally?»

Sally nickte.

«Blau wie der Himmel», sagte Joe.

«Wie das Meer», entgegnete Celia und strich dem Mädchen eine Haarsträhne aus dem Gesicht.

Weit weg kroch ein Traktor über ein Feld, zog eine verwehende Schleppe aus blauen Abgasen hinter sich her. Ein paar Vögel kreisten, vor dem Horizont leuchteten Fabrikanlagen im späten Licht.

Tyler legte sich auf den Rücken. Immer wieder passierte es ihm, daß er lächelte, wenn er Sally, Joe und Celia betrachtete, doch gleichzeitig hatte er Angst. Es war weniger der Gedanke daran, von der Polizei gesucht zu werden, der ihn beunruhigte, als vielmehr der Zweifel, ob er das Richtige getan hatte, das Beste für Sally. Die drei Zeilen des Briefes fielen ihm ein, den sie am Zaun hinterlassen hatten: DEM KIND GESCHIEHT NICHTS. ES KOMMT NACH HAUSE. SEINE FAMILIE. Obwohl ihm schon beim Schreiben der Sätze deren Sinnlosigkeit bewußt geworden war, hatte er das Blatt Papier auf die Erde gelegt, bevor er mit dem weinenden Mädchen an der Hand durch die Lücke im Zaun kroch. Daß die Nachricht etwas bewirken, gar die Verfolgung durch die Polizei verhindern würde, glaubte keiner der drei. Dennoch hofften sie, damit der Entführung einen Teil ihres Schreckens nehmen zu können.

Celia versuchte mit Sally zu reden, aber wie schon zuvor im Wagen blieb das Mädchen stumm, nickte nur gelegentlich oder schüttelte den Kopf. Der Lärm einer alten Propellermaschine, die wackelnd über die Ebene strich, kam in Wellen herüber. Der Bauch der Maschine glitzerte im Licht der tiefen Sonne.

Joe kauerte vor dem Wagen, berührte vorsichtig die frische Lackierung. «Trocken», sagte er und stieg ein.

Tyler stand auf, um sich die Sache aus der Nähe anzusehen; an einigen Stellen war die Farbschicht dünn und wolkig, an anderen hatte sie Tropfbahnen gebildet, doch insgesamt erfüllte sie ihren Zweck. Er wartete, bis Celia und Sally auf dem Rücksitz saßen, und stieg dann ebenfalls ein. Weil sie beschlossen hatten, die Nebenstraßen zu meiden und statt dessen die Interstates und Highways zu benutzen, wendete er und fuhr zurück.

Das Autoradio war kaputt, gab keinen Ton von sich, und so war nur das Geräusch des Motors zu hören. Die Dämmerung setzte ein, das langsame Wegkippen der Erde ließ den Horizont aufleuchten. Celia begann für Sally ein Lied zu singen, leise, beinahe flüsternd.

Sie suchten sich ein Motel außerhalb von Waycross. Tyler buchte zwei Zimmer, Obergeschoß, möglichst weit von der Straße weg. Weil er bar bezahlte und seinen Paß nicht zeigen mußte, schrieb er *Bob Emerson* auf das Anmeldeformular. Die Unterschrift sah richtig echt aus, mit vielen nervösen Schleifen.

Tyler und Joe teilten sich das eine Zimmer, Celia und Sally das andere. Sally war noch immer ein wenig verschüchtert und redete nicht, aber sie schien Tyler noch zu kennen. Als Tyler Celias Zimmer betrat, saß das Mädchen auf dem Bett vor dem laufenden Fernseher und aß die Trauben, die sie unterwegs gekauft hatten. Celia war im Bad und wusch sich die Hände.

«Na, wie geht's?» fragte Tyler und strich Sally über den Kopf.

Sally ließ sich nicht ablenken. Eine Familienserie lief, bei der sich die ganze Handlung am Küchentisch abspielte.

Celia kam aus dem Badezimmer, setzte sich auf einen Stuhl und zog ihre Schuhe an, abgetragene schwarze Pumps mit aufgeplatzten Nähten. «Kann ich den Wagen haben, für eine Stunde oder so?» Sie stand auf und nahm die Handtasche aus dem Schrank. «Ich will mir ein paar Sachen zum Anziehen kaufen.»

Im Fernsehen betrat der Großvater die Küche und sagte etwas, worauf Gelächter eingeblendet wurde.

«Ich komme auch bestimmt wieder. Sieh her, ich nehme nur zweihundert mit, den Rest lasse ich hier!» Celia schwenkte die Scheine und stellte die Tasche zurück in den Schrank.

Tyler lächelte. Daß Celia ihn verunsicherte, ärgerte ihn, machte ihn verlegen und gleichzeitig auf eine sonderbare Weise glücklich. «Die Schlüssel liegen drüben, ich hole sie.» Tyler zupfte Sally am Kleid und drehte sich um.

«Tyler?» Celia kam zur Tür. Sie verschränkte die Arme im Rücken und lehnte sich gegen die Wand, den Kopf leicht gesenkt. «Ich kann nicht bei euch bleiben. Das weißt du doch, nicht wahr?»

Tyler stand da und sah über das weite, leere Gelände, das sich hinter dem Motel erstreckte. Schiefe Bäume wuchsen darin, Teile eines Baukrans lagen herum, und weit hinten waren die Umrisse eines Wassertanks erkennbar.

«Es ist nicht wegen Sally, die Polizei ist mir egal.»

«Ich weiß.»

«Morgen nehme ich einen Bus nach New York. Eine Freundin aus Florida City arbeitet dort bei der Post, vielleicht kann sie mir einen Job verschaffen.»

Tyler nickte. Das Gelächter aus dem Fernsehen klang immer gleich. Auf dem Parkplatz unten schlugen Autotüren, und gleich darauf kamen Leute die Treppe hoch, gingen jedoch in die andere Richtung. Einer der Männer aus der Gruppe trug eine in Papier gewickelte Schaufel, mit der er überall anstieß.

«Wohin willst du von hier aus?»

«Ich muß mit Joe reden.»

«Nach Mexiko?»

«Ich weiß nicht.» Tyler lächelte, um nicht allzu ratlos und erbarmungswürdig auszusehen. Dann drehte er sich um und holte die Autoschlüssel.

Sally saß auf Tylers Bett, neben ihr Rachel. Der Film, eine Komödie mit Whoopi Goldberg, war der einzige um diese Zeit, in dem nicht alle fünf Minuten jemand umgebracht wurde. Tyler hatte in einem Laden auf der anderen Straßenseite Limonade, Sandwiches und Kekse geholt und für sich zwei Büchsen Bier.

«Fernsehen ist nicht gut für Kinder», sagte Joe. Er lag auf seinem Bett und trennte Gutscheine aus einer Gratiszeitung, die Tyler mitgebracht hatte. Damit der Kopfverband nicht verrutschte, trug er die Baseballkappe.

«Wenn man ihr Geschichten erzählt, hört sie nicht zu.»

«Schlechte Augen wird sie kriegen, dann müssen wir ihr eine Brille kaufen.»

«Sie schläft bestimmt bald.» Tyler öffnete das zweite Bier und warf den Verschluß in Richtung Abfalleimer. Er saß am Tisch, die Straßenkarte lag ausgebreitet vor ihm.

«Warum trinkt sie eigentlich dauernd Cola?»

«Wenn ich ihr ein Glas Milch hinstelle, rührt sie es nicht an.»

«Und Orangensaft?»

«Sie mag lieber Cola.»

«Wenn sie nur bekommt, was sie mag, wird sie bestimmt bald krank.»

Tyler hatte die Distanzen nach Kanada und Mexiko messen wollen, aber jetzt kam es ihm plötzlich unsinnig vor.

«In seinem Alter braucht das Kind Vitamine, und die sind nicht in Coca Cola», sagte Joe.

«Vielleicht gibt's im Supermarkt Milch mit Cola-Geschmack.»

«Seid endlich still», sagte Sally, ohne sich umzudrehen.

Tyler und Joe sahen einander an und schwiegen bis zum Ende des Films.

5

Sie fuhren in die Stadt, um zu frühstücken. Celia hatte für Sally einen neuen Puppenwagen gekauft, fast den gleichen wie Tyler damals in Miami. Sie hatte sich entschlossen, zu fliegen statt den Bus zu nehmen; um ein Uhr ging eine Maschine nach Baltimore. Tyler gab ihr seine Adresse in London und eine Visitenkarte von *Raven Records*, die er in der Brieftasche gefunden hatte. Sie vereinbarten, daß Tyler und Joe ihr nach New York schreiben würden, postlagernd.

Während der Fahrt zum Flughafen sprachen die drei kein Wort, dafür plauderten Sally und Rachel fast pausenlos. Joe drehte an dem kleinen Transistorradio herum, bis Tyler ihn darauf hinwies, daß keine Batterien in dem Gerät waren. Der Himmel war noch leicht verhangen, wirkte näher als sonst, irgendwo stand schwefelgelb die Sonne. Ab und zu stieß eine Windböe herab, ließ alles Bewegliche für Sekunden vibrieren und drückte gegen die Seite des Wagens. Insgeheim hoffte Tyler auf ein Unwetter, das alle Flüge verunmöglichte, wünschte sich einen Sturm herbei, der das Chaos in seinem Kopf auf die Landschaft übertrug. Aber je länger sie fuhren, desto höher wurde der Himmel. Am Ende war die Sonne kreideweiß und der Wind zu einem gelegentlichen Zerren an Flaggen und Parkplatzbäumen geworden.

In der Abflughalle bemühte sich Joe, keine traurige Stimmung aufkommen zu lassen, indem er mit Sally herumalberte. Er schob den Puppenwagen und ging mit ihr zu den Fenstern, von denen aus man auf die Rollbahnen sah.

«Und du schreibst mir, wo ihr seid, versprochen?» Celia steckte das Ticket in die Tasche, die Tyler ihr während des Frühstücks geschenkt hatte. Die andere schleppte jetzt Sally herum, vollgestopft mit Puppenkleidern, Kämmen und winzigen Parfümfläschchen.

«Versprochen.»

«Wenn mir New York nicht gefällt, gehe ich nach Jackson. Meine Großeltern wohnen noch da, vielleicht auch noch mein Cousin Jamie.»

Tyler nickte.

«Irgendwo finde ich bestimmt einen Job.»

«Sicher.»

Als der Flug nach Baltimore ausgerufen wurde, kamen Joe und Sally herüber, und Celia ging in die Hocke, um das Mädchen zu umarmen. Dann verabschiedete sie sich von Joe und schließlich von Tyler. Sie lachte und scherzte, aber man sah, daß sie es nur tat, um ihre Nervosität zu überspielen. Beim Gate schenkte Joe ihr eine Ausgabe des *New Yorker,* die er im Zeitschriftenladen gekauft hatte, und jetzt weinte sie doch noch ein bißchen. Tyler war versucht, sie zum Bleiben zu überreden, aber dann schwieg er und sah ihr nach, wie sie am Ende der Schlange auf den Bus zuging, der die Passagiere zum Flugzeug brachte.

Joe überließ es Tyler, wohin sie fuhren. Er trug eine Sonnenbrille mit gesprungenen Gläsern, die er unter seinem Sitz gefunden hatte, und aß Popcorn, als sitze er im Kino. Sorgen schien er sich keine zu machen, und falls doch, ließ er sich nichts anmerken.

«Wie weit ist es eigentlich bis Kanada?» fragte er, nachdem er sich die Karte von Georgia angesehen hatte.

«Keine Ahnung. Tausend Meilen?»

«Waren Sie schon mal dort?»

«In Kanada? Nein.»

Auf dem Rücksitz schimpfte Sally mit Rachel, die ihr Zimmer nicht aufgeräumt hatte.

«Und in Mexiko?»

«Auch nicht.»

Joe sah aus dem Fenster. Die Interstate streifte den äußersten Rand einer Stadt und führte dann an Industrieanlagen und Lagerhäusern vorbei in eine fast leere Landschaft hinein.

«Wo würden Sie am liebsten leben, Joe?»

«Bei mir stellt sich eher die Frage, wo ich am liebsten sterben möchte.»

«Ach, hören Sie auf, Sie werden uralt! Also, sagen Sie schon!»

«Hawaii.»

Tyler lachte. »Im Ernst?»

«Na ja, am liebsten vielleicht in Korea, bei meiner Familie. Aber das ist ja nicht mehr möglich.»

Für eine Weile schwiegen beide. Sally war jetzt ein Fernseher, vor dem Rachel saß; eine Sendung über Haarpflege lief.

«Was würden Sie dort tun, auf Hawaii?» wollte Tyler dann wissen.

«Nichts», antwortete Joe.

«Gar nichts?»

«Bücher lesen und mit Sally und Ihnen am Strand spazierengehen.»

Daß er in der Wunschzukunft des alten Mannes vorkam, löste in Tyler ein seltsames Gefühl aus, eine Art von glücklicher Unbehaglichkeit.

In Dublin landeten sie eher zufällig. Tyler wollte ein Autoradio kaufen, außerdem gefiel ihm die Vorstellung, gleichzeitig in Irland und in Georgia zu sein. Sie fuhren eine Weile durch die Straßen der Stadt und hielten schließlich vor einem Geschäft an, dessen Schaufensterscheiben vollgepinselt waren mit Billigstangeboten. O'NEAL HI FI SUPPLY & REPAIR stand in großen Lettern an der Fassade. Joe wollte mit Sally einen Milkshake trinken gehen und später in den Laden nachkommen. Als er den Puppenwagen aus dem Kofferraum nahm und auseinanderklappte, fand er einen Umschlag zwischen den Decken. Eintausend Dollar in Fünfzigern waren darin und ein Brief.

Joe rief Tyler zurück und zeigte ihm das Geld. Dann las er den Brief vor: «Lieber Tyler, lieber Joe, Sally, mein Engelchen. Wenn ich versucht hätte, Euch das Geld einfach so zu geben, hättet Ihr es bestimmt nicht angenommen. Jetzt habt Ihr es, also seht zu, auf welche Art Ihr es los werdet! Vielleicht braucht Sally ein paar neue Kleider oder der Wagen einen Reifen. Macht Euch keine Sorgen, ich habe noch genug, um mich die ersten paar Monate über Wasser zu halten. Ich hoffe, ich sehe Euch irgendwann in diesem Leben wieder! Viel Glück und alles Gute. In Liebe Celia.»

Tyler las die Zeilen ein zweites Mal. Er saß auf der Kühlerhaube des Wagens, und die Hitze des Motors kroch an seinem Rücken hoch. Gegen die Wut, die Celias Geschenk in ihm auslöste, tobte ein Gefühl von unermeßlicher Zuneigung und Sehnsucht an. Tyler wollte das Blatt Papier zerreißen, doch dann faltete er es zusammen, bis es in seiner geschlossenen Faust Platz hatte.

«Nehmen Sie das Geld, bitte.» Joe hielt Tyler die zerknitterten, mit einem Gummiband umwickelten Scheine hin.

«Behalten Sie es. Es ist besser, wenn ich nicht alles bei mir trage. Kaufen Sie sich irgendwo eine Brieftasche.»

Joe betrachtete das Bündel nachdenklich und steckte es schließlich in die Hosentasche. Dann nahm er Sally bei der Hand und ging auf ein Imbißlokal zu, über dessen Eingangstür eine riesige Eistüte aus Blech und blinkendem Neon hing.

Die Geschäftsräume waren so vollgestopft mit Waren, daß Tyler nach dem Eintreten nicht wußte, durch welchen der engen Korridore zwischen Kisten und Regalwänden er gehen sollte. Schließlich fand er in einer Ecke einen Tisch, auf dem neben Katalogen, elektronischen Teilen, Zeitungen und allerlei Kleinkram eine Registrierkasse stand. An der Wand hinter dem Tisch führte eine

Tür in einen Nebenraum. Arbeitsgeräusche waren zu hören und Fetzen von Musik. Als sich auch nach mehrmaligem Rufen niemand blicken ließ, sah sich Tyler bei den Autoradios um, die ohne System auf Regalen herumlagen. Schließlich öffnete und schloß er ein paarmal hintereinander die Ladentür, was irgendwo weit weg das Schrillen einer Glocke auslöste.

Nach einer Ewigkeit tauchte eine Frau auf. Sie schien noch keine dreißig zu sein, aber ihr Gesicht wirkte bleich und müde. Ihr hellbraunes strähniges Haar wurde von ein paar farbigen Spangen aus der Stirn gehalten. Hinter dem Kassentisch stehend, fragte sie Tyler, was er wünsche.

«Ich suche ein Autoradio mit Kassettenrecorder, nichts Teures.»

Die Frau sah in abwartend an.

«So was in der Preislage hier.» Tyler nahm ein Gerät aus einem Regal.

«Bezahlen Sie bar oder mit Karte?»

Tyler sah ein, daß er keine Beratung erwarten durfte. «Bar.»

«Dann kriegen Sie noch fünf Prozent Rabatt.»

Tyler legte das Gerät auf den Tisch. «Auf dem Schild draußen steht, der Einbau sei inklusive.»

«Wo ist Ihr Wagen?»

«Gleich da draußen.»

Die Frau nahm das Radio und ging durch die Tür. Sie trug Hausschuhe mit Leopardenfellmuster, schwarze Jeans und über einem weißen Sweater eine rote Strickjacke. Wenig später verstummten die Arbeitsgeräusche, und die Frau kam zurück. «Fahren Sie den Wagen in die Garage, die Einfahrt ist rechts, ich mach das Tor auf.» Wieder verschwand sie.

Die Garage sah so chaotisch aus wie der Laden. Beim Aussteigen konnte Tyler die Tür nur halb öffnen, weil sich vor den Wänden mehrere Reihen Kisten und Kartons stapelten. Die Frau schloß das Kipptor hinter ihm und sagte, er solle warten, ihr Mann sei gleich da. Tyler dachte an Joe und Sally und hoffte, die beiden würden sich Zeit lassen in dem Lokal.

Nach etwa fünf Minuten kam O'Neal. Tyler hatte sein Bild im Schaufenster gesehen, eine schlecht retuschierte Schwarzweißphotographie, auf Pappe geklebt, darunter ein Werbespruch. Er war in Tylers Alter, trug graue, fleckige Flanellhosen, ein ebenso schmutziges T-Shirt und ein offenes kariertes Hemd. Zwei Brillen hingen an Schnüren um seinen Hals. Beim Gehen stützte er sich auf einen Stock, zur Seite gekrümmt, das linke Bein mit der freien Hand dem Rest des Körpers hinterherschiebend. Er grüßte Tyler weder unfreundlich noch herzlich, legte den Stock auf das Wagendach und zwängte sich auf den Fahrersitz. Nachdem er sich alles angesehen hatte, rief er seine Frau, die das Gerät und eine lederne Werkzeugtasche brachte.

O'Neal hatte das alte Radio innert kürzester Zeit ausgebaut und das neue angeschlossen. Er suchte einen Sender, der Rockmusik spielte, und drehte die Lautstärke auf.

«Sie haben miese Lautsprecher», sagte er, nachdem er das Gerät ausgeschaltet hatte. «Ich kann Ihnen vier neue einbauen, wenn Sie wollen.»

«Und was kostet mich das?»

«Fünfzehn pro Stück, ich hab gerade was im Sonderangebot, gebraucht, aber noch wie neu.»

«Sechzig Dollar.» Tyler fragte sich, ob sich die Investition lohnte; immerhin war der Wagen gestohlen.

«Sagen wir fünfzig, das ist geschenkt.» O'Neal nickte seiner Frau zu, woraufhin diese die Garage verließ.

«In Ordnung, überredet.»

Kurz darauf brachte die Frau die Lautsprecher, und O'Neal begann mit der Arbeit.

«Haben Sie eigentlich keine Angst vor Dieben?» Tyler

stand neben der offenen Wagentür, deren innere Abdeckung O'Neal entfernt hatte.

O'Neal hob den Kopf. Er sah Tyler einen Moment lang argwöhnisch an und fuhr dann fort, die Drähte von einem alten Lautsprecher zu lösen.

«Ich war bestimmt zehn Minuten alleine im Laden. Hätte gereicht, um eine Menge hinauszutragen.»

O'Neal reagierte nicht.

«Dublin scheint eine anständige Stadt zu sein.» Tyler lachte unsicher.

«Ja, alles gute Bürger.» Mittlerweile hatte O'Neal auch die Verkleidung der Beifahrertür abgeschraubt und legte sie auf den Boden. «Der Kerl, der mir wegen eines Kassettenrecorders die Hüfte zerschossen hat, war von auswärts.»

In diesem Moment betrat die Frau die Garage und gab Tyler die Quittung. Tyler hatte den Betrag schon abgezählt; die Scheine lagen mit Münzen beschwert auf der Kühlerhaube. Die Frau nahm das Geld und ging wieder.

«Obwohl Sie überfallen worden sind, lassen Sie Ihr Geschäft so unbewacht?»

«Soll ich mir eine Knarre kaufen und das nächste Mal wegen eines CD-Players eine Schießerei in meinem Laden veranstalten? Oder soll ich ihn in eine verdammte Festung umbauen und eine kugelsichere Weste tragen?»

Tyler nahm nicht an, daß eine Antwort von ihm erwartet wurde. Er hatte plaudern wollen, um die Zeit totzuschlagen; wie die Unterhaltung sich entwickelt hatte, war ihm unangenehm.

O'Neal mühte sich aus dem Wagen und warf die alten Teile in eine Kiste. Dann kletterte er auf die Rückbank, um die hinteren Lautsprecher zu montieren. «Von mir aus soll jeder bei mir reinspazieren, soll sich umsehen und was aussuchen. Wenn er dafür bezahlen will, wunderbar, aber wenn er damit abhauen will, werde ich nicht wieder versuchen, ihn davon abzuhalten.»

Tyler setzte sich in der Nähe der Tür auf einen Stuhl. In einer gutbeleuchteten Ecke stand ein Arbeitstisch, die Wand dahinter sah man nicht vor Zetteln, Plänen und Skizzen. Auf einem der Regale glänzte, eingewickelt in ein Tuch, das Nickelblech eines Saxophons.

Tyler parkte den Wagen vor dem Lokal. Er hatte im Laden noch ein paar Kassetten gekauft, verstaubte Dinger, vier Stück für zehn Dollar. Als er die Quittung aus der Hemdtasche nahm, um sie ins Handschuhfach zu legen, las er den Namen, der zusammen mit der Adresse und Telephonnummer auf das Stück Papier gedruckt war: ROBERT F. O'NEAL.

Eine Weile saß er nur da und las den Namen wieder und wieder. Dann stieg er aus und ging zurück in den Laden, wo er die Türglocke so lange schrillen ließ, bis die Frau erschien.

«Ich muß Ihren Mann noch einmal sprechen.»

«Er hat sich hingelegt.»

«Es ist sehr wichtig.»

«Ist etwas mit dem Gerät nicht in Ordnung?»

«Oh, doch, alles bestens. Ich will ihn nur etwas fragen.»

Die Frau sah ihn mißtrauisch an. Vielleicht hätte ihr Gesicht schön sein können, aber die Augen und der Mund ließen das nicht zu.

«Er ist doch aus England, Ihr Mann, nicht wahr? Robbie O'Neal aus Cardiff. Seine Mutter lebt in Stockport.»

Noch immer sagte die Frau nichts. Ihr Blick ging an Tyler vorbei, so daß er nicht wußte, ob sie ihm noch zuhörte oder nicht.

«Ich bin ein Freund von Rick Dalton», versuchte Tyler es weiter. «Er hat mir von Ihrem Mann erzählt.»

«Bobs Mutter ist tot.»

«Kann ich nicht zu ihm? Bitte!»

«Bobs Mutter ist tot», wiederholte die Frau, ruhig und sehr leise.

«Er würde sich bestimmt freuen, von Rick zu hören.» Die Situation drohte ins Absurde abzugleiten; entweder war die Frau begriffsstutzig, oder ihm selber verwischten allmählich die Ebenen zwischen Wirklichkeit und Einbildung. Vielleicht waren es einfach nur zufällige Kleinigkeiten, die ihn glauben ließen, er habe hier in Dublin, Georgia, den Iren Robbie O'Neal gefunden, Daltons Jugendfreund, der aus Liebe ausgewandert war, noch immer Radios reparierte und Saxophon spielte. Vielleicht wünschte er sich so sehr, recht zu haben, weil seine Reise, deren Ziel ihm mit jedem Tag mehr aus den Augen geriet, dann wenigstens einen kuriosen Sinn bekommen hätte.

«Wenn mein Mann tatsächlich der Freund Ihres Freundes wäre, glauben Sie dann wirklich, er würde sich freuen, von ihm zu hören? Glauben Sie, es würde ihm Spaß machen zu erzählen, wie es ihm ergangen ist in den letzten Jahren? Soll er ihn vielleicht einladen, diesen Rick, und ihm das hier zeigen, diesen großartigen Laden, unser großartiges Leben?» Die Frau zog die Strickjacke vor der Brust zusammen, als sei ihr kalt. Ihre Stimme war so dünn und leise, daß der Lärm von der Straße sie fast überblendete. «Bitte, gehen Sie», sagte sie noch, dann drehte sie sich um und trat durch die Tür in den dunklen Nebenraum.

Als Sally ihn berührte, erschrak Tyler. Er hatte die Hand zurückgezogen, aber jetzt ließ er sie langsam sinken und umschloß die des Mädchens. Sally sah ihn an, und zum ersten Mal seit Gainesville war ihr Gesichtsausdruck so unernst, daß Tyler eine Art Lächeln erahnte.

6

Sie fuhren nach Westen, Richtung Alabama. Die Straße ging schnurgerade durch die Ebene, Autos verschwanden an ihrem vermeintlichen Ende wie Licht auf einer Messerspitze. Die Farbe des Himmels wechselte von Weiß zu Blau, machte Wolken sichtbar und Flugzeugfährten. Sally saß seit Dublin aufrecht da, weil sie ihr neues Kleid nicht zerknittern wollte, Joe löste Kreuzworträtsel.

Tyler steckte eine Kassette ins Gerät, Jimi Hendrix, drehte den Ton aber leise. «Waren Sie schon mal in Biloxi, Mississippi, Joe?»

«Nein. Wie ist es da?»

«Nicht übel.»

«Dort hat alles angefangen, nicht wahr?»

«Ja, irgendwie schon.»

Joe sah auf der Karte nach, aber die zeigte nur Florida und kleine Stücke von Georgia und Alabama.

Sally gähnte und legte sich vorsichtig hin. Im Laderaum hinter ihrer Sitzlehne hatte sie eine Puppenstube eingerichtet; kleine Möbel standen herum, eine Küche, eine Badewanne und ein Fernseher mit dem immergleichen Bild. Jimi Hendrix sang: *‹Hey Joe, where are you going with that gun in your hand?›*

«Wie war das eigentlich, als Eleonor Sie beatmet hat?»

«Wer?»

«Eleonor Thompson. Sie kennen den Namen der Frau nicht, mit der sie Lippe an Lippe auf dem Boden gelegen haben?»

«Sie hat sich mir nicht vorgestellt.»

«Hatte sie einen weichen Mund?» Tyler setzte die Spielzeugbrille auf und sah Joe grinsend an.

«Ich möchte darüber lieber nicht sprechen.»

«Ich hoffe, Sie haben ihr nicht Ihre Adresse dagelassen.»

«Ich habe gar keine Adresse.»

Tyler legte die Brille auf das Armaturenbrett. Vor ihnen war der Himmel dunkler, als würde schon die Nacht warten. Ein Polizeifahrzeug tauchte auf, schoß heulend und Lichtfetzen schleudernd vorbei und verschwand irgendwo in weiter Ferne.

Autor und Verlag danken dem „Kuratorium für die Förderung des kulturellen Lebens des Kantons Aargau“ und dem „MIGROS Kulturprozent“ für die Förderung des vorliegenden Romans.